유랑자의 달
The Moon of a wanderer

지은이 황도경(黃桃慶, Hwang Do-Kyung)은 이화여대 영문과와 동 대학원 국문과를 졸업했다. 1993년「이상의 소설 공간 연구」로 문학박사 학위를 취득했고, 1990년『문학사상』에 오정희의「어둠의 집」에 대한 문체론적 분석인「빛과 어둠의 이중문체」가 당선되어 평론가로 등단했다. 저서로『우리시대의 여성작가』,『욕망의 그늘』,『문체로 읽는 소설』,『환각』등이 있다. 소천비평문학상, 고석규비평문학상을 수상했다.

유랑자의 달

1판 1쇄 인쇄 2007년 10월 20일
1판 1쇄 발행 2007년 10월 30일

지은이 / 황도경
펴낸이 / 박성모
펴낸곳 / 소명출판
출판고문 / 김호영
등록 / 제13-522호
주소 / 137-878 서울시 서초구 서초동 1621-18 (란빌딩 1층)
대표전화 / (02) 585-7840
팩시밀리 / (02) 585-7848
somyong@korea.com / www.somyong.co.kr

값 18,000원

ISBN 978-89-5626-283-3 93810

황 도 경
비 평 집

유랑자의

달

소명출판

작년 여름 동생네 식구들과 떠났던 여행 도중 산 중턱에 누워 달을 구경하는 경험을 했다. 후텁지근한 여름날이었지만 해가 사라진 산 속의 밤은 추웠다. 우리는 작은 깔개 위에서 뒤엉키다시피 서로를 껴안고 하늘에 뜬 달을 보며 깔깔거렸다. 서로의 얼굴도 보이지 않던 까만 밤, 그 아득한 저편 어딘가에 달은 분명, 있었다. 살아가는 일이 사막 위를 걸어가는 것과 같고 그럼에도 불구하고 그 사막 위에 뜬 달을 바라보며 영원으로 흐르는 꿈을 꾸는 것이라는 전언이야 새삼스러울 것도 없건만, 그 은유 속의 달은 그렇게, 정말, 거기에, 새삼스럽게 떠 있었다. 생각하면, 지금의 세계가 견딜 수 없어서 저 하늘의 달이 필요하다던 칼리굴라의 절규는 때로 내 절규였고, 달에 데려가 달라고 노래하는 어느 가수의 고백은 때로 나의 노래였으며, 슬픈 일들이 사라져 간 세계의 뒷면인 '달로' 가려는 한 젊은 작가의 꿈은 때로 나의 꿈이었지 않았던가. 그러니 사는 일이 막막하고 가슴이 팍팍할 때, 그래서 먼지 가득한 버스 정류장 앞에 붉은 눈으로 서 있게 될 때, 사막 같은 그 길 위에 여전히 떠 있을 달을 떠올릴 일이다.

소설을 읽는 일도 아마 그 달을 기억하는 일과 같을지 모르겠다. 내가 어디쯤 서 있는지, 어떻게 살아야 하는지, 우리는 무엇을 꿈꾸고 혹은 무엇에 휘둘리는지, 무엇이 우리를 억누르고 슬프게 하는지, 삶의 진실은 어디에 있는지, 어둠 속에서도 빛은 어떻게 준비되는지 묻는 것. 그러면 '달로' 가기 위해서는 먼저 중력에서 자유로워져야 한다고, 진실은 침묵 속에, 어둠 속에, 사이에, 가려져 있는 것이라고, 바람에 흩날려 떨어지는 꽃잎들을 보고 가녀린 봄비 소리에 귀를 기울이라고, 감염된 슬픔이 위로와 사랑을 만들기도 한다고, 진실을 위해 뜻을 굽히지 않는 일과 배추를 뜯어 고추장에 밥을 비벼 먹는 일상 모두에 '사람다움'의 풍경이 있다고 대답하는 것. 이런 질문과 대답들이 소설 안에는 담겨 있다. 소설 읽는 사람으로서의 나의 책 읽기는 이런 소박한 기대와 갈망에서 비롯하고 있을 뿐이다.

이 비평집은 언어, 상상력, 여성이라는 세 가지 테마를 중심으로 구성되어 있다. 몇 년 전 문체와 관련된 글을 묶어 책을 낼 때도 그러했지만, 문학에서 언어 혹은 문체는 그 중요성에도 불구하고 여전히 도외시되고 있는 분야이다. 하지만 언어를 통하지 않고 문학에 이를 수 있는 길은 없다. 언어는 수사학의 문제가 아니라 인식의 문제이며 상상력의 문제다. 2부에 실린 글들에서도 새로운 상상력이 어떻게 새로운 언어를 만들어내는지 또 그것이 어떻게 세상을 새롭게 꿈꾸게 하는지 확인할 수 있을 것이다. 3부에는 여성 작가들의 목소리들을 담았다. 그러나 그렇다고 해서 그것들이 모두 '여성'을 얘기하고 있는 것은 아니다. 다양해지고 활발해진 여성의 목소리들도 그저 이 막막한 사막 위에서의 삶을 이야기하고 있을 뿐이며, 여성으로서 나는 그 목소리들을 친근하고 소중하게 듣고 있을 뿐이다.

몇 년 전부터 저녁이면 날마다 집 근처 강변을 걷는다. 소란스러운 일상이 잦아진 그곳에는 대신 검은 물이 불빛에 반짝이며 흘러간다. 여전히 소란스럽고 삐걱거리는 내 삶이 그 옆에서 잠시 고요해진다. 생각하니, 오늘 밤 그곳에도 달이 떠 있었다.

2007년 10월
황도경

제2부 상상력의 모험

제1부

소 설 과 언 어

상상의 문법, 소설의 음모

박민규·김애란·한유주를 중심으로

막힌 골목을 뚫는 법, 혹은 신(新) 오감도

언제나 막힌 길이 문제다. 길은 길로 이어지는 것이건만, 우리의 발은 곧잘 막막하고 거대한 벽 앞에 멈추어 선다. 뒤로 돌아갈 수도, 앞으로 나아갈 수도 없는 사면초가, 그럼에도 계속되어야 하는 우리의 보행. 하지만 어쩌면 문학은 이 막막함 속에서 시작되는 것인지도 모를 일이다. 공기가 되고 바람이 되어 그 벽을 넘어가는 꿈으로라도 우리는 막힌 길의 현실을 견딘다. 그러다보면 그 열망이 벽에 작은 구멍을 낼 수도 있으리라는 기대가 꿈을 무기로 만들기도 하는 법이므로 일찍이 이 막힌 길에 절망했던 이상(李箱)은 그 막다른 골목에 13인의 아이를 질주하게 함으로써 그 질주의 힘으로 벽을 뚫는 꿈을 꾸었다. "13人의兒孩가道路로疾走하오 / (길은막다른골목이適當하오)"로 시작하는 그의 「오감도

(鳥瞰圖)」는 "(길은뚫린골목이라도適當하오) / 13人의兒孩가道路로疾走하지아니하여도좋소"라는 문장으로 끝나면서 '막다른 골목'을 '뚫린 골목'으로 바꾸어놓는다. 이에 따라 무서운 아해와 무서워하는 아해, 질주하기와 질주하지 않음의 경계는 흔들리고 지워진다. 막다른 골목 앞에 선 자의 실존은 그렇게 상상을 통해 근대의 이분법적 세계를 뛰어넘는다.

그러나 그 후에도 여전히 막힌 길은 건재했다. 그 벽은 가난과 궁핍에 기인하기도 하고, 사회정치적인 모순과 억압에 기인하기도 하고, 타인들과의 어긋나는 대화, 단절, 그로 인한 고독과 쓸쓸함에 기인하기도 하고, 내 안의 욕망과 타자의 명령 사이의 어긋남에 기인하기도 한다. 문제는 그 벽에 어떻게 대응하는가 하는 것이니, 지난 80년대에 작가들을 사로잡았던 것은 그 벽을 함께 뚫겠다는 열망이었다. 적어도 우리 모두에게 공통의 벽이 있어 함께 그 벽과 맞설 수 있으리라는 믿음, 혹은 서로 팔짱을 끼고 흔들리지 않고 벽 앞에 서 있으면 언젠가 저 벽 한 구석을 조금씩 무너뜨릴 수 있으리라는 기대, 이것들이 그들로 하여금 벽 앞에서도 절망하지 않게 한 힘이 되었다. 반면에 90년대 작가들은 각자, 홀로, 벽 앞에 서 있었다. 어쩌면 그들의 관심은 벽이 아니라 그 벽 앞에 선 자신들의 막막한 내면이었다. 그 내면을 들여다보고 또 들여다보면서 그들은 더 우울해졌고 외로워졌다. 하지만 그 과정에서 어쩌면 벽은 자신들의 마음속에 있는지도 모른다는 깨달음을 얻기도 했다. 그들에 의해 우리는 비로소 우리 자신을 돌아보았다. 새로운 세기를 통과하며 젊은 작가들은 다시 그 벽 앞에 서 있다. 텔레비전과 인터넷과 신문에서 접하는 무수한 사건·정보 속에서 오히려 자신의 삶은 고요하기 짝이 없는 삶, 전쟁과 테러의 참혹함이 아름다운 영상에 실려 혹은 고요한 일상에 묻혀 지워지는 삶, 그리하여 여전히 가난하고 초라하고 쓸쓸한 삶을 사는 이들에게 벽은 더 은밀하고 치명적이다. 이들에겐 공동체적 연대감도, 우아하고 세련된 도회적 삶의 기반도, 끝까지 벽과 부딪쳐 싸워 이기려는 비극적 열정도, 자기 안을 들여다보려는 고독한 포즈도 없다. 어쩌면 이들에게 벽은 이제 싸워야 할 대상이 아니다.

그렇다면 이제 이 시대 젊은 작가들은 막힌 길 앞에서의 절망에 어떻게 대응하고 또 그것을 어떻게 이겨내고 있을까? 우리는 그것을 박민규·김애란·한유주의 소설을 통해 살펴보려고 하거니와, 이들은 그들이 드러내는 벽의 내용에서가 아니라 거기에 대응하는 방식에서 전대의 작가들과 구별된다. 이들의 소설에는 가난과 전쟁과 아웃사이더의 비애, 쓸쓸함 등 상처와 절망의 고전적인 목록들이 자리하고 있다. 이 점에서 이들의 소설은 낯익다. 하지만 정작 우리의 시선을 끄는 것은 그것에 대처하는 이들의 독특한 방법이니, 낯익은 상처의 내용에도 불구하고 이들의 소설이 낯설게 느껴지는 것은 이 때문이다. 이들의 소설은 전대와는 전혀 다른 감각과 언어에 기반하고 있다는 점에서 신수사학의 세계라 이름 붙일 수 있을지 모른다. 요컨대 '다른' 이야기가 아니라 '다르게' 말하기 혹은 '다르게' 싸우기의 문제. 서둘러 말하자면, 박민규는 지구 밖으로 날아오름으로써 혹은 냉장고에 막다른 골목을 집어넣음으로써 자신을 골목 '바깥'에 위치시킨다. 그리고는 애초부터 '벽은 없다'고 외치면서 막다른 골목의 절망을 벗어난다. 그런가 하면 김애란은 "골목이란 참 사라지기 좋은 장소"라며(「스카이 콩콩」) 오래 전 그곳에서 사라진 익룡과 원숭이와 마오리족 패잔병을 떠올리며 스카이콩콩을 타고 놀면서 막다른 골목을 놀이공간으로 바꾸어놓고, 한유주는 막다른 골목의 절망마저 포즈가 되고 뉴스가 된 현실에 다시 절망하며 현실의 중력으로부터 벗어나 '달로' 갈 꿈을 꾼다.

이들에게 상상은 암울한 벽의 절망을 이겨내게 하는 강력한 무기다. 막힌 골목의 암울함에 짓눌리지 않기, 미리 절망하지 않기, 상상으로 뚫기, 혹은 뚫을 수 없으면 그 앞에서 놀기. 이때 중요한 것은 언어가 이들에게 이 모든 것들을 가능하게 하는 원천이라는 점이다. '鳥瞰圖'를 '烏瞰圖'로 바꾸었던, 그래서 그 글자놀이를 통해 일상을 비일상적인 것으로, 삶을 죽음으로, 객관적 실재의 세계를 비현실적 추상의 세계로 바꾸었던 이상처럼, 이들은 언어놀이를 통해 새로운 '오감도'를 그린다. '조감도'와 '오감도'의 의미와 거리는 기의 차원에서가 아니라 기표 차원에서 먼저 만들어진다. 李箱이 理想이기도 하고 異常이기도 하며 以上이기도 한 세계, '사'가 '四'이기도 하고 '死'이기도 한 세계, '아달린'과 '아스피린'이 수면제와 감기약이라는 기의 이전에 기표의 층위에서 대조적 의미를 만드는 세계, '맑스'와 '말사스'와 '마도로스'가 서로 어깨동무를 할 수 있는 세계, 그래서 서로 쉽게 몸바꿈을 할 수 있는 세계, 이상에게서 보았던 이 '오감도'의 세계가 지금 젊은 작가들에게서 새롭게 펼쳐진다. 이들은 '조감도'가 '오감도'가 될 수 있었듯, '오감도'의 세계를 '조감도'의 세계로 만들 수도 있다고, 언어가 그들을 죽음에서 삶으로, 억압에서 자유로 이끌어 갈 수 있다고 믿는다. 이들에게 언어의 '바깥'은 없다. 이들의 언어는 장식과 수사의 그것이 아니라 그것 자체로 막힌 골목을 뚫는 도구가 된다. 이제 이들이 어두운 까마귀의 세계를 어떻게 푸른 새의 세계로 바꾸어 놓는지 그 구체적 방식을 살펴보도록 하자.

나는 상상한다, 고로 존재한다

박민규의 「카스테라」 서두 부분을 보자.

이 냉장고의 전생은 훌리건이었을 것이다.

아마도 그랬을 거라고, 나는 생각한다. 즉 1985년 5월 벨기에의 브뤼셀이다. 리버풀과 유벤투스의 유럽 챔피언스리그 결승전. 흥분한 영국 응원단이 이탈

리아 응원석을 향해 돌진한다. 담장이 무너진다. 서른아홉 명이 깔려 죽는다. 이 남자는 그 속에 있었다.

　제정신이 들었을 땐 이미 하늘나라였다. 어이가 없군. 당연히, 걷잡을 수 없는 후회가 밀려들었다. 열을 식힐 줄 아는 지혜를 배워야 해. 난 그게 필요해. 그런 그에게 신이 다음과 같은 조언을 했다. 그럼 냉장고 같은 건 어떨까? 과연! 그는 무릎을 쳤다. 그거 보람찬 삶이겠는걸. 그런 이유로, 한때 리버풀을 사랑했던 이 남자는 냉장고로 태어났다. 그리고 굴러 굴러 나의 소유가 되었다. 누가 뭐래도, 나는 그렇게 생각한다.

박민규 특유의 상상력을 함축하고 있는 첫 문장은 냉장고·전생·훌리건이라는, 서로 교집합을 찾을 수 없는 세 개의 단어들로 이루어져 있다. '냉장고'라는 사물이 '전생'이라는 인간 층위의 단어에 그리고 그것이 다시 난폭한 축구 관중을 뜻하는 '훌리건'이라는 단어에 연결되면서 생뚱맞고 기이한 조합의 문장을 만들어내고 있는 것인데, 이어지는 다음 문단에선 이 엉뚱한 발언의 근거가 제법 논리적이고 진지하게 제시된다. 1985년 벨기에에서 실제로 일어났던 훌리건 사망사건을 가져오면서 자기 진술의 현실성을 강조하고 있는 것인데, 구체적인 지명, 구체적인 시간, 현실적이고 구체적인 사건의 목록이 제시되면서 화자의 발화가 지극히 현실적인 맥락에서 이루어지고 있다는 인상을 주게 된다. 그리고 세 번째 문단에선 이 현실적 맥락을 토대로 죽은 훌리건이 냉장고로 환생하는 황당한 이야기를 실제로 일어난 이야기인 듯 이어놓는다. 내용은 황당하고 비현실적이지만 서술은 현실적이고 논리적이니, 작가의 엉뚱한 '상상'은 적어도 작가에겐 '엉뚱'하지도, 허황되지도 않다. 실제로 일어났던 훌리건 사건의 사실적 맥락을 토대로 작가는 훌리건이 냉장고로 환생했다는 허구적 상상에 현실성을 부여한다. 두 문단에서 반복해서 나타나는 '나는 생각한다'라는 구절은 이 점에서 흥미롭다. 사실상 '나는 상상했다'라는 문장이 어울릴 상황에서 그는 굳이 '생각했다'를 강조한다. '상상하다'라는 술어가 현실성이 없는 환상·몽상의 세계라면 '생각하다'라는 술어는 그 생각의 내용을 현실 세계의 것으로 만든다. 거기에는 자신의 진술이 상상이나 몽상의 그것이 아니라 사실이자 진실이라는 항변이 담겨 있다. 어떤 점에서 박민규 소설은 상상이 생각이 되고 그것이 다시 현실이 되는 세계다. 세상 앞에서 그의 인물들이 적극적으로, 주체적으로 하는 것은 '생각하기'라는 이름의 상상하기뿐이다. 그 안에서 그들은 세상의 주인이 된다. 이때 이들은 '아무나'의 한 사람이거나 '누구나'의 한 사람이 아닌(「대왕오징어의 기습」) 진짜 '나'가 된다.

지극히 현실적이고 역사적인 사건 혹은 객관적이고 전문적인 정보에서 출발하여 비현실적이고 엉뚱한 상상의 세계로 나아가는 것은, 그리하여 사실과 상상, 객관적 세계와 주관적 세계, 현실과 허구를 '뒤죽박죽'으로 만드는 것은 박민규 소설의 전형적인 서사 방식이다. 브뤼셀에서 있었던 훌리건 사망사건이 훌리건이 냉장고로 환생하는 상상과 연결되듯(「카스테라」), 오하이오 전역에 백신이 뿌려졌던 사실은 너구리 잡기라는 상상과 결합되고(「고마워, 과연 너구리야」), 아담 스미스·토플러·케인즈의 경제학이 야쿠르트 아줌마의 그것과 대담을 나누는가 하면 결국 아담 스미스의 '보이지 않는 손'이 새벽마다 집 앞에 야쿠르트를 놓고 가는 그녀의 '보이지 않는 손'에 참패를 당하고(「야쿠르트 아줌마」), 1991년판 U. S. Coast Guard를 참고한 버뮤다 삼각지대에서의 실종사건들과 "지구를 떠나보지 않으면, 우리가 지구에서 가지고 있는 것이 진정 무엇인지 깨닫지 못한다"는 아폴로 우주인 제임스 라벨의 말이 주인공이 지구를 떠나 우주로 날아오르는 이야기로 연결된다(「몰라 몰라, 개복치라니」). 이 과정에서 엉뚱하고 비현실적인 상상의 세계는 앞서 진술된 사건의 현실적 맥락에 자연스럽게 이어지고, 허무맹랑한 상상의 내용은 현실의 영역에 슬그머니 자리를 잡는다.

사실 박민규의 허무맹랑한 상상은 현실의 허무맹랑함을 발판으로 튕

겨져 나온 것이라 할 수 있다. 현실 자체가 이미 거짓말 같은데 거짓말 같은 상상의 세계가 뭐 그리 엉뚱하고 새삼스러운가, 하는 반문이 그의 소설 저변에는 자리하고 있다. 가령 이런 질문들이다. 주유소나 편의점에서 시간당 천 원, 천오백 원을 받으며 일하는 현실이 비현실적인가, 아니면 이 세계에 화성인이 나타나는 것이 비현실적인가? 44kg의 여자가 72kg가 되는 걸 보는 것이 혹은 세계변혁을 꿈꾸던 이들이 이제는 직급 변혁만을 꿈꾸고 있는 것이 비현실적인가, 아니면 세계 어딘가에 대왕오징어가 살고 있다는 생각이 비현실적인가? 방이라고 하기보다는 관이라고 불러야 할 사이즈의 공간에서 사는 사람이 있다는 것이 비현실적인가, 아니면 귓속의 달팽이관 속에 달팽이가 산다는 생각이 비현실적인가? 인간이 너구리로 변하는 것이 비현실적인가, 아니면 너구리가 인간으로 변하는 것이 비현실적인가? 그리하여 상상의 세계가 '진짜'임이 강조되며 서술되는 동안, 사우나 실에서 부장이 주인공의 몸을 더듬는 '진짜' 현실은 시종일관 '~듯 했다'라는 술어를 동반하며 비현실적으로 서술되고(「고마워, 과연 너구리야」), 관 속 같은 고시원 방에서 살았던 경험은 "쥐의 몸에서 자라난 사람 귓속의 달팽이관 속의 달팽이처럼" 이라는 수사와 이건 "분명한 사실"이라는 진술을 함께 수반하며 기술된다(「갑을고시원 체류기」). "장담컨대, 세상의 일은 아무도 알 수 없다." 무슨 일이든 "엉뚱하게, 쑥쑥" 생겨난다. 그러니 "달팽이관 속엔 달팽이가 없어"라고 말하지 말라. 세계가 이미 한 마리의 괴수일지 모르는데, 여기에 괴수가 나타난다는 것이 무슨 대단한 일이며 또 믿을 수 없는 일이겠는가. 거짓말 같은 세계 속에서 박민규의 상상은 이렇게 '진짜'가 된다.

결국 이런 서술 과정에서 현실과 환상의 경계는 은근슬쩍 무너지고 엉뚱하기 짝이 없는 비현실적인 이야기조차 지극히 현실적인 맥락에서 기술되는 효과를 갖는다. 그의 문장이 구체적이고 일상적인 어휘들로 이루어져 있고 장문이나 복문이 아닌 단문으로 이루어져 있다는 것 그리고 황당한 상상의 내용과는 달리 사무적이고 건조한 문체로 서술된다는 것 등도 이런 사실성과 현실성 조성에 기여한다. 그리고 이를 통해 궁극적으로 진짜와 가짜, 현실과 허구, 진실과 거짓의 경계는 무너지고 전복된다. 작가에 의하면 "우주는 하나의 사유"(「몰라 몰라, 개복치라니」)다. 생각하는 대로, 상상하는 대로 현실이 존재한다. 그러니 실존은 하염없이 초라하더라도, 상상은 거대하게, 우주적으로 하기. 이것이 박민규 인물들이 세계와 대결하는 법이다. 지구가 "덥기만 덥고, 짜디짠"(「그렇습니까? 기린입니다」) 곳이라는 생각이 들면, 그래서 "화성인들은 좋겠다"' 싶어지면, "지구여 안녕" 인사를 하고 화성으로 가면 된다. 적어도 박민규 소설에서 그것은 불가능한 일이 아니다. 작가는 신이기 때문이다.

김애란의 상상이 작동되는 방식을 보자. 「달려라, 아비」에서 서술자인 '나'는 자신이 "씨앗보다 작은 자궁을 가진 태아였을 때"조차도 기억하고, 자신이 태어나던 순간 어머니가 가위를 쥐고 방바닥을 내리 찍었던 것도 알며, 세상 밖으로 나와서는 엄마의 심장소리가 들리지 않아 정적 속에서 귀가 먹는 줄 알았었다고 고백하는 인물이다. 가히 1인칭 전지시점이라고나 해야 할 만큼 그는 알 수 없는 먼 과거의 일조차 확신에 찬 어조로 이야기를 한다. 하지만 이런 그녀에게도 유독 '기억이 나지 않는' '모르는 사람'이 있으니, 그것은 바로 아버지다. 아버지는 '상상'을 통해서만 존재하는 추상명사다.

내겐 아버지를 상상할 때마다 항상 떠오르는 장면이 있다.

내 상상 속의 아버지는 십수년째 쉬지 않고 달리고 있는데,

상상하건대, 어쩌면 아버지는 거절을 두려워하는 사람이었는지도 모른다.
——「달려라, 아비」

나는 아버지의 이름도, 나이도, 얼굴도 모두 잊어버렸다. 정말이지 이상하게 하나도 기억나지 않았다.

　　　　　　　　　　　　　　　　　　　　　　　　　—「사랑의 인사」

　　그녀는 이불에 감춰진 아버지의 하반신이 저 밑 콘크리트 속으로 한없이 뿌리를 내리고 있는지도 모른다고 상상했다.

　　다음날, 그녀는 아버지의 반응을 상상했다.
　　　　　　　　　　　　　　　　　　　　—「그녀가 잠 못 드는 이유가 있다」

　　김애란 소설에서 아버지는 부재함으로써 '나'에게 상처와 고통의 근원이 된 사람이다. 이 상처와 고통의 지점에서 김애란의 상상력은 작동되기 시작한다. 그리하여 상상은 고통스런 현실을 대체하고, 종국에 아버지를 이해하는 길을 만든다. 요컨대 '나'에겐 아버지가 없다. 하지만 "여기 없다는 것뿐이다. 아버지는 계속 뛰고 계신다" 혹은 아버지가 '나'를 버린 것이 아니라 "아버지가 길을 잃은 것이다"라는 상상. 김애란에게 상상은 상처를 준 세상을 이해하고 용서하기 위한 노력에서 시작되며, 그 결과 기적과 사랑을 만든다.
　　박민규에게처럼 김애란에게도 현실은 어차피 거짓말 같은 세계로 인식된다. 하루에도 몇 번씩 가는 편의점에서 주인과의 대화는 거짓말로 이어지고(「나는 편의점에 간다」), 자신의 삶과 행복을 전시해놓은 홈피와 거기에 달리는 사교적인 답글들도 거짓말이고, 사람들은 "모두가 똑같은 거짓말을 하고 있으므로 아무도 속고 있지 않다고 생각"하며(「영원한 화자」), "자기가 정말 사실인 줄 아는 사실들"이 오히려 거짓말을 잘 한다(「사랑의 인사」). 그런가 하면 사람들은 A를 C로 알아듣거나 C라고 얘기하곤 A라고 들어주길 바란다. 그러므로 현실은 본질적으로 "오해의 세계"이며(「종이 물고기」), 삶이란 "오해를 견디고 사는 일"이다(「그녀가 잠 못 드는 이유가 있다」). 김애란 소설에서 '번역'은 이 거짓과 오해의 세상 혹은 삶을 환기시키는 슬픈 단어다. 하지만 그녀는 상상을 통해 이 거짓 / 허구의 세계에 대응하는 또 하나의 허구의 세계를 만든다. 방 안에 혼자 남겨진 6살 난 아이가 할 수 있는 건 "자거나 상상하는 일뿐"이었듯이(「종이 물고기」), 세상의 초라한 구석에 홀로 남겨진 그녀의 인물들은 "세상에서 가장 근사한 공간을 상상"하며 그 방을 견디고, 때론 그렇게 해서 그 방을 환상적인 공간으로 탈바꿈시킨다. 그것은 상상이 이룬 기적이라 할 만하다.

세계는 거짓말 같아서 슬프지만, 그녀가 만든 거짓말은 사랑을 만든다. 가령 「달려라, 아비」에서 아버지가 미국에서 결혼해서 살다 죽게 되기까지의 사연을 담은 편지를 읽은 후 '나'의 첫 반응은 그것이 "거짓말 같았다"는 것이다. 하지만 그 문장은 "정작 거짓말을 한 것은 나였다"는 문장으로 이어지니, '나'는 아버지가 평생 미안해하며 살았다고, 엄마가 그때 참 예뻤다고 했다고, 엄마에게 거짓말을 한다. 그 거짓말은 엄마를 울린다. 그런가 하면 「그녀가 잠 못 드는 이유가 있다」에서 잠 못 드는 그녀는 조그만 삽 머리 부분에 아이를 앉힌 후 이리저리 뛰어다니며 아이를 웃게 만드는 아버지를 상상하며, 집을 망하게 하고 어머니를 쓰러지게 한 현실 속 아버지를 용서한다. 「스카이콩콩」에서도 현실은 거짓말 같고 그녀의 상상이 오히려 현실처럼 여겨진다. 현실은 술취한 아버지가 가로등과 실랑이를 벌이고, 아무 전화번호나 누른 뒤 나야, 하고 말하면 어떤 여자가 잘 있었냐, 고 물으며 울고, 형이 자기가 만든 비행기의 추락시간이 남들 비행시간보다 길어서 과학경시대회에서 일등을 하는 거짓말 같은 세계로 그려지는 데 반해, 가로등이 지구보다 더 큰 둘레를 그리며 돌고 있는 상상 혹은 가로등이 윙크를 하는 상상은 "거짓말이 아니었는지도 모른다"고 기술된다. 멀리, 높게, 날아오르는 것이 문제가 아니라, 늦게, 천천히 추락하는 것이 문제가 되고, 추락하는 것에서 아름다움을 보는 것, 이 따뜻한 이해를 가능하게 하는 것이 바로 김애란의 상상이다. 박민규의 상상이 현실에 대한 분노와 저항에서 비롯된 현실 비판적 성격이 크다고 한다면, 김애란의 상상은 따뜻하고 현실 포용적이다. 그녀의 상상이 항시 웃음을 동반하는 것은 이 점에서 당연하다. 용서하지 못해서 상상한 것은 아니었을까, 라는 그녀의 진술은 역설적으로 그녀의 상상이 궁극에 용서를 위한 것이었음을 시사한다. 작가에 의하면 우리는 우리 안의 작은 어둠이 무서워 태어났을 때부터 울었던 존재다. 그녀의 상상하기 / 소설쓰기는 이 울음의 운명을 이겨내기 위한 시도다. 상상 속에서 아버지는 피임약을 사러 달동네 골목을 뛰어 내려오며 웃고 있고, '나'는 달리는 아버지에게 썬글라스를 씌워드려 아버지를 다시 웃게 만든다(「달려라, 아비」). 그러니 그녀의 인물들이 훌륭한 사람이 되기 전에 먼저 우스운 사람이 되기로 결심하는 것은(「스카이 콩콩」) 당연하다. 웃음의 근원엔 사랑이 있기 때문이다.

그녀의 우주적 상상력 역시 지금 / 이곳을 냉소하고 날아가기 위한 것이 아니라 지금 / 이곳에서의 '내'가 거대한 우주에 연결되어 있다는 깨달음을 가져다주는 계기로 작용한다. 초라하고 우울한 현실 너머 우주로 날아오르기 혹은 스카이콩콩 타기. 그녀의 인물들의 상상은 그렇게 진행되고, 그 과정에서 "우리 몸에서 나온 원자가 다른 별들을 거쳐 갔다면, 분명 다른 별에 사는 존재의 몸에서 나온 원자도 한번 이상은 여기에 닿았을 거야"라는 깨달음도, 이곳에서 혼자 "나야……" 하고 말하면 저 별 어딘가에서 누가 함께 울어줄 것이라는 따뜻한 상상도 가능해진다. 「누가 해변에서 함부로 불꽃놀이를 하는가」는 이 따뜻한 우주적 상상력이 만들어낸 아름답고 환상적인 이야기이다. "아버지의 성기에서 나온 불꽃들이 민들레씨처럼 밤하늘로 퍼져나갔을 때, 아버지의 반짝이는 씨앗들이 고독한 우주로 멀리멀리 방사되었을 때," 혹은 "투명한 비눗방울들이 낮꿈처럼 흩날렸을 때, 싱그러운 비놀리아 향기가 밤하늘 위로 톡톡 파랗게 퍼져나갔을 때" '내'가 태어났다는 아버지의 '거짓말'은 '내' 존재의 근원으로서의 작은 씨앗이 우주와 연결되어 있음을 환기시키는 '진짜' 이야기이다. 요컨대 전구 나간 재래식 화장실 안에 앉아 있는 '내' 밑으로 북태평양 바람이 지나가는 믿을 수 없는 현실처럼 '나'의 탄생 또한 우주적인 꿈과 만나서 이루어졌다는 것, 초라한 지금 /여기에서의 삶도 실은 거대한 우주의 꿈과 연결되어 있다는 것이니, 이 환상적인 거짓말에 힘입어 그녀의 인물들은 전 우주와 교감하는 존 재가 된다. 김애란의 인물들 역시 상상을 통해 비로소 자신들의 존재를 확인하고 있는 것이다.

한유주 소설 역시 전적으로 우리의 현실·기억·경험은 가짜라는 인 식에서 출발한다. 그녀에 의하면 경험과 기억 그리고 그것으로 이루어 진 현실은 본질적으로 가짜다. 기억은 "토막으로 잘려진" "가짜의 기억" 일 뿐이고, 우리의 기억은 고유하지 않다. 우리 몸에는 언제나 "누군가 의 기억들"이 묻어 있고, 우리가 아는 모든 이야기들은 "어디선가 전해 들"은 것이다. 우리들의 기억과 경험은 누군가의 경험, 전해들은 이야기 에 의해 재구성된다. "슬픔도 추억으로 팔리는 시대"에(「지옥은 어디일까」) 우리는 "가짜로 흐르는 강과 가짜로 떠 있는 하늘과, 가짜로 바람에 울 먹이는 대나무 숲"(「달로」) 속에서 가짜 슬픔, 가짜 눈물, 가짜 죽음을 소 비한다. "다들 거짓말을 하고 있"고 "보이는 것, 들리는 것은 모두 거짓 들뿐이다"(「죽음에 이르는 병」). 심지어 그 안에선 모든 거짓말들이 발각될 것 같은 희고 고운 햇살조차 "하나의 거짓말처럼"(「지옥은 어디일까」) 보 인다. 그녀의 소설 곳곳에서 반복적으로 등장하는 "거짓말이다"라는 구 절은 이런 세계와, 삶과, 우리 존재의 허구성에 대한 뼈저린 반성을 담 고 있다.

주목할 점은 이 경험과 기억의 허구성의 원인에 텔레비전·컴퓨터· 인터넷 등과 같은 현대문명의 목록들이 자리하고 있다는 점이다. 모든 것은 텔레비전·전파·인터넷·신문·사진·풍문 등을 통해 복제되고 기억되고 소비된다. 교황이 죽고 어떤 사람들은 눈물을 흘렸고 어떤 사 람들은 성호를 그었지만, 9·11테러가 현장에서 세계로 생중계 되었고 사람들은 충격에 휩싸였지만, 그 모든 것은 텔레비전에 의해 매개된 경험일 뿐 실제로 "그 광경을 목격, 한 사람은 아무도 없었다"(「죽음의 푸가」). 끔찍한 테러 현장은 '영화'처럼 방영되고, 누군가는 그것이 "더할 나위 없이 아름다운 광경"이었다고 고백하며(「그리고 음악」), 우리들은 다시 일상으로 돌아간다. 그것은 어차피 우리들의 경험이 아니다. 눈물도·슬픔도, 분노도, 기쁨도, 전파에 의해 매개되고, 우리는 그것을 그때그때 소비하면 될 뿐이다. 게다가 그 경험조차 선별적으로 기억되거나 수정되고 혹은 잊혀진다. "모든 것이 텔레비전의 화면 안에서 일어난 일이었"고, 우리의 기억들은 "언제나 전파를 타고 왔으므로" "세계는 14인치 텔레비전 화면 하나로 축소되어 있었다"(「그리고 음악」). 그리하여 "세계는 같은 시각에, 같은 내용의 꿈을 꾸기 시작"(「달로」)했고, "텔레비전을 틀면 우리는 없다"(「베를린·북극·꿈」). 요컨대 세계를 하나로 만든 첨단 디지털 문명은 우리에게서 고유의 경험을 앗아가고, 우리를 매개된 공통의 경험과 기억을 공유한 무수한 '사람들' 중의 하나로 만든다. 우리는 가짜 기억과 가짜 경험으로 구성된 가짜 존재들인 셈이다.

　이런 점에서 그녀의 소설은 복제 시대의 오염된 기억, 오염된 말에 대한 이야기로 보인다. 사건도, 기억도, 추억도 다량으로 복제되고 전파된다. 그 과정에서 원 경험은 잊혀지고, 사라진다. 한유주 소설에 반복적으로 등장하는 사라진 사람들, 사라진 말들은, 이 복제된 기억과 경험 속에서 우리가 잃어버린 진짜들이다. 그러므로 그녀의 소설은 가짜의 세계, 거짓말의 세계에서 사라진 사람들을 찾아가는 혹은 오염되지 않은 말을 찾아가는 일종의 모험담이 된다. 오염되지 않고 더렵혀지지 않은 최초의, 고유의 기억, "세월에도 빛바래지 않은 누군가의 최초의 기억들을"(「달로」) 찾아가는 것, 이것이 그녀의 소설이 담고 있는 꿈이다. 한유주 인물들이 "모든 소설의 제목은 잃어버린 시간을 찾아서가 될 수 있다"는 문장에 시선을 빼앗기게 되는 것도(「그리고 음악」) 이 때문이다. 그들이 갖고 있는 이 꿈은 소설 속에서 먼 옛날로, 우주로, 달로, 가는 꿈으로 변형된다.

오래전부터 전해오는 이야기들은 물살의 흐름이 내미는 집요한 손길에도 결코 강가를 떠나지 않았다. 사람들을 매혹시킨 가장 오래된 이야기였던 달은 강의 어느 저편에 흐린 얼굴로 잠겨 있었다. 달로, 어떤 사람들은, 자신의 먼 옛날이야기로, 이제는 기억나지 않는 최초의 순간들을 문득 저릿하게 그리워하기도 했다. 태초에 말씀이 있었다, 고 혹자들은 말을 시작했다. 인간의 귀에 울리던 음성들은 모체가 숨을 들이쉬는 소리였고, 달로, 달로, 그러나 아무도 그 소리를 다시 귓가에서 재현해낼 수는 없었다.

— 「달로」

문제는, '태초의 말씀'을 찾아 먼 옛날로, 달로, 가는 것이 모체의 숨소리를 재현해낼 수 없는 것처럼 불가능한 꿈으로 보인다는 것이다. 가령 "가짜 FBI요원들의 말대로, 진실은 언제나 저 너머에 있다"고 할 때(「죽음에 이르는 병」), 진실이 저 너머에 있다는 가짜 요원의 말은 진짜일까, 가짜일까? 진실은 이 오염되고 훼손된 말의 한계를 넘어가야만 한다. 하지만 소설이란 원래 불가능해보이는 꿈을 꿀 수 있는 세계인 법. 작가는 조심스레 오염되지 않은 기억 / 말의 세계를 찾아 나서니, 그녀의 상상이 작동하는 것은 바로 이때이다. 죽은 애인을 되살리기 위해 대기권 밖, 지구의 중력이 미치는 곳 너머로 갔던 슈퍼맨처럼, 그녀는 중력이 미치지 않는 곳으로 날아오른다. 아주 먼 옛날, "천 개의 태양을 간직하고 온몸의 미세한 구멍까지도 하나의 우주였던 어느 신을 이야기했던 사람이 가졌던 시간"으로(「달로」), 슬픈 일들이 사라져간 세계의 뒷면으로, 그리고 '그'가 뛰어든 달로. 이 상상 속에서만 그녀의 인물들은 가짜가 아닌 진짜가 되고, 비로소 존재하기 시작한다. 그러니 한유주의 인물들 역시 "나는 상상한다. 고로 존재한다"는 전언을 확인시키고 있는 셈이다.

언어는 나의 집

컴퓨터 게임 '너구리'가 있다. 그것은 실재 세계 속의 너구리와는 무관하다. 외적 세계에 지시 대상이 없는 말의 세계일뿐이기 때문이다. 그 너구리와는 중학생도, 인턴사원도 친해질 수 있고, 우리는 너구리를 한 마리 몰고 가 냄비에 맛있게 끓여먹을 수도 있다. 그야말로 요즘 유행하는 개그처럼 '안 되는 게 어디 있니?'의 세상인 셈이다. 박민규의 세계는 본질적으로 이 너구리들의 세계다. 그것은 오래전 창고를 축내던 짐승으로서의 너구리의 세계와 대립되는, 모니터 위에 나타나 기업의 곳곳을 축 내는 너구리로서의 가상의 세계, 시뮬레이션의 세계다. 그의 소설에서 너구리는 더 이상 우리를 위협하는 무서운 대상이 되지 못한다. 그것은 오히려 매력적이고 즐겁고 위안이 되는 존재다. 그의 소설에선 너구리의 바깥은 없다. 실재 없는 허구, 기의 없는 기표만의 세계가 서사를 진행시켜 간다. 그의 상상이 온갖 경계를 뚫고 자유로이 지구와 우주를, 현실과 환상을 넘나들 수 있는 것도 이 때문이다.

가령 코끼리를 냉장고에 넣는 법을 생각해보자. 이때 현실적 맥락에서 문제가 되는 것은 코끼리와 냉장고다. 하지만 박민규 소설에서 중요한 것은 코끼리나 냉장고의 실재적이고 현실적인 맥락이 아니다. 중요한 건 무엇을 넣기 위해서는 '열고, 넣고, 닫는' 세 단계가 필요하다는 것뿐이니, 결국 코끼리를 냉장고에 넣기 위해서는 '① 문을 연다. ② 코끼리를 넣는다. ③ 문을 닫는다'의 세 단계 행위가 필요할 뿐이다. 박민규 소설은 이런 언어 놀이의 세계다. 그는 이 언어 놀이를 통해 코끼리는 물론 아버지와 어머니, 학교, 동사무소 등등의 무겁고 쓸쓸하고 초라한 일상을 환상의 냉장고 안에 집어넣는다. 그리고는 종국에 '냉전의 시대'를 '냉장의 시대'로 바꾸어놓는다.

냉장고를 통해, 비로소 인류는 부패와의 투쟁에서 승리한다. 환상적인 승리였다. 따라서 20세기를 냉전의 시대로 보는 시각에 나는 동의하지 않는다. 20세기의 인류가 거둔 가장 큰 성과는 다른 무엇보다 이 환상적인 냉장술이었다. 그렇다. 20세기는 환상적인 냉장의 시대였다.

—「카스테라」

이때 '냉전의 시대'를 '냉장의 시대'로 바꾸는 혁명은 철저하게 언어에서 출발한다. '냉전의 시대'를 벗어나기 위해서는 '냉전'을 '냉장'으로 바꾸는 언어적 상상력이 필요할 뿐이기 때문이다. 게다가 이 '냉장의 역사'가 '부패와의 투쟁'으로 규정되는 데에 이르면 이 상상력은 현실 세계에 대한 저항과 반역의 의미를 본격적으로 갖게 된다. 언어 놀이는 그렇게 서서히 세계를 바꾸어놓는다. 근무 중 잠이 몰려오면 그대로 엎드려 "쥐 죽은 듯" 눈을 감으면 되는 세계, 그러면 "저는 쥡니다. 죽었습니다"가 되는 세계(「아, 하세요 펠리컨」), "앙고라 토끼 같은" 목소리의 여기자가 "전문가들과 종종 연락을 취한다는 토끼"가 되고, 그래서 '내'가 "토끼와 맞서 싸우는 당근의 요정"이 되는 세계(「대왕오징어의 기습」), 그리하여 비유가 실제가 되고, 환상이 현실이 되고, 언어가 실체를 만드는 세계, 그것이 박민규의 소설이다. 작가는 소설의 배후에 있다고 믿어진 현실과 실재로부터 이탈해서 그 자유로움에서 세계 변혁의 단서를 발견한다. 언어는 이런 저항과 일탈의 근원이 되는 지점이다. 그의 상상력이 개그적 발상과 흡사하다고 느껴지는 건 이처럼 현실로부터 이탈된 언어 자체의 놀이에서 그의 상상력이 출발하고 있기 때문이다.

그 자체로 일탈과 저항과 유희의 의미를 갖는 박민규의 언어는, 그러므로 기존의 언어 법칙, 문장 습관, 소설쓰기의 규범으로부터 자유롭다. 기존의 문장구성법을 무시한 채 자유롭게 문단 나누기, 행 나누기를 하고, 심지어 문장이 끝나지도 않은 상태에서 문단을 나눔으로써 문단과 문단의 경계를 무화시키기도 하고, '일단은', '그러니까', '즉', '뭐랄까'

등 문단 서두에 잘 오지 않는 부사구들을 서두에 사용하기도 한다. 그런가 하면 인물의 말을 그대로 서술자의 말 속에 가지고 옴으로써 인물의 말과 행동, 서술자의 진술이 동시에 살아 있는 생생한 구어체의 문장을 만들어내기도 한다.

삼 분째 이어진 B의 비아냥을 존경스러워, 에서 딸깍 끊어버린 것은
— 「고마워, 과연 너구리야」

그럼 당신 자식에겐 왜 꽉꽉 주는데? 를 떠나서

감독의 말은 곧 빛이자 생명, 까지는 아니고 아, 예예 였다.
— 「그렇습니까? 기린입니다」

일단은, 이란 생각에 나는 그대로의 절차를 따랐다.

이하동문이라고, 나는 생각했다.
— 「카스테라」

과연에서 기자가 특히 앙고라 같은 소리를 냈기 때문에, 나는 토끼와 맞서 싸우는 당근의 요정처럼 납득에 힘을 주어 얘기했다.
— 「대왕오징어의 습격」

박민규의 문장은 철저하게 설명이 아니라 묘사로 이루어진다. 인물의 말과 행동·생각을 서술자의 문장 속에 논리적으로 담아 설명하려는 의도가 그에겐 없다. 그들의 말과 행동·생각을 그대로 서술자의 문장 안에 가지고 올 뿐이다. 그로 인해 그의 말은 생생하고 리드미컬하다. 그런가 하면 "관둘까, 관둘까, 두 번의 관둘까를 결심했다가"(「카스테라」), "끄덕끄덕, 머리를 흔들며 걷던" 기린, "주저주저 그 곁으로 다가간

나는, 주저주저 기린의 곁에 조심스레 앉았다"(「그렇습니까? 기린입니다」),
"꿈틀, 세계를 떠받친 세 마리의 코끼리, 를 떠받친 거북 같은 것이 온
종일 꿈틀대는 기분이었다"(「몰라 몰라 개복치라니」) 등과 같은 표현처럼
부사구/절의 반복, 대구, 대칭적 활용은 서사 세계의 구체성과 생생함,
문장의 리듬감 확보에 기여한다.

   사실 그의 문장이 모두 이런 일상적인 구어체로만 되어 있는 것은 아
니다. 앞서 지적했듯이, 그의 상상은 책, 기사, 소년중앙, 주간경향, 백과
사전, 사상계, 아담 스미스, 케인즈, 버스정차 시간표, 식품의약품의 냉
장보관 온도조항, 훌리건 사망사건, 버뮤다 삼각지대 실종사건 등 전문
적이고 사무적이고 행정적인 자료나 정보들에서 비롯된다. 하지만 이
전문적 세계, 문어체 문장들은 곧 일상적 세계, 구어체의 문장에 의해
비판되거나 풍자된다. 가령 "시장이 모든 것을 해결한다"라는 아담 스
미스의 문장으로 시작하는 「야쿠르트 아줌마」의 경우, 이 멋진, 지적인
담론 그리고 거기에 내재된 인식, 세계관 등은 서술이 진행됨에 따라
'내' 변비도 해결하지 못하는 무력하고 우스꽝스러운 허영의 그것으로
전락하고 만다. 그의 변비를 해결한 건 학생 안색이 안 좋아 보인다며
야쿠르트를 내민 야쿠르트 아줌마의 '보이지 않는 손'이다. 세계에 균열
을 내는 손 혹은 말, 어쩌면 이것이 박민규의 소설일지도 모를 일이다.

   김애란의 소설을 '새롭게' 만드는 것 역시 새로운 상상법 그리고 그
것이 만드는 새로운 언어다. 이런 문장을 보자.

   일주일에 한 번 정도 나는 편의점에 간다. 그러므로 그사이, 내겐 반드시 무
   언가 필요해진다.

   「나는 편의점에 간다」의 서두인 이 문장은 이상하다. 그것은 두 문장
을 잇는 '그러므로'라는 접속사 때문인데, 그것에 의해 앞뒤 문장의 인
과관계는 전도되어 있다. 무언가가 필요해서 편의점에 가는 게 아니라

편의점에 가기 위해서 무언가가 필요해진다는 것이니, 이 문장 자체가 욕망이 소비를 낳는 게 아니라 소비가 욕망을 자극하는 현실을 그대로 반영하고 있는 셈이다. 이제 욕망의 주체는 '내'가 아니라 편의점이다. 편의점이 '나'를 움직이고, '나'는 주어의 자리에서 밀려난다. '나'를 객체로 밀어내고 '무언가'가 주어가 되는 세계, 인간적인 것의 소거를 통해 이룩된 세계, 그것이 편의점이다. 거기선 '보는' 것이 '아는' 것이 되지 못한다. '나'는 편의점 청년이 자신의 식성을, 고향을, 생리주기를 '안다'고 생각하지만, 그는 '나'를 기억조차 하지 못한다. 그곳에 '나'는 없다. 그런가 하면 「그녀가 잠 못 드는 이유가 있다」에서 딸인 '나'와 얼굴을 마주하지도, 이야기를 나누지도 않는 아버지는 늘 텔레비전을 본다. 아프리카 기린과 남북의 창과 부부클리닉과 열전 가수왕과 신자 예배와 티브이 법정과 홈쇼핑과, 보여주는 건 뭐든지 보고, 본 것을 또 보는 아버지, 하지만 아버지는 봤다는 것조차 기억하지 못하고, 나중엔 아버지가 텔레비전을 보는지 텔레비전이 아버지를 보는지조차 헷갈릴 지경이 된다. 편의점과 텔레비전은 인간의 주체적 욕망과 교류의 경험을 앗아간 우리 시대의 우울한 아이콘이다.

끊임없이 무언가를 보지만 보는 것은 기억되지 못하고, 누군가를 만나고 이야기를 나누지만 실상 서로를 알지 못하니, 결국 그것들은 경험이 되지 못한 채 단지 소비될 뿐이다. 이 세계에선 아무 일도 일어나지 않는다. 김애란 소설은 이처럼 아무 일도 일어나지 않는 현실을 반영하는, 이야기 없는 이야기, 서사 없는 서사다. "지구엔 뉴스가 없다"는(「몰라 몰라, 개복치라니」) 박민규의 선언처럼, 그녀는 "우리가 만난 것은 만난 것이 아니"고(「영원한 화자」), 세계에선 "어떤 사건도 일어나지 않았"으며 "아무 일도 일어나지 않은 것에 대한 이 기록은 마침내 시시해진다"고 (「나는 편의점에 간다」) 고백한다. 그녀의 소설에는 주인공의 삶을 흔들어 놓는 중대한 사건도, 수미일관한 서사적 전개도 없다. "한 개인의 편의점에 대한 이러저러한 소심하고 보잘것없는 경험"이나(「나는 편의점에 간다.」) "아무도 모르는 일들이 아무도 모르게" 일어나고 있는 가로등 앞 이야기(「스카이 콩콩」), 혹은 깊이 잠 들 수 있는 자세를 찾아 뒤척이다 이런저런 생각을 떠올리는 이야기들이(「그녀가 잠 못 드는 이유가 있다」) 소설의 내용이 된다. 김애란 소설은 이 "사소하고, 하찮고, 잊혀졌던, 지나간 것들"(「그녀가 잠 못 드는 이유가 있다」)에 의한, 그것들을 위한, 그것들의 이야기이다. 그녀가 보기에 그것들은 어떤 질서 속에서 서로 연결되어 있으며, 운명은 바로 이런 사소한 것들에 의해 만들어진다.

세계와 운명에 대한 이런 인식은 그대로 그녀의 소설 창작 방법이 된다. 「종이 물고기」의 비유를 빌리자면 그녀의 소설은 포스트잇에 써 붙인 문장들의 조합으로 만들어진다. 공사장 인부들의 이야기, 버스 뒷자리에서 중학생들이 나누는 수다, 시장 아주머니들의 음담패설, 공원 할아버지들의 참견, "스치는 생각, 단어, 문장" 등 포스트잇에 써놓은 단편적인 조각들이 그대로 소설의 내용이 된다. 흥미로운 건 그렇게 아무 의미가 없거나 사소해보이는 일들이 실은 우리의 인생에 중요한 영향을 끼치며, 서로 무관해보이는 일화들, 단어들이 어느 순간 스스로 어떤 질서를 만든다는 사실이다. 작가는 그런 단편적이고 작고 사소한 이야기들, 무질서한 단어들, 문장들로 벽을 두른 방을 상상한다. 가난해서 신문지로 벽을 발랐던 방 그리고 그 방에 홀로 남겨진 아이의 외로움이 그녀를 글자놀이의 세계로 이끌었다. 그것은 '진담의 세계', '범인들의 세계', '오해의 세계'를 벗어난 세상에서 가장 근사한 공간, 그녀가 그녀만의 언어로 지은 집이다. 그녀는 그 작고 사소한 것들로 이루어진 이야기가 "종이 비늘이 달린 물고기가 되어 세상을 헤엄쳐 다니는 상상"을 한다. 거기에선 아버지가 쓴 편지를 보곤 "넌 임마, 문장이 안 돼!" 라며 어머니와 아버지의 연애를 반대했던 삼촌도(「누가 해변에서 함부로 불꽃놀이를 하는가」), 집을 망하게 하고 어머니를 쓰러지게 하고 '나'를 버렸던 아버지도 더 이상 방해가 되지 못한다. 글이 아닌 말로 혹은 몸으로 사랑하기, 그리하여 물고기가 되어 부드럽게 세상을 헤엄쳐 다니기, 이것이 김애란의 탈문법·탈서사의 소설이 꿈꾸는 세계다.

우리의 현실이 궁극적으로는 '아무 일도 일어나지 않는 세계'라는 점은 한유주에게서도 발견되는 인식이다. 그녀에게도 현실은 아무 일도 일어나지 않으며, 거짓말이 사실이 되고, 모든 이야기는 어디선가 전해 들은 것인 세계다. 그녀의 소설은 이 가짜 경험과 가짜 기억 그리고 오염된 말의 세계로부터 벗어나기 위해서인 듯 서사를 배제한 몽상 혹은 말의 리듬만으로 전개된다. 이야기는 또다시 가짜의 경험과 기억을 복제해낼 것이고, 언어는 의미에 종속될 것이라는 함정은 언어로 작업을 해야 하는 작가 앞에 놓인 딜레마다. "나는 말로 표현될 수 없는 것들을 생각했고 말로 표현할 수 없다는 표현은 희한하게 생각되었다"(「지옥은 어디일까」)라는 고백처럼, 그녀의 언어는 언어 너머를 꿈꾸고 있기 때문이다. 그녀는 문장에서 논리를 덜어내고 언어에서 의미를 비워내며 언어 스스로 길을 만들어가는 방법을 강구한다. 그리하여 가짜의 경험이나 기억 혹은 언제 어디서든 자신의 발목을 잡아매는 '일상의 문장들'로부터 벗어나 최초의 순결한 경험, 말을 찾아가려는 발버둥은 그녀의 문장을 침묵과 소리 사이에, 그녀의 소설을 소설과 음악 사이에 위치시킨다. '달로' 가는 상상의 세계를 담아내는 그의 언어는 '달'의 언어라 할 만큼 기존의 문법과 논리로부터 자유롭다. 그녀의 문장은 자신의 꼬리를 잘라가며 도망치는 도마뱀처럼 스스로 그 논리적 의미와 앞뒤 연계를 차단시키며 미끄러진다. 가령 이런 문장을 보자.

> 슬픈 일들이 무수히 일어났다. 그러나 시간이 지나고 나면 슬픔은 고개를 떨구었고, 일들,은 세탁된 빨래처럼 곳곳에 가볍게 널렸다. 누구나 단 불로 삶은 빨래 같은 생활을 갖고 싶어했다. 그러나 그런 청정한 일상의 뒷면에서는 아무도 바다를 찾을 수 없었고, 아무도 바다를 찾지 않았다.
> — 「달로」

소설 속에 슬픈 일들의 구체적인 내용, 사건은 등장하지 않는다. 서사를 진행시키는 것은 '슬픈 일들'의 내용이라기보다 '슬픈 일들'이라는 언어 자체다. 그것은 자기분열 하듯 '슬픔'과 '일들'로 나뉘어져 서사를 전개시킨다. '슬픔'은 고개를 떨구고 '바다'로 사라지는 것으로 이어지고, '일들'은 '빨래'로 그리고 다시 '일상'으로 연결된다. 슬픔이 고개를 떨구었다는 묘사나 일들이 세탁된 빨래처럼 널렸다는 묘사에서 사용된 비유나 수사는 수식을 위한 것이 아니다. '슬픔'과 '일들'은 스스로 서사의 주체가 되어 각자의 길을 간다. 언어가 언어를 낳고, 언어가 언어를 넘어, 길을 만드니, '슬픔'과 '일'은 그렇게 아주 다른 길을 간다.

신의 전언은 대개 전선을 타고 도착했다.

—「달로」

언제나 전쟁은 잘못된 전언에 의해 시작한다. 그리고 어제, 사람들은 자신 안에 전쟁터를 일군다.

—「베를린 · 북극 · 꿈」

이런 문장들에서 서사는 '전언'과 '전선'과 '전쟁'으로 이어지는 말의 연결에 의해 추동된다. 기의 이전에 기표가 의미를 만들고, 언어의 감각이 스스로 리듬을 만들며 움직여간다. '전언'은 '전선'을 타고 도착해서 '전쟁'을 만든다. 신의 '전언'조차 '전선'을 타고 도착한다니, '傳言'은 '電言'이 되고 다시 '戰言'이 되는 셈이다. 변질된 의미, 훼손된 세계, 오염된 말의 세계를 언어 자체가 드러내고 있는 것이다.

한유주 소설 곳곳에서 강조되듯, 아름답고 순결한 경험은 우리의 기억에서 사라지고 잊혀진다. 토막 난 문장, 언어의 공백은 이 토막 난 기억, 잊혀져 사라진 순결한 경험에 기인한다.

아직도 베어지지 않고 남은 유달리 키 큰 나무들과 …… 을 넘어서서 …… 했고, 19층 아파트와 이런저런 높은 건물들을 넘어서서 …… 사람들은 그 안에

깊숙이 갇히고 말았다.

—「달로」

나는 다시 내가…… 인 …… 에 대해 …… 를 생각했다.

—「죽음에 이르는 병」

그럴 때면 마치, 내가…… …… 인 것 …… 같았다.

—「그리고 음악」

말하고 싶다. …… 말하고 …… 싶다.

—「암송」

아름다운 것들은 사라졌지만 아름다웠다는 기억은 잊혀지지 않고, 그래서 아름다운 내용들은 사라지고 '아름다웠다'라는 기억만 남는다. 생각한 내용은 사라지고 '생각했다'는 사실만 남고, 하고 싶은 말의 내용은 잊혀지고 '말하고 싶다'라는 바람만 남는다. 말줄임표 속으로 사라진 것들은 그 사라진 말/기억의 내용들이다. 그것들은 달의 뒷면 혹은 강 저편으로 사라져갔다. 그런가 하면 작가는 "어제 오후, 우리는 과학 사박물관으로 간다"(「베를린·북극·꿈」), "그날 오후, 선릉역에서, 우리 둘은 말없이 앉아 있다"(「죽음에 이르는 병」)와 같이 문법에 어긋나는 시제를 구사한다. 작가는 인물의 말을 빌어 과거형으로 묘사된 문장들을 믿을 수 없다고 고백하고 있기도 하거니와, 이러한 시제의 혼용은 "대개 의미와 문법이라는 환상을 품고" 있는(「죽음에 이르는 병」) 일상적 말에 대한 반란이자 모든 사건들을 지금/여기의 문제로 현재화하려는 의도적 노력으로 보이기도 한다. 한유주에게 언어는 넘어야 할 장벽이자 장벽을 넘어가는 물 혹은 강이다. 벽을 넘어가기 위해 그의 언어는 먼저 물이 되고 강이 되며, 그녀의 소설에는 "그런 강과 강들이 실타래처럼, 뒤엉켜"(「달로」) 흐른다. '달로' 가기 위해서는 먼저 중력에서 자유로워져야 하는 법. 작가는 언어의 중력을 떨치고 '달로' 뛰어든다. 한유주는 서사의 세계를 문체의 힘으로 밀고 나가 종국에 그 힘으로 훼손된 가짜의 세계와 대결하려는 작가다. 다른 젊은 작가들의 간결하고 건조한 문장과 달리 그녀의 문장은 길고 복잡하며 물기에 젖어 있다. 언어 자체가 '달로' 가는 길이 되어야 하기 때문이리라. 어쩌면 그녀에게 절망이 언어에서 비롯되었듯이, 구원도 언어에 잠복하고 있을지 모른다. 순결한 언어를 찾아 떠나는 언어의 길, 그 길은 영락없는 작가의 길이다.

소설의 음모

이제 소설을 '하나의 허구적 사건의 서술'로 정의하는 건 재고되어야 할 듯하다. 박민규·김애란·한유주의 소설을 통해 확인했듯이 최근의 많은 소설들에서 '이야기/사건'은 사라지고 '허구적'과 '서술'만 남은 소설을 만나게 되기 때문이다. 이들 소설에서 초점이 되는 것은 상상과 언어다. 이제 소설은 '그럴듯한' 이야기나 사건, 그것의 논리적인 전개로 만들어지는 것이 아니라, 작가의 자유로운 상상 그리고 그것을 실어 나르는 언어에 의해 만들어진다. 언어로 세계를 구축할 수 있다는 믿음, 혹은 언어로 자기 세계를 짓는 꿈, 이것이 불가항력이고 불가사의고 오리무중인 그리고 시시하고 지루하고 쓸쓸한 현실과 싸우는 젊은 작가들의 무기가 된다. 이들의 소설에서 가난·소외·문명·전쟁 등 고전적 테마들은 전혀 다른 방식으로 귀환한다. 이들이 문제 삼는 것은 가난이나 전쟁, 첨단 과학문명 자체가 아니라 그것들을 대하는 자신들의 자세이고 그것들과 싸우는 언어의 방식이다.

세 작가 모두가 강조하듯 이 세계에 더 이상 새로운 사건, 뉴스는 없다. 이들은 아무 일도 일어나지 않는 세계, 아무 것도 사건이 되지 못하는 세계를 산다. 그러므로 경험과 기억을 갖지 못한 이들의 소설은 이야기를 털어내고 상상의 언어만으로 움직여간다. 언어는 그들이 끝까지 지켜내야 할 보고다. 어쩌면 우리는 이들의 소설을 통해 가장 언어적이고 문학적인 방식으로 세계와 대결하는 세대들의 문학을 만나는지도 모른다. 이들 소설들이 보여주는 사실과 환상의 경계 해체, 기의 없는 기표들만으로 전개되는 서술, 서사 부재 혹은 서사 해체의 서술, 기존의 서사 법칙이나 문장 법칙으로부터의 의도적인 일탈 등은 모두 새로운 세계를 찾아가기 위한 새로운 언어일지 모른다. 이들의 소설에서 우리는 언어를 바꾸면 세계가 바뀐다, 서사를 혁신하라, 는 선언 혹은 꿈을 읽는다. 어쩌면 이들 소설이 보여주는 일련의 새로운 시도들은 거짓과 허위로 가득 찬 세계의 음모에 대항하는 소설의 음모라 할 수 있지 않을까. 이들의 음모가 더욱 진지하게, 경쾌하게, 은밀하게 진행되기를, 그리하여 아무것도 가진 것이 없어 "수사학이 선"이 된(한유주, 「그리고 음악」) 이들 세대의 불행한 운명이 우리 시대 소설을 한층 풍요롭게 만드는 행운이 되기를 기대해본다.

'검은 선들'의 행로, 그 슬픈 농담을 위하여

김연수의 『나는 유령작가입니다』

> 나 자신을 부인해 볼까?
> 나 자신을 부인하는 것도 괜찮아.
> 나는 크고, 수많은 나를 담고 있으니까……
> —월트 휘트먼, 「나 자신의 노래」에서

파도와 파도 사이, 바람과 바람 사이, 달빛과 달빛 사이[1]

살다 보면 이해할 수 없는 일이 한두 가지가 아니다. 때로 대낮에 날벼락이 치고, 순식간에 바다가 고층빌딩을 뒤덮고, 잠자는 곳에 갑자기 수류탄이 터지고, 멀쩡했던 사람이 어느 날 목숨을 버린다. 그런가 하면, 그토록 다짐을 하건만 사랑은 알 수 없는 법이라서 목숨조차 걸 수 있을 것 같았던 사랑은 너덜너덜해져서 기억조차 희미해지고, 속속들이 너무나도 잘 안다고 생각했던 사람이 어느 순간 낯선 얼굴로 돌변하고, 때로 내 안에도 내가 너무도 많아 나조차 내가 누구인지 알 수 없을 때가 많다. 그럴 때면 이상(李箱) 말마따나, 사람은, 인생은, 다마네기와 같

---

1) 김연수의 「그 상처가 칼날의 생김새를 닮아서」(『내가 아직 아이였을 때』에 수록)에서 인용.

은 것이라고, 읊조릴 수밖에 없을지 모른다. 그런데 김연수는 한 술 더 뜬다. 그에 따르면, 우리의 삶에서 이해할 수 있는 건 없다. 단지 짐작할 수 있을 뿐. 게다가 세상일이란 항상 짐작과는 다르다. 그러므로 이해할 수 있다고 믿는 건, 그 자체가 오해이자 착각일 뿐이다. 그 대신 그가 주시하는 건, '사이' · '틈'이다. 확고한 듯 보이는 것들 사이를 뚫고 들어가 그 이면에 난 구멍들을 들여다보는 것, 혹은 균열을 일으키는 것. 그 '사이' · '틈' 속에서 가려진 진실, 침묵 속에 잠긴 이야기, 무수한 '나/너'의 흔적들을 발견하는 것. 그 모호하고 희미하고 사소한 흔적들을 통해 단단하고 분명하고 고정되어 있는 것들을 회의하고 의심하고 그것에 반역하는 것, 이것이 김연수의 소설이다.

『나는 유령작가입니다』(창비, 2005)는 이와 같은 작가의 소설적 지향이 더욱 분명하게 드러나는 작품집이다. 여기에 수록된 작품들은 그 소재나 시간적 · 공간적 배경에 있어서 현재와 과거, 동양과 서양, 사랑 이야기와 전쟁 이야기 등을 그야말로 종횡무진 자유롭게 넘나들면서 다양하고 다채로운 이야기들을 펼쳐 보인다. 끝나버린 사랑 이야기나 엇갈린 운명에 관한 이야기가 펼쳐지는가 하면, 근대화 초기의 조선의 형국이나 일제 치하, 한국전쟁 등 우리의 근대사가 이야기 배경으로 자리잡기도 하고, 춘향과 같은 고전 텍스트 속의 인물이 되살아나기도 하고, 소설 속 인물들도 한국인 · 미국인 · 중국인 · 일본인 등 그야말로 세계화 시대에 걸맞은 다국적 인물들로 설정되어 있으며, 작가는 영어 · 일어 · 한자 등으로 쓰인 텍스트를 자유롭게 인용하면서 지난 시대의 풍경이나 사건 · 습속 등을 놀랍도록 자연스럽게 재연해낸다. 그런가 하면 그가 구사하는 언어들은 사건이나 상황, 이야기의 성격에 따라 그 면모나 방식이 달라지고 있어, 실로 인문학적 상상력에 입각한 글쓰기의 면모를 보여주는 듯 보인다. 그러나 사실 이와 같은 관심과 지식의 방대함보다 더욱 주목되는 것은 이들 이야기들이 겨냥하고 있는 방향의 일관성이다. 놀랍게도 이 다양하고 이질적으로 보이는 이야기들은 모두 정확하게 한 방향을 가리키고 있다. 요컨대 과거와 현재, 개인과 집단, 동양과 서양, 문명과 야만 등 온갖 것들에 내재된 오해와 편견을 드러내서 그 경계를 허물고, 이를 통해 우리 삶에 분명한 건 아무 것도 없고 삶의 진실이란 말로 드러낼 수 없는 것임을 보여주는 것, 이것이 그 모든 다양한 이야기들이 궁극적으로 지향하고 있는 지점이다.

이 작품집에서 우선적으로 우리의 관심을 끄는 건, 자신은 '유령작가'라는 작가의 선언이다. 대필 작가를 뜻하는 영어 'ghostwriter'에서 나온 이 말은, 수록된 이야기들이 자신에 의해 만들어진 것이 아니라 단지 '사이'를 들여다보려는 노력에 의해 발견되었을 뿐임을 시사한다. 그에 의하면, 이야기들은, 흔적들은, 이미 있었다. 단지 좀 더 크고 화려하고 분명한 논리를 거느린 이야기에 의해 가려졌을 뿐. 그러므로 그는 소설이 되지 못한 이야기들을 찾아내서 소설로 만드는 사람이고, 전해지지 못한 이야기들을 우리에게 번역해주는 번역자이며, 그 이야기들에 또 하나의 해석을 붙이는 주석자에 불과하다. 요컨대 이 세상에 새로운 것은 하나도 없다. 보르헤스의 말처럼 그에게 세상은 하나의 거대한 책이자 도서관과도 같고, 우리의 삶은 문자로 이루어진 그 미로 속에서 '책 중의 책'을 찾아 헤매는 과정과도 같다. 도서관이 죽은 사람들로 가득 차 있는 동굴이라고 할 때, 우리가 책갈피를 펴면 그 죽은 유령들이 다시 살아날 수 있다고 말한 것 역시 보르헤스였다. 김연수는 그 유령들을 다시 이야기로 살아나게 하는 사람이자, 자신이 그 유령들 중 하나라고 믿는 작가이다. 창작자이자 이야기의 원천으로서의 작가 김연수는 없다는 것, 떠도는 이야기들을 전하는 떠도는 유령작가가 있을 뿐이라는 것, 이것이 "나는 유령작가입니다"라는 선언에 내포된 일차적 전언이다.

그는 스스로 유령이 되어 "글자와 글자 사이, 문단과 문단 사이, 생각과 생각 사이"를 읽고, "파도와 파도 사이, 바람과 바람 사이, 달빛과 달빛 사이"에서 이런저런 생각들을 떠올린다. 우리 삶과 존재의 진실은 무엇인가? 기록은, 기억은 진실한가? 우리는 타인과 어떻게 소통하며,

개인과 역사는 어떻게 연결되는가? 우리는 정말 사랑했을까? 나는 어떻게 해서 지금 여기에 서 있게 된 것일까? 과연 나는 누구인가? 그래서, 모든 경계가 지워진 곳, 기록과 증언과 기억들이 뒤엉킨 그곳에서 이 질문들은 다시 시작된다.

'검은 선들'의 행로

작가의 말을 흉내 내어 보자. "며칠 굶은 짐승의 내장처럼 어둡고 습하고 꾸불꾸불한, 그러나 텅 비어 막히지 않고 계속 어디론가 이어지던 그 골목길들"(「쉽게 끝나지 않을 것 같은, 농담」), 이 골목길들로 이야기를 시작해보면 어떨까? 우연히 헤어진 아내를 만나 함께 골목길들을 걸어 다녔던 주인공은 그 후로 오랫동안 그 골목길들과 그 골목길에서 본 것들을 생각한다. 그 골목길들에서 그는 도대체 무엇을 보았던 것일까? 골목길의 어떤 풍경들이 그렇게 오랫동안 그를 붙들고 있었던 것일까? 골목길에서 과연 무슨 일이 있었던 것일까?

땅거미로부터 뭉게뭉게 피어오른 저녁의 조각구름들이 초승달을 스쳐지나가듯. 문득 문득. 총총히 정독도서관을 향해 비탈진 언덕길을 올라가느라 땀이슬 맺힌 교복 차림 여학생들의 쇄골 안쪽 살갗이며 국군서울지구병원 담벼락 밑에서 각자 누런 봉투 안에 든 자신의 엑스레이 필름을 반쯤 꺼내어 햇살에 비춰보던 사병들의 찌푸린 주름, 혹은 서울시 지방문화재 민속자료 제27호 윤보선 고택 돌죽담 모퉁이를 돌아갈 때 그녀를 바라보며 "방 보러 온다던 새댁이유?"라며 환하게 반기던 어느 할머니가 입고 있던 치마의 꽃무늬 같은 것들에 대해. 가끔 하릴없는 마음에 제 손톱을 가지런히 세우고 오랫동안 들여다보듯. 문득 문득. (9~10면)

하지만 이 서정적인 대목에서 우리가 명확하게 확인할 수 있는 건 별로 없다. 땀 맺힌 여학생들과 엑스레이를 꺼내보는 사병들과 방 보러 온다던 새댁이냐고 말 건네던 할머니, 이들 사이엔 아무런 논리적인 관계도, 인과관계도 없다. 게다가 화자인 '나'가 그 어둡고 습하고 꾸불꾸불한 골목길을 떠올릴 때 생각나는 것은 여학생이나 사병, 할머니가 아니라, 여학생들의 "쇄골 안쪽 살갗", "사병들의 찌푸린 주름", 할머니가 입고 있던 "치마의 꽃무늬 같은 것들"처럼 사소하고 찰나적이며 감각적인 풍경들이다. 오랜만에 만난 '그녀'와 '내'가 걸었던 골목길의 기억은, 오랜만의 만남의 기억은, 그 사소하고 순간적인 풍경들로 남아 있다. '그녀'와 '나'의 사랑에 대해 묻는다는 것은, 오랜만에 우연히 이루어진 만남에 대해 묻는다는 것은, 그리고 그 만남과 헤어짐에 대해 묻는다는 것은, 그러므로 그 풍경들 속에서 무언가 일관된 논리와 이유와 의미를 찾아내는 것과 같은 일이다. 그 안에 무언가가 있을 것이다, 라는 기대 혹은 믿음. 사랑의 의미나 그 상실의 이유를 묻고 싶은 갈망은 그래서 '나'로 하여금 그 꾸불꾸불한 골목길들을 그 후로도 오랫동안 생각하게 만든다.

그러나 '그녀'를 방 보러 온다던 새댁으로 안 할머니의 오해처럼 혹은 방 보러 온다는 어느 새댁의 말이 있은 후 마침 그 집을 지나가게 된 '그녀'의 우연처럼, 모든 것은 우연과 오해 속에서 이어지고 있었을 뿐, 우연과 오해가 빚은 그 골목길들의 풍경 속에 분명하게 설명될 수 있는 것은 아무 것도 없다. 그래서 사소하고 사소한, 찰나적이고 찰나적인, 오해와 우연의 풍경들 속에서 '정독도서관', '국군서울지구병원', '서울시 지방문화재 제27호 윤보선 고택'과 같은 구체적이고 현실적인 기호들, 사적들, 목록들은 그 구체성, 현실적인 맥락을 잃는다. 위에 인용한 대목이 구체적이고 현실적인 자료, 목록들을 토대로 하고 있음에도 불구하고 비현실적이고 환상적으로 다가오는 것은 이 때문이다. 객관적 대상들은 지워지고 그 자리에 모호하고 주관적인 정조, 분위기들만 남아, 구체적이고 현실적인 듯 보이던 상황들은 서정적이고 감각적이며 환상적인 분위기의 그것으로 바뀐다. 결국 우연히 만난 그녀와 함께 걸어 다녔던 골목길을 기억하는 이 서술에서 강조되는 건, 어디에서 어디로 옮겨 다녔느냐가 아니라, 어디에서 어딘가로 끝없이 골목길들을 따라 걸어 다녔었다는 사실 자체다. 요컨대 지하철을 타고 집에 가던 중 자리에 앉아서 한참 졸다가 '갑자기' 종로3가역에서 눈을 떴는데, '정말 거짓말처럼' 맞은편에 '그녀'가 앉아 있었고, 그렇게 '우연히' 그녀를 만나서, '엉거주춤한' 마음으로 안국역에서 내렸고, 인사동 쪽으로 가나 싶었던 '그녀'는 '다짜고짜' 송현동과 안국동 샛길로 걸어가기 시작했고, '그녀'와는 재동 교차로 어디쯤에서 헤어질 생각이었지만 '그녀'를 따라 왔던 길을 한 번 더 걸어갔고, 이 모든 것들이 우연하고, 갑작스럽고, 짐작과는 다르게 일어났었다는 것이다. 꾸불꾸불 이어지던 골목길들이 증거하는 건 바로 그렇게 복잡하고 사소하고 우연하게 이어지는 우리 삶의 행로인 것이다.

그런데 흥미로운 건 이 우연한 삶의 행로가 단지 개인의 운명에 관한 것에 국한되지 않는다는 점이다. 이는 '나'와 '그녀'의 이야기에 뜬금없이 박지원의 이야기가 등장하는 이유이기도 한데, '나'와 '그녀'가 걸었던 곳에 박지원의 집이 있었다는 사실을 단서로 해서, 박지원이 『열하일기』를 남긴 실학사상의 선구자라는 사실은 우리가 다 아는 사실이지만 그가 사랑채 벽장 속에 지구의를 그리고 뜰 앞에 나무 한 그루를 남겼다는 건 우리가 모르는 일이라고, 그러나 그것이 실상 더 중요한 의미를 갖는 것인지 모른다고, 박지원의 사랑채 벽장 속에 있던 지구의, 갑신정변을 일으킨 개화파들, 마침 우연히 조선에 들어와 있던 알렌이라는 미국 의사의 도움으로 살아난 민영익, 그리고 갑신정변의 실패 사이에는 사소하고 갑작스러운 우연이, 그러나 실상은 중요하게, 자리하고 있을지 모른다고, 작가의 얘기는 이어지고 있기 때문이다. 요컨대 우리의 삶과 역사는 모두, 아무 논리도, 필연도 없이 일어나는 "사소하고 우연하고 모호한 일들의 연속체"라는 것인데, 이때 그 행로 가운데 있던, 서로의 가지가 남쪽과 북쪽으로 갈라져 있으면서 철제 버팀기둥과 쇠줄로 지탱되어 600년의 역사를 증거하고 있던 나무는 그 사소하고 우연하고 모호한, 농담 같은 삶과 역사를 단순화 하는 어리석음 혹은 폭력을 드러낸다.

김연수가 보기에, 역사란 무수한 개인들의 행로일 뿐이며, 개인들이 사라진, 그들의 모호하고 사소한 행로들이 지워진 역사란 가짜에 불과하다. 이 작품집에 수록된 많은 작품들이 개인의 이야기와 집단의 이야기, 현재의 이야기와 과거의 이야기가 병치되면서 전개되고 있는 것은 이러한 작가의 의도에서 비롯된다. 가령 「뿌녕쉬」에서는 여러 국가들의 이해관계에 의해 비롯된 전쟁과 그 속에서 아무 뜻도 모른 채 이름도 없이 전쟁에 끌려왔던 개인들의 이야기가, 「거짓된 마음의 역사」에서는 은자의 나라로 숨어버린 약혼자를 찾아오는 이야기와 야만의 나라에 문명의 빛을 전하려는 이야기가, 「다시 한달을 가서 설산을 넘으면」에서는 소발률과 설산을 여행했던 사람들의 기록들과 설산에 오르는 '그'의 이야기가, 그리고 최류탄과 대학생들의 시위대 소리로 시끄러웠던 '야만의 시대'와 '그'와 여자 친구와의 사랑, 실연 이야기가, 「이등박문을, 쏘지 못하다」에서는 언어장애가 있는 동생에게 아내를 구해주기 위해 중국 하얼삔에 온 이야기와 이등박문을 쏜 안중근의 이야기가, 「연애인 것을 깨닫자마자」에서는 "가정과 국가의 위생관념을 철저하게 믿는" 사내의 이야기와 모던연애를 신봉하는 '나'와 정희의 이야기가, 「이렇게 한낮 속에 서 있다」에서는 한국전쟁이 벌어지고 있던 '짐승의 시대'에 사랑 때문에 종로 네 거리에 서 있다 체포된 이야기와 그로 인해 '자유대한의 순교자'로 칭송받게 된 이야기가 상호 병치되거나 대조되면서 전개되고 있다. 이들 이야기들이 강조하는 것은 모두 드러난 이야기와 숨은 이야기, 표면적인 사실과 이면의 진실, 개인의 삶과 집단의 논리 사이의 모순, 혹은 그 틈새이다.

약혼자를 찾아달라는 의뢰를 받아 조선으로 오던 중, 그 여자의 사진을 먼저 찍어 보내려고 카메라를 샀고, 조선에서 사진관을 운영했다는 송을 우연히 요코하마에서 만나게 되고, 돈이 없어 카메라를 담보로 그에게서 돈을 빌리고, 조선에 와서는 우연히 아이를 때리는 사람을 말리려다 봉변을 당해 하필 시궁창에 박혀 말라리아에 걸리고, 미국 선교사가 운영하는 병원에서 닷지 양을 만나고, 송과 함께 조선에서 왕의 사진을 찍으며 그녀와 살게 된 것이나(「거짓된 마음의 역사」), 동생에게 아내를 구해주려고 조선족 여자를 사러 온 곳이 하필 안중근이 이등박문을 쏜 역사적인 장소였다는 것이나, 이등박문을 우덕순이 아닌 안중근이 죽였다는 사실(「이등박문을, 쏘지 못하다」), 혹은 청약신청에 당첨되었다는 편지를 받고 남편에게 숨기는 게 없느냐고 물었다가 사랑하는 사람이 생겼다는 얘기를 듣게 되는 것이나(「그건 새였을까, 네즈미」), 결국 모두 "우연 중의 우연에 불과한", "늘 짐작과는 달랐"던(「이등박문을, 쏘지 못하다」) 세상일이었을 뿐이다. 그리고 이처럼 우리의 삶과 역사가 무수한 우연과 오해의 연속체라는 믿음 속에서 절대적이고 거대하고 명확한 담론들, 가령 사랑의 절대성, 국가와 가정의 신성성, 정치적·사회적 이데올로기에 대한 맹신, 이성과 과학, 문명에 대한 확신 등은 모두 회의와 의심과 부정의 대상이 된다.

가령 「그건 새였을까, 네즈미」에서는 "절대로, 확실히, 분명히"를 아무리 외쳐대도 사랑은 끝이 나고 타인은 타인일 수밖에 없음이 인물들 사이의 어긋난 관계를 통해 그려지고 있고, 「남원고사에 관한 세 개의 이야기와 한 개의 주석」에서는 열녀 춘향이 영원한 사랑과 수절에 대해 의심하고 회의하는 인물로 묘사되고, '춘향전'은 신임 부사와 아전들 사이의 힘겨루기에서 발생한 이야기로 바뀐다. 그런가 하면 「거짓된 마음의 역사」와 「연애인 것을 깨닫자마자」에서는 이성과 합리를 내세우며 태동한 근대 문명이 희극적으로 풍자된다. 각각의 작품 속의 '나'와 '나'의 친구는 모두 근대 문명 예찬론자들이다. 약혼자를 찾아달라는 의뢰를 받고는 그 일을 통해 전 세계에 프론티어 정신을 심어 놓겠다는 사명감을 다지는 '나'와 가정과 국가의 위생을 강조하며 성적(性的)·감정적 조절과 절제를 강조했던 친구는 모두 이성과 합리주의와 근대 문명의 신봉자들로, 비논리적이고 비이성적이며 더러운 것들에 대해서는 혐오와 멸시를 보이는 인물들이다. 그러나 「거짓된 마음의 역사」의 주인공이 자신의 편견과 오해에서 벗어나 이성과 논리 저편의 진실을 발견하게 되는 것과는 달리,[2] 여급을 사랑하다 실연당해 비를 맞고 서 있는 「연애인 것을 깨닫자마자」의 주인공은 끝까지 논리적 인과관계에 따른 사고체계를 버리지 못한다. "서울에 딴스홀을 허하라"는 외침의 소설화처럼 보이기도 하는 이 작품은 건강을 중시하는 남자의 병적 상태를 드러냄으로써 오히려 위생관념의 비위생성·질병성을 강조하고 비정상적인 것, 아픈 것, 불건전해보이는 것들과 정상적이고 상식적인 것들 사이의 전도를 통해 문명과 근대의 이름으로 억눌리고 있는 것들을 드러낸다.[3]

요컨대 이런 이야기들을 통해 김연수는 우리의 삶과 역사를 인과관계에 의해 일목요연하게 정리함으로써 이해할 수 있다는 믿음에 계속해서 딴지를 건다. 그가 보기에 우리의 삶이란 합리적 이성과 논리적 인과관계로 설명될 수 없는, 근본적으로 이해 불가능한 것이다. 그것은 겹쳐지고 뒤엉킨 선들의 행로와 같아서, 거기에서 일관된 논리와 일정한 방향과 법칙을 찾아낸다는 것은 불가능하고도 어리석은 일이다. 김

---

2) 사실 이 작품은 주인공이 언급하는 휘트먼의 시 「나 자신의 노래 Song of Myself」의 내용과 비슷하다. 휘트먼의 시가 인종·민족·계층·빈부 등에 따른 편견과 오해·갈등을 넘어 자연인으로서의 인간 본연의 모습을 되찾아 가는 자아 여행의 과정을 노래하고 있었던 것처럼, 주인공에게도 뉴욕을 떠나 조선에 와 살게 되기까지의 과정이 자아를 찾는 과정이 되고 있기 때문이다. 그리고 이때 비로소 휘트먼은 미국의 국수주의적 민족시인으로서가 아니라 풀잎을 노래하는 시인으로 올바르게 이해된다.

3) 더욱 흥미로운 것은 그 친구와는 대조적인 입장에 서 있는 듯 보이는 '나' 역시 연애를 근대화를 위한 수단으로 생각한다는 점에서 가정과 국가의 위생을 통해 근대를 이루어야 한다는 친구와 닮아 있다는 사실인데, 실제로 그가 쓴 기사에는 '사상의 동반자', '임상사례', '병의 질환', '치유', '불변의 진리', '신념' 등 의사인 친구의 언어가 그대로 사용되고 있다.

연수 작품 곳곳에 등장하는 지도는 이 점에서 우리의 관심을 끈다. 지도는 미로 같은 삶의 길을 과학적·논리적 법칙으로 정리하고 요약하고 해석해 놓은 기록물이기 때문이다. 이해할 수 없는 삶의 수수께끼 앞에 놓였을 때, 삶의 미로 속에 갇혔을 때, 김연수 인물들은 때로 지도에 의지해 길을 찾는다. 그러나 미로 같은 삶의 길은 지도에서 발견할 수 있는 것이 아니다. 가령 「쉽게 끝나지 않을 것 같은, 농담」에서 '그녀'와 함께 걸었던 골목길들을 되짚어 보기 위해 '중앙지도사'에서 구한 지도는 결국 아무런 도움이 되지 못했다. 지도 위에 적힌 숫자들을 따라 걸으면서, 그날 안국동 175번지 앞에서 걷기 시작해서, 가회동 12번지를 지날 즈음 대화가 끊기고, 재동 83번지 헌법재판소 앞을 지날 때 '그녀'가 꿈 얘기를 하고, 안국동 8번지 앞에서 '그녀'를 방 보러 온 새댁으로 착각한 할머니를 만났다는 사실을 알아냈지만, 정작 그녀가 울어버린 곳이 어디인지는 알 수 없었다는 사실은, 숫자나 방위로 표기된 지도가 실제 삶의 이해나 그 뒤에 숨은 이야기들을 읽어내는 데에는 아무 도움이 되지 않는다는 것을 보여준다. 그런가 하면 「그건 새였을까, 네즈미」에서 인물들이 함께 영국 교외로 여행을 떠났을 때 여행 가이드에 나와 있는 것과 실제가 달라 방향잡기가 곤란했다는 일화라든지, '희미한 점선'과 '가상의 실선'으로 비유된 인물들 사이의 관계가 점점 어긋나게 되는 것도 이를 환기시키는 대목들이다.

지도는 "도중의 사소하고 우연적이고 꼬불꼬불한 과정을 과감히 생략하고 단숨에"(「쉽게 끝나지 않을 것 같은, 농담」) 그은 "가상의 실선"이다. 「거짓된 마음의 역사」에서는 문명이라는 이름으로 그 꾸불꾸불한 과정들을 모두 생략하고 단숨에 그은 선이 등장한다. 태평양 한가운데 그어진 국제날짜변경선이 그것인데, 그 선을 문명과 진보의 빛이 세계를 균일하게 비추게 된 상징으로 이해하는 주인공은 그에 걸맞게 "오리건과 북부 캘리포니아 지도"를 "미합중국의 이념을 가장 정확하게 구현한, 이 세기 최고의 예술작품"으로 생각한다. "프런티어를 개척해내는 용감한 시민들만이 상상할 수 있는 길, 오리건 통로가 표시되어 있"어서, 그 지도를 보면 "그 상상의 길이 이교도로 들끓던 야만의 풍경을 어떻게 정화시켰는지 똑똑히 알겠"기 때문이라는 것이다.[4] 그러나 주인공이 종국에 깨닫는 것처럼 그 지도는, 그리고 국제날짜변경선은 가짜다. 거기에 진실은 없다. 바다 한가운데 그어진 선이 인위적으로 우리의 시간을 앞뒤로 이동시켜 놓지만 그렇다고 정말로 우리의 삶이 앞으로 뒤로 움직이는 것은 아니며, 죽은 전우들의 청춘이 너덜너덜해진 지도상의 좌표로 남을 뿐이라고 해도 그들의 삶과 죽음의 진실까지 거기에 담겨 있는 것은 아니며, '론리 플래닛'이라는 아무리 정교하고 상세한 안내서를 참고한다 하더라도 거기에서 대설산의 진짜 모습을 알아낼 수는 없다. '나'와 '그녀'가 걸어 다녔던 '검은 선들'의 행로, 우리 모두가 저마다 가지고 있는 자신만의 '어두운 구멍', 수직 암벽이라 눈이 쌓일 수 없어 '검은 몸뚱이'를 그대로 드러낸 루팔벽, '그'의 주변에 떠돌던 '검은 물체들', 그리고 결국 그 '검은 그림자'와 함께 걷기 시작한, 태어날 때부터 온몸이 까맸던 '그/나', 이 '검은' 것들 속에, 어둠 속에, 진실은 잠겨 있다.

---

4) 주인공의 편지에서 '상상'이라는 단어는 왜곡된 의미로 사용되면서 강조된다. 상상력을 프론티어 정신과 연결 지어 이해하고 있는 그는 중국인에게는 상상의 눈이 없고 긴 자는 상상력이 없는 거리라고 비난하면서, 정작 살았을 때보다 죽은 다음이 더 중요하다고 생각해서 사람이 죽어갈 때마다 노란색 가짜 지폐를 뿌리거나 바다에 용왕이 살고 있다고 믿는 중국인들을 어리석다고 생각한다. 특히 그가 강조하던 상상력이 실상 돈이나("지급우편에 귀하의 상상력을 보여달라") 복수의 의미로("상상의 무한한 힘을 보여줄 수밖에 없다") 사용되어 나타나는 대목은 '상상'이라는 단어에 대한 그의 왜곡된 이해를 우스꽝스럽게 드러낸다.

니르바나, 언어 저편의 진실

이해할 수 없는 삶에 대한 인식, 이성과 논리 저편의 진실이라는 인식은 글과 말에 대한 인식으로 이어진다. 언어로 표현할 수 없는 삶의 진실과 문장이 끝난 곳에서 비로소 시작되는 꿈을 감동적으로 그려낸 「다시 한달을 가서 설산을 넘으면」을 보자. 이 작품은 "나는 이렇게 썼다"와 "그는 이렇게 생각했다"의 대결로 시작된다.

> 나는 이렇게 썼다. "122행의 앞 세 글자는 빠져 있다. 빠진 글자를 순서대로 추정하자면, 121행의 마지막 글자 포(蒲)에서 시작해야 한다. 고대 한어에서 '蒲'자는 포(蒲)자와 같은 글자다. 이 글자 다음에 빠진 글자를 추정하려면 123행의 자(蔗)자를 고려해야만 한다. '蔗'자 앞에는 희미하게 지워진 글자가 있는데, 남아 있는 형태로 봐서 이 글자는 감(甘)자가 확실하다. 감자(甘蔗)란 인도에서 나는 사탕수수를 뜻한다. (…중략…) 그러니까 120행부터 123행까지는 건타라국(建馱羅國)의 작물을 다루고 있다. 다시 121행의 '蒲'자로 돌아가면 이 다음에 올 글자는 도(桃)자나 도(陶)자가 거의 확실하다. (…중략…) 그래서 초기에는 포도(蒲桃, 蒲陶)가 모두 포도를 지칭하는 단어로 쓰였다." (107~108면)

> 그는 이렇게 생각했다. "'蒲'자는 '蒲'자와 통한다. 따라서 이 다음에 올 글자로는 '桃'자나 '陶'자가 합당하다. 하지만 그중 어떤 글자를 썼느냐는 혜초만이 알 것이다. 우리는 그저 상상할 뿐이다. (…중략…) 그러니까 '蒲'자 다음에는 '桃'자나 '陶'자가 오는 게 당연하다고 여길 수 있다면. 하지만 그렇다고 해서 반드시 '蒲'자 다음에는 '桃'자나 '陶'자가 올 수 있는 것은 아니다." (108면)

여기에서 '나'와 '그'는 혜초의 「왕오천축국전」의 지워진 공간을 해석하는 두 가지 다른 태도를 보여준다. 이것은 인과관계에 입각한 논리적이고 합리적인 해석을 보여주는 '나'와 그 해석이 배제한 다른 가능성을 더 신뢰하는 '그'의 대결이기도 하고, 일인칭 화자 '나'와 삼인칭 화자 '그'의 대결이기도 하며, 기록과 생각(상상)의 대결이기도 하다. '나'의 문장은 '확실하다', '추정' 등 분명하고 합리적인 논거 등을 강조하는 어휘, '~해야만 한다', '그러니까', '그래서' 등 인과관계를 강조하는 접속사, 숫자 등을 통해 논리적이고 합리적이며 이성적인 판단에 근거하고 있음을 보여준다. 이에 반해 '그'의 문장은 처음에는 '따라서', '그러니까' 등과 같이 인과관계를 나타내는 접속사를 사용하여 '나'의 문장과 논리를 그대로 따르는 것처럼 보이지만, 그 뒤의 문장이 '하지만'이라는 접속사로 이어지면서 그 앞의 논리를 부정, 회의하기 시작하고, 그 확실성에 의문을 제기한다.

더욱 주목되는 점은 여기에서 대결하고 있는 '나'와 '그'의 정체와 관계가 모호하다는 사실이다. 이 작품은 형식적으로는 일인칭 서술로 되어 있지만 '나'는 실질적으로 서술을 담당하는 화자가 아니고 실질적인 서사 전개는 '그'를 통해서 이루어지는 특이한 형식을 취하고 있다. 형식적으로는 1인칭 서술로 되어 있으면서 실질적으로는 3인칭 시점처럼 전개되는 특이한 형식이라 할 수 있는데, 사실 이 혼란스럽고 특이한 서술방식은 '그'와 '나'의 혼재로서의 '그-나'를 상기시키기 위한 중요한 장치로 작용한다. 번역가이자 주석자로 등장하는 '내'가 논리적 인과관계에 근거해서 확신의 언어로 판단하고 규정하는 인물이라면, 이해할 수 없는 일들을 이해하기 위해 메모를 소설로 옮겨 적으면서 오히려 실제의 삶이나 진실과는 멀어졌다고, 그래서 소설에 쓰지 않은 것을 가지고 히말라야로 간 '그'는 번역을 하면서 혹은 각주를 달면서 지워진, '내' 안의 '그'다. '그'는 현실화 될 수 없는 '나'이며, 이 점에서 원천적으로 일인칭의 목소리를 가질 수도 없다. 그는 '유령작가'다.[5]

---

5) 여기에서 '유령작가'는 창조자로서의 작가가 아니라 이미 있던 이야기들을 대신 집필해주는 사람으로서의 작가라는 원래의 의미를 넘어, 삶과 글의 균열로 인해 근원적으로 현실화 될 수 없고 유령처럼 떠돌아야 하는, 그래서 아직은 '나'가 되지 못한 채 '그'

이 '그'와 '나'의 대립은 소발률을 여행한 마르코 폴로와 현장의 글과 헤르만 불의 말의 대립으로 다시 이어진다. 마르코 폴로와 현장이 기술한 내용은 아주 흡사할 뿐 아니라 그곳 안내서로 사용해도 될 만큼 "정확하다." 그들은 그곳의 지형과 거리와 위치를 기록한 후 사람들은 야만적이고 사악하다고 적었다. 반면에 그곳을 찾은 이방인들 중 가장 먼저 대설산에 올랐던 헤르만 불은 만년설 상부를 '심안(心眼)으로' 살펴보았더니 그것이 자신에게 "이해할 수는 없지만 현실적인 꿈처럼" 다가왔다고 이야기한다. 사실 대설산에 대한 이 같은 대조적인 이해는 대설산의 이름 자체에서도 드러난다. 그곳 사람들이 사용하는 문자(글)는 인도와 대체로 같으면서 언어(말)는 다른 나라들과 달랐다는 기록에서처럼 산스크리트어로는 '벌거벗은 산'이라는 뜻이지만 계곡 주민들에게는 그 산이 '산중의 제왕'이라는 의미로 불리고 있었다는 것인데, 여기에서도 글이 기록하지 못하는 진실이 새삼 확인된다. 벌거벗은 몸으로 모든 고통과 슬픔과 절망을 받아들임으로써 산중의 제왕이 된 낭가파르바트의 참된 면모를, 글은 단순히 벌거벗은 산으로 기록하고 있을 뿐이기 때문이다.

언어에 대한 회의와 불신 그리고 진리란 언어 저편에 있는 것이라는 믿음은 기록된 삶으로서의 역사에 대한 불신으로 이어진다. 요컨대 "운명은 절대로 표현할 수 없다는 것", "운명이 드러나는 순간에 언어 같은 것은 완전히 사라"진다는 것(「뿌녕쉬」), "문장으로 남길 수 없는 일들이 삶에서도 존재한다는" 것(「다시 한달을 가서 설산을 넘으면」), 그러므로 기록된 역사 속에 진실은 없다는 것이다. 글은 사실을 기록할 수는 있지만, 진실을 담아내지는 못한다. 과연 여자 친구가 자살한 것이 오로지 '야만의 시대'에 시대의 방관자로 살 수 없었기 때문이었을까? 소발률로 도망친 왕은 과연 거기에서 행복했을까 불행했을까? '그'는 과연 조난

로만 존재하는 작가라는 보다 확대된 의미를 갖는다. 어쩌면 김연수의 소설은 삶과 언어의 균열 속에서 자신은 유령작가일 수밖에 없다는 절망과 그 균열을 넘어서고자 하는 꿈 사이에서 시작되는 것처럼 보이기도 한다.

당한 대원을 구조하기 위해 떠났다가 죽은 것일까? 지평리 전투의 의미는 죽은 자의 숫자로만 기록될 수 있는 것인가? 춘향이는 정말 이몽룡을 사랑했을까? 변학도는 정말 기생만 밝히던 탐관오리였을까? 역사는 논리적 인과관계에 의해 설명될 수 있는 것만을 기록한다. 글을 쓰면 쓸수록 인과관계에서 어긋나는 일들은 문장으로 남지 않게 되고 따라서 거기에는 '그'와 '그녀'의 이야기가 사라지고 없었다는 고백처럼(「다시 한달을 가서 설산을 넘으면」), 삶의 진실이나 존재의 비밀은 문장 속으로 들어올 수 없다. 그러나 문장 속에 들어올 수 없다고 해도, 기록되지 않은 것은 믿어지지 않는다고 해도, 우리 삶은 그렇게 기록되지 않고 믿어지지 않는 일들로 이어진다. 미합중국 군대가 공식적으로 조선에 처음 건네준 선물이 다 마시고 난 맥주병이라는 사실은 "총신을 이빨로 씹어먹은 아프리카 고릴라에 대한 얘기처럼" 황당한 이야기이지만 실제로 있었던 일이고(「거짓된 마음의 역사」), 시대의 방관자가 될 수 없다며 자살한 여자 친구는 죽기 전 어머니를 아내로 삼고 형제들이 아내를 공동으로 삼는다는 「왕오천축국전」의 대목에 밑줄을 그어 놓았는가 하면(「다시 한달을 가서 설산을 넘으면」), 「별천지」에는 조선 백성들에게 황국신민으로서의 충성을 강조하는, "어떤 난센스한 글들보다도 더 난센스하고, 그 어떤 가십보다도 더 가십적인" 글이 실려 있다(「연애인 것을 깨닫자마자」). 삶과 글의 이 근원적인 불일치, 균열 속에서 문장이란 근원적으로 "말줄임표를 갖다 붙여야만 온전해질 것 같은"(「이등박문을, 쏘지 못하다」) 것이 될 수밖에 없다.

이처럼 기록된 삶으로서의 역사를 부정하면서 대신 김연수 인물들이 매달리는 것은 문학이다. 역사학이 진리에 다가가는 도구라고 생각하고 역사학을 공부하러 영국에 온 '나'는 이제 세희와 세영에 대한 글을 쓰고 있고(「그건 새였을까, 네즈미」), 여자 친구의 죽음을 이해할 수 없었던 '그'는 소설을 쓰며(「다시 한달을 가서 설산을 넘으면」), 한국전에 참가했던 중국인 화자는 꼬마 맹호연으로 불리웠던 사람으로 전쟁터에서 공포를 이겨내기 위해 시를 읊조리는가 하면 자기를 구해준 여자가 죽자 그녀를 위해 시를 읊는다(「뿌넝숴」). 그런가 하면 일본인 '나'는 일본 가인의 시를 외우고(「그건 새였을까, 네즈미」), 미국인 탐정가는 휘트먼의 시구를 외우며(「거짓된 마음의 역사」), 옥에 갇힌 춘향이도 시를 외우고(「남원고사에 관한 세 개의 이야기와 한 개의 주석」), 하얼삔에 온 성재도 중앙대가를 빠져 나오며 시를 떠올리며(「이등박문을, 쏘지 못하다」), 총살형을 당할 처지에 서 있는 인물은 동경유학 시절에 즐겨 읽던 시로 마지막 말을 시작한다(「이렇게 한낮 속에 서 있다」). 뿐만 아니라 「뿌넝숴」에서 화자가 이야기를 하고 있는 상대도 작가이고, 「이렇게 한낮 속에 서 있다」의 화자도 문인으로 설정되어 있다. 이것은 삶과 글의 근원적인 균열에도 불구하고 김연수가 문학을 삶의 진리를 담아내는 장으로 이해하고 있음을 보여주는 대목들이다. 그렇다면 과연 문학이란 작가에게, 그리고 그의 인물들에게 무슨 의미를 갖는 것일까?

「뿌넝숴」의 주인공의 말을 빌리자면 문학은 역사 뒤에 가려진 사소하고 작은 소리들에 귀를 쫑긋 세우는 것, 흩날려 들판을 가득 메운 매화 꽃잎들을 보고 봄비 소리에 귀를 기울이는 것이다. 그것들은 우리의 삶이 사소하고 우연한 일들의 연속체이며 근본적으로 이해 불가능하고 소통 불가능한 것임을 환기시킨다. 실제로 작품 속 인물들은 모두가 어긋난다. 가령 「쉽게 끝나지 않을 것 같은, 농담」에서 '그녀'가 기억하는 '나'와 '내'가 기억하는 '그녀', '나'의 생각과 '그녀'의 생각은 항시 어긋난다. '나'를 혼잣말을 잘하는 사람이라고 기억하는 '그녀'와 그렇지 않다고 부인하는 '나', 그러나 자신의 부인에도 불구하고 "여전히 혼잣말을 잘" 하는 '나', 늘 오른편에서 '그녀'를 바라보았던, 그래서 '그녀'의 왼편 얼굴이 낯설기만 한 '나', 담배 냄새를 견디지 못했던 '그녀'와 담배를 달라고 하는 '그녀', 이들은 "서로 다른 곳을 쳐다봤다." 과연, 진짜 '나'는 '그녀'가 아는 '나'란 말인가, '내'가 아는 '나'란 말인가? 그리고 진짜 '그녀'는 '내'가 아는, 오른쪽에서 본 '그녀'란 말인가, 아니면 낯선 왼쪽 얼굴의 '그녀'란 말인가? 「그건 새였을까, 네즈미」에 등장하는 인물들 역시 줄곧 어긋난다. 칠년 동안 떨어져 지냈으면서 동생을 이해할 수 있다는 듯 굴고 네즈미가 쥐라는 뜻인지도 모르면서 '나'를 사랑한다고 하는 세희, 그런 그녀를 사랑한다는 '나', 남편을 평생 사랑하리라고 맹세했지만 남편이 누군지도 이해하지 못했던 세영, 이들은 서로 어긋나 있고 서로가 누구인지도 알지 못한다. 이들이 일본인·한국인 등으로 설정되어 있어 이들의 대화에 영어·일어·한국어 등이 섞이고 때로 그 말 때문에 소통이 불가능해지는 것도 이들 사이의 어긋남을 강조하기 위한 장치이다. 그런가 하면 「이등박문을, 쏘지 못하다」에서도 언어장애가 있는 동생, 한국어를 모르는 한족 남자와 여자, 그와 중국말로 얘기하는 한족 젊은이, 이들의 언어를 알아들을 수 없는 성재 등 모든 인물들이 서로의 말을 못 알아듣거나 마음을 헤아리지 못한다. 주목할 점은 김연수 소설에서 이런 인물들 사이의 어긋남이 소통에 대한 갈망으로 이어지는 것이 아니라 삶과 존재의 근원적인 다층성, 이해할 수 없음에 대한 자각으로 이어진다는 점이다. 이제 이들은 "사랑한다고 해서 한 인간의 꿈속에까지 들어간다는 것은 불가능한 일"이고(「쉽게 끝나지 않을 것 같은, 농담」), 인간에게는 모두 '어두운 구멍'이 있는 법이며(「그건 새였을까, 네즈미」), 그것은 이해의 문제가 아니라고, 인간은 근본적으로 이해될 수 없는 존재라고 믿는다. 문학은 이 이해할 수도, 이해될 수도 없는 것들에 귀 기울이는 것이다. 결국 김연수 인물들은 문학을 통해 타인과 소통하고 타인을 이해하는 꿈을 꾸는 것이 아니라, 타인과 소통할 수 없고 타인과 꿈을 공유할 수 없으며 나아가 자신이 누구인지조차도 알 수 없다는 것을 깨닫는다. 그리고 그것이 김연수가 믿는, 문학이 드러내는 진실이다.

슬프게도, "꿈은, 문장이 끊어진 자리에서" 시작한다(「다시 한달을 가서 설산을 넘으면」). 그러나 작가란, 언어로는 도달할 수 없는 꿈일지라도 그것을 언어로 표현할 수밖에 없는 운명적 존재인 법. 그래서 김연수의 말은 삶과 언어의 거리와 균열을 보여주고 동시에 극복하려는 몸짓으로 가득하다. 그의 문장에는 '우연히', '거짓말처럼', '~수밖에 없다', '알 수 없다', '~모른다', '하필이면' 등과 같이 우연과 모호함을 강조하는 단어나, 기존의 생각과 관념들을 의심하고 회의하는 의문문의 사용이 두드러진다. 그런가 하면 신선한 수사와 비유법 그리고 형용사, 부사어의 활발한 사용이 눈에 띄는데, 특히 흐리마리, 버거스렁이, 자글거리는, 끄느름한, 달달거리는, 고자누룩해지기를, 아령칙했고, 더덜뭇한, 누기진 등과 같은 낯선 형용사, 부사어들의 사용이 두드러져 언어에 대한 작가의 민감한 감각을 드러낸다. 주목할 점은 이것이 단순히 수사적 묘사를 위한 것이라기보다 논리적으로 분명하게 설명할 수 없는 것들을 표현하고 전달하기 위한 노력에서 비롯된 것으로 보인다는 점이다. 요컨대 언어로 표현될 수 없는 것들을 언어로 표현함으로써 언어 저편의 진실을 향해 나아가고자 하는 시도로 보인다는 것이니, 아마도 그렇게 "다시 한달을 가서 설산을 넘으면" 그때 그는 '유령작가'에서 벗어날 수 있을지도 모를 일이다.

비에 젖어 우노라

김연수의 소설에는 항시 비가 내린다. 「쉽게 끝나지 않을 것 같은, 농담」에서 '나'는 '그녀'를 만나고 난 후 "시간당 20밀리미터의 세찬 빗줄기가 사선을 그으며 서울 하늘을 가득 메우고 있었"던 어느 날 "비에 젖은 몸"으로 북촌 근처의 지도를 구하러 중앙지도사에 가고, 장마 내내 선을 그어놓은 지도를 벽에 붙여 놓고 들여다보며, 다시 그녀와 걸었던 길을 찾아갔을 때도 막바지에 이른 장마가 마지막으로 서울에 비를 뿌리고 있었다. 그런가 하면 「그건 새였을까, 네즈미」는 "빗발과 모진 바람을 뚫고" '내'가 세희의 집으로 달려가는 것으로 이야기가 시작되고, 「연애인 것을 깨닫자마자」도 "비가 오신다"는 문장으로 시작되며, 「뿌넝숴」에서도 주인공은 비 이야기로 시작해보겠다며 말을 꺼내는데, 주인공이 회고하는 1950년 10월 19일에도 비가 오고 있다. 이 비들은 대개 깨어진 사랑이나 죽음, 전쟁과 같이 삶의 전환점이 된 사건들의 배경이 되어 내리고 있는데, 단순히 쓸쓸하고 우울한 분위기를 만드는 것 이상의 의미를 담고 있어 주목된다. 「뿌넝숴」의 주인공의 말처럼 그 비는 "가슴의 가장 깊은 곳까지 스며들어서는 삶을 온통 뒤흔들어놓는" 인식의 전환과 연관되어 있기 때문이다. 주인공은 빗소리에 귀 기울이는 게 오래된 습관이 되었다고 얘기할 만큼 유난히 빗소리에 각별한 친근감을 보이는 인물이다. 이때 빗줄기 소리는 작고 사소하고 말해질 수 없고 설명될 수 없는 것, 그러면서도 가장 깊은 곳까지 스며들어 삶을 온통 뒤흔들어놓는 어떤 것이다. 주인공의 말에 의하면 이처럼 설명될 수 없는 세상 가장 작은 소리에도 온몸과 마음으로 귀를 기울이는 사람들이 있어 꽃이 피고 또 진다.

비가 갖는 상징적인 의미는 「그건 새였을까, 네즈미」에서 "봄비가 오네 빠져나온 그대로의 잠옷의 구멍"이라는 나이또오 죠오소오의 시를 통해 보다 구체적으로 드러난다. 평생 병에 시달리며 고독하게 살았던 가인으로 하여금 한밤중 잠옷을 벗고 나오게 만들었던, 그래서 "빠져나온 그대로의 잠옷"에서 존재의 어두운 구멍을 보게 만들었던 봄비처럼, 비는 김연수 인물들의 마음을 움직이게 만들고 그 결과 인간 모두가 갖고 있는 어두운 구멍을 비로소 바라보게 하는 계기가 된다. 그것은 우리 모두가 누구에게도 이해받을 수 없고, 누구도 이해할 수 없으며, 고독과 어둠 속에서 살아가는 것임을, 우리의 삶이란 도무지 설명되고 이해될 수 없는 일들로 이어지는 것임을 환기시키는, 존재의 어두운 구멍의 입구이다. 김연수 인물들은 비를 통해 이 존재의 검은 구멍을 본다.

작품 끝에서 비가 그 구멍을 닮은 '검은 비바람'으로 표현되는 것은, 그러므로 자연스럽다.

결국 김연수의 인물들이 이 비에 온몸이 '젖는다'는 것은 비로소 삶과 존재의 이 같은 진실에 눈뜨고 결국 그것을 받아들인다는 것을 의미한다. 이 점에서 자신과 '그녀'와의 관계에 대해, 헤어짐에 대해, 그리고 우연한 만남에 대해 분명한 설명을, 의미를 찾고자 했던 「쉽게 끝나지 않을 것 같은, 농담」의 주인공이 우산을 뒤로 젖힌 채 얼굴로 떨어지는 빗방울을 고스란히 맞으며 결코 고개를 숙이지 않겠다고 다짐하는 마지막 장면은 그가 우리 삶과 운명에는 어떤 논리도 필연도 없음을 깨우쳤음을 보여주는 대목이다. 그러나 이 비의 힘이 항시 효과를 발휘하는 건 아니다. 가령 「연애인 것을 깨닫자마자」에서 '나'의 친구 역시 비를 맞고 서 있다. 의학전문학교를 우수한 성적으로 졸업해 성적(性的)·감정적 통제를 통해 위생적인 가정과 국가를 건립하는 꿈을 가지고 있던, 그래서 자유연애와 소설과 연극을 피하라고 하던 그가, 사랑을 잃고 환락가 카페 앞에서 비를 쫄딱 맞고 서 있는 광경은 이성적이고 합리적인 근대 문명 예찬론자의 허망하고 우스꽝스러운 몰락을 보여줌으로써 비의 진실을 드러내는 듯 보인다. 작중의 표현처럼 그 빗소리는 "들뜬 춘심(春心)의 산회(散會)를 알리는 싸이렌"이며, 사랑도 "떨어진 꽃잎처럼" 마감하고 이제는 "왕복엽서처럼" 제 주소를 찾아 돌아가야 할 때임을 알리는 신호이다. 사랑은 덧없고, 인생은 불가해하며, 인간은 복합다면체라는 것을 환기시키는 신호. 그런데 이 친구는 "그렇게 비를 많이 맞았는데도" 여전히 국가, 전쟁 타령을 계속하고 있으니, 골치 아픈 일이 아닐 수 없다. 화자인 '나'의 말처럼 냉수도 먹을 만큼 먹은 것 같고 비도 그렇게 많이 맞았는데 언제쯤 속을 차리려는지 알 수가 없다.

김연수 소설에서 비에 젖는 것은 사람만이 아니다. 비바람에 벚꽃이 떨어지고, 속절없이 매화가 지고, 옥에 갇힌 춘향이 떠올리는 시에서도 비바람에 꽃이 진다. 어떤 점에서 김연수 소설은 이 지는 꽃들을 위해 씌어진다. 푸른 잎사귀가 달리고 화사한 꽃봉오리가 맺히고 붉게 타오르던 꽃들도 언젠가는 우수수 떨어지고 마는 것처럼, 청춘도, 사랑도, 인연도, 믿음도, 신념도, 어느 순간 타올랐다가 스러지고 마는 것임을, 우리 삶에 아무것도 절대적이고 완전한 것은 없다는 것을, 그의 소설은 반복적으로 보여주고 있기 때문이다. 어쩌면 김연수는 비에, 바람에, 혹은 작은 새의 날개 짓 하나에 속절없이 떨어져 내린 꽃잎들만이 우리 삶의 진실을 담고 있다고 말하려는 것 같다. 인생은 사소하고 하찮고 찰나적인 것이라고. 그러나 그 사소함 속에, 하찮음 속에, 삶의 진짜 모습이 담겨 있다고. 그러니 나비가 오는 것을 보라고 나비가 날아오지 않고 찾아오는 봄은 없다고 꽃을 보라고 밤사이 비바람 소리 들리더니 꽃이 얼마나 떨어졌는지 아느냐고. "파도와 파도 사이, 바람과 바람 사이, 달빛과 달빛 사이"에 운명이 드러나는 순간이 있다고. 그것을 보고 들으라고 그 속에 네가 있다고.

이처럼 비가 작고 사소하고 말해질 수 없고 설명될 수 없는 것 그러면서도 가장 깊은 곳까지 스며들어 삶을 온통 뒤흔들어놓는 삶의 진실을 환기시키는 장치라고 할 때, 이 진실 앞에서 인물들은 눈물을 흘린다. 비는 눈물이 되고 눈물은 다시 슬픔이 된다. 「쉽게 끝나지 않을 것 같은, 농담」에선 끝도 없이 이어지던 꾸불꾸불한 골목길을 걸어가던 '그녀'가 골목길 어딘가를 돌다가 울어버리고, '나' 역시 작품 끝에서 오른손으로 눈두덩을 닦으며, 「그건 새였을까, 네즈미」에선 빗발과 모진 바람을 뚫고 '내'가 달려왔을 때 세희가 울고 있고, 세영도 남편 얘기를 하면서 운다. 「뿌넝숴」에서 '나'는 부상을 입고 누워 있다가 의식을 찾은 후 소리내 엉엉 울고, '그녀'는 부상당한 '나'를 태워줄 자동차를 잡아 올라타게 되자 눈물을 흘리며, 「다시 한달을 가서 설산을 넘으면」에서 '그'는 책을 읽다가 만난 문장 때문에 눈물이 터지고, 「남원고사에 관한 세 개의 이야기와 한 개의 주석」에서 춘향은 시 구절을 떠올려보려다가 눈물이 맺히고, 「이등박문을, 쏘지 못하다」에서 성재는 자신의 눈치를 보는 동생을 바라보며 눈물이 나올 뻔 하고, 조선족 여자의 눈에선 금방이라도 눈물이 쏟아질 것 같고, 「연애인 것을 깨닫자마자」에선 비 맞으며 카페 앞에 와 서 있는 사내의 눈가에 이슬이 맺혔는가 하면, 「이렇게 한낮 속에 서 있다」에서 '나'는 인민재판을 받게 된 '그이'를 바라보며 눈물을 흘린다.

이 울음은 슬픔을 본질로 하는 삶 앞에 선 자의 자연스럽고도 경건한 행위다. 이들은 "울음을 계기로 자신에게 일어난 모든 일들을 사실로 받아들"인다(「다시 한달을 가서 설산을 넘으면」). 처음엔 사랑이 있었지만, 그 다음에는 분노가 오고, 그 다음에는 눈물이 오며, 눈물이 흐르고 난 뒤에는 우울이 지나가고, 마지막으로 슬픔을 납득하는 일만이 남는 것. 그렇게 해서 순진한 기대나 소망을 버리고 "슬픔을 배워가는 일"(「다시 한달을 가서 설산을 넘으면」). 이것이 우리의 삶이다. "원수와 더불어 싸워서 죽은 우리의 죽음을 슬퍼 말아라"라는 노래는(「이렇게 한낮 속에 서 있다」) 이념과 역사와 집단의 논리로 눈물과 슬픔을 억누르고 삶과 존재의 진실을 외면하는 거짓말이다. 아픈 것은 아프다고 말하고, 눈물이 나면 울고, 두려움이 몰려오면 그 두려움에 떨면서 한 발씩 한 발씩 나아가는 것, 이것이 우리의 삶이다. 그러니, 비에 젖은 채로 마음껏 울라. 「다시 한달을 가서 설산을 넘으면」에서 '검은 그림자'를 따라 걸어 올라간 '그'가 보았듯이, "벌거벗은 봉우리의 고통과 슬픔과 절망 속으로 걸어"갈 때 눈물은 그 고통과 슬픔과 절망을 따뜻하게 감싸고, 웃음은 비로소 낯익은 얼굴처럼 환하게 그 모습을 드러내는 법이니.

내가 누구인지 말할 수 있는 자는 누구인가

역사와 언어에 대한 깊은 회의와 부정을 거쳐 김연수가 종국에 드러내는 것은 비와 눈물과 슬픔이 가르쳐준 이런 진실들이다. 그것은 이성의 논리, 집단의 윤리에 묻힌 개인들의 복잡한 사연과 행로의 복원이라는 점에서 결국 '나'는 누구인가에 대한 탐색으로 귀결된다. 작가에게 있어 역사와 개인, 과거와 현재를 움직이는 동인은, 그리고 그들을 이해하는 일은 서로 다르지 않다. 그러기에 '나'와 '그녀'의 사랑 이야기에 실학사상의 거두인 박지원과 구한말의 상황이 겹쳐지고, 돈으로 아내를 구하러 온 이야기에 이등박문을 쏜 안중근의 거사가 겹쳐지며, 자살한 여자 친구를 이해하려는 '그'의 노력과 야만의 시대를 고뇌하는 젊은이들의 이야기가 병치된다. 이런 병치를 통해 작가는 역사와 시대와 이념과 집단의 논리에 의해 지워진 수많은 '나'들을 복원해낸다. 그는 그 수많은 '나'들의 복원이 '진짜' 인생과 역사를 드러낸다고 믿는다. 그리고 말한다. 분명한 건, 아무것도 분명한 건 없다는 것뿐이라고. 우리의 삶과 운명은 "끝없이 두 갈래로 갈라지는 길들이 있는"[6] 미로와도 같은 것이라고. 그러니 '내가 누구인지 말할 수 있는 자는 누구'이겠느냐고. 모든 것이 '뿌넝숴', '뿌넝숴', 라고.

김연수 소설이 닿아 있는 이 허무주의에 우리가 완전히 승복할 수 있는 건 아닐지도 모른다. 이 허무주의가 혹시 모든 일에 판단과 기대와 희망을 배제할 위험이 있는 것은 아닌지, 타인을 이해하려는 노력이나 그 안에 담긴 따뜻한 배려의 의도 같은 것조차 외면할 위험은 없는지, 그것이 패배주의나 도덕적 미망의 세계로 이어지는 건 아닌지, 모든 것이 사소한 우연과 오해 속에서 일어나는 것들이라면 우리의 의지와 꿈

---

6) 보르헤스의 작품 「끝없이 두 갈래로 갈라지는 길들이 있는 정원」에서 인용.

은 어떤 의미를 갖는 것인지, 한편으로 슬며시 딴지를 걸고 싶기도 하고, 지극히 개인적인 이야기들이 '돌연' 역사적 사건들과 연결되면서 때로 그것들이 갖는 역사적 의미까지 무화되거나 그 사건들에 내재된 복합성이 오히려 단순화되는 건 아닌가 하는 의구심이 들기도 하기 때문이다. 그러나 「다시 한달을 가서 설산을 넘으면」에서 보여주고 있듯이, 삶과 역사에 대한 그의 시각이 허무주의에 머물러 있는 것은 아니다. 그의 허무는 삶과 존재와 역사의 '의미 없음'에서 비롯되는 것이 아니라 '규정할 수 없음'에서 비롯되는 것이며, 그는 의미 자체를 벗어 던진, 농담 같은 삶의 하찮음을 받아들임으로써 비로소 가짜가 아닌 진짜 이야기를 만날 수 있다고, 그리고 "꿈은 절대로 패배하지 않는다는 것을. 패배하는 것은 오직 인간뿐이라는 것을" 믿고 있기 때문이다. 산에서 사라진 '그'가 삶과 글, 개인과 역사, 자신과 타인, '나'와 '그'의 균열을 넘어 문장이 끝난 곳에서 비로소 시작되는 꿈을 향해 나아가고 있는 다음 장면을 보라. 김연수는 그곳을 향해서 아직도 산을 넘고 있는 중이다.

> 그는 자신과 함께 걸어가는 검은 그림자의 친구와 농담을 주고받으며 껄껄거린다. 여기인가? 아니, 저기. 조금 더. 어디? 저기. 바로 저기. 다시 한달을 가서 설산을 넘으면. 바로 저기. 문장이 끝나는 곳에서 나타나는 모든 꿈들의 케른, 더이상 이해하지 못할 바가 없는 수정의 니르바나, 이로써 모든 여행이 끝나는 세계의 끝.
>
> ─ 「다시 한달을 가서 설산을 넘으면」(154면)

매장하기와 글쓰기

문체로 읽는 신경숙의 「배드민턴 치는 여자(女子)」

들어가며

　문학을 다른 예술 장르와 구분 짓는 가장 큰 요인이 언어라는 자명한 사실에도 불구하고 문학연구에 있어서 언어에 대한 관심은 여전히 미흡하다. 언어는 단순히 내용이나 사상을 실어 나르는 도구라는 인식이 여전히 자리하고 있고, 이에 따라 문체는 사상·주제 등과는 무관한 수사적·장식적 차원의 것으로 인식되기도 한다. 그러나 문체론이란 말해지는 방식을 통해 말의 내용이나 주제에 접근해가는, 그럼으로써 형식과 내용의 긴밀한 관계에 주목하여 문학에 접근하는 통합적 방법론이다. 문체론의 목적은 명백하건 묵시적이건 간에 언어와 미적 기능 사이의 관계를 연구하는 데에 있고, 따라서 언어 현상에 대한 탐구와 문학적 해석 행위는 상호 보완적으로 이루어져야 한다. 언어학적 자료들과 작가나 작품의 예술적 '핵' 사이를 오가며 움직이는 이른바 스피처(Spitzer)의 '문헌학적 순환(philological circle)'[1)]의 태도가 요구되는 것이다.

본 논의에서는 이렇듯 일련의 언어 현상과 그것이 만들어내는 의미 작용의 상관관계에 주목하여 신경숙의 「배드민턴 치는 여자」를 읽어보려고 한다. 신경숙은 문체의 아름다움으로 자주 거론되는 작가이기도 한데, 사실 이런 평가에도 문체에 대한 오해나 문제가 내재되어 있다. 신경숙 문체가 아름답다는 진술 속에는 문체가 작품의 주제나 작가의 식과는 무관한 언어의 표면 현상에만 국한된 문제라는 인식이 자리하고 있기 때문이다. 거듭 강조하건대, 문체는 아름다움이라는 미적 차원에만 연결되어 있는 것이 아니며 중요한 건 아름다움이 아니라 그것이 만들어내는 의미 작용이다. 이런 점에서 본 논의는 언어 현상을 통해 인물 / 서술자의 의식이나 내면을 검토하는 이른바 로저 파울러의 '내면문체(mind style)'에 대한[2)] 탐색에 초점을 맞추고자 하거니와, 이를 통해 언어 현상들이 어떻게 의미를 만들어내는가에 대한 이해뿐 아니라 작가가 텍스트를 통해 창조한 세계에 대한 보다 깊은 이해와 감상을 얻어낼 수 있을 것으로 기대한다.

---

1) G. N. Leech & M. H. Short, *Style in Fiction*, Longman : London and New York, 1984, p.13
2) '내면문체'란 텍스트 속의 일관된 구조적 선택들이 하나의 세계관적 인상을 발생시킬 때, 다시 말해 반복적으로 드러나는 언어적 선택들이 만들어내는 문체를 말한다. 이에 대해서는 로저 파울러의 『언어학과 소설』(김정신 역, 문학과지성사, 1985, 101면)을 참조할 것.

분열된 존재와 대상화된 몸

①그녀는 의자 위에서 몸을 약간 기울어지게 해본다.

처음엔 그녀 혼자 창 쪽을 물끄러미 바라보며 거기 앉아 있었다. 그러다가 빗소리와 함께 차차 그가 느껴졌다. 아니다. 그렇게 늦게는 아니다. 그녀는 새벽녘이 다 되어 겨우 잠이 들었다. 그 잠을 아침까지 잇지 못하고 동이 트기도 전에 다시 눈이 떠졌을 때, 그때도 그의 얼굴이 바로 눈앞에서 그녀를 그윽이 내려다보았다. 이제 일어났니? 그는 가만 웃는 것도 같았다. 마치 그녀가 잠 깨기를 기다리고 있었다는 듯. 그녀는 그 환영을 외면하기 위해 눈을 질끈 감았고, 그래서 그는 잠시 사라진 듯했다. 그러나 사라진 게 아니라 그가 먼저 창가의 의자로 가 앉아 있었을까? 맨 먼저 눈을 뜨자마자 그의 얼굴을 생각해내고 말았다는 것이 그녀를 다시 잠 못 들게 해서, 그녀가 아예 일어나 의자로 몸을 옮겨갔을 때, 그녀는 의자가 아닌 그의 무릎에 앉는 듯한 기분이 들었었다. 비가 오는구나. 괜히 무안해서 그저 말이 나오는 대로 중얼거리는데, 그녀 뺨이 입술보다 더욱 실룩거렸다. 비라든가 바람이라든가 하늘 같은 것에 너무나 예민한 자신이 순간 못마땅해서였다. 방금 그런 자신을 못마땅해 했던 그 순간만, 잠 깨고 난 뒤 처음으로 그녀는 그를 잊었다. 그래서 설령 그가 의자에 먼저 앉아 있었다고 해도 그때 그는 그녀로부터 멀어졌다. 그러다가 그는 저기 멀어진 곳에서 조금씩 가까이 오더니, 다 와서는 창 쪽을 향해 물끄러미 앉아 있는 그녀를 물끄러미 내려다보더니, 그녀 속으로 쏙 들어와버렸던 것이다. 아무도 보는 사람이 없는데 그녀는 확 열이 올라 얼굴이 붉어졌다. 창피해서 눈물까지 글썽여졌다. 열이 가라앉으라고 붉어진 얼굴을 찬 손바닥으로 문지르는데 열은 오히려 이마까지 확 퍼졌다. 그래서 그녀는 방금, 그를 어떻게 해서든 그녀 밖으로 내몰아보려고 몸을 기울어지게 해보았던 것이다.

이 같은 소설 서두의 대목에서도 알 수 있듯이 이 작품은 우연히 만난 남자로 인해 혼란스러워진 주인공 여자의 심정에 초점이 맞추어져 있다. 서술자와 인물의 목소리는 거의 구분 없이 뒤섞여 있어서 '그녀'

가 모르는 것은 서술자도 모르는 것으로 나타나며 '그'의 목소리조차 서술자의 목소리 안에 구분 없이 들어와 있다. 서술자가 초점인물에 밀착하여 '그녀'의 흔들리는 내면의 움직임을 섬세하게 드러냄으로써 독자의 몰입을 유도하고 있는 것이다. 서술자는 '그녀'에 대해서는 전지적인 능력을 지녔지만 다른 사람에 대해서는 '그녀'와 똑같이 무지한 것처럼 보인다. '그녀'를 둘러싼 주위의 상황이나 다른 인물들의 내면에 대해서는 '~것도 같았다', '~있었다는 듯', '사라진 듯했다', '무릎에 앉는 듯한 기분이 들었었다' 등과 같은 추측 술어들이 수반된다. 어휘는 지극히 일상적이고 개인적인 세계에서 만날 수 있는 것들뿐이며, 추상명사나 전문적인 언어 혹은 명사화된 술어는 나타나지 않는다. 지극히 일상적인 풍경 속에서 주인공의 내밀한 마음의 움직임을 그려내고 있는 것인데, 우리는 이 서술자의 언어를 통해 주인공의 내면을 들여다볼 수 있다.

우선 "그녀는 의자 위에서 몸을 약간 기울어지게 해본다"라는 첫 문장에 주목해보자. 이 짧은 문장은 그 자체가 하나의 문단이 되어 있고, 그 뒤로 장황하게 긴 문단이 이어진다. 첫 문장이 주인공의 행동에 대한 객관적 기술이라면, 이어지는 문장들은 그 행동에 내재된 내면의 움직임에 대한 기술이다. 실제로 위에 인용한 대목은 첫 문장에 대한 부연 설명, 다시 말해 '그녀'가 왜, 어떻게, 몸을 약간 기울어지게 해보았는지에 대한 설명으로 이어져 있다. 서술자는 '그래서', '그러다가' 등 논리적 인과관계를 나타내는 접속사를 사용하며 주인공의 행위에 내재된 이유와 맥락을 논리적으로 설명하는 듯한 태도를 보인다. 그러나 몸을 약간 기울이는 행위에 대해 장황하게 붙어 있는 설명들은 이성적 존재로서의 서술자/인물의 성격화에 일조하는 것이 아니라, 오히려 자신의 행위 하나하나, 마음의 변화 하나하나를 예민하게 바라보고 설명하려는 인물 그래서 행동과 의식 사이에서 분열된 인물상을 만든다. '그녀'는 행동에 비해 그 행동에 주시하는 시선과 마음의 움직임이 많은 인물이다. 그것은 섬세하면서 동시에 무력한 인물의 인상을 만든다. 특히나 서두의 첫 문장에 붙어 있는 '~해보다'라는 술어는 무언가를 의지적으로 시도하는 의미를 담고 있는데, 의자 위에서 몸을 약간 기울이는 행위에 붙어 있기에는 좀 어색해보인다. 우리의 의지와 상관없이 의자 위에서 몸이 기울어지게 되는 것이 일반적이라고 할 때 혹은 의도적으로 몸을 움직였을 때라도 "몸을 약간 기울였다"가 보다 일반적인 표현이라고 할 때, 이 어색한 문장은 이 작은, 지극히 자연스러운 움직임에서조차 '그녀'가 '그녀'의 몸을 계속해서 의식하고 있다는 것을 시사한다. 작은 몸짓이라 하더라도 몸을 움직이기 위해서 '그녀'의 의식이 '그녀'의 몸에 지시를 내리고 있거나, 혹은 자신의 몸의 움직임 하나하나에 '그녀'의 의식이 민감하게 반응하고 있음을 드러내고 있는 것이다. 요컨대 '그녀'의 몸과 의식은 자연스럽게 하나로 통합되어 있는 것이 아니라 분리되어 있다. '몸을 기울였다'라는 문장과 비교해볼 때, '기울어지게 해본다'라는 피동형을 사용한 문장은 '그녀'의 '몸'을 '그녀'로부터 독립된 하나의 객체처럼 강조하는 듯 보인다.

이어지는 문단에서 나타나는 '다시 눈이 떠졌을 때', '의자로 몸을 옮겨갔을 때'와 같은 구절 역시 비슷한 효과를 낸다. '눈을 떴을 때'라는, 보다 일반적인 구절 대신 사용된 피동의 구절이나 '의자에 앉았을 때'가 아닌 '의자로 몸을 옮겨 갔을 때'와 같은 표현은 '그녀'의 눈과 몸이 '그녀'/'그녀의 의식'과 구별된 객체로서 작용하고 있고 혹은 '그녀'가 주체이면서도 오히려 '그녀'에게 속한 몸이나 외부의 사물이 '그녀'를 움직이고 있다는 인상을 준다. 뒤에 전개될 이야기 내용에서 드러나듯 '그녀'는 '그'에 대한 욕망에 사로잡혀 있다. 그리고 '그'를 향한 몸의 움직임과 '그'를 잊으려는 의식 사이에서 때론 '그녀'가 때론 '그녀'의 몸이 주체가 된다. 그러나 전체적으로는 계속되는 판단 보류, 행위 기능의 억제, '해본다'나 '생각해내고 말았다' 등의 술어에서 부자연스럽게 강조되는 의지력 등이 '그녀'에게서 주체의 위치를 빼앗아간다. 이는

'그'와의 관계에 있어서 철저하게 피동적인 '그녀'의 입장을 암시하고 있을 뿐만 아니라, '그녀'/'그녀의 의식'과 '그녀의 몸'/'몸의 욕망' 사이의 미묘한 어긋남을 드러내고 있기도 하다. "너 육신만 여기 앉아 있고 정신은 다른 데 있는 것 같다구"라는 동료의 말이나, "자신의 욕망을 자신에게 내보이는 것만으로도" 벅차다, "슬픔에 사로잡힌 자신이 육체를 바라보고 있기만으로도"와 같은 진술은 이렇듯 분열된 존재로서의 '그녀'의 갈등을 암시한다. 비·하늘·바람 같은 것에 너무 예민한 '그녀'와 그렇게 예민한 자신을 못마땅해 하는 '그녀'가 있고, 의자에서 일어나다가 넘어지는 '그녀'와 자신을 바라보듯 넘어진 의자를 바라보는 '그녀'가 있다. '그녀'는 욕망에 들 뜬 몸으로 새벽 거리를 뛰어나온 여자이기도 하고 차분히 우산을 받쳐 들고 걸어가는 너무나 다른 얼굴을 가진 여자이기도 하다. 전자가 '그'로 인해 욕망에 들뜬 '몸의 그녀'라고 한다면 후자는 그런 자신을 바라보는 '의식의 그녀'다. 이 "마음의 이중"에 시달리던 '그녀'가 자신이 전화로 불러낸 최가 사납게 나오자 "오늘 처음으로 정신이 번쩍 든다"고 고백할 때, '몸의 그녀'는 서서히 '의식의 그녀'로 이동해간다. 소설은 결국 이 '몸으로서의 그녀'와 '의식으로서의 그녀' 사이에서 일어나는 마음의 동요, 혼란에 대한 이야기라 할 수 있다.

결국 소설에는 몸의 언어와 의식의 언어라는 두 가지 다른 언어가 공존하게 된다.

②여름이 지나도록 아무 일도 없었던 그녀의 심금에, 그로 인한 슬픔은 한순간에 시작되었다. 아무 연대감을 갖고 있지 못한 그 남자에게로의 이끌림은, 가끔 한밤중에 잠이 깨었을 때, 그녀 가슴을 훑고 지나가던 참담함, 그 불안을 막아주던 식물들의 위로, 지금 이 칠흑 같은 밤중에도 뿌리들은 흙 속에서 키를 키우겠지 싶어, 눈물을 삼키던, 그 위로까지도 뛰어넘어 그녀를 길게 울게 했다. 그녀는 그 남자에게로의 이끌림이 나흘 전부터가 아니라, 수천 년 묵은

슬픔으로 똬리를 틀고 있었던 것을, 이제 풀어낸다는 듯이 길게 울었다.

③ 그녀는 그녀 자신이 지금 그녀를 관찰하고 있음을 느낀다. 관찰하고 있는 그녀는 엎드려 있는 그녀를 어느 정도 알고 있다. 엎드려 있는 그녀가 지금 탁자 위에 눈물을 쏟고 있는 그녀가 나흘 전부터 무언가에 휩싸여 있다는 것을. 한 가지 것에 휩싸인 그녀는 다른 모든 것에 태만해졌다는 것을. 그녀는 바보같이 군다. 걷다가도 아무하고나 부딪친다. 말투는 평소보다 더 느릿느릿해졌고, 눈초리는 방심해 있다. 무언가를 바라보고 있지만 아무것도 보고 있지 않다. 뭔가를 슬퍼하는 것 같은데도 곧잘 웃는다. 그녀는 자신을 관찰하고 있는 자신이 싫은지 고개를 쳐든다.

②는 세 문장으로 구성된 문단으로, 문장들은 쉼표가 빈번하게 사용되거나 긴 관형절을 수반하며 장문화되거나 복문화되는 특성을 보인다. 사용되고 있는 단어들도 심금·슬픔·연대감·이끌림·참담함·위로 등 추상명사이거나 명사화된 감정어들이다. 잦은 쉼표가 우리의 독서를 방해하고 길고 복잡하게 이어지는 문장 구조가 우리의 즉각적인 이해를 방해하면서 우리를 논리적인 이해보다 인물에 대한 감정적인 동화로 이끈다. 이에 반해 ③의 경우 문장들은 단문으로 구성되어 있고 ②에서와 같은 쉼표의 빈번한 사용도 나타나지 않는다. 목적절에 해당하는 대목들이 쉼표 등을 사용하여 길게 이어지는 것이 아니라 독립적인 문장으로 구분되어 있고, 전체적으로 문장은 단정하고 건조하게 이어진다. 사용되고 있는 어휘들도 관찰·태만·말투·눈초리·방심과 같은 비교적 차갑고 논리적으로 보이는 단어들이고, 감정언어들이 명사화되는 경우도 없으며 느끼다, 알고 있다, 슬퍼하다, 웃는다, 싫다, 바보 같다 등 술어 형태로 인물의 내면이나 감정들이 직접적으로 표현된다. 뿐만 아니라 '그녀'는 그런 감정이나 행동들의 실질적인 주체가 되어 주어의 자리에 놓여 있다. ②가 '그'에게 빠져 있을 때의 '몸으로서의 그녀'의 문장이라면 ③은 그런 자신을 객관적으로 바라보는 '의식으로서의 그녀'의

문장이라 할 수 있으니, '그'에게 속수무책으로 빠져드는 어리석은 '그녀'는 이와 같은 ③의 시선에 의해 조금씩 변모해가기 시작한다.

주인공은 자신의 행위나 외부 대상의 움직임에 대해 아주 민감하고 세심하게 반응하고 있는데, 이는 특히 세분화된 몸(이마·눈썹·뺨·목·어깨·팔뚝·허리·종아리·엉덩이·복사뼈·살갗·손바닥·입술·무릎)을 통해 이루어질 때가 많다. 의식과 분리되어 그 자체로 하나의 주체가 되어 움직이고 있는 느낌을 주는 그 몸들은 '몸으로서의 그녀', 혹은 '욕망으로서의 그녀'를 환기시키는 대상들이다. 특히 텍스트 속에서 반복되며 등장하는 '다리'는 우리의 주목을 끈다. 그것은 욕망의 몸을 상징하는 기호다.3)

④멀어질수록 물이 흐르는 남자의 머리가 <u>안 보이더니</u>, 허리가 <u>안 보이더니</u>, 이제는 다리만 <u>보인다</u>. 하얀 남자. 남자의 종아리와 허벅지는 근육질이면서도 하얘서 털만이 까맣다. 어쩐지 얼굴을 없이 그 다리만 다시 확 돌아설 것만 같은 환영에 그녀는 재빨리 남자의 다리에서 시선을 떼고 다시 물 속에 납작하게 엎드린다.

⑤경쾌한 하얀 다리들. 그녀는 거기 무릎을 싸안고 앉아서 붉은 모자를 쓴 인부들처럼 배드민턴 치는 여자들을 <u>바라본다</u>. 공중에서, 참새처럼 날아다니는 하얀 공이나, 그녀들의 머릿결이나 얼굴이나 가슴은 <u>보지 않고</u>, 미끈한 다리들만 눈을 가느스름하게 뜨고 다 <u>바라본다</u>. (…중략…) 배드민턴 치는 여자들의 미끈한 다리는, 물고기들이 물살을 차내듯이 미술관 뜰의 잔모래들을 사삭, 차내며 명랑하게 움직인다.

두 예문에서 등장하는 경쾌하고 미끈한 다리는 '그녀'에게 욕망을 일깨우는 대상이자 '그/그녀'를 대상화하는 신체다. 이때 그들은 몸/다

---

3) 다리와 함께 주목되는 다른 욕망의 몸은 눈썹이다. 그것은 특히 여성 인물들의 허위적인 욕망을 드러내는 기호로 등장하는데, 가령 저렇게 아름다운 눈썹도 있구나 싶어 가슴이 뛰었다는 '그'의 고백이나, 눈썹 그리는 것 밖에 잘 하는 게 없던 명혜와 그 눈썹에 반했다는 그녀의 신랑 이야기 등이 그것이다.

리로만 존재한다.4) 그런데 ④가 남자의 다리에 의해 다시 한 번 자기 안에서 일어나는 욕망을 피동적으로 확인하게 되는 대목이라면, ⑤는 그렇게 들뜬 자신의 몸을 '바라본다'는 점에서 주목된다. '그녀'는 배드민턴 치는 여자들을 통해 그들의 몸짓에 투영된 자기 안의 욕망을 '바라보며', 뿐만 아니라 그녀들을 바라보는 남자의 눈길을 '바라본다'("지하철 공사장의 인부들을 바라본다"). 이때 '보이는' 대상이던 '그녀'는 대상을 '바라보는' 시선의 주체가 된다. ④의 '그녀'가 욕망에 반응하는 피동체로서의 '그녀'였다면 ⑤에서의 '그녀'는 그런 자신을 바라보고 인식하는 주체적인 '그녀'다. ④에서 사용되고 있는 '보이다'라는 술어 대신 ⑤에서는 '바라본다'라는 술어가 사용되고 있음을 보라. 이 주체적 시선에 의해 '그녀'는 서서히 의식의 변모를 보이게 된다.

피동의 문법 혹은 '전시회 같은 생'

이처럼 소설이 몸과 의식 사이에서 분열된 존재로서의 주인공의 갈등을 담고 있다고 할 때, 그런 흔들림과 갈등은 언어 자체에서 이미 시사된다. ①에서 보듯 서술자/인물은 분명하게 판단을 내리거나 직접적으로 감정을 표현하는 경우가 거의 없다. '~듯한', '~것도 같았다', '~라는 듯'과 같이 짐작을 나타내는 어휘나 부정문('아니다', '그러나' 등을 사용한), 혹은 의문문을 사용해서 자신의 생각이나 결정을 계속 보류시킨

---

4) 뒤에 논의되겠지만 소설은 주인공이 이 몸의 욕망을 버림으로써 글쓰기를 시작하는 것으로 전개된다. 상징적으로 말하자면 다리를 버리고 대신 목소리를 얻는 셈인데, 이는 다리를 얻기 위해 목소리를 버렸던 인어공주의 비극적 이야기와 대조가 된다. 인어공주에게서 욕망/사랑을 위해 말/글을 버린 어리석음을 읽을 수 있다면, 이 소설은 그 어리석음으로부터 벗어나는 한 여자의 이야기를 그려 보이고 있는 셈이다.

다. 문장들 또한 논리적인 관계에 의해 연결되면서 단정하게 정돈된 형태를 갖기보다 혼란스러운 내면 상태를 반영하듯 장문이나 복문의 형태가 되어 있고, 쉼표나 의문부호, 접속사 등이 반복적으로 사용됨으로써 흐트러진 느낌을 주고 있다. 결국 서술 속도는 느려지고 서술자는 이성적이라기보다 감정적인 목소리로 다가온다. 서술자/인물은 모든 행위, 사소한 움직임, 외부의 대상에 대해 아주 민감하고 세심하게 반응하고 있으며, 따라서 서술이 느리게 진행된다(실제로 앞서 인용된 대목 ①에서 시간적 경과는 전혀 없다).

 '그녀'의 몸과 의식의 어긋남은 '그'와의 만남에서 시작된다. 우연히 이루어진 '그'와의 접촉으로 인해 몸의 욕망이 일어나기 시작했고, 그 후 '그녀'는 철저하게 '그'와의 관계에서 피동적이 된다. 자신의 몸을 움직이는 것은 어쩌면 '그녀'가 아니라 '그'다. 서두의 문단에서부터 반복적으로 나타나는 피동의 문법은("몸을 기울어지게 해 본다", "그가 느껴졌다", "눈이 떠졌을 때", "뺨이 입술보다 더욱 실룩거렸다", "눈물까지 글썽여졌다" 등의 구절에서 드러나는 주인공의 피동적 상태를 상기해보라) 이와 같은 '그녀'의 비주체성을 암시한다. '그녀'가 주체의 자리를 확보하고 있는 듯 보이는 것은 "처음엔 그녀 혼자 창 쪽을 물끄러미 바라보며 거기 앉아 있었다"라는 문장까지다. "빗소리와 함께 차차 그가 느껴졌다"는 문장에 오면 이제 '그녀'는 더 이상 행위나 의식의 실질적인 주체가 되지 못한다. "그가 느껴졌다"를 시작으로 주어의 자리엔 '그녀' 대신 '그'가 온다. '그녀'를 내려다보는 것도, 가만 웃는 것 같은 것도, '그녀'가 잠깨기를 기다리고 있었던 것도, 사라졌다 의자로 가 앉은 것도, '그녀'로부터 멀어졌다 다시 가까이 와 '그녀' 안으로 들어온 것도 모두 '그'다. '그녀'가 '그'를 '느끼는' 것이 아니라 '그녀에게' '그'가 '느껴진다'. '그' 앞에서 '그녀'는 욕망의 주체가 되지 못한다. 게다가 '그녀'는 자신의 몸에 대해서도 확실한 통제력을 잃어가는 듯 보인다. 동이 트기도 전에 '그녀의 눈이 떠졌'고, 맨 먼저 '눈이 떠지자마자' '그녀'의 의지와는 달리

'그녀'는 '그의 얼굴을 생각해내고 말았'고, 다시 '그'를 지우기 위해 '의자로 몸을 옮겨'갔으며, 말이 '나오는 대로' 중얼거릴 때에도 '그녀의 뺨이 입술보다 더욱 실룩거렸다.' 이때 '눈'이나 '몸', '뺨', '입술' 등은 '그녀'와 독립된 별개의 개체처럼 묘사된다. '그녀'는 그 대상화된 몸을 힘겹게 움직이며 자기 몸 안에 들어온 '그'를 '그녀' 밖으로 내몰아보려고 애를 쓰지만, 그 '몸'들은 이미 '그'의 통제 아래 있다. ①의 대목 이후 이어지는 다음 문장들을 보자.

그런데 그는 나가지 않고 그녀 몸 속에서 함께 기울어진다. 기울어지면서 손가락을 동그랗게 모아 <u>그녀 뺨을 기타줄처럼 퉁긴다.</u> 퉁퉁퉁. <u>그녀 뺨이 그의 뜻대로 퉁겨졌다.</u>

나가고 들어오고 기울어지고 뺨을 퉁기는 일련의 동작동사의 주체는 '그'다. 이제 주어의 자리엔 완전히 '그'가 와 있고 '그녀'는 목적어의 자리에 놓인다. 특히 각각 '그'와 '그녀'를 주어로 하고 있는 밑줄 친 대목은 주체로서의 '그'와 객체로서의 '그녀'의 입장을 대비적으로 드러낸다. 요컨대 '그'는 '그녀'를 움직이는 실질적인 주체다.

ⓒ<u>그가, 그 좁쌀같이 수두룩히 난 소름을</u> 매만졌던 것이다.

사진기자인 <u>그</u> <u>그가</u> 어떤 사진들을 찍는지 그녀는 모른다. 화원 주인은 어느 날 <u>그</u>를, 그녀에게 소개하면서, <u>그가</u> 하고자 하는 일을 도와주라고 했었다. <u>그가</u> 하고자 하는 일이 무슨 일인지를 몰라서, 그녀는 처음엔 그가 무슨 지시를 내려주기를 기다렸다. <u>그는</u> 손에 카메라를 들고 있었는데, 키가 볼품없이 작아서 나란히 서 있던 그녀가 그 카메라를 바라보려면 눈을 내리깔아야 했다. <u>그는</u> 잠깐만, 하면서 눈을 내리깐 그녀를 그대로 서 있게 했고, 그리고는 셔터를 눌렀다.

잊었을까, 그는? 그날 밤, 내 팔을, 소매 없는 자주색 실크 블라우스 밑에서 찬 밤바람에 오소소 소름이 돋은 채로 떨고 있던 내 팔을?

다시 거리에, 그녀는 놓여졌다. 정신을 온통 무엇인가에 내맡기고 있어서, 그녀는 헛껍데기다.

헤어질 때 그는 자연스럽게 손을 뻗어 그녀의 팔에 내려놓았다. 그때 그도 느꼈을 것이다, 그녀의 팔 위에 돋아난 오소소한 소름들을. 추운가보군, 그는 그녀의 팔을 쓸어내렸고, 소름들은 그의 손바닥에 쓸려내려갔다. 그 짧은 순간, 그녀는 울 뻔했다.

그날, 소매가 없는 자주색 실크 블라우스 아래 좁쌀만한 소름이 돋은 채로 얌전하게 놓여져 있던 그녀의 팔은, 추운가보군, 무심한 그의 한마디로, 무심한 그의 쓰다듬음으로, 그랬다, 욕망을 품게 된 것이다.

주인공이 우연히 만난 '그'에게 빠져드는 과정을 묘사하고 있는 이들 문장들에서 거의 모든 문장의 앞머리에는 '그'가 내세워져 있다. 이를 위해서 많은 경우 도치법이 사용되고 있거나 주어인 '그녀'가 생략되어 있다. 주어의 자리엔 '그'가, 목적어의 자리엔 '그녀'가 놓인다. '그녀'가 주어로 등장할 때는 피동형 술어가 수반되며, 객체나 목적어가 되었을 때에도 '그녀'는 '그녀의 팔', '내 팔', '소름' 등으로 대치된다. 철저하게 대상의 자리에 있을 뿐만 아니라 그 욕망의 대상조차 그리고 욕망을 품게 된 주체조차 '그녀'가 아닌 '그녀의 몸'인 것이다. '그'와 '그녀'에 수반되는 술어의 형태들도 대조적이다. '그'가 매만지다, 찍다, 눈을 내리깔다, 셔터를 누르다, 팔을 내려놓다, 느끼다, 쓸어내리다 등의 동작동사나 능동태의 술어들을 거느리며 모든 행동과 사건의 주체로 움직이고 있을 때, '그녀'는 모른다, 기다리다, 놓여지다, 내맡기다, 놓여져 있다 등 움직임 없는 술어나 피동태의 술어들을 거느리며 움직임 없이 있다. 그런가 하면 반복되는 쉼표로 문장이 조각나고 있는 것도 무력감과 긴장감에 휩싸여 있는 주인공의 내적 흔들림을 드러낸다. '그녀'가 완전히 그에게 압도당하고 피동적으로 이끌려가고 있음이 문장 자체에서 드러나고 있는 것인데, 시종일관 '그'는 '바라보는' 주체로 '그녀 / 그녀의 몸'은 '보이는' 객체로 제시된다. '그'는 '그녀'를 그윽하게 내려다보거나 물끄러미 바라본다. 이 시선은 그대로 배드민턴을 치는 여자를 바라보는 인부들의 시선과 겹쳐진다.

'그'가 사진기자로 설정된 것은 이 점에서 시사적이다. '그'가 카메라의 시선으로 대상을 주시하는 주체라면, '그녀'는 카메라 렌즈에 보이는 피사체임이 상징적으로 드러나기 때문이다.

ⓖ 그는 사진기자다.
그녀는 그를 처음 만났을 때처럼 눈을 내리깔면서 살포시 웃는다.
그는 사진기자다.
그녀는 얼굴을 하늘로 향하고 목을 젖혀보기도 한다.
그는 사진기자다.
그녀는 엉덩이를 뒤로 빼며 수족관을 들여다본다.
그는 사진기자다.
그녀는 영화관 앞에 멈춰 서서 예쁜 여배우가 정수리에 총부리를 대고 있는 스틸을 구경한다.
그녀는 자신이 멈출 때마다 그가 사진을 찍는 듯했고, 그래서 그녀의 산보는 다소 포즈를 취하는 듯해 부자연스럽다.

이 대목들에선 '그'를 주어로 하는 문장과 '그녀'를 주어로 하는 문장이 교체되며 서술되고 있어 '그'와 '그녀'가 각각의 주체로 대응되는 듯 보인다. 게다가 '그녀'가 웃다, 목을 젖히다, 들여다보다, 구경한다 등 많은 동작술어들을 거느리고 있어 행동의 주체인 듯 보이기도 한다. 하지만 이런 '그녀'의 행동들은 사실 '그'의 시선을 의식한 작위적 몸짓에 불과하다. '그녀'의 행동을 서술하는 문장 앞뒤로 놓여 있는 "그는 사진 기자다"라는 문장은 '그녀'로 하여금 그런 행동을 하게 한 실질적 주체가 누구인지를 강조하는 역할을 한다. 주어와 상태술어만으로 이루어진 '그'를 내세운 문장과 달리 '그녀'를 주어로 한 문장들이 여러 가지 행동술어를 거느리고 있음에도 불구하고, 여기에서 '그녀'의 행동들의 실질적인 주체는 여전히 '그'다. 사진기자인 '그'는 대상을 바라보고 사진을 찍고 욕망하는 주체인 반면 '그녀'는 그 시선에 잡힌 피사체일 뿐이니, '그녀'는 실로 '전시회 같은 생'을 사는 존재다. 텍스트 속에서 '시늉'·'포즈' 등의 단어가 주목되는 것도 이 점에서이다. "물 속에 온몸을 담갔다가 팔짝 일어서는 시늉을 서너 번 해본다"거나, "그를 밀어내는 시늉으로 몸을 옆으로 비키려다, 내가 왜 이러지? 가슴이 철렁 내려앉는다"는 진술, 혹은 "어리둥절한 표정이던 그녀는 잠시 후 꽁초를 입에 물고 피로한 듯 철책에 기대어 담배 연기 내뿜는 시늉을 해본다"는 서술 등은 결국 '그'의 시선을 의식한 작위적이고 허위적인 '그녀'의 모습을 시사하는 대목들이다. 더욱 흥미로운 건 어쩌면 '그'와 관련된 모든 게 '그녀'의 환영, 망상일지도 모른다는 점이다. "그가 사진을 찍는 듯 했고"의 구절에서 드러나는 짐작 술어는 '그'에 대한 진술이 '그녀'의 어리석은 망상일 수 있음을 암시하거니와, 서두의 대목에서 빈번하게 발견되는 짐작술어들도 이때 다시 주목된다. "가만 웃는 것도 같았다", "기다리고 있었다는 듯", "사라진 듯 했다", "무릎에 앉는 듯한 기분이 들었었다" 등의 진술은 '그'가 실체적 존재로서가 아니라 환상처럼 혹은 환영으로서만 존재하는 인물이라는 느낌을 불러온다. 이름을 갖지 못한 채 3인칭 대명사로만 불리는 허깨비 같은 존재인 '그'는 '그녀'가 자기 안에 키운 환영과도 같은 존재일지 모른다.[5]

---

5) 신경숙 소설에는 이처럼 이름을 갖고 있지 않은 모호한 대상들이 자주 등장한다. 그들은 3인칭의 '그/그녀' 나 대상 없는 이인칭 '너/당신/유', 혹은 C, O, S, H, J, P 등의 이니셜로 지칭되거니와, 이들은 이야기가 끝난 후에도 여전히 익명으로 남을 뿐 햇빛

소설의 문장은 '그녀'의 이런 내적 흔들림을 반영하듯 흔들리고 부서지는 문장 형태를 보인다. 앞의 예문들에서 볼 수 있듯이 잦은 쉼표, 도치, 동일 구문의 반복, 연쇄적 서술 등은 혼란에 빠진 인물의 심리를 문장 차원에서 드러낸다. 쉼표의 잦은 사용은 신경숙 소설에서 흔히 나타나는 현상 중의 하나이거니와, 대개 복문으로 혹은 여러 상황들이 나열되어 구성된 문장에서 서술의 흐름을 끊고 각각의 상황·사건·인물·장소 등을 하나하나 독자에게 각인시키는 효과를 낸다.6) 그런가 하면 쉼표가 찍히는 자리도 주목되는데, 예문 ⑥에서 드러나듯 '그'·'거리'·'그날' 등의 뒤에서 자주 쉼표가 찍혀 있음을 알 수 있다. 이는 주

속에 그들의 모습이 분명하게 드러나는 법이 없다. 그들은 끝내 이름을 가질 수 없는 욕망의 대상인 것이다. 이에 대해서는 황도경, 「기억의 형식과 욕망의 언어」,(『문체로 읽는 소설』, 소명출판, 2002)를 참조할 것.

6) 가령 "그녀는, 한낮에, 짧은 진치마를 입고, 햇살 아래서, 인부들의 시선을 의식하며, 여자들이 힘껏 배드민턴을 치던 자리를 슬픈 눈으로 더듬는다"와 같은 문장에서, 그녀 / 한낮 / 짧은 치마 / 햇살 / 인부들의 시선 / 배드민턴 치던 자리 더듬기 등 쉼표에 의해 분절된 모든 항목들은 각각 독자적 의미를 가지며 강조된다.

그런가 하면 의성어·의태어 뒤에서도 쉼표가 빈번하게 나타난다. 가령 이런 문장들이다.

팅팅팅, 확 열을 받았던,
불안이 와와, 하고 솟아난다
불안도 자꾸만 와와 와와 와와, 솟아나서 잔 올챙이들처럼 와글와글거린다
물통 속의 여름꽃들은 헉헉, 숨을 몰아쉬는 듯이 보였다
와와, 슬픔이 솟구치더니
처녀들은 꽃들 앞에서 와와와 거렸다.
식물의 뿌리들이 후, 후, 숨쉬는 소리가 들려왔다.
푸른 물이 확, 그녀 얼굴을 덮어씌우는 것 같다.
눈자위를 꾹꾹, 눌러줘야 할 만큼 금세 눈물이 고인다
그녀는 후욱, 숨을 몰아쉬며
그녀는 무슨 생각이 났는지 호오, 웃기까지 한다
뭔가 꾹꾹, 눌러 적어넣을 양을 하다가는, 힘이 팽기는지 눈물 젖은 얼굴을 푹, 수 그리는 일이었다.

여기에서 의성어·의태어들은 감성적 문체의 특성을 조성하고 있을 뿐 아니라, 슬픔·불안과 같은 추상적 감정들 혹은 뿌리·꽃·물 등 행동력을 갖지 못하는 대상들에 구체성과 생동감을 부여하는 기능을 한다. 설명이 아니라 묘사를 통해 뚜렷한 사건과 행동이 없는 상황에 생기를 부여하고 있는 것인데, 특히 바로 뒤에 쉼표가 찍힘으로써 그것이 환기하는 정서나 의미는 문장 안에서 더욱 강조된다.

인공에게 있어서 그것들이 갖는 중요성을 시사하는 것이거니와, 특히 '거리'는 사실상 모든 사건의 배경이 되는 중요한 공간으로 그 의미가 강조된다.

거리, 어스름이 내리고 있는 거리, 거리에서였다.

그녀로 하여금 명함통을 뒤져 그의 명함을 찾게 만든 상황은 거리, 거리에서 생겼다.

거리, 어느 고등학교가 있던 자리, 지금은 미술관이 들어선 자리에서 그녀는 걸음을 멈추고, 미술관 뜰을 넘겨다본다.

'거리'는 무엇보다 '그'를 만난 곳이며 그로 인해 '그녀'가 관능적 욕망에 떨게 된 계기를 만든 곳이다. 그러나 그 욕망은 허위적인 것이었고 폭력과 상처를 수반하는 것이었으니, '거리'는 화분을 밖으로 내놓는 '그녀'를 넘어지게 해서 무릎이 깨지게 만드는 공격적이고 위압적인 힘이 지배하는 곳이다. 거기에선 여성을 폭행하고 도주하는 오토바이 납치범들이 극성을 부리고, 갑작스레 '그녀'에게 사랑의 고백을 했던 '그'가 '그녀'를 기억조차 하지 못하며, 최가 '그녀'를 폭행하고 겁탈하기도 한다. 공터에 자리 잡고 있는 포클레인은 이렇듯 폭력과 파괴로 가득 찬 현실을 상징하거니와, 쉼표에 의해 부서진 문장 형태와 반복 어법은 우리로 하여금 이렇듯 위험하고 긴장이 감도는 곳으로서의 '거리'의 의미에 주목하게 한다.

식물에의 꿈과 동물의 수사학

관능적인 욕망과 폭력적인 현실의 힘이 공존하는 이 '거리'는 흔히 붉은 열기의 이미지로 그려진다. '그'와의 만남은 항시 '뜨거운 태양 속' 영상으로 떠오르고, '거리'는 항시 태양의 열기로 달아오른다. 그리고 '그'로 인한 마음의 파문은 인용한 서두①의 끝 대목에서 드러나듯(밑줄 친 부분) 붉은 열기와 푸른 냉기의 갈등으로 그려진다. 처음 '그'를 만났을 때 '그녀'가 입고 있던, 자줏빛 실크 블라우스와 흰 물방울이 그려진 연둣빛 치마는 푸른 물의 세계와 붉은 관능적 욕망의 세계가 교차하는 어정쩡한 색조의 조합에 다름 아니다. 그 이후로 줄곧 '그녀'의 마음속에는 이 같은 두 가지 색깔의 서로 다른 세계가 자리 잡게 되었고, '그녀'는 올라오는 열기를 가라앉히고자 여름내 화원 유리창을 물걸레질하고 화원 앞 길목에 물을 뿌리거나, '거리의 빗속'에 뛰어들어 열기가 씻겨 내려가는 것을 느끼거나, 혹은 수영장에 몸을 담그곤 하는 것이다. 뿐만 아니라 '거리'는 힘과 폭력의 원리에 의해 움직이는 사나운 동물성의 세계이기도 하니, 인물들이 흔히 동물 이미지에 비유되는 것도 이들이 '거리'에 내재된 이 같은 파괴와 폭력의 원리에 휘둘리는 존재들임을 시사한다.

접영을 하고 있는 남자의 큰 몸짓은 <u>닭을 채가려는 솔개처럼</u> 활달해서

그녀는 누웠던 몸을 다시 뒤집어 <u>개구리가 되어</u> 그로부터 펄쩍 도망친다

<u>올챙이처럼</u> 달라붙어 숨을 크게 몰아쉬고 있는데

저런 <u>여우 같은 년들!</u>

이런 점에서 주인공이 일하고 있는 화원은 이 사나운 동물성의 세계로부터 벗어난 식물성의 세계라 할 만하다. 그러나 꽃집이 거리에 있어서 직장에 나와 있으면서도 거리에 나와 앉아 있는 기분을 갖게 되는 게 싫었다는 고백에서 드러나듯 그 화원은 온전한 의미에서의 '안'의 공간도, 진정한 의미의 식물적 세계도 되지 못한다. 그곳은 거칠고 사나운 거리를 피해 주인공이 도피하듯 숨어든 공간이다.[7] '그녀'가 서 있는 세계는 남녀 관계도 '라이벌', '도전', '케이오 패'로 비유되는("눈썹 때문에 도전도 못해보고 케이오 패 당한 셈이로구나") 곳이며, 또한 그런 현실적 욕망을 하얀 백합의 부케로 위장하는 곳이다. '그'가 사진기자로 있는 곳은 '꽃세상'이라는 이름의 잡지사였고 '그'의 이름은 '이세호'(호랑이[世虎]를 환기시키는)였으니, 이는 위장된 식물성의 세계 속에 감추어진 동물성과 폭력성을 시사하는 것이기도 하다.

이 사납고 거칠고 폭력적인 붉은 세계의 맞은편에는 파란 미나리밭의 영상이 있다. 그곳에는 파란 미나리지들의 허리가 반쯤 물에 잠겨 있고, 한여름의 따가운 햇살이 아니라 봄의 포근한 햇살이 있으며, '나'와 '그애'가 벌거벗고 함께 누워 있다. 동성애적 관계를 암시하는 듯 보이는 이 장면은 기실 폭력적이고 위압적인 남성적 세계와는 대조되는, 따뜻함과 부드러움과 포근함으로 이루어지는 타인과의 완전한 합일의 세계로서의 여성 공간을 보여주기 위한 한 장치다. 그 푸른 영상을 떠올릴 때만 '그녀'는 말할 수 있다. '사랑이란 그런 것이다'라고. 하지만 그 기억은 '그녀'로 하여금 사랑이란 근원적으로 불가능한 것임을 상기시키는 것이기도 하다. 자기 자신보다도 더 사랑하리라고 마음먹었던 '그애'가 그녀의 뺨을 때리는 것으로 그 영상은 끝나고 있기 때문이다. 그러나 사랑의 본원적인 비극성을 확인시킴에도 불구하고 그곳은 '그

---

7) '그녀'는 원래 타이피스트가 되려고 했으나 번번이 모집 시험에 떨어진 후 임시로 꽃집에서 일을 하게 된다. 세상에 나서는 대신, 혹은 세상에 나가지 못하고 '그녀'가 서 있게 된 곳이 바깥 거리도, 실내도 아닌 어정쩡한 곳에 위치한 꽃집이다.

녀'에게 있어 완전한 사랑과 평화의 공간으로 남아 있다. 어떤 점에서 '그녀'에게 있어 사랑이란 이 파란 미나리밭으로 가는 꿈을 의미한다. 그러나 '그'가 기자로 있는 잡지 '꽃세상'은 '그녀'가 일하고 있는 화원의 세계를 모방한 위장된 푸른 세계일 뿐이고, '그해'의 흰 등 위에 나 있던 푸른 점을 연상시키는 최의 흰 와이셔츠에 묻어 있는 푸른 잉크 한 방울도 거짓 모방된 영상일 뿐이다. '그녀'는 이 거짓된 세계에 매달리고 있는 자신의 모습을 미술관 앞 공터에서 짧은 스커트를 입고 배드민턴을 치는 여자들을 통해 객관적으로 바라보게 된다. '그'에게로의 이끌림이라는 것이 결국엔 관능과 열기의 남성적 세계에 몸을 맡기는, 그럼으로써 남성의 욕망을 자극하고 충족시키는 공터에서의 배드민턴 치기에 다름 아니었음을 깨닫게 되는 것이다. 그러니 '그녀'가 주체로 서기 위해서는 그 거리 한 복판에 "입 벌린 공룡처럼" 우뚝 버티고 서 있는 포클레인과의 대결이 불가피해진다.

매장하기와 글쓰기

'그'에게 피동적으로 이끌리고 '거리'의 남성적 · 폭력적 세계에 무력하게 상처 입던 주인공의 피동성은 최에게 겁탈당한 후 자신의 몸을 포크레인에 내맡기는 적극적인 자기 해체를 통해 서서히 극복의 조짐을 보이기 시작한다. 위압적인 현실을 상징하는 포클레인에 대항하는 주인공의 모습을 기술하는 다음 대목은 그런 변화를 문장에서 드러낸다.

그녀가 담배꽁초를 버리고 가만히 일어선다. 그녀가 포클레인을 향해 천천히 걷는다. 그녀가 힘껏 손톱으로 포클레인 몸체를 긁어본다. 포클레인은 긁혀지지 않는다. 그래도 계속 긁어대니, 그녀 손톱이 부서져 달아난다. 그녀가 이제 포클레인 아무 곳이나 몸으로 밀어보고 있다.

이 같은 문장에서는 그 이전의 경우들과는 다르게 '그녀'가 행위의 주체로서 주어의 자리를 확보하고 있을 뿐 아니라, 하나하나의 행위 마다 단문 형태로 문장을 끊어 그때마다 '그녀'를 주어로 반복적으로 내세우고 있다. 그리고 이때 '그녀'에 붙은 조사 '가'는 일반적인 조사 '은/는' 보다 행위주로서의 '그녀'를 강조하는 효과를 준다. 그런가 하면 술어도 달라져 있다. 앞서 인용한 예문들에서 '그녀'에 연결된 술어들이 '울다', '모른다', '기다렸다', '내리깔다', '놓여졌다'와 같이 대부분 동작이나 움직임을 나타내는 행동술어들이 아니라 감정술어거나 피동의 술어로 나타나고 있는데 반해, 여기에서 '그녀'는 '일어선다', '걷는다', '긁어본다', '부서진다', '밀다'와 같이 적극적인 움직임과 행동을 나타내는 술어의 주체가 되어 있다. 이는 '그녀'가 주어의 자리에 나타나고는 있지만 그것이 타자와의 관계에서의 주체적 입장을 시사하는 것은 아니었던 예문 ⑦의 경우와도 비교된다. 포크레인에 의해 손톱이 달아나고 정강이와 가슴살이 패이고 자신의 몸을 매장하는 제의적 죽음을 통해[8] '그녀'는 비로소 주체로 선다. 주목되는 건 이 매장 행위가 글쓰기의 행위로 이어지고 있다는 것이니, 이는 이때의 글쓰기가 '그녀'의 주체성의 회복과 연결된 행위임을 시사한다.

그리고 밤별이 질 무렵, 그녀가 겨우 한 일은, 꾸물꾸물 윗옷 주머니에서 노트를 꺼내 아무 장이나 펼치고서, 해사하게 웃기까지 하며, 뭔가를 꾹꾹, 눌러 적어넣을 양을 하다가는, 힘이 팽기는지 눈물 젖은 얼굴을 푹, 수그리는 일이었다.

---

8) "더 이상 자신을 매장할 흙이 없어"라는 구절에서 이런 매장의 의미는 직접적으로 드러나고 있거니와, 이때 손톱·몸·정강이·가슴살·머리채·발·무릎·허벅지·엉덩이 등 다양한 신체어가 다시 나열되면서 몸의 해체라는 상징적 의미가 강조되고 있다. 이 매장 행위는 허위적 욕망에 들뜬 몸을 해체시키고 그 몸의 죽음을 통해 주체적 존재로 태어나려는 주인공의 시도라 할 수 있다.

이전의 글쓰기가 세상을 피해 자신 속으로 숨어드는 것으로서의 의미를 가졌던 것과 달리 여기에서 글쓰기는 허위적 욕망에 들뜬 자신을 죽이고 세상과 맞서는, 그럼으로써 땅에 뿌리를 깊게 내리게 되는 계기로 그 의미가 변해있다. 비록 바깥세상에서 깨지고 상처를 입을 지라도 더 이상 화분/화원에 갇혀 숨어 있지 않겠다는 것, 좁은 화분 속이 아니라 땅 속에서 더 깊게 뿌리 내릴 식물들처럼 다시 흙/세상/거리로 되돌아가겠다는 것, 이런 다짐과 깨달음이 글쓰기 행위에 담기게 되는 것이다. 사실 말과 글은 주인공의 좌절된 욕망의 하나로 이미 이야기 저변에 중요하게 자리하고 있었다. 주인공이 타이피스트가 꿈이었고 자격증도 가지고 있지만 취직을 하지 못했다는 것은 '그녀'가 공적 언어의 세계에 진입하지 못한 인물임을 시사하는 대목이다. 남자들의 말이 대상을 향해 망설임 없이 내뱉어지고 있는 데 반해, '그녀'의 말은 남자들의 말 속에서 '어물어물'거리며 흐려지거나 스스로를 향한 독백투인 경우가 많다. 뿐만 아니라 '그녀'의 말을 닮아 있는 듯 보이는 서술자의 말은 머뭇거리고 흔들리고 부서진다. 이런 '그녀(들)'의 말은 신문기사의 말과 대조를 보인다.

오토바이 납치범 극성, 최근 들어 떼를 지어 다니는 오토바이족들 주택가에까지 침입. 어젯밤 아홉시경 퇴근하던 타이피스트 홍모양을 집 앞 오십 미터 앞에서 납치해 어린이 놀이터에서 폭행하고 도주. 뒤늦게 발견당한 홍모양 급히 병원으로 옮기던 중 사망.

공적 언어의 세계를 상징하는 이 기사문은 단문에 술어 없이 명사형으로 완결된 문장을 하고 있다. 이때에도 타이피스트 홍모양은 내용상으로뿐 아니라 문장에서도 주어의 자리에 있지 못하고 객체의 자리에 놓이고, 주어의 자리엔 오토바이 납치범이 자리한다. 이 기사는 그대로 '그녀'의 이야기를 암시하는 것으로, 공적 언어/글의 세계에 진입하지 못한 존재로서의 '그녀(들)'의 운명을 시사한다. '그녀'에게 글쓰기란 이같은 남성적, 폭력적 현실로부터 도망쳐 자신 안으로 숨어드는 도피적 성격에서 시작된다. 좌절된 욕망과 그로 인한 상처가 글쓰기의 시작이 되고 있는 것이다. 그러나 '그녀'의 진정한 글쓰기는 허위적 욕망에 들뜬 몸을 죽임으로써 비로소 시작된다. 이때 글쓰기는 '그녀'의 주체 선언에 다름 아니다. 그리고 이 점에서 그것은 '그녀'를 진정으로 살아 있게 하는 생존의 서사라 할 만하다.

타자화된 주변의 공간에서 조금씩 머뭇거리며 말하기 시작한 신경숙 인물들은 이렇게 말/글을 통해 삶을 얻는다. 신경숙에게 있어 말이 그 자체로 하나의 주제라고 할 수 있는 것도 이 때문이다. 그녀의 인물들에게 말은 욕망의 몸을 죽이고 얻어낸 주체의 실체다. 그들에게 욕망이란 근본적으로 도달할 수 없는 세계, 혹은 순간으로밖에 충족될 수 없는 것이다. 어떤 점에서 신경숙 소설은 어긋날 수밖에 없는 이 욕망과 현실의 딜레마에서 비롯되는 것인지도 모른다. 그러나 이후 신경숙 인물들은 죽을 수밖에 없는 욕망의 '나' 혹은 떠나보낼 수밖에 없는 '너'라는 딜레마에서 벗어나 서서히 일상으로, 삶으로 돌아와서 세상을 살아간다. 욕망의 '나'는 죽고 현실의 '나'가 살아남아 일상으로 귀환하는 것이니, 이처럼 욕망/헛것/환상을 죽이고 살아남은 이의 이야기들에선 초기의 섬뜩함이나 비극적 여운 대신 따뜻함과 화해의 분위기가 어른거리기 시작한다. 그러나 죽을 수밖에 없는 '나'를 인정하는 것과 그것을 기억에서조차 지우는 것은 다른 일일 것이다. 욕망을 묻고 현실로 귀환하는 길에는 때로 도덕주의와 감상이 자리하기 쉬우니,9) 세상으로 돌아온 신경숙 인물들의 행보는 이 점에서도 계속 우리의 주목을 끈다.

---

9) 이런 우려에 대해서는 황도경, 「반역의 문법, 문학의 갱신」(『환각』, 새움, 2004)을 참조할 것.

말·길·삶

서정인의 『모구실』

술의 말

『모구실』은 서정인의 말에 대한 애정과 소설 형식에 대한 실험이 또 다른 경지로 나아가고 있음을 보여주는 작품집이다. 소설의 출발이 되어야 하는 것이 마땅한 말에 대한 인식과 감각 그리고 이를 통해 드러나는 삶에 대한 인식의 심오함과 광대함은 실로 서정인의 거인의 풍모를 느끼게 하기에 충분하다. 총 14편의 작품들이 수록되어 있는데, 각각의 제목들이 모두 세 글자로 이루어져 있을 뿐 아니라 앞의 이야기가 다음 이야기로 이어지면서 각각의 이야기들은 독자성과 연계성을 동시에 획득하고 있다. 뿐만 아니라 작가적 서술이나 지문이 점점 줄어들어 다섯 번째 수록 작품인 「의료원」 이후에는 일체의 지문이 배제된 채 천수건과 서존만 두 사람 사이의 대사로만 이야기가 진행됨으로써 일종의 극양식이 시도되고 있기도 하다. 세상살이에 얽힌 온갖 이야기들을 건드리며 과거와 현재, 신화와 역사를 넘나드는 유연한 말의 성찬을 보여주고 있는 이 작품집은 실로 대화로 풀어 쓴 인생론·예술론이라 할 만하다.

이야기는 천수건이 벽촌 모구실에 보건소장으로 있는 딸을 찾아오면서 시작되지만, 정작 진짜 이야기는 천수건이 거기에서 만나 술친구가 된 조성달·서존만과 나누는 대화 속에서 펼쳐진다. 그 이야기들은 일정한 방향도 흐름도 없이, 고담준론과 속된 일상의 풍경을 오가며, 종횡무진, 횡설수설, 꼬리에 꼬리를 물고 이어진다. 이 이야기들을 끌고 가는 특별한 서사적 줄거리도, 하나로 모아지는 일관된 주제도 없다. 뿐만 아니라 작가는 인물들에 대한 정보나 서로의 상관관계를 직접 제시하거나 설명하는 법이 없고, 그나마 인물들의 외모나 생각을 단편적으로 드러내주던 작가적 서술은 점점 줄어 「의료원」 이후로 가면 지문조차 없는 대화만으로 이야기가 진행된다. 천수건과 서존만 두 사람의 대화가 마치 무대 위의 장면처럼 펼쳐지는 것이니, 이들의 말은 철학과 종교와 역사·신화를 넘나드는가 하면 우리가 살아가고 있는 현실 속의 소소한 일상의 세목들을 함께 건드린다.

흥미롭게도 이들로 하여금 종횡무진 장광설을 늘어놓게 하는 힘은 술에서 비롯된다. 오지 않는 딸을 찾아 모구실까지 왔지만 딸로부터 바로 돌아가라는 말만 들은 천수건, 찾아오지 않는 아들을 기다리다 욕만 늘어났다는 폐교의 수위 조성달, 가겟집 할머니 지복순의 아들 서존만, 이들이 함께 술을 먹게 되면서, 그 술의 힘으로, 술의 세계 속에서, 말이 흘러나온다. 술에 취한 후 "그들은 잔 것 잊고, 큰 것에 기고만장했다. 마음이 넓어지고, 영혼이 높아지고, 세상이 좁아졌다." 그리고는 "일상적 삶의 뜻없음과 덧없음이 그것들이 없음으로 해서 보이는 것 같았다." 술은 "세상을 세상 아닌 것처럼 보이게 만들었다." 이들 세 사람이 술에 취해 서로에게 욕설을 내뱉기 시작하는 「진료소」의 마지막 장면이 "일이 시작되었다. 탈출이 무르익었다"는 서술로 마무리되고 있음에서 알 수 있듯이, 술은 이들을 일상으로부터 벗어나게 하고, 그 거리감 속에서 우주 삼라만상, 동서양의 고전, 고대 역사와 현실을 자유로이 넘나들게 한다.

"멀쩡한 정신으로는 허고 싶은 말 다 못"하는 법이고, "술기운이 떨어져서 헛소리를 허는갑소"라는 서존만 누이의 말처럼 술이 오히려 참된 소리를 불러온다. 술은 초면을 구면으로 만들고, 천수건을 "사해동포"가 되게 하고, "평소에 그를 괴롭히는 천박함과 비열함과 옹졸함과 인색함에서 해방"시킨다. 이 술기운에 비로소 입이 풀리고, 곁에 있는 사람은 친구가 되니, 술은 말을 끌어오고, 말은 사람들 사이에 길을 만든다. 법의 말, 격(格)의 말이 아닌, 술의 말, 정(情)의 말. 서정인 특유의 유장한 말놀이는 이렇듯 술처럼, 물처럼, 흘러간다.

말의 길

사실 작품집 처음에 실린 「모구실」 서두에서부터 강조되어 드러나는 건 말이 갖는 이런 허허실실의 힘이다. "후곡을 가려면 어떻게 가요?"라는 물음 뒤로 그 말의 말본 없음과 의미의 모호함 등에 대한 주인공의 자문이 길게 늘어지는데, 그럼에도 불구하고 그 말은 실상 아무 문제를 일으키지 않는다. 말본에도 맞지 않고 뜻도 애매모호한 그 말들을 사람들은 "알아들었다." 그런가 하면 두 번째 실린 작품 「진료소」에서도 조성달이 천수만과 술을 먹고 나니 초면인 그를 "이 동네 어떤 사람보다 그 사람을 더 잘 알게 되었다고" 하자 천미리가 그 말의 애매함에 대해 생각하는 장면에서 같은 상황이 등장하고, 천미리와 아버지 천수건은 서로의 속 이야기는 꺼내놓지도 못한 채, "진짜 할 이야기 아직 못하셨지요?" "가짜 이야기도 못할 뻔 봤다." "원래 진짜 이야기는 못 해요 가짜 했으면 다 했어요 진짜도 꺼내면 가짜가 돼요." "그래, 진짜가 가짜면, 가짜가 진짠갑다"와 같은 선문답식 대화만을 나눈다.

요컨대 말이란 엄격한 규율과 법칙에 의해 만들어진 고정된 의미를 갖고 있는 것이 아니라 정황과 사람들의 태도에 따라 얼마든지 그 뜻이 달라지는 것이며, 내용으로 이전에 소리로, 거기에 담긴 마음과 진실함으로, 사람을 움직인다. 드러난 말과 숨은 말, 문법으로서의 말과 생활로서의 말, 말과 침묵 등 이들 사이의 간극을 채우는 것은 결국 듣는 이의 몫이며, 그러기에 말은 "말하는 사람의 것이 아니라 오히려 듣는 사람의 것"이 된다. 어쩌면 인물들의 내력이나 사건의 앞뒤 관계 등에 대한 구체적인 설명을 배제한 채 그때그때의 상황들만 대화로 제시함으로써 독자로 하여금 그 빈틈을 메우고 정황을 짜 맞추게 하는 작가의 전략은 말에 대한 이러한 믿음을 전제로 한 것인지도 모른다.

이 작품집에서 '말'은 주제를 전달하는 장치이자 동시에 그 자체로 하나의 주제다. 벙어리처럼, 말더듬이처럼, 생각과 말이 어긋나던 천수건은 술이 들어가자 술술 말을 쏟아낸다. 이 말은 이야기를 이끌어가는 실질적인 힘이고, 인물들이 움직여가는 길이다. 말을 어떻게 꺼내 놓을까 고민했지만 하고 나면 쉬운 일이라며 말은 하기만 하면 되었다는 천미리의 고백은, "가는 데가 길이었다"며 길 없는 길에서 길을 만들어 가는 사람들의 생각과 그대로 겹쳐진다. "사람이 안다니면 있던 길도 없어지오"라던 지복순 할머니의 말처럼 길은 원래부터 있던 것이 아니라 사람들이 만들고 지우고 하는 것이다. 만남도, 이별도, 도덕도("도덕이라는 것이 노인을 포함한 많은 사람들이 다니는 길을 일컬었다"는 대목에서 이 길의 상징적 의미는 보다 분명해진다) 이 '길'에서 생겨난다. 이야기는 사람들 사이에 난 이 '길'과도 같다. 술을 마시며 서로 이야기를 나눌 때, 그 말들은 자신과 타인 사이에 길을 만들어 놓는다.

초면인 천수건·조성달·서존만을 가까운 친구로 만든 것도 이야기이다. 어긋나고, 중간 중간 샛길로 새고, 그러다보면 어느새 큰길과 다시 만나기도 하면서 앞으로 앞으로 이어지는 길처럼 이들 사이에서 오가는 말들은 끝없이 가지를 치면서 옆길로 샌다. 말이 말을 낳고, 물음은 또 다른 물음으로 이어지면서, 그 길이나 방향을 알 수 없이 이어지는 말들, 대화들. 그러나 "이야기야 항상 헛나가지"라는 천수건의 말처럼 말은 그 스스로 길을 만들며 나아간다. 사소하고 일상적인 이야기가 오고 가는가 싶으면, 어느새 이야기는 세상살이에 얽힌 온갖 문제들로 나아가, 동서양의 신화와 역사, 고전, 남북문제, 배금주의적 현실, 기계문명에 대한 맹신, 세계화 등 우리 사회의 정치, 사회적 현실, 예술의 기능과 역할, 그리고 삶과 죽음의 문제에까지 나아간다.

그러나 작품의 매력은 걷잡을 수 없이 이어지는 이 장광설 자체보다 이 심오한 장광설이 다시금 불쑥 닭 삼는 방법이나 쥐포나 쥐치포 이야기로 빠져버리는 데에 있다. 구수한 남도 사투리의 구어체로 구사되는 인물들의 걸진 입담은 난해한 담론의 무게와 관념성을 소설적 현장성과 구체성으로 바꾸어놓고, 온갖 사상적·철학적 담론들은 항시 지금, 이곳에서의 현실의 문제로 귀환한다. 이들이 풀어놓는 온갖 인간사, 세상사에 대한 담론들이 그 난해하고 무거운 주제에도 불구하고 생생하게 살아 있는 이야기로 다가오는 것은 이처럼 인물들의 성격과 말이 살아 있기 때문이다. 맹자와 공자·셰익스피어와 그리스 신화를 넘나드는 지적인 인물인 천수건과 서존만도 다른 한 편으로는 술을 먹고 난장판을 벌이던 한심한 아버지이자 그 때문에 딸과 소원해진 쓸쓸한 노인네이고 여느 사람처럼 사연 많은 집안 이야기를 갖고 있는 인물이라는 것, 음각처럼 드러나는 이런 사연들이 이 작품을 장황한 지적 담론에도 불구하고 관념과 철학의 무게에 짓눌리지 않은 소설로 자리 매김 시킨다.

천수건이나 천미리라는 이름은 물론이고 '좆만이'를 상기시키는 서존만의 이름이 갖는 희극성, 대학교수를 대학괴수로 바꾸어 놓음으로써 얻어지는 웃음과 풍자의 효과. "주룽지허면, 그 사람들 무슨 누룽지 겉은 소리 헌다고 허고, 리펑허면 무슨 뻥튀기헌다고 헐 거다"와 같은 대사에서 드러나는 웃음 섞인 조롱 등 작가에게 말은 의미를 만들어내는 출발점이자 종착력이다. 그에 의하면 말이 삶을, 이름이 운명을 결정짓는다. 장천동에는 샘이 길다는 이야기나 비상리에는 국제공항이 들어서고 부화리(가마솥 불)에는 원자력 발전소가 들어섰다는 이야기들은 "이름을 지으면 이름대로 된다"는 순리를 증거 하는 것이거니와, 이는 또한 말이 갖는 힘을 확인시키는 것이기도 하다. 요컨대 말이 살아 있을 때, 인물이 살아 있고, 소설이 살아 있다. 서정인 소설은 이를 확인시킨다.

길의 삶

『모구실』은 길 따라 자리를 옮겨가면서 이어지는 말들의 이야기이다. 천수건을 비롯한 인물들은 폐교가 된 학교에도 하고, 영안실도 가고, 풀독 때문에 주사를 맞으러 병원에도 가고, 섬진강을 끼고 걷기도 하고, 출생신고 하러 그리고 과태료를 내러 동사무소에도 간다. 그것은 우리 모두가 걸어가는 삶의 길에 다름 아니다. 인물들은 이 길 위를 걸으며 삶의 잡다한 문제들에 대해 묻고 대답하는가 하면, 서로 대조적인 생각과 가치관으로 대결하기도 한다.

딸을 찾아 모구실 벽촌을 찾아온 천수건, 아들을 기다리는 조성달, "오늘내일 허는" 처지인 지복순, 이들은 몸은 늙었지만 자신들이 걸어온 길 위에서 몸으로 익혀온 지혜들을 갖고 있다. 이들은 젊은이들이 걸어갈 길 역시 자신들이 이미 걸어온 길, "다 겪어본 나머지"라는 걸, "그들이 가지고 있는 것은 뜬 구름보다 더 덧없다"는 걸 알고 있는 존재들이다. 이들의 대화 속에는 이 삶의 이력이 가르쳐준 번뜩이는 지혜가 자리하고 있는데, 사실 『모구실』의 깊이와 감동은 이들의 대화 속에서 무심코 드러나는 잠언 같은 말들에서 비롯된다고 해도 과언이 아니다. 가령 이런 말들이다.

"안 놓친 사랑도 있냐? 모든 사랑은 조만간 떠난다." "변한 것은 잃은 것이고, 가슴에 담은 것은 얻은 것이다. 얻은 것이 잃은 것이고, 잃은 것이 얻은 것이다"

"땅을 긴다고 하늘이 없고, 하늘을 난다고 땅이 없냐? 너무 하늘, 땅 해싸지 마라. 땅을 기어도 하늘을 이고, 하늘을 날아도 땅을 덮는다. (…중략…) 나는 말이다, 땅만 내려다보고 살았는디, 어느 날 하늘이 보이더라. 하늘만 쳐다보고 가다가 진창에 빠진다."

"니 몸이 니 몸이 아니고, 내 몸이 내 몸이 아니다. 니 몸 내 몸을 마음대로 왔다갔다 하는 것들이 있다더라. 단절이 아니라 연속이다."

"고통은 견뎌라. 그것 참을라고 세상에 왔다."

사랑·죽음·나이듦 등 제반 인생사에서부터 정치·사회·교육·역사·예술에 이르기까지를 자유로이 넘나들며 이어지는 이 말들은 지식과 학습에 의해 얻어진 것이라기보다 체험과 연륜에 의해서 체득된 몸의 말, 정(情)의 말이다. 구어체 화법에 실린 이 잠언 같은 말들이 새삼스럽게 감동스러운 것도 이 때문이다. 삶의 원리와 세상의 법칙은 시간과 장소를 넘어서 한 개인의 삶 속에 고스란히 투영된다. 인물들의 말이 고전과 역사·신화를 아우르며 이어지는 것은 옛날이야기가 곧 현재의 이야기이고 내 이야기가 당신들 이야기라는 믿음을 토대로 한다. "내 인생이 당신들 인생을 닮아간다. 내가 당신들 뒤를 밟고 있다", "옛날이야긴데, 지금까지 그런다", "옛날에 있었던 일은 지금도 있다. 신화에 대해서 알아야 할 것은 그것뿐이다"라는 진술은 이 장황한 말의 알리바이다.

『모구실』은 공자와 장자·예수가 함께 있고, 희랍신화와 중국 고대 신화가 함께 어우러지는가 하면, 이런 신화와 고전의 세계와 함께 동사무소와 영안실과 병원과 학교를 오가는 일상의 이야기가 있는 한 편의 연극과도 같다. 작가는 투박한 남도 사투리와 구어체의 화법으로 현란한 지적 담론과 삶의 밑바닥 이야기를 자유롭게 펼쳐 보인다. 그러나 과거와 현재, 동양과 서양, 역사와 신화를 가로지르며 전개되는 그 말들이 종국에 도달하는 곳은 언제나 지금, 이곳에서의 우리의 삶이다. 극단의 논리 혹은 현실론과 이상론이 대결하면서도 결국에는 "세상에는 둘 다 맞기도 하고, 둘 다 틀리기도 한 것이 많다"는 중용과 상대주의의 지혜에 이르게 되는 것도, 자칫 박학다식한 지식과 정보의 나열이 초래할 수 있는 난해함과 관념성의 위험에서 벗어나 그 말들이 구체적 설득력을 갖게 되는 것도, 그리하여 철학적·지적 담론의 무게에 소설적 가치와 재미가 짓눌리지 않게 되는 것도, 이들이 말이 서 있는 삶의 토대 때문이다. 이 소설집이 보여주는 형식의 새로움과 삶과 문명에 대한 깊은 성찰은 철학과 소설의 접점을 시사하는, 우리 소설이 도달한 새로운 경지임이 분명하다.

제2부

상 상 력 의 모 험

소설의 상상력과 윤리
박형서의『자정의 픽션』, 이기호의『갈팡질팡하다가 내 이럴 줄 알았지』, 성석제의『참말로 좋은 날』

'그러니까'를 조롱하는 '어쨌든' 몽상하기―박형서의『자정의 픽션』

　박형서의『자정의 픽션』은 "소설은 지어낸 이야기"임을 확인시키기라도 하듯 황당하고 엉뚱하기 짝이 없는 이야기들로 가득하다. 두 잘난 교수가 논쟁을 벌이는 도중 고대 중국 장수가 나타나 칼을 휘두르는가 하면, 미래를 볼 수 있다는 화자가 170년 후 한 여자의 사랑 이야기를 들려주기도 하고, 사람들이 노란 육교 위에서 망자를 구경하기도 하고, 실어증에 걸린 한 남자의 머리에서 수많은 유분이 나오는 바람에 미국과 한국 간에 전쟁이 벌어지는 이야기가 펼쳐지기도 하며, 부모의 관심을 끌기 위해 높은 곳에서 떨어져 스스로 상해를 입히고 동생까지 죽게 하는 아이나 아무렇지도 않게 "무료함에 성기를 잘랐더니 피가 많이 흘렀다"고 고백하는 인물이 등장하기도 한다. 그렇다고 이 엉뚱하고 기이하며 도대체가 현실에선 일어날 수 있을 것 같지 않은 일들이 신비롭고 환상적인 무용담의 세계나 그로테스크한 미학의 세계를 보여주고 있는 것도 아니다. 화자의 말은 건조하고 메마르며, 기이하고 엉뚱한 사건들을 전하는 그의 태도는 무심하고 냉정하다. 그에게는 도무지 어떤 이야기들도 기이하거나 황당하지 않다. 어쩌면『자정의 픽션』을 읽으며 우리가 느끼게 되는 황당함이란 서술자의 이런 무심 무감한 태도에 기인하는 지도 모른다. 그에게는 '그럴듯함'이라는 소설의 전통적 덕목에 대한 이해나 배려가 전혀 없다.

　가령「날개」를 보자. 소설은 남의 장례식에 나타나 소란을 피우고 육개장까지 해치운 뒤 사라진 이상한 노파의 이야기로 시작된다. 이 어이없고 황당한 사건이 쉼표도 사용하지 않은 길고 장황한 서술의 한 문장으로 이어지는데, 우리를 더욱 당황스럽게 만드는 것은 이 진술에 이어지는 문단이 "아무튼 그 일과 상관없이 나는 미래를 볼 수 있다"는 문장으로 시작된다는 사실이다. 화자는 서두에 진술한 사건과는 그야말로 아무 '상관없이' 자신이 170년 후의 미래를 볼 수 있다는 것을 자랑하며 그 먼 미래에 벌어질 한 여자의 기이한 사랑 이야기를 들려주기 시작한다. 현재와 170년 후의 미래, 이상한 노파 이야기와 사랑에 빠진 여자이야기 등 서로 아무 연관도 없어 보이는 황당하기 짝이 없는 이야기들 사이에는 단지 '아무튼'이라는 부사어 하나가 있을 뿐이다. 그런가 하면 거인이 물에 빠져 사라지자 여자가 그를 꺼내달라는 탄원서를 의회에 제출했다는 대목에서는 이 진술이 "생활에 필요한 모든 것은 의회를 통해 이루어졌다"는 진술로, 그리고 인류가 경험한 무수한 판례 정보들이 의회에 보관되어 있다는 진술로 엉뚱하게 이어지다가, "그건 이 소설과 관련이 없고, 어쨌든 여자는 의회에 탄원서를 제출했다"는 문장과 함께 원래의 이야기로 돌아온다. 소설은 논리적인 개연성을 무시한 화자 마음대로의 서술에 의해 기이하고 황당한 세계를 자유로이 펼쳐 보인다. 황당무계한 일들이 일상적인 듯 등장하고, '우연히' 일이 이상하게 꼬이며, '그나저나' 다른 곳에선 또 다른 일들이 벌어지고, '어쨌든' 일은 진행된다.

과장해서 말하자면 박형서에게 소설이란 이런 '아무튼'의 세계다. 마음만 먹으면 구질구질하고 심심한 현실로부터 벗어나 170년 후의 먼 미래로 달려갈 수도 있고, 아래층에 사는 히스테리 심한 여자를 물어 죽이고 싶을 때는 그녀를 200살 먹은 노파로 등장시켜 그녀가 술 취한 부랑자의 이빨에 물려 죽게 할 수도 있고, 치과가 없어지길 바라던 조카의 소원대로 치과의사들을 알거지로 만들어버릴 수도 있으며, 사랑하는 사람이 보고 싶을 때면 언제나 그 간절함으로 그/그녀에게 날아갈 수도 있는 세계, 이것이 소설이다. 결핍된 현실과 마주치면서 소설가의 망상에 발동이 걸리기 시작하니, 소설은 결핍을 채우기 위한 간절한 소망이 만들어낸 허구이자, 망상이며, 꿈이다. 소설가는 "대머리가 멋진 내 친구 K"가 죽었을 때 영안실에 찾아와 소란을 피운 "못되게 생긴 노파"를 먼 미래의 이야기를 통해 응징한다. 그런가 하면 친구의 생일을 축하하기 위해 그를 닮은 인물을 만들어내고 또 그가 멋진 수호신이 되는 이야기를 지어낸다. 물론 꿈에서처럼 소설에선 이 모든 것들이 뒤죽박죽이 된다. 욕망은 머리카락 보일라 꼭꼭 숨고, 애먼 위장의 스토리만 엉성하게 부각된다. 꿈에서 객관적이고 논리적인 근거와 인과성을 찾으려는 사람은 필시 그 사람이야말로 제정신이 아니듯이, 박형서 소설에선 그 안에서 논리적인 개연성을 찾으려는 사람이 제정신이 아닌 사람이 된다. 박형서는 이 점에서 우리가 알고 있는 소설의 개념, 정의, 형식 등에 딴지를 거는 작가다. 그에게 소설이란 일어날 수 없는 일들을 간절한 소망으로 현실에 불러오는 것일 뿐이기 때문이다.

그러나 박형서에게 허황되고 말이 안 되고 어처구니없는 세계는 비단 소설뿐이 아닌 듯하다. 죽음으로 이어지는 길은 "지도에 기록되지 않은 길"이며, "길 위에서 일어나는 어떠한 일도 제대로 설명해내기란 불가능했다"는 진술이나(「노란 육교」), 부모의 관심을 끌기 위해 스스로를 다치게 하던 아이가 "현실은 그렇게 치밀하거나 논리적이지 않다는 사실을" 깨달았다고 고백하는 것(「물속의 아이」) 등에서 직접적으로 드러나듯, 작가는 우리의 삶이 근본적으로 이성과 논리로 설명될 수 없는 세계이며, 우연에 의해 진행되는 세계라고 믿는다. 하지만 세상에는 우리의 삶이 이성과 과학과 논리에 의해 분석되고 설명될 수 있다고 믿는 사람들이 있으니, 화려한 논쟁의 기술을 구사하는 인물들이나(「논쟁의 기술」), "자신이 이루어낸 길 너머에 초자연적인 세계가 존재한다는" 것이 마땅치 않아 길에 맞서 저항했던 시의원, 망자의 길에서 안개를 채취해 성분을 조사하고 소리의 진폭을 측정하고 빛의 스펙트럼을 분석하며 연구하고 탐험했던 사람들(「노란 육교」), "정확한 과학적 사실만을" 가르치며 "학생들을 엉뚱하고 쓸모없는 상상으로부터, 신화와 전설과 로망스와 백일몽으로부터 보호"하려고 했던 여자(「날개」)가 그들이니, 이들에게 세상은 '왜냐하면', '그러니까', '그러므로'의 세계다. 작가는 논리와 이성과 과학적 분석을 내세운 현실의 제도·풍속·관습 등을 '어쨌든' 혹은 '아무튼'의 논리 아닌 논리로 조롱하고 풍자한다. 주목되는 건 이 조롱과 풍자 역시 이야기의 내용을 통해서라기보다 이야기의 형식이나 어법을 통해서 이루어진다는 점이다.

예컨대 두 논쟁 고수들의 탐욕과 지적 허위를 풍자하고 있는 「논쟁의 기술」에서는 드러난 말과 숨겨진 말 사이의 분열과 괴리가 주목된다. 'A는 B다'와 같이 판단하고 정의내리는 문장, '때문이다', '그러므로', '그러니까' 등을 사용한 문장의 연결, 이성, 논리, 무장, 증거, 검증, 유추, 학설, 분석 등의 지적이고 과학적인 어휘, 정중하고 고상한 경어체의 문장 등을 통해 현란한 지식을 뽐내는 장황한 말 속에 "개자식", "요 새끼 좀 봐라", "나한테 반말을 하네?", "이 천하의 개 쌍놈이" 같은 속내를 드러내는 짧은 감정어나 비속어들이 뒤섞이는 '괴상한 어법'이 구사되면서, 고상하고 지적인 먹물들의 비열함과 허위가 그대로 드러나고 있는 것이다. 그런가 하면 「「사랑손님과 어머니」의 음란성 연구」에서 드러나는 먹물들의 세계에 대한 풍자는 더욱 흥미롭다. 논문 형식을 그대로 차용하여 「사랑손님과 어머니」의 다시 읽기를 시도하고 있는 듯 보이는 이 소설에서 화자는 논문에 걸맞은 논리적이고 지적인 언어들을 사용하고 있지만, 그 사이에 "마음이 되게 섬세한 문학 연구자로서", "비슷한 견해로는 붕산칼슘처럼 생긴 문학평론가 정찬호의 논문이 있지만", "필자가 요새 좀 바쁘긴 하지만 이런 대의를 위하여 본격적으로 논의를 진행하도록 한다", "정직해서 늘 손해만 보고 사는 필자도", "이 소설에 왜 얼굴을 들이밀고 지랄인지 의아할 정도지만" 등과 같이 논문에는 어울리지 않는 감정적이고 저속한 표현들이 끼어든다. 게다가 각주나 통계, 도표의 사용을 통해 과학적이고 객관적이며 학문적인 태도를 강조하고 있지만, 그것들은 오히려 그 무용성이나 현학적 허영을 드러내는 데 기여할 뿐이다.

이렇게 보면 박형서의 소설이 보여주는 자유로운 몽상의 세계가 비단 개연성과 인과성에 근거한 기존의 소설관만을 문제 삼고 있는 것 같지는 않다. 작가는 불가능과 분리의 원칙이 강조되고 강요되는 현실 세계로부터 벗어나 간절히 원한다면 무엇이든 그대로 이루어지는 꿈의 세계를 소설을 통해 구성해낸다. 그 '어쨌든'의 세계는 논리와 이성과 과학과 도덕의 세계를 한껏 조롱하고 희화화한다. 진실이란 고문을 통해 만들어지는 것일 뿐이며(「진실의 방으로」), 존재나 고통 따위는 시시하기 짝이 없는 것이 된(「존재 혹은 고통 따위의 시시하기 짝이 없는 것들」) 세계에서 박형서의 몽상 혹은 소설은 현실로부터 벗어난 유희의 탈주를 시도한다. 그러나 그 탈주가 중국에 어디에 도달하게 될지는 아직 분명치 않아 보인다. 가령 등장인물들이 전생에 해달이었다든지, 아버지에게 살해되어버려진 정박아였다든지, 지중해의 푸른 미역이었다든지 하는 엉뚱한 진술이나 그것이 다시 미역의 효능과 미역국 만드는 법 등으로 이어지는 서술은(「두유전쟁」) 황당하고 우스우며 또 그만큼 자유롭게 이어지는 몽상과 소설의 세계를 보여주지만, 그 대목을 읽으면서 나오는 웃음 또한

다소 허망한 것이 사실이다. 단지 불가능해보이는 것들을 가능한 것으로 만들어 보여주는 것을 넘어서 그것을 통해 우리로 하여금 불가능한 것들을 진실로 가능한 것으로 믿어보게 하는 것이, 그리하여 불가능해보이는 것들을 다시 시도해보게 하는 것이 진정한 상상력의 힘이 아닐까. 거대한 불이 모든 것을 삼키고 하늘나라로 보내버려 "하늘나라에 난리가 났다"고 끝나는 이야기를 읽으며 정작 우리들 가슴에는 난리가 나지 않는다면, 그 수선스럽고 기이한 사건들과 어처구니없음과 웃음들이 무슨 의미를 가질 것인가. 하지만, '어쨌든' 웃지 않았느냐고, '아무튼' 날지 않았느냐고 작가가 되물어 온다면 나또한 할 말은 없겠다. 그저 '어쨌든' 내겐 그러하다고 할 밖에.

곡괭이 소설가의 갈팡질팡 로망스—이기호의 『갈팡질팡하다가 내 이럴 줄 알았지』

  엉뚱하고 황당한 이야기라는 점에선 이기호 소설도 박형서 소설 못지않다. 흙으로 밥을 해 먹는가 하면, 플라타너스 나무와 대화를 나누기도 하고, 방사능 유출로 분단체제가 무너져 나라가 없어지기도 하며, 한밤중에 국기게양대에 올라 서로 인사를 나누고 국기게양대를 사랑한다고 고백하는 등 이기호 소설은 그야말로 제정신이 아닌 것처럼 보이는 인물들이 벌이는 황당무계, 포복절도의 세계다. 이 황당하고 기이한 일들이 가능해지는 것은 박형서에게서처럼 이기호에게도 소설이란 전적으로 상상에 의한, 상상의 세계이기 때문이다. 진회색의 고령토를 초록색 밥으로 바꾸어놓는 것도, 도서관 자료실에 앉아 있는 우리를 여관방에서의 질펀한 정사로 이끄는 것도, 죽은 사람들을 불러내 머리맡에 앉아 있게 하는 것도 모두 상상력에 의해 가능해진다. 그런데 이때 이기호가 강조하는 것은 엄밀히 말해 상상력 자체라기보다 상상력의 감염이다. 박형서의 인물들이 스스로의 상상의 힘으로 홀로 먼 미래로, 태양계 바깥으로, 혹은 망자의 세계로 자유로이 이동하고 있다면, 이기호의 인물들은 주변의 친구나 이웃에게, 할머니나 손자에게, 그리고 그의 이야기를 듣는 독자에게 상상의 힘을 역설한다. 그리고는 "중요한 건 역시 여러분의 상상력"(「누구나 손쉽게 만들어 먹을 수 있는 가정식 야채볶음흙」)이라고, "그렇게 상상하면 됩니다"(「나쁜 소설—누군가 누군가에게 소리내어 읽어주는 이야기」) 외쳐댄다. 이야기꾼과 청자의 관계를 설정하여 이를 통해 소통의 친밀성이나 구어체적 현장성을 강조하는 그의 소설에서 상상은 '함께' 하는 상상이고 서로의 소통 속에서 실현되는 상상이라는 점에서 주목된다. 그의 상상은 웃음을 목적으로 하는 것이 아니라 소통을 목적으로 하고 있는 것이다.

　그러기에 상상이 만들어낸 황당한 사건이나 상황, 거기에서 나오는 웃음은 박형서의 경우처럼 우리로 하여금 '지금—여기'가 아닌 '다른' 곳으로 탈주하게 하는 것이 아니라 오히려 끝없이 '지금—여기'의 현실로 돌아오게 만든다. 이기호에게 상상은 그리고 소설은 종국에 우리가 서 있는 현실과 일상을 보듬는 것으로 귀결된다. 그는 이것을 '눈'의 소설과 대비되는 '귀'의 소설 혹은 '입'의 소설이라 부른다. '눈'의 소설이 이성과 논리에 의해 개연성 있게 전개되고 설명되는 그리하여 우리의 머리로 다가오는 소설이라면, '귀'/'입'의 소설은 이성적이고 논리적인 인과성의 세계를 벗어난, 뒤죽박죽, 갈팡질팡의 세계이며 머리가 아니라 우리의 몸으로 다가오는 소설이다. 전자의 소설이 글의 세계라면 후자의 소설은 글이 아닌 말의 세계이며, 따라서 '눈으로 읽는' 소설이 아니라 '듣는' 혹은 '소리 내어 읽는' 소설이 된다. 작가에 의하면 상상의 세계는 눈이 아닌 귀로, 소리로 다가온다. 그러므로 그 세계에 다가가기 위해서는 먼저 눈을 감는 것이 필요하다.

두 눈을 감고, 마음을 편안하게 가집니다. (…중략…) 자, 좋습니다. 그 상태에서 이제 제 이야기에 집중하면 당신은 당신의 몸이 묵직해지는 경험을 하게 될 것입니다. 발과 발목이 묵직해집니다. 무거워집니다. 당신이 들어올릴 수 없을 만큼 묵직해진다고 상상하십시오 발과 발목이 묵직해지고, 허벅지가 묵직해지고, 엉덩이가 묵직해집니다.
　　　　　　　—「나쁜 소설—누군가 누군가에게 소리내어 읽어주는 이야기」

　자 우선 요, 말을 하시면 안 돼요 말도 하지 말고, 눈도 뜨지 않는 게 제일 중요합니다. (…중략…) 그 상태에서 가만히 뺨을 갖다대는 거예요 뺨을 갖다대고 오랫동안 움직이지 않으면 체온이 같이 올라가는 걸 느낄 거예요 (…중략…) 그러고 있다 보면 저 밑에서 어떤 소리가 들려올 거예요
　　　　　　　—「국기계양대로망스—당신이 잠든 밤에 2」

　두 대목 모두에서 화자는 청자에게 눈을 감을 것을 강조한다. 이 눈 감기는 머리의 이성적이고 논리적인 작용을 멈추게 하고 대신 발과 발목과 엉덩이와 뺨 등 몸의 감각을 되살린다. 우리가 믿을 수 없는 황당하고 기이한 상상의 세계를 만날 수 있는 것은 이런 과정을 통해서이니, 흙으로 만든 밥을 맛있게 먹었던 명희가 앞을 볼 수 없는 인물이었다는 점 역시(「누구나 손쉽게 만들어 먹을 수 있는 가정식 야채볶음흙」) 이 점에서 주목된다. 이기호에게 '눈'이란 "무언가를 미리 분간"하게 하는, 그리하여 다른 세계나 대상의 실체를 볼 수 없게 하는 벽과도 같다. 그에 의하면 우리의 삶이란 원래 우연에 의해 진행된다. 우연히, 갑작스럽게, 마침, 기습적으로, 느닷없이, 다가오는 것이 이 세계이고 우리들의 삶이며, '왜 그런 일이 일어났는지'는 아무도 설명할 수 없다. 이 '갈팡질팡'인 세상을 잘 보기 위해서는 오히려 눈을 감아야만 한다는 것이니, 눈을 감고 간절히 원하기만 하면 무엇이든 이루어진다던 박형서나 눈을 감으라고 강조하는 이기호 모두 근대적 주체의 상징으로서의 '눈'을 감을 것을, 그럼으로써 비로소 자유로운 상상으로서의 소설의 세계에 들어올

수 있음을 역설한다는 점에서 닮아 있다.

그러나 앞서 지적했듯 이기호의 상상은 탈주를 위한 것이 아니라 오히려 '갈팡질팡'인 세상 속으로 돌아오기 위한 것이다. 이기호에게 소설은 생활을, 일상을 이기지 못한다. 그의 인물들은 등단한 후에도 할머니의 입원비와 간병비를 대야 했던 생활 때문에 소설을 쓰지 못했고(「수인」), 소설 한 편을 읽으려 해도 9급 공무원 시험 준비 중인 현실 때문에 스스로에게 "딱 세 시간만"이라고 양해를 구해야 했으며(「나쁜 소설―누군가 누군가에게 소리내어 읽어주는 이야기」), 아무리 옆집에 유명한 소설가 박경리가 살아도 사람들은 대출이자와 싸우느라 그러거나 말거나 일 뿐이다(「원주통신」). "어떤 몽롱함, 어떤 쓸쓸함과 애잔함"이 있던 그리고 결국 애인과 헤어지게 만들었던 '윤대녕 소설'과 달리, 그의 소설 속 인물들은 소설보다는 생활을, 긴 생머리와 선이 가는 몸매를 갖고 있는 소설 속 신비로운 여자보다는 라면을 먹을 때마다 꼭 공기밥을 말아 먹는 애인을 선택한다. 아니 선택해야 한다. 이들에겐 소설 세계보다 더 소설 같고 사막 같은 현실세계의 벽이 더 큰 문제다. 이기호 소설은 이들을 사막 같은 현실로부터 벗어나게 하는 것이 아니라 오히려 그 어둠 속으로 이끌어가는 '나쁜 소설'이다. 그의 소설이 대개 어둠과 밤과 지하의 세계에서 벌어지는 이야기라는 점을 상기해보자. 그것은 눈을 감아야 드러나는 세계, 머리로 이성으로 이해되는 세계가 아니라 몸으로 감각으로 느껴지는 세계이며, 눈 뜬 장님인 우리가 잊고 있던 세계다. 그의 인물들은 어두운 터널로 걸어 들어가고, 지하 벙커 어둠 속에 갇히고, 어둠과 먼지만 남은 굴속에 홀로 남겨진다. 그리고 그 어둠 속에서 그들의 로망스가 시작된다.

우선 시봉과 진만의 로망스가(「당신이 잠든 밤에」) 있다. 그들은 모두 잠든 밤 수많은 차들과 사나운 사람들 속에서 길을 걷고 있다. 교통사고를 위장해서 자해 공갈을 시도하려는 중이다. 하지만 횡단보도를 건너는 일도 이들에겐 모세가 홍해 앞에 서 있을 때와 같은 두려움과 용기와 모험을 필요로 하는 일이다. "어렸을 때부터 뭔가에 자꾸 걸려 넘어"
지던 시봉은 도로를 향해 달려 나가다 보도블록에 걸려 넘어진다. 자해
공갈도 타이밍이 맞지 않는다. 그 주제에 이들은 남의 상처에는 민감하
다. 진만은 시봉이 불쌍해보여서 말을 걸어 왔었고, 시봉은 좋은 꿈이라
도 꾸라고 진만의 성기를 빨며, 둘은 가난의 상처가 있어 보이는 소녀
를 도와주려 했다가 매만 맞는다. 게다가 이들 뒤에는 이들 때문에 쪽
파를 잃어버린 우유배달부 아줌마가 쫓아오고 있다. '당신 / 우리가 잠
든 밤에' 그 어둠 속에서 시봉과 진만, 깡패, 우유배달부 아줌마는 이렇
듯 쫓고 도망가고 때리고 맞고 있다. 그런가 하면 또 다른 로맨스가 있
다. 이제 시봉은 국기게양대에 걸린 국기를 떼다 파는 아르바이트를 하
고 있는 중이고 그 일을 위해 한밤중 국기게양대에 오른다(「국기게양대
로맨스-당신이 잠든 밤에 2」). 거기에서 국기게양대를 사랑한다는 남자와
아내가 국기게양대하고만 대화를 나눴다는 남자를 만난다. 두 사람에게
국기게양대에 오른다는 것은 힘들고 고단한 세상으로부터 벗어나 누군
가의 등에 업히는 것, 그래서 평등하고 평화로운 세상과 만난다는 것을
의미한다. 비록 시봉에겐 그곳이 여전히 "일거리가 내걸린" 일터일 뿐
이지만, 이들은 나름대로의 기막힌 소망을 꿈꾸며 한밤중 국기게양대에
매달려 있는 것이다.
  그런가 하면 어둠 속에서 홀로 꿈을 향해 전진하고 있는 또 하나의
로맨스가 있다. 폐가에서 십일 개월을 보내느라 나라가 사라진 것도 몰
랐던 남자, 그는 자신이 소설가임을 증명하기 위해서 어둠 속 굴에 갇
혀 곡괭이로 벽을 부수고 있는 중이다(「수인」). 손바닥에는 물집이 생기
고 굳은살이 돋아났으며 팔죽지와 허벅지는 탄탄해졌고, 차츰차츰 곡괭
이 다루는 법도 터득했다. 이제 그는 벽 그 자체가 자신의 존재 이유이
자 실체라는 깨달음으로 곡괭이와 한 몸이 되어 벽과 부딪치고 있다.
이 소설가가 마주하고 있는 현실 속에는 아마도 9급 공무원 시험을 준
비해야 하는 고단한 현실도, 『토지』가 '룸살롱 토지'로 변해 있는 현실

도, 시봉과 진만 그리고 한밤중 국기게양대에 매달려 있는 사내들의 답답하고 슬픈 현실도 포함되어 있을 것이다. 소설가란 누구인가, 소설가는 어떻게 존재하는가, 에 대한 작가의 답변과도 같은 이 소설에서 우리는 어둠 속에 홀로 남겨져 무수한 벽들을 온 몸으로 부딪치며 조금씩 앞으로 나아가는 존재로서의 소설가를 만난다. 그에게 상상이란 그 벽을 부수는 곡괭이와도 같을 것이다. 뱀이 사람으로 변신하고 죽은 사람이 세상 속으로 돌아오고 누군가는 죽어 나무가 되고 누군가는 새가 되는 할머니의 이야기가 고정된 사물의 외양이나 삶과 죽음의 경계를 넘어 무한한 자유와 변신과 생명의 움직임을 보여주었듯이(「할머니, 이젠 걱정 마세요」), 소설가는 이제 그 할머니의 뒤를 잇는 이야기꾼이 된다. 할머니의 삶/이야기는 '나'의 이야기/소설이 되고, '나'의 이야기/소설은 할머니의 삶/이야기가 되면서 현실과 소설, 삶과 이야기가 뒤섞인다. 그리고 이때, 비로소 그는 이렇게 말할 수 있다. "할머니, 이젠 걱정 마세요" 이기호의 '갈팡질팡' 이야기가 닿아 있는 이 윤리는 소박하지만 감동적이다. 어둠 속에서 조금씩 현실의 벽을 부수며 나아가는 것이 소설가라는 것, 그리고 그 어둠의 끝에는 밝은 빛의 세계가 있다는 것, 우리를 그리로 인도해가는 것이 소설가의 의무이자 운명이라고 말하는 그의 소설은 분명 로맨스의 세계에 닿아 있다. 하지만 그 로맨스 안에 담긴 '의지'의 참신함에도 불구하고 이야기가 때로 지나친 알레고리로 인해 우화가 되고 있다는 점은 지적할 필요가 있겠다. 그것은 현실을 부수기에는 다소 무딘 곡괭이가 될 수도 있어 보이기 때문이다.

사라지는 말, 보청기 작가—성석제의 『참말로 좋은 날』

성석제의 『참말로 좋은 날』에 수록된 작품 「고욤」에는 흥미로운 대사가 나온다. 고향의 두부집을 찾아가면서 한 친구가 "재래식 똥깐처럼 불편한 게 뭐가 맛있다고 너부터 고향에 오자마자 이런 데로 오자고 한 거냐"라며 투덜거리는 대목이 그것이다. 고급 음식도 아니고 비싼 음식도 아니고 어딘가 퀴퀴한 냄새가 나고 찝찔하고 그런 음식들을 사람들은 왜 힘들게 찾아다니는 거냐는 투정이었는데, 여기에서 흥미로운 건 그 두부 맛이 '똥깐'에 비유되고 있다는 점이다. '조동관' 이야기를 통해서 보았듯이 성석제에게 '똥깐'은 예사로운 공간이 아니다. '똥깐'은 온갖 제도와 권위와 습속을 비웃으며 욕망의 자유로운 분출이 이루어지는 사건의 진원지였기 때문이다. 성석제 소설을 읽는다는 것은 그 '똥깐'의 카니발적 축제에 참여한다는 것을, 그리하여 신명나게 웃고 너울대는 경험을 하게 되는 것을 의미했다. 그런데 이제 그의 인물들이 다시 '똥깐'을 찾아가고 있다. 옛날 맛이 나는 두부를 먹기 위해 "변소까지 가서 아줌마를 불러" 대는가 하면(「고욤」), 영빈다방 마담은 재래식 화장실 변기 위에 앉아 있다 갑자기 문이 열리면서 얼굴이 둥근 사내와 우스꽝스런 대면을 한다(「환한 하루의 어느 한 때」). 이 소설집에서도 '똥깐'은 여전히 소란스럽고 흥겹다. 성석제 인물들은 지금 고향, 옛날, 옛것을 찾아가는 중이고, 그 길에는 항시 이 '똥깐'이 놓여 있다. 그들에게 '똥깐'은 옛날로 들어가는 대문과도 같으니, 이제 그 길을 따라 이야기 속으로 들어가 보자.

「고욤」에선 친구 둘이 고향을 찾아간다. 그런데 서두에서 강조되는 것은 그 귀향길에서 느끼게 되는 일련의 '뒤섞임'이다. "시가지를 벗어나자 사물의 윤곽이 흐릿해지기 시작"했고, 안개가 걷히지 않아서인지 사물과 사물 사이의 경계는 분명치 않으며, "겨울인가 싶더니 벌써 봄"

이듯 겨울과 봄, 봄과 여름도 구별이 안 되고, 높은 바위더미도 안개 때문에 다른 부분과 구별이 잘 되지 않는다. 고향, 옛날은 이 경계 없음, 뒤섞임의 세계로 다가온다. 아마도 그때, 거기에선 모든 것이 그렇듯 경계 없이 뒤섞여 있었을 것이다. 사물과 사물, 바위와 바위, 나와 세상, 나와 너 모두가 말이다. 하지만, 이제 이들은 "그러던 세월에서 너무 멀리 왔다." 두 친구가 고향을 방문하는 길에서 확인하는 것은 둘 사이의 넘어설 수 없는 경계의 확고함이다. 정우가 아버지와 장인의 후광을 입어 평탄하게 살고 있는 반면, 태호는 초라한 중년이 되어 있을 뿐이고 정우가 자기 아버지 이름을 불러대도 이제 자신은 이십 년 전처럼 친구 아버지 이름을 부르며 반격하지 못한다. 정우의 동생이던 향지와의 사랑의 도피도 실패로 끝났고, 원시적인 냄새를 갖고 있던 향지는 그 냄새도 잃고 아무 의미 없는 존재로 살다가 죽었다. 결국 경계 없는 뒤섞임의 느낌으로 시작된 이 귀향은 고욤나무 끝이 날카로워져 있고 고욤들이 동그랗게 웅크린 채 자신을 둘러싼 세상과 '정밀한 경계선'을 만들어내는 것을 확인하는 것으로 끝난다. 옛날로, 고향으로, 모든 것이 경계 없이 뒤섞이는 세계로 가는 이들의 시도는 실패로 끝나는 것이니, '똥깐'을 통해 신명나는 축제를 경험하고자 했던 우리의 기대는 좌절되고 만다. 한복 입은 마담이 옛날식 다방의 격식대로 주문을 받고 사람들이 70년대식 이야기를 나누는 "옛날식이고 옛날 그 자체"인 영빈 다방의 풍경과 그곳 화장실에서 웃음보가 터졌던 잠시의 기억을 뒤로 하고 우리는 '똥깐'을 나와 몇 년 사이에 차를 두 번 씩이나 바꾸고 시골까지 옛날 다방 하나를 안 남겨놓는 세상 속으로 되돌아온다. 휴전선에서 가장 가까운 소도시에 향지와 살림을 차려 삶의 어떤 경계를 넘어서고자 했던 바람도 허망하게 끝나버리고(「고욤」), 사지땅과 사지땅 아닌 세계의 경계선을 넘었다고 생각했지만 사지땅과 읍내의 경계를 이루는 냇물에 차를 빠뜨리고 서 있는 것(「환한 하루의 어느 한 때」), 그것이 이제 성석제 인물들의 현실이다.

그리하여 이제 성석제는 그 옛날로부터 '너무 멀리 온' 지금, 도시의 삶을 담아낸다. 그것은 진드기, 악어, 멧돼지, 혹은 "자신의 영역을 침범 당한 고양잇과 맹수"(「아무것도 아니었다」)들이 서로를 경계하고 할퀴고 죽이는 세계다. 술자리에 동석한 이들은 서로에게 그 날카로운 발톱을 들이대고(「악어는 말했다」), 형제들은 돈 때문에 갈등하고 때론 거짓 화해의 몸짓을 취하고, 할증요금 때문에 기사와 손님이 싸우는가 하면, 아들은 "치고 차고 찍고 쓰러뜨리고 쏘고 짓밟고 죽이고 죽이고 죽이고" 하는 컴퓨터 게임에만 열중이고, 아들과 아버지와 아내는 서로에게 욕설을 해대고 급기야 서로를 죽음으로 몰고 가기까지 하며(「아무것도 아니었다」), 집주인은 세입자 몰래 집을 담보로 돈을 빌려 도망치고, 집을 잃게 된 남자는 주인 남자를 망치로 패주고 싶어 하고, 세입자들끼리도 싸움이 일어나고, 지붕 수리업자는 집주인 욕을 해대고, 남자의 아내는 아파트 베란다 아래로 몸을 던진다(「저만치 떨어져 피어 있네」). 이 무시무시하고 살벌한 풍경들은 그동안의 성석제 소설에 익숙해있던 우리에게는 너무나 낯설고 충격적인 것들이다. 이야기꾼 화자의 능청스런 입담과 그로 인한 한바탕 웃음을 기대했던 우리 앞에는 날 것의 현실이 펼쳐지고, 봉이 김선달 마냥 여유작작, '내 맘대로' 살아가던 인물들은 이제 아무 것도 제 맘대로 하지 못하고 세상에 이리저리 휘둘리며 각박한 삶을 살아가는 소시민으로 바뀌어 있다. 하지만 욕설을 하고 싸움을 하고 심지어 살인까지 저지르게 되었지만 성석제 인물들은 여전히 "평소에는 양처럼 착한" 사람이고(「환한 하루의 어느 한 때」), "원래 싸움을 싫어하는 사람"이었으며(「아무것도 아니었다」), "조용하게 살고 싶어 하는 사람"(「저만치 떨어져 피어 있네」)들이다. 문제는 사람이 아니라 세상이다. 세상은 양처럼 순한 사람들을 사납고 소란스러운 난봉꾼이나 흉악범으로 만든다. 성석제는 이 소설집에서 이렇듯 순한 양들을 이리와 악어와 돼지로 만들어버린 저간의 사정들을 그려낸다. 개인이 아니라 사회가, 개인의 심성이 아니라 사회 제도와 풍습의 폭력과 모순이 초점이 된다. 이는 인물이나 대상을 묘사하는 독특한 서술에서도 드러난다. 가령 다음과 같은 대목들을 보자.

사십대 초반에도 아이가 있기는커녕 혼인신고 한 번 해보지 못한 친구를 옆에 태운 대학생의 아버지는 여전히 앞을 정시하며 운전을 하고 있었다.
—「고욤」

낯모를 사람들의 엉덩이가 수천 수만 번 지나갔을 소파의 가짜 가죽에 얼굴을 압착하듯 갖다대고 있어야 한다는 사실이 끔찍했다.
—「아무것도 아니었다」

그건 그의 생각이고 그가 지붕을 고치려 하고 있는 대지와 부속토지 구백삼십육 평, 건평 오십구 평짜리 주인인 양만모의 생각은 달랐다.
—「저만치 떨어져 피어 있네」

인물이나 대상을 수식하는 긴 관형절을 가진 이런 문장들에서 그 각각의 관형절들은 인물의 행동이나 판단에 작용하는 환경적 조건을 설명하는 기능을 한다. 가령 나란히 차 안에 앉아 있지만 아무것도 갖지 못한 사람과 모든 것을 가진 사람 사이에는 넘어설 수 없는 경계선이 자리하고 있다는 것을, 그리하여 모든 것을 잃은 이들이 더 이상 아무 것도 정시하지 않게 되었을 때에도 어떤 이는 여전히 "앞을 정시하며" 나아가고 있다는 것을, 아들과 아버지, 형제 사이에 벌어지는 험악한 싸움이 무수한 사람들의 엉덩이가 지나갔을 가짜 가죽 소파를 주워다 쓰는 현실과 무관하지 않다는 것을, 그리고 차가 시동이 잘 걸리지 않는 게 가스 연료를 사용하기 때문이라 생각하는 '그'와 달리 돈 많은 사람들의 생각은 다르다는 것을 그 관형절들은 시사하고 있다. 요컨대 인물의 모든 행동이나 사건 · 인식은 그것을 둘러싼 사회적 · 경제적 · 제도적 상황들에 기인한다는 것이니, 작가는 이런 서술방식을 통해 우리의 삶을 조종하는 억압적이고 모순적인 현실을 암암리에 드러낸다. "내 인생 내가 결정한다고"(「아무것도 아니었다」) 아무리 외쳐대도 우리의 삶은 우리의 의도나 결정과는 상관없이 어긋나게 되어 있다. 웰빙 라이프를 실천하던 한 남자의 어이없는 죽음을 기술하고 있는 「고귀한 신세」는 이처럼 아무리 주의하고 노력해도 더 이상 우리가 우리 삶의 주체가 될 수 없는 현실 혹은 어떤 노력과 시도도 무화시키고 마는 우리 밖의 힘에 대한 우울한 기록이다. 매사에 신중하고 철저하고 계획적으로 생활해온 주인공 박희제는 불의의 사고를 당한 순간 고유한 주체로서가 아니라 그저 "흰 머리를 길게 길러 뒤로 묶은, 무슨 도사처럼 헐렁한 옷을 입은 행인 하나"로 지칭된다. 그런가 하면 사고 후 그는 "자신이 원하던 시간에 병원에 도착"했고 거기서 "그가 한 번도 골라서 사 마셔본 적이 없는" 산소를 마시게 되지만 그때는 이미 자신의 의지라는 것이 무의미해진 상태이니, 이때 죽은 존재인 '그'를 여전히 주어로 내세우고 있는 문장들은 삶의 아이러니를 더욱 강조해서 드러낸다.

이제 성석제에게 우리를 억누르는 제도와 법과 관습은 단순히 조롱과 풍자의 대상이 아니라 맞서 싸워야 하는 대상이 된다. 낙관적 유머는 사라지고 현실의 냉혹함에 대한 정면 응시가 부각되고 있으니, 이는 실로 '극사실주의'(「저만치 떨어져 피어 있네」)의 시도라 할 만하다. 주목되는 것은 살벌하고 분통터지는 삶의 풍경이 대개 말의 억압과 연관되어 있다는 점이다. 성석제 인물들은 대개 입과 귀에 문제가 있다. 「저만치 떨어져 피어 있네」에서 주인공인 '그'는 귀가 나빠져서 말소리를 듣고 해석하는 데 시간이 걸리는 인물이고, 그의 아내는 어릴 적 중이염을 앓아 소리를 잘 듣지 못하며 결국 점점 말이 없어지고 베란다에 떨어진 그녀의 입과 귀에선 피가 흘러나오며, 「집필자는 나오라」에서 늙은 외삼촌은 귀가 어두워져 말을 잘 알아듣지 못한다. 그런가 하면 인현왕후의 복위 문제로 대결하는 박태보와 숙종에게도 결국 문제가 되는 것은 말이다. 임금은 박태보로 하여금 말을 하지 못하게 하지만 박태보는 그에 굴하지 않고 매질을 당하면서도 오히려 말이 점점 분명해진다. 이에 임금은 사관에게 "이런 잡스러운 말은 쓰지 말라" 하고 나장에겐 "박태보가 다시 입을 열면 곧 입을 찢어라" 명한다. 각주를 통해 드러나는 박태보의 과거 행적이 그가 "번번이 상소했다 파직당했다"는 것으로 요약되듯, 그에게 입/말은 부당한 현실에 항거하는 무기이며 동시에 그를 죽음으로 몰고 간 요인이 된다. 이 성석제 인물들은 모두 세상과 소통이 잘 되지 않는 혹은 "세상과 합치되는 점이 적은"(「집필자는 나오라」) 사람들이다. 결국 이들의 말은 권력과 법과 제도에 의해 억눌리고 사라져 가니, 남는 것은 숫자나 기호, 혹은 차가운 기계 소리뿐이다.

성석제에게 소설 그리고 소설가의 새로운 임무가 부여되는 것은 바로 이 지점이다. 그에게 소설가란 이렇듯 사라지는 말, 그리고 그것에 담긴 가치를 복원하는 사람이기 때문이다. 「집필자는 나오라」는 소설 혹은 소설가에 대한 이러한 인식을 드러내는 아주 흥미로운 작품이다. 액자소설 형식으로 되어 있는 이 소설 안쪽에는 말을 억압당하며 죽어간 박태보의 이야기가, 바깥에는 외삼촌과 외숙모, 그리고 작가인 '나'의 이야기가 있다. 외삼촌은 과거와 전통, 한자 등의 옛것의 세계 그리고 윤리와 도덕의 가치를 담은 소설을 강조하는 인물이고 '나'는 한자는 읽지도 못하고 외삼촌이 말한 그런 소설은 쓰지 않는 작가이니, 이들이 서로의 이야기를 쉽게 알아들을 수 없는 것은 어쩌면 당연하다. 이 둘의 의사소통을 매개하는 것이 외숙모인데, "내가 이삼촌 보청기"라는 외숙모의 말은 이 점에서 의미심장하다. '나'는 이 소통을 통해 박태보 이야기라는 전혀 새로운 소설을 만들어내거니와, 이는 곧 작가의 그것이 되기도 한다. 액자 안과 액자 밖의 이야기로 구성되어 있는 이 작품에서 성석제는 과거와 현재, 한자와 한글, 재미있는 소설과 윤리적인 소설, 문자의 세계와 육담의 세계를 잇는 새로운 소설을 선보인다. 아마도 이제 '나'/성석제는 "사람은 변할 기 없다"며 "역사를 자세히 보마 그 속에 있는 사람들한테서 한 분은 들어볼 진리가 있으이. 사람다움이라는 기 뭐냐, 그때 자기가 꼭 안 해도 되는데 나서게 하는 힘이 뭐냐"시던 외삼촌의 물음으로부터 자유로울 수 없을 것이다. 그렇다면 과거, 전통, 옛것 속에 있는 사람살이의 불변하는 진리를 지금 이곳에 복원시키는 것, 진실을 위해 뜻을 굽히지 않는 일과 배추 뜯어 고추장에 밥을 비벼 먹는 일상을 함께 '사람다움'의 풍경 속에서 그려내는 것, 이런 작업이 이후 '나'/성석제의 과제가 될 터, 그것은 외삼촌과 세상 사이에서 보청기 역할을 했던 외숙모의 자리를 이젠 자신이 이어가겠다는 뜻이기도 할 것이다. 작가는 전통적 가치나 옛것의 아름다움, 그 안에 담긴 불변하는 가치가 더 이상 통용되지 않는 현실의 암담함 속에서 세상과 소통하지 못하게 된 사람들, 귀가 고장 나고 입이 망가져서 소리 없는 세상으로 간 사람들을 대신해서 그들의 말을 기록하고 복원하는 자가 되기로 한 모양이다. 한 편으로는 말을 못하게 하고 말을 잃게 하는 억압의 실체를 드러내고 다른 한 편으로는 그렇게 사라져가는 말들을 복원해냄으로써 사람들의 막힌 귀와 입을 뚫고 세상과 자유롭게 소통하게 하겠다는 것, 이것이 보청기를 꿈꾸는 작가 성석제의 새로운 각오이니, 우리는 이제 그와 함께 그가 새롭게 제시하는 소설의 윤리에 대해 다시 한 번 진지하게 생각해봐야 할 것 같다.

시간의 강 위에 띄우는 한 송이 꽃

정찬의『희고 둥근 달』, 이응준의『약혼』, 하성란의『웨하스』, 김종광의『낙서문학사』

시간의 사막을 떠도는 유랑자, 달을 보다—정찬의『희고 둥근 달』

삶의 폭력성과 영혼의 구원이라는 문제를 천착해온 정찬의 시선은『희고 둥근 달』(현대문학, 2006)에서도 여전히 깊고 그윽하다. 그에 의하면 우리의 삶은 시간의 물결을 따라 흘러가는 덧없는 유랑의 길과 같고, 그의 소설은 어찌할 수 없는 그 슬픔과 어둠의 길을 응시하며 삶과 죽음, 선과 악, 몸과 영혼, 신과 구원의 관계에 대해 질문하는 차라투스트라의 목소리를 닮아 있다. 그의 인물들은 죽음과 소멸의 운명을 감수하며 메마른 사막을 걷는다. 하지만 그 속에서도 그들은 영원을 향한 더욱 깊어진 갈망으로 사막 위에 뜬 달로 표상되는 시간의 강 저편의 세계를 응시한다. 운명의 비극성과 허무의 정조는 여일하지만, 소설 전반에 '희고 둥근' 달빛 또한 강렬하다. 그 달빛을 받은 듯 소설은 한층 환상적이고 시적인 정취가 가득하다. 현실과 환상, 현재와 과거는 계속 뒤섞이고 교차되며, 그 과정에서 구체적 서사의 현재는 모호해진다. 정찬의 소설은 시간의 운명과 달의 꿈이 뒤섞여 만들어내는 한 편의 신비로운 서사시라 할 만하다.

소설 곳곳에 등장하는 꿈은 이런 점에서 주목된다. 기억, 환상, 몽상 같은 것들이 섞여 만들어내는 그 꿈들은 인물의 과거와 현재, 꿈과 상처의 내면을 드러내며 끝없이 인물의 현재로 침투하고 서사의 전개를 지연시킨다. 그리하여 때로 꿈은 실재보다 더 강렬한 세계가 되어, 현실이란 실재이면서 동시에 꿈이라는 작가의 전언을 구조적으로 뒷받침한다. 그렇다면 그 꿈들은 과연 어떤 내용들인가? "그 꿈을 꾼 것은"이란 구절로 시작되는 「희고 둥근 달」에서 주인공은 꿈에서 주름진 청색과 둥근 선 그리고 흰 옷을 입은 여자의 영상을 보고, 「나비」에선 푸르스름한 물과 거기에 잠긴 나무에서 핀 흰 꽃 그리고 날아오르는 나비를, 「폐역을 지나, 부서진 다리를 건너」에선 붉은 달과 거꾸로 흐르는 강이 있는 곳에 있는 아버지를 보며, 「야윈 몸」에선 강물과 함께 흐르고 있는 아버지의 몸을 취기 속에서 꿈인 듯 환영인 듯 본다. 이 꿈들에서 공통적으로 나타나는 물과 달은 우리의 주목을 끈다. 그것은 온갖 욕망의 기억과 상처, 슬픔과 공포를 감싸 안고 흘러가는 부드럽고 둥근 세계, 시간의 운명을 벗어난 시간 저편의 세계다. 거기에선 모든 것들이 경계를 지우며 뒤섞이고, 부드럽게 이어지며, 흘러간다. 그리고 그것은 종국에 자궁 속 세계로 이어져 아무런 경계 없이 부드럽게 흐르는 우리 존재의 시원을 드러낸다. 요컨대 우리 몸이 한때 아늑한 물의 세계인 어머니의 몸 안에서 얼굴도, 팔도, 다리도 없이, 아무 경계도, 구분도 없이 '둥근 형상'으로 존재했었다는 것(「야윈 몸」), 우리는 원래 '항해자처럼 유영하는' '유랑의 존재'였다는 것, 그래서 꽃으로, 물고기로, 새로, 경계를 넘어 자유롭게 변신하는 존재라는 것이(「유랑극단」) 꿈을 통해 환기되고 있는 것이다.

그러나 불행히도 근원으로부터 떨어져 나온 우리들의 현존과 신의 시선이 사라지고 기계의 시선이 그 자리를 대체한 문명의 현실은 분리와 분절을 특성으로 한다. 시간을 분절하고, 그로 인해 너와 나, 믿음과 믿음, 진실과 진실, 슬픔과 슬픔, 현재와 과거, 인간과 신이 분절되었고(「낙타의 길」), 그 속에서 꽃과 나무, 나무와 새, 새와 하늘, 하늘과 땅도 분리되었다(「폐역을 지나, 부서진 다리를 건너」). 물은 말라 흐름을 멈추고, 우리는 그 분절된 시간의 사막을 산다. 그러나 작가의 시선은 항시 이 분절된 시간 저편, 물과 달의 세계를 향해 있다. 그의 인물들이 줄곧 강을 찾아가는 것도 이 때문이다. 새엄마가 살고 있는 강변이나(「나비」), 아버지가 죽기 위해 찾아간 소래 염전(「폐역을 지나, 부서진 다리를 건너」), 혹은 죽음을 준비하기 위해 아들이 아버지를 안고 찾아오는 갠지스 강이나(「야윈 몸」), 이브라힘이 누워 있는 병원 창가에서 내려다보이는 티그리스 강(「낙타의 길」), 이 강들에는 모두 죽음이 흐른다. 거기에선 삶과 죽음이 자리를 바꿔 죽음이 삶을 바라본다. 강은 "삶과 죽음의 수레바퀴를 끌고" "컴컴한 밤에서 영원을 향해"(「낙타의 길」) 흘러간다. 강은 달로 가기 위해 통과해야 하는 길이다. 거기서 분절된 것들은 다시 이어지고, 막힌 것은 흐르며, 분리된 것들은 서로 뒤섞인다.

정찬 소설에서 '뒤섞이다'는 물과 달의 세계를 향한 인물들의 꿈을 담은 술어로 주목할 필요가 있다. 가령 「작은 꽃 한 송이를 들고」에서 하늘과 바다, 빛과 물이 구분되지 않는 곳으로 여행을 떠나온 주인공은 펜션 주인의 딸 결혼식에서 "어스름 속에서 모든 것이 뒤섞이고" 있음을 경험하고, 무대 위에서 '그/나'와 '그녀'는 서로의 몸 안으로 흘러들어가 "뼈와 뼈가 섞이고, 피와 피가 섞이고, 살과 살이 섞"여 몸과 몸의 경계선이 사라지는 경험을 하는가 하면, 「희고 둥근 달」에서 주인공은 프시케의 사랑에서 "경계를 잃고 뒤섞인" 영혼과 육신이 "시간의 그림자 속에서 불멸을 꿈꾸"는 것을 보며, 「폐역을 지나, 부서진 다리를 건너」에서 '나'는 아버지가 돌아가신 염전에서 "하늘의 젖은 회색과 회갈색 갯벌이 경계를 잃고 뒤섞여 있"는 것을 보고, 「인간의 흔적」에선 '나'를 찾아온 한 독자가 산양의 영이 사람의 영으로 들어와 '뒤섞이는' 이야기를 하고, 「황금빛 거품」에서 재희는 환상 속에서 아이의 얼굴과 늙은 여인의 얼굴이 아버지의 얼굴에 '섞여' 있는 것을 본다. 이 뒤섞임은 분리되고 분열된 현존을 넘어 있는 삶과 존재의 근원 혹은 진실의 형상이다. 작가에 의하면 진실이란 원래 "고정되어 있지 않"고 "끊임없이 움직"(「유랑극단」)이는 것이며, 우리의 존재 또한 근원적으로 자유롭게 변신하는 유동체다. 나와 너, 하늘과 땅, 현재와 과거, 현실과 환상, 신과 인간, 삶과 죽음은 경계를 잃고 뒤섞인다. 「작은 꽃 한 송이를 들고」에서 주인공이 무대 위에 설치한 나선형 계단은 이처럼 이어지고 뒤섞이며 진행되는 것으로서의 삶을 공간화하고 있다.

정찬의 인물들은 시간의 사막을 넘어 물과 달의 세계를 찾아가는 유랑자들이다. 자신이 평생을 떠돈 유랑자임을 고백하는 연극 속 '그/나'(「작은 꽃 한 송이를 들고」), 한 평생 집밖을 떠돌았던 아버지(「폐역을 지나, 부서진 다리를 건너」), 설악산 등반길에서 사라진 K(「인간의 흔적」), 죽음이라는 슬픈 운명을 극복하기 위해 떠돌았던 길가메쉬와 이브라힘(「낙타의 길」), 이들은 모두 인간은 원래 유랑하는 존재라는 작가의 전언을 드러내는 유랑의 무리들이며, 또한 그 사막의 길 위에서도 시간 저편의 시간을 꿈꾸는 인물들이다. 그들은 사막 속에서도 물이 가득한 유랑의 시원을 잊지 않는다. 주목할 점은 작가 정찬이 그것을 또한 작가의 길로 파악하고 있다는 점이니, 그에 의하면 작가란 시간의 운명에 갇힌 존재와 세계를 깊이 응시하고 그것을 시간 저편의 세계로 인도해가는 안내자가 된다. 이 점에서 그는 한평생 신들의 정원이라는 딜문에 가기 위해 유랑하며 죽음의 바다를 건넜던 길가메쉬보다 그를 딜문으로 데려다준 뱃사공이자 그의 이야기를 기록한 인물이라고 말하는 이브라힘을 닮아 있다. 결국 정찬은 자신의 소설을 통해 문학/예술이란 무엇인가, 작가란 누구인가를 끝없이 질문하고 있는 셈이니, 소설 속에 연극배우나 무용수, 무대

디자이너, 유랑극단 배우들, 작가 등이 주요 인물로 등장하고 있고 연극적 구도나 문법 등이 소설 구성의 주요 원리로 차용되고 있다는 점도 이를 시사한다. 무대/연극/소설의 허구의 세계는 어느 순간 무대/연극/소설 밖의 현실과 '뒤섞여' 모든 것의 경계를 지운다. 서사적 현재와 과거, 인물의 환영과 현실, 허구의 세계와 허구 밖의 세계가 뒤섞이고, 이런 구성과 서술상의 '뒤섞임' 속에서 그의 인물들은 자유로운 유랑자가 되어 영원으로 흐르는 강을 탄다. 정찬 소설을 읽는다는 것은 이 혼란스런 '뒤섞임'을 함께 경험한다는 것을, 그리하여 그의 인물들을 따라 사막 위에 뜬 낮달을 바라보게 되는 것을 의미한다. 칼리굴라의 비통한 고백처럼 지금의 세계를 견딜 수 없을 때 우리에겐 더욱더 저 하늘의 달이 필요하다. 작가는 우리에게 그 달을 가리키고 있다.

무덤의 사막 위로 포도나무가 자라다—이응준의 『약혼』

'약혼'이라는 제목이 주는 환하고 밝은 이미지와는 달리 이응준의 이번 작품집에 실린 모든 작품의 중심에는 죽음이 자리하고 있다. 대개의 경우 이야기는 누군가의 죽음이나 혹은 그 징후로 시작되어 그 죽음을 바라보는 '나'의 시선으로 전개된다. 죽음이란 무엇인가, 죽음 이후에는 무엇이 있나와 같은 죽음의 운명에 대한 질문이 이야기의 초점이 되고 있는 셈으로, 이는 자연스레 몸과 영혼, 순간과 영원, 죽음과 불멸, 인간과 신 등의 관계에 대한 탐색으로 이어진다. 상처와 고통, 쇠락, 소멸의 운명을 짊어진 존재로서의 허허로운 삶의 여정은 '사막'이라는 비유적 공간으로 구체화된다. 작가에 의하면 삶이란 사막을 걸어가는 쓸쓸한 과정이다. 그의 인물들이 항시 "생수병을 입에 물고" 살고

(「애수의 소야곡」), 그럼에도 불구하고 목말라 시들어가고(「황성옛터」), 목이
타도 물을 마시지 못하는 공수병의 공포에 시달리고(「약혼」), 혹은 정수
기 회사에 다니는 것으로(「네가 계단에 서서 나를 부를 때」) 설정되어 있는
것은 사막 위의 여정으로서의 삶과 그 속에서의 구원이라는 주제를 환
기시키는 대목들이다.

그러나 죽음, 영원에 대한 탐색이라는 작품집 전체를 관통하는 주제
에도 불구하고 소설 속 인물들은 대개 영원은커녕 윤회도, 사랑도, 사람
도 믿지 않는 인물들이다. 그들은 "아무도 믿지 못하"고(「내 어둠에서 싹튼
것」), "사랑이란 유령을 믿지 않"으며(「약혼」), "나 이외의 어떤 생물도 사
랑하지 않"는다고(「네가 계단에 서서 나를 부를 때」), 심지어 "사랑을 멸시"
한다고(「아마 늦은 여름이었을 거야」) 고백한다. 이런 그들에게 주변 인물의
죽음은 일회적이고 순간적인 존재로서의 인간의 운명과 영원에 대해
다시금 생각하게 하는 계기가 된다. 그것은 고통과 죽음을 본질로 하는
삶으로서의 '사막'과의 본격 대면이라고 할 수 있는 바, 주인공과 동일
시되는 고양이가 원래 사막에서 살았다는 것에서도 드러나듯(「애수의 소
야곡」) 사막으로 간다는 것은 존재의 근원으로 돌아가기 위해 전제되는
과정이 된다. 가령 「네가 계단에 서서 나를 부를 때」에서 자신이 자살
하면 보험금이 얼마 나오느냐고 묻던 박사장은 오히려 자기 부인이 자
살한 후 그 보상금으로 사하라로 떠난다. 그것은 아마도 지구 최대의
사막인 그곳에서 고통과 상처와 죽음을 본질로 하는 삶과 정면 대응하
고자 하는 시도였을지 모른다. 그렇다면 모래 위에 세워진 도시인 심양
을 떠도는 인물의 방황도(「아마 늦은 여름이었을 거야」), 발목에 모래주머니
를 차고 다녔던 서목사의 고행도(「나의 포도주와 그의 포도나무들」) 같은 맥
락에서 이해될 수 있을 것이다.

이응준의 인물들은 그 사막 속에서 영원을 꿈꾼다. 사하라 사막 한가운
데에 사원을 세우고 기도하는 무어인처럼(「네가 계단에 서서 나를 부를 때」)
그들도 그 사막 한가운데에 들어가 기도를 한다. 그때 그것은 단지 상처와

고통과 죽음의 운명에 대한 이해뿐 아니라 자기 안에 자리한 폭력과 죄의 발견을 전제로 한다. '네가 나를 부를 때' '네가 나의 손을 잡았을 때' '너'를 외면하고 그 손을 뿌리쳤다는 것, 그렇게 사랑하는 이를 울리고, 죽이고, 영혼을 팔아 상처를 샀다는 것, 요컨대 '뜨거운 피의 죄'(「약혼」)에 대한 고백이 기도 속에서 이루어진다. 사막의 길이 영원으로 이어진다는 믿음, 죽음이 영원으로 이어진다는 믿음은 이를 통해 가능해진다. 핵융합반응이 소진된 후 거대한 다이아몬드가 되어 빛나고 있는 별 루시는 죽음 자체가 곧 영원히 빛나는 다이아몬드임을 보여주고 있지 않은가. 문제는 "아무나 죽는다고 다이아몬드가 되는 것은 아니"라는(「약혼」) 것뿐. 예수나 부처, "짐 진 채 사막을 걷는 노새"로 비유된 서목사 등은 스스로 더 거친 모래사막 속으로 걸어 들어감으로써 스스로 별이 된 인물들이다. 이응준 인물들은 이들을 바라보며 죽음과 영원, 고통과 불멸, 사막과 구원이라는 불가해한 화두에 매달리게 된다.

사실 소설집 곳곳에는 '영원히'라는 단어가 화두처럼 자리하고 있다. '영원히' 잊을 수 없는 물건이 된 염주나(「내 어둠에서 싹튼 것」), "나는 너와 영원히 헤어진 것이다"(「네가 계단에 서서 나를 부를 때」)라는 깨달음, 자신을 '영원히' 인정하지 못하며 살아갈 것이 두렵다는 고백, 혹은 고양이를 도장에서 '영원히' 키우겠다는 홍식이의 말(「애수의 소야곡」) 등에서 '영원'은 이미 소멸과 죽음의 운명을 냉소적으로 바라보는 인물들의 내부로 침투해들어와 있다. 「내 어둠에서 싹튼 것」의 끝에서 '아무도 믿지 못하던' 주인공이 '그녀'가 준 보리수 열매를 화분에 심으며 먼 훗날 푸른 싹이 올라오길 기대하게 되는 것이나, 「약혼」의 끝에서 주인공이 죽은 해원 / 해원의 쌍둥이를 전철에서 만나게 되는 것, 호주로 취업 이민을 가려고 계획했던 「애수의 소야곡」 주인공이 이야기 끝에서 호주로 가는 대신 잃어버린 애인을 되찾으러 스페인으로 떠나는 것 등은 이들 인물들이 사랑하는 이의 죽음을 통해 영원과 사랑, 신을 확인하게 되었음을 보여준다. 돌아보건대, 이응준 인물들이 서 있는 사막 한가운

데에는 포도나무 한 그루가 자라고 있다. 땅 속 깊이 뿌리를 내려 극심한 가뭄을 견딘다는 포도나무, 그것은 고통과 상처와 죄의 길에서 만나는 구원의 상징이자 죽음을 뚫고 살아나는 생명의 영원성에 대한 증거다. 시멘트 바른 청태후 무덤 위로 푸른 나무 한 그루가 자라고 있었듯이 말이다.

이처럼 죽음에서 불멸을, 사막에서 영원을 드러내고자 하는 작가의 노력은 사실 언어와 서술 형식에 대한 탐색, 시도와 맞물려 있다. 작품의 전체적인 분위기나 작가의 관심은 이전의 작품들에서 드러나던 것들과 크게 달라지지 않은 듯 보이지만, 이야기는 보다 구체적이고 살가워졌으며, 언어는 더욱 간결하고 정결해져 곳곳에서 시적 정취를 느끼게 한다. "그를 살해한 자는 서툰 희망이고 사인은 오염된 고독이다"(「내 어둠에서 싹튼 것」), "나는 불에 그을린 내 청춘을 후회한다"(「애수의 소야곡」), "신은 지워지지 않는 상처로 나타난다. 그 결과가 고통받은 너다", "나는 꽃을 만졌고, 그래서 눈이 멀었어요. 꽃은 덫이에요"(「인형이 불탄 자리」), "내 유일한 도덕은 고독이다"(「어둠에 갇혀 너를 생각하기」)와 같은 잠언투의 문장들은 소설에 시적 분위기를 넘어선 선(禪)적 경지의 아름다움을 부여한다. 말은 줄고, 수사는 자제되며, 대신 그로 인한 침묵과 여백이 우리를 건드린다. 이는 문장과 문장의 연결 방식에서도 드러난다. 가령 이런 문장을 보자.

> 저 여자와 저 남자는 아까부터 단둘이 마주 보고 술을 마시면서도 아무런 대화가 없다. 그래서 그들은 서로의 연인이다.
>
> —「약혼」(31면)

> 포수는 한 마리의 새를 총으로 쐈을 뿐이지만 그 새는 전 우주를 잃어버리게 된다. 나는 나를 지켜주기로 한다.
>
> —「아마 늦은 여름이었을 거야」(119면)

각각 두 개의 문장으로 이루어진 이 대목들에서 문장과 문장은 서로 뚜렷한 논리적 연관성 없이 이어진다. 「약혼」의 서두에서 인용된 대목에서 두 문장을 연결하고 있는 '그래서'라는 접속사는 사실 두 문장 사이의 어떤 논리적 인과관계도 드러내지 못한다. 그런가 하면 「아마 늦은 여름이었을 거야」에서 인용된 대목에서도 두 문장들은 뚜렷한 논리적 연관성 없이 이어진다. 각 대목의 의미는 '그래서'라는 다소 생뚱맞은 접속사 뒤에 혹은 두 문장 사이에 자리한 침묵 속에 은밀히 자리하고 있을 뿐이다. 어쩌면 소설은 두 문장 사이에 수수께끼처럼 자리한 이 '그래서' 혹은 침묵에 가려진 비밀에 대한 탐구라고 할 수 있을지 모른다. 이 같은 생략과 침묵의 문법은 결국 논리적 이해 저편의 진실을 찾으려는 작가의 노력과 무관하지 않으니, 여기에는 삶이란 근본적으로 논리적으로 이해될 수 없는 수수께끼 같은 것이라는 인식이 전제되어 있다. UFO나 귀신을 봤다는 인물들이 아무렇지도 않게 인물들 곁에 자리하고 있는가 하면, 실제 서사 전개에 있어서도 작가는 많은 것을 모호한 상태로 남겨둔다. '그녀'는 왜 자살을 했고(「내 어둠에서 싹튼 것」), 병우와 해원은 왜 자살을 했는지(「약혼」), 사부는 왜 사라졌고(「애수의 소야곡」), 승희는 왜 자살을 했으며(「어둠에 갇혀 너를 생각하기」), 서목사는 어디로 사라진 것인지(「나의 포도주와 그의 포도나무들」) 등은 이야기가 끝난 뒤에도 여전히 의문부호로 남는다. 진실은 그 말해지지 않은 침묵 속에 여운처럼, 암시처럼 존재하는 것이라고, 그 침묵 또한 궁극에 신에 이르는 소리라고 작가는 믿고 있는 듯하다.

시간의 균열을 응시하다—하성란의 『웨하스』

하성란의 소설집 『웨하스』(문학동네, 2006)는 단적으로 말해 시간에 대한 이야기들을 담고 있다. 작가는 시간의 흐름에 따른 쇠락과 소멸의 풍경을 그녀 특유의 섬세한 시선과 '마이크로 묘사'로 담아낸다. 그러나 엄밀히 말해 그녀가 바라보고 있는 것은 시간 그 자체라기보다 시간의 균열, 다시 말해 시간과 시간 사이, 혹은 시간과 기억 사이에 난 미세한 균열, 틈새다. 인물의 삶은 시간의 흐름에 따라 진행되고, 소설의 서사는 그 시간을 응시하는 '기억'에 의해 진행된다. 그러나 "사진이 조금씩 변색되듯"(「그것은 인생」) 기억은 시간에 따라 희미해지고 변형되는 법이니, 실재의 과거와 기억 속의 과거, 실재의 '나/그'와 기억 속의 '나/그'는 같지 않다. 하성란 소설에선 시간 또한 보는 각도에 따라 그 모습을 달리하는 다면체이거나 계속해서 껍질을 벗겨내도 그 정체가 드러나지 않는 양파와 같다. 희미해지고 착종된 기억 속에서 시간은 계속해서 새로운 역사를 만들어낸다.

착종된 시간 속에서 삶의 진실을 포착하고자 하는 작가의 의도는 과거와 현재가 뒤섞이며 진행되는 형식상의 시도로 드러나고 있기도 하다. 거의 모든 소설들은 이야기가 수렴되는 과거의 어느 한 시점으로부터 출발하거나 혹은 그 시점으로 회귀하며 끝난다. 가령 「강의 백일몽」에서는 현판식 사진을 찍던 십여 년 전의 순간이 이야기의 중심으로 자리하고 있고, 「1984년」에는 유리겔라가 숟가락을 구부리는 마술을 보여주던 순간이, 「웨하스로 만든 집」에는 행복과 기대에 들떠 새집으로 이사 왔던 날 마루에서 웨하스 부서지는 소리가 나던 순간이, 「그림자 아이」에는 자동차 사고로 손에 쥐고 있던 무언가를 잃어버린 순간이, 「낮과 낮」에는 남편이 자살한 과거의 한 시점이 이야기의 수렴점으로 자리하고 있다. 그 과거의 순간들은 현재의 사건들의 뿌리가 되는 지점이자 동시에 현재 인물들이 서 있는 삶의 뿌리이기도 하다. 그들은 그 순간을 응시함으로써 비로소 자신의 삶을 응시한다. 이때 그런 응시의 계기로 작용하는 것이 사진·편지·일기 같은 것들이다. 그것들은 시간을 넘어 현재로 온 과거와 같다. 거기에는 현재로 침투한 과거와 과거 속으로 끼어든 미래가 공존한다.

「강의 백일몽」에서 십여 년 전에 찍은 현판식 사진은 현재의 시선에 의해 새로운 시간으로 여자의 삶에 침투한다. 사진은 회사가 최전성기에 있었을 때 찍힌 것으로 "아직은 아무 일도 일어나지 않았"던 시절의 풍요롭고 행복했던 시간을 담고 있지만, 그 시간은 이미 상처와 균열·상실을 예시하며 조금씩 흔들리고 있다. 특히 그 시절의 풍경 속에서 주목되는 건 사람들 속에서 혹은 뒤에서 조용히 움직이고 있는 개들이다. 사람들 눈치를 보며 밥상 주변을 돌다가 고기를 향해 달려들던 그 개들은 풍요와 고요의 시간 뒤편에 자리한 인간과 삶의 비루함을 음화처럼 드러낸다. 십 년 후 여자는 그 개의 비루함을 자신 안에서 발견한다. 그런가 하면 여전히 낯설기만 한 H도, 여자가 Y와 떠나는 걸 지켜보고 있던 A도, 그 아래 있던 누렁이 꼬리도, 사진을 통해 새롭게 만난 과거다. 게다가 커진 동공으로 여자가 응시하고 있던 것은 Y가 아니고 Y 역시 여자를 보고 있지 않았을지도 모른다. 요컨대 어긋나는 인연, 상처, 쇠락은 그때 이미 진행 중이었고, 사진은 그 시간의 균열을 고스란히 드러낸 채 과거를 현재에 잇고 있다. 하성란 소설에서 사진은 과거를 증언하는 것이 아니라 미래를 예시하며, 풍요와 사랑을 기록하는 것이 아니라 이별과 쇠락을 예언한다. 흑백사진 속의 아버지(「임종」), 변색된 사진 속의 건장한 사내와 소년(「그것은 인생」), 단추를 삼킨 채 찍은 돌 사진 속의 '나'(「단추」), 이것들은 모두 상처와 쇠락, 소멸이라는 시간의 운명을 드러내는 풍경들이다. 이런 점에서 여행 중 비디오만 찍어대는 노인의 모습은(「낮과 낮」) 그 시간의 운명과의 허망한 대결처럼 보인다.

그런가 하면 「웨하스로 만든 집」에선 삼십여 년 전 혹은 십여 년 전의 과거와 현재가 웨하스 부서지는 소리에 의해 겹쳐진다. 그것은 아무리 발꿈치를 들고 조심해서 걸어도 무너지는 집 / 삶을 환기시키며 과거와 현재를 잇는다. 늦게 도착한 편지를 통해 '과거의 나'와 '현재의 나'가 만나듯, 혹은 S가 마을 순환버스를 운전하며 하루에도 수십 번 자신의 삶이 결정되었던 장소들을 순회하고 있듯, 과거와 현재는 계속해서 서로 맞물리고 침투한다. 흥미로운 건 이러한 시간의 상호침투가 문장 차원에서도 드러난다는 점이다.

①여자는 천장을 올려다보면서 반듯이 누웠다. ②S가 신도 신지 않은 채 뛰어나와 여자의 손목을 잡았다. S의 전처는 단지 에어컨의 리모컨을 전해주기 위해 잠깐 들렀을 뿐이라고 했다. ③여자의 얼굴에 먼지가 떨어졌다. (84면)

서술은 자기에게로 되돌아온 편지를 읽은 후 마루에 누워있는 현재에서(①) S의 오피스텔을 찾아 갔다 그의 아내를 만났을 때의 과거로(②) 그리고 다시 현재로(③) 자유롭게 이어진다. 「마담 보바리」의 유명한 공진회 장면에서 세 개의 상이한 상황들의 동시성을 부각시키기 위해 각각의 상황에서 이루어지고 있는 대화가 서로 교차되며 서술되고 있었듯이, 여기에선 과거와 현재의 상황이 마치 한 곳에서 일어나고 있는 것처럼 뒤섞여서 기술된다. 언뜻 읽어서는 시간의 간극조차 느껴지지 않아 S가 실제로 여자의 현재에 나타난 것처럼 보일 정도다. 이 서술의 동시성 혹은 연쇄성은 결국 과거와 현재, 그 속에서의 두 가지 상황의 동질성을 강조한다. S와의 미래를 생각중인 여자에게 자신의 십 년 생활이 정리되어 있던 편지는 미래에 대한 예시처럼 되돌아온다. 집 / 삶은 십 년 전, 삼십 년 전에도 이미 어긋나고 무너져 내리고 있었다고, 그 위태로운 공간 위에 무엇을 다시 지으려 하느냐고 되묻듯이 말이다. 그러니 여자의 얼굴에 먼지가 떨어졌다는 ③의 진술은 비단 현재의 상황에만 적용되는 건 아닐 것이다. ③은 마루 위에 누운 여자의 현재에도, S와 있던 시간에도, 십 년 동안의 결혼생활 기간에도, 그리고 삼십 년 전 새집으로 이사를 왔던 날에도 적용되는 진술이다. 집／삶은 시간에 풍화되며 조금씩 먼지가 되어 부서져 내리고 있었고, 여자는 줄곧 그 떨어지는 먼지를 얼굴에 맞고 있었던 것이다.

하성란 인물들의 현실은 이 먼지로 뒤덮여 있다. 원목이 잘리면서 만들어지는 톱날 가루와 붉은 흙먼지(「강의 백일몽」), 방 안에 떠다니는 검은 실밥들(「1984년」), 공사장에서 날아오는 먼지들(「웨하스로 만든 집」), 모래톱 위에 세워진 호텔 곳곳을 뒤덮는 모래가루(「극지호텔」) 등 소설 곳곳에 먼지가 내려앉는다. 먼지는 시간을 넘어 하성란 인물의 삶을 뒤덮는 일상의 본질이다. 때로 먼지는 굳어 딱딱해지고 날카로워져 쇠가 되기도 한다. 하루 종일 가동되며 날카롭고 차가운 소리를 내는 전기 톱날, 중절수술실의 발걸이 쇠, 철거된 집들에서 드러나는 철골더미들, 인간 과녁을 향해 던져지는 칼, 이 차갑고 딱딱한 쇠붙이들은 인물들의 몸에 상처를 내고 삶을 훼손시킨다. 조지 오웰이 디스토피아의 시간으로 설정한 '1984년'이 이십 년 후에도 여전히 진행 중이듯이, 모든 순간은 이런 먼지와 쇠들로 뒤덮인 암울한 시간이다. 하성란의 인물들에겐 이 시간의 운명으로부터 벗어날 길이 없다. 마술조차도 시간에 굴복한다. 가령 1984년, 그 디스토피아의 시간에 숟가락을 구부리던 마술사 유리겔라가 있었다. 그의 손이 닿으면 쇠붙이가 무르고 부드러운 성질로 변하는 듯 차갑고 딱딱한 숟가락이 구부러졌다. 그것은 시간의 힘을 거스르는 그야말로 마술과 같은 경험이었다. 하지만 유리겔라의 마술은 사기임이 밝혀졌고, 이제 그를 혹은 그의 마술의 힘을 기억하는 사람조차 없다. 이제 다시 숟가락은 어쨌든 살아가야 할 당위적 일상의 상징으로 남았다. 물 많은 복숭아 역시 여전히 먼 무릉도원 이야기 속의 과실일 뿐이다. 복숭아밭은 아파트로 변했고, 복숭아 많이 나는 곳에서 왔다는 사내의 계집도 떠났고, 남자에겐 복숭아를 먹었던 기억조차 없다(「그것은 인생」).

작가는 미세한 먼지의 일상과 그 안에 숙명적으로 내재한 균열과 소멸의 풍경을 무감한 듯 냉철하게 응시하고 있을 뿐이다. 마술과 꿈과 환상을 밀어내는 시간의 위력 앞에서 그의 인물들은 쇠락해간다. 하지만 십여 년 후의 사진 속에서 새로운 과거의 풍경을 발견하듯, 시간을 바라보는 시선은 때로 삶과 존재에 대한 보다 넓고 다양한 조망 속에서 새로운 역사를 발견하게 될지도 모를 일이다. 끊임없이 현재와 과거가 겹쳐지고 순환하는 서술 형식을 통해 벗어날 수 없는 시간의 운명을 환기시키고 있는 듯 보이는 하성란 소설이 비관적 허무주의로만 설명될 수 없는 것은 이 때문이다.

'사기 왕국' 탐방기 혹은 낭만에 대하여—김종광의 『낙서문학사』

김종광의 『낙서문학사』(문학과지성사, 2006)가 갖는 가장 큰 의미이자 매력은 아마도 다양한 화자를 통해 구사하는 구어체의 입담에 있을 것이다. 농부, 광부, 매춘 여성, 공장 노동자, 무당, 학원 선생, 작가, 출판인, 언론인, 정치가, 경영자, 공무원, 여행 안내자, 군인, 목사, 기자, 전경 등 등장하는 인물 층이 다양한 만큼이나 작가가 구사하는 말은 다양하고 생생하다. 그는 그 다양하고 화려한 입담으로 만화경 같은 세상의 구석구석을 들추어내고 까발리고 조롱한다. 그것은 최성실이 지적하듯 그야말로 '발화의 정치학'이자 '발화의 사회학'이라 할 만 하다. 작가는 사투리·비어·속어 등을 사용하며 생생한 구어체 화법을 구사하고 있는가 하면 인물들마다 다양한 서술어미를 구사하게 하는 실험을 선보인다. 일반적으로 사용되는 '~다'는 물론 '~어라', '~ 것', '~요', '~든', '~겨', '~어', '~입지' 등 다양한 서술어미의 활용은 인물들의 성격이나 생각 등을 효과적으로 드러내고 있을 뿐 아니라 말의 생생한 현장감을 살리는 데도 기여한다. 다양한 계층의 다양한 사고가 각양각색의 말의 향연으로 드러나고 있는 것이다. 뿐만 아니라 각각의 인물들의 발화는 하나의 목소리로 수렴되거나 통합되는 것이 아니라 오히려 서로 어긋나고 충돌하며 분산한다. 하나의 사건이나 상황 혹은 인물을 두고 다양한 화자들이 돌아가며 이야기를 하는 식으로 전개되는 '~가로되' 서술이 전략적으로 사용되고, 이를 통해 평면적인 인식이나 이해는 해체되며 다양하고 입체적인 시각이 파노라마처럼 펼쳐진다. 이야기는 어떤 수렴점을 향해 나아가는 것이 아니라 오히려 모호하고 불투명한 오리무중 속으로 우리를 끌고 간다.

가령 학원 원장과 원생들, 인솔 교사, 안내원, 가이드 등 여행에 참여한 다양한 구성원들을 화자로 내세워 율려국이라는 가상의 공간에 대한 여행담을 기술하고 있는 「율려탐방기」의 이런 발화들을 보자.

마침내 나는 비행기를 탔어라. 제주도도 가본 적이 없다는 것. 신혼여행을 경주로 자동차를 끌고 갔었다는 것. 왜 그랬을까? 돈이 없었기 때문. 돈 없는 세월을 참 오래 살았다는 것. (9면)

큰가슴과 깨밭이 코를 싸쥐고 화장실을 뛰쳐나오는데, 못 볼 걸 봤어도 크게 못 본 상판대기였거든. "잘 잤어요?" 인사를 건넸는데 이것들이 아는 체도 안 하고 가버리는 겨. (24면)

난 무얼 보아도 놀랍지 않아. 모두가 그 나물에 그 밥이야. 전 세계가 똑같아. 율려국도 별 수 없어. 다른 데랑 똑같아. (26면)

율려에서의 마지막 밤이에요 그런데 나는 혼자예요 어른 새끼들은 나만 빼놓고 어디 좋은 데 갔나봐요 애새끼들은 지들도 잠이 안 오는지 룸마다 난리 블루스예요 (41면)

각각 다른 서술어미를 구사하고 있는 인물들의 발화는 그것 자체가 그 인물들의 분위기나 이미지를 형성하고 있을 뿐 아니라, 반복되는 어미들이 리듬감과 탄력적인 느낌의 긴장감, 웃음 등을 만들고 있다. 그런데 이처럼 각각의 독특한 화법을 통해 드러나는 인물들의 관심과 시각은 서로 판이하게 다르다. 그들은 서로 다른 이유와 목적으로 율려국을 탐방하였을 뿐 아니라, 정작 율려국이라는 여행지 자체에 대해서는 관심이 없다. 여행의 과정에서 홍길동과 허생의 이상이 만들어낸 율려국이 실제로는 부패와 타락에 의해 유지되고 번성되는 곳이라는 사실이 드러나지만, 정작 더 놀라운 것은 이러한 사실이 인물들에게 전혀 충격도, 문제도 되지 않는다는 사실이다. 그들은 율려국이라는 공간에 관심이 없다. 그들에겐 각각의 목적과 이해관계와 순간순간의 감정만이 의미가 있을 뿐이다. 인물들은 모두 이기적이고 계산적이며 탐욕스러운 개별자들이다. 이들에 의해 여행지로서의 율려국이라는 공간은 지워지지만 동시에 그들 자체가 율려국이라는 타락한 말세의 공간을 되비치게 된다. 인물들의 봉합되지 않는 말과 시각은 그 자체로 냉혹한 단독자들로 이루어진 세계를 드러내고 있기 때문이다.

다양한 목소리를 통한 시점의 교체는 어떤 대상이나 사건을 입체적이고 객관적으로 바라보고자 하는 의도에서 비롯된다. 그러나 「율려탐방기」에서 보았듯이 그것이 일관되고 종합된 어떤 결론으로 이어지는 법은 없다. 문학 행위를 둘러싼 여러 계층의 목소리를 통해 자본에 투항하고 변질된 문학의 현주소를 풍자하고 있는 「낙서문학사 창시자편」이나 「낙서문학사 발흥자편」에서도 동일 인물을 놓고 상이한 기억과 해석, 평가의 증언이 이루어지고 있고, 「절멸의 날」에서는 인간해방을 부르짖으며 매춘을 근절하려는 혁명군의 행동을 둘러싸고 입장이나 계층마다 각기 다른 의견들이 충돌하고 있으며, 「조쌘은 헤맨다」에선 조쌘이 혼주시에 들어오는 사건을 둘러싸고 마을 사람들과 공무원, 데모대, 전경 등 입장에 따라 서로 다른 목소리들이 난무한다. 흥미롭게도 이들 이야기 속에서 정작 이야기의 출발이 되었던 인물이나 사건은 점점 더 그 실체가 불분명해진다. 중요한 건 대상이나 사건이 아니라 그것을 둘러싼 소음과 같은 '말, 말, 말'(「절멸의 날」)이다. 그것들은 실체와 상관없이 각자의 입장과 논리에 의해 새로운 가상의 실체를 만들어내고, 각자의 진리를 주장한다. 진실은 어디에도 없거나 혹은 어느 곳에나 있다. 문제는 오히려 이 말의 난장을 질서화하고 체계화하려는 어떤 힘, 혹은 시스템일 것이니, 그것에 의해 실체는 왜곡되고 변질된다.

작가는 우리의 현실을 그처럼 왜곡되고 변질된 세계로 파악한다. 이때 그런 왜곡·변질을 야기하는 가장 큰 문제로 부각되는 것은 상업화와 비인간화를 부추기는 자본의 논리다. 문학도, 회사의 경영도, 교육도, 해외 탐방도, 자본의 논리를 따라 변질된 방향으로 흘러간다. 그것은 '사기 왕국'의 세계다. "문학이라는 게 영 사기판" 같고(「낙서문학사 창시자편」), 장사판도 "거대한 사기 왕국" 같고(「낭만 삼겹살」), 언론은 '사기'를 본질로 하며(언론을 대표하는 인물에겐 아예 '말사기'라는 이름이 붙여진다), 전직 공무원은 나라 전체가 거대한 유전이라는 사기를 치고(「절멸의 날」), 심지어 게임의 세계에서도 이기기 위해선 비겁해져야 한다(「단란주점 스타크래프트」). 작가에 의하면 우리의 현실은 거대한 자본의 힘과 냉혹한 논리에 의해 움직이는 이른바 '사기 공화국'으로 요약된다. 여기에는 물론 우리의 현실에 대한 작가의 첨예한 문제의식이 자리하고 있다. 하지만 때로 작가의 시선은 지나치게 날이 서 있고 그의 말은 냉소와 독설로 가득해, 분노가 앞선 다소 거칠고 단순한 비판으로 여겨지기도 한다.

「낭만 삼겹살」과 「김씨네 푸닥거리 약사」는 이런 위험으로부터 벗어나 작가의 진가가 발휘되고 있는 작품으로, 고달픈 삶과 모순투성이의 현실에 대한 자각이 날 선 비판으로 이어지는 것이 아니라 그 속에서 타인을 연민으로 감싸 안는 과정으로 나아간다. 작가는 그것을 '낭만'이라 칭한다. '낭만'은 슬픔을 근원으로 출발한다. 부모 형제, 자식들이 죽고 키우던 송아지들이 죽어나가는 현실에서 혹은 진폐증 환자로 살날이 얼마 남지 않은 상황에서 인물들은 오히려 낭만을 터득한다. 「낭만 삼겹살」에서 농사꾼 김씨는 오토바이를 드라이브에 사용하고 급기야 헛것／귀신들과 대화를 나눈다. 그러나 그것은 낭만의 시작일 뿐이다. 진짜 낭만은 그가 황씨를 보고 오면서 헛것 대신 살아 있는 이들의 목소리에 귀 기울이기로 마음먹을 때 드러난다. 낭만은 살아 있는 이들의 목소리를 들어주고 죽어가는 이들을 챙김으로써 개인적인 슬픔과 비관에서 벗어나 타인들을 공동체적 연민으로 감싸 안는 행위에서, 다시 말해 고통스런 삶에도 불구하고 그 안에서 이루어내는 세상과 사람에 대한 사랑의 행위에서 나온다. 이런 점에서 「김씨네 푸닥거리 약사」에서 고아인 며느리의 부모를 위해 굿을 하는 안골댁이나, 그렇게도 기대해온 환갑잔치를 그것이 자식에게 화가 된다는 예언에 포기하고 모든 신들은 '사기꾼'이라고 생각해왔지만 굿에서 처음으로 누군가에게 진심으로 기도를 하는 김씨, 천주교인이면서도 어머니의 마음을 읽고 굿에 참석하는 며느리 해, 부모님과 아내 사이에서 모두에게 상처를 입히지 않는 중용의 길을 모색하는 아들 설 등은 모두 그런 낭만주의자들이라 할 수 있다. 이들은 자신이 아닌 타인의 슬픔과 고통에 귀 기울이고 애틋해하며 사랑의 공동체를 만든다. 탐욕스런 현실을 풍자의 시선으로 담아내느라 초월적 세계에는 관심이 없을 듯 보이던 김종광 소설이 신과 만나는 지점은 바로 여기다. 그에 의하면 신이란 중생을 갸륵히 여기고 사랑을 베푸는 분이니, 신에 대한 이 소박한 정의에 따르면 사랑을 베푸는 이들은 모두 신적인 존재가 된다. 여기저기 주변을 챙기는 김씨는 귀신들과 이야기를 나누고 있고, 주위에 대한 연민과 사랑으로 가득한 어머니 안골댁은 '신령 같아 보였다'고 하지 않는가.

그런데 이와 함께 주목되는 건 소설 끝에 등장하는 아버지의 소설이다. 혼주시 평라면장이 발행한 '가축자가사육 사실확인원' 용지 뒷면과 어느 사료 가게에서 준 공책에서 뜯어낸 종이에 쓰어진 그 소설은 소설적 폼은 나지 않는 엉성하기 짝이 없는 글이다. 하지만 고치기 편하라고 시점까지 아들 시점으로 해서 썼다는 아버지의 소설에는 삶에 뿌리내린 이야기와 타인을 이해하고 감싸 안는 마음이 담겨 있다. 그렇다면 「김씨네 푸닥거리 약사」가 이런 아버지의 소설로 마무리되는 이유는 무엇일까? 사실 소설집 전반에 걸쳐 제기되고 있는 문제들은 많은 부분 궁극에 '문학이란 무엇인가'라는 질문으로 수렴된다. 말에 대한 작가의 남다른 감각이나 다양한 실험은 물론 「낙서문학사」 연작편에서 직접적으로 제기되는 문학과 문학 주변의 시스템에 대한 질문들, 그리고 「쇠북공기전 망징패조편」에서 명예퇴직 후 아르바이트로 출근하면서 그전보다 더 열심히 일을 하며 다른 사람들로부터 "돈 거 아냐?"라는 소리를 듣는 '내'가 가전 형식을 흉내 내어 '쇠북공기전'을 짓고 있다는 진술 등은 세상을 바라보는 작가의 시선이 철저하게 작가로서의 자각과 자기 물음으로부터 출발하고 있음을 드러낸다. 말세를 향해 질주하듯 각각의 탐욕스런 목소리만 살아 있는 이 요지경의 세상에서 과연 문학은 무엇인가, 무엇이어야 하는가, 하는 질문 말이다. 아버지의 소설은 결국 이런 질문들에 대한 하나의 모범적 대답으로 제시되는 듯 보이니, 그것은 어쩌면 소설이란 우리의 구체적인 삶과 현실에서 출발하여 그 속에서 사랑을 발견하고 실천하는 행위여야 한다는 것이 아니었을까. 요컨대 소설 쓰는 행위는 근본적으로 굿을 하는 어머니의 마음과 닮아 있어야 한다는 것, 어머니의 두통과 그로 인한 기도가 어머니의 멈추지 않는 사랑 때문이었듯이 요지경 세상을 바라보는 작가의 시선도 애정에서 비롯되어야 한다는 것이니, 세상을 바라보는 작가의 시선이 때로 독설과 날 선 풍자로 치우치는 듯 보이기도 했던 우리로선 여기에서 작가가 발견한 문학의 진실이 앞으로의 그의 소설에서 더욱 구체화되리란 기대를 갖게 된다. 바라건대, 소설도 '낭만적으로다' 씌어져야 하지 않겠는가.

시간의 강 위에 떠우는 한 송이 꽃

우리의 삶은 시간을 따라 흘러가는 강 위의 여정과 같다. 정찬·이웅준·하성란·김종광의 소설을 읽으며 우리는 이러한 명제를 다시금 확인한다. 이들은 쇠락과 소멸의 운명을 따라 종국에는 죽음으로 흘러가는 강가에 서서 그 막막한 강을 바라보고 있다. 이들의 소설은 그 강 위에 띄워진 한 송이 꽃과 같다. 고단하고 허망한 강의 여정에 바치는 연민과 애정 그리고 그 안에서 꿈꾸는 영원에의 갈망이 꽃에 담긴다. 소설 속에 등장하는 꽃의 풍경이 예사롭지 않은 것도 이 때문이다.

> 장미와 협죽도와 히아신스의 꽃잎들이 허공에서 춤추듯 흩날렸다. 먼 곳에서 비가 내렸을까. 강 위로 무지개가 피어오르고 있었다. 꽃잎들이 황량한 사물 위로 사뿐히 내려앉고 있을 때였다.
>
> —정찬, 「야윈 몸」(64면)

유랑자의 운명을 사는 정찬의 인물들의 손에는 꽃 한 송이가 들려 있다. 그들은 또 다른 '나'인 '그/그녀'를 만나면 그 꽃을 바친다. 그리고 '나'와 '그/그녀'는 한 몸으로 섞이고, '작은 꽃'이 되어 흔들린다. 이때 꽃은 죽음을 통과한 시간 저편의 세계에서 만나는 환영 같은 아름다움이다. 사막을 떠도는 정찬의 인물들을 이끄는 것은 바로 이 꽃의 환영이다.

이웅준 소설에서도 꽃은 영혼 혹은 영원의 풍경과 연결된다. 그것은 시간의 운명을 사는 인간에게는 근본적으로 닿을 수 없는 금지된 세계다. 영원에 대한 갈망은 그 금지의 선을 넘어 신의 세계에 도달하려는 욕망이 된다. 그러니 누군가는 이렇게 속삭인다. "나는 꽃을 만졌고, 그래서 눈이 멀었어요. 꽃은 덫이에요."(「인형이 불탄 자리」, 234면) 이웅준 인물들은 아직은 그처럼 눈멂의 대가를 감수하고 본격적으로 꽃을 향해 다가가고 있는 것은 아닌지도 모른다. 그들은 오히려 침묵 속에서 성장하고 소멸하는 식물들이 너무 초인적으로 여겨져서 차라리 살아 움직이는 짐승들을 키우며 살겠다고 마음먹는다. 하지만 꽃이 똑똑한 사람 같아서 좋다는 이모의 말은 그들을 흔들어놓는다. 잃어버린 보리수 열매를 찾아 화분에 심으며 영원을 꿈꾸게 되었으니 말이다.

정찬과 이응준의 인물들이 시간 너머에서 흩날리는 꽃을 향해 나아가며 때론 그 대가로 눈이 머는 운명을 감수하고 있다면, 하성란의 인물들은 여전히 시간의 안쪽, 모래바람 부는 사막 위에 있다. 구원의 가능성도, 그에 대한 갈망도, 아직은 희미하기만 하다. 정찬과 이응준이 사막의 시간을 지난 저편의 세계를 응시하고 있다면, 하성란은 시간의 뒤편 혹은 시간에 내재된 균열을 바라본다. 그에게는 여전히 지금 이곳에서의 삭막한 삶의 시간이 더 문제다. 그의 세계에선 바닷바람과 모래 때문에 꽃이 빨리 시든다. 작가는 그 꽃 피지 않는 일상을 여전한 마이크로 시선으로 응시하고 있는 중이다.

아마도 꽃으로부터 가장 멀리 떨어져 있는 건 김종광일 것이다. 그는 미래의 어느 시점과 가상의 공간을 설정, 그곳에서 벌어지는 우화적 상황을 통해 지금, 이곳을 문제 삼는다. 그는 인생이라는 것을 반추하기보다 구체적 삶의 현장을 들여다보는 데 열중한다. 하지만 그에게도 시간의 강이 가져다주는 쓸쓸함은 어쩔 수 없었을 것. 죽음을 앞둔 그의 인물 하나는 가버린 세월을 반추하며 노래를 부른다. "잃어버린 것에 대하여", "다시 못 올 것에 대하여", "낭만에 대하여." 그의 인물들은 시간의 강 위에 꽃 대신 노래를 바치고, 시간 저편으로 흘러가는 대신 살아 있는 사람들의 삶 속으로 돌아온다. 하지만 이제 그들의 발길에도 시간의 무게가 걸려 있다. 그들도 꽃을 보았던 것이다. '낭만적으로다가.'

살아 있는 신화, 황진이

홍석중의 『황진이』와 전경린의 『황진이』

황진이와 소설적 상상력

최근 발간된 두 권의 『황진이』가 우리의 눈길을 끌고 있다. 전경린의 『황진이』와 홍석중의 『황진이』가 그것으로, 2004년 8월 거의 동시에 발간된 두 소설은 남과 북, 여성 작가와 남성 작가라는 상이한 조건 속에서 만들어진 이야기라는 점에서 그 자체로 독자의 흥미를 끌기에 충분하다. 정부의 공식 인정을 받고 수입된 최초의 북한소설인 홍석중의 『황진이』가 우리의 오해와 편견과 무지 속에 가려져 있을 북한소설의 한 면모를 보여주고 있다는 점에서 그 의의가 남다르다면, 전경린의 『황진이』는 최초로 여성 작가에 의해 시도된 황진이의 소설화라는 점에서 우리의 주목을 끈다. 흥미롭게도 두 작품 모두 붉은색 바탕의 꽃을 표지로 삼고 있는데, 황진이는 두 작가의 상이한 상상력에 의해 서로 다른 향기와 모습을 지닌 붉은 꽃으로 피어나고 있는 셈이다.

16세기 송도의 유명한 명기로 우리에게 알려진 황진이는 그 유명세에도 불구하고 출생이나 죽음 등 그녀의 실제적인 개인적 삶에 대한 정확한 기록은 거의 없으며, 야사나 시조집에 그녀와 관련한 기록이나 시가 단편적으로 전하고 있을 뿐이다. 이때 황진이는 주로 당대의 뭇 남성들을 유혹하고 그들과 관계한 재색을 겸비한 기생으로 그려지는데, 그녀가 황진사의 서녀였다거나 맹인 기생의 딸이었다는 기록, 혹은 화담이나 지족선사, 소세양, 이사종 등 많은 남성들과 인연을 맺었다는 기록 등으로 해서 세간에서뿐 아니라 작가들에게 흥미와 관심의 대상이 되어 왔다. 엄격한 유교 윤리의 지배 아래에 있던 조선 사회에서 그녀의 삶이 처해 있던 자리 자체가 작가들에게 억압과 욕망, 자유의 문제를 새로이 반추하게 하는 것이었기 때문이다. 황진이가 처음 소설로 형상화되어 나타난 것은 1936년 이태준에 의해서이다. 1936년 6월 2일부터 같은 해 9월 4일까지 『조선중앙일보』에 연재되었던 이 작품은 1938년 단행본으로 출간되었는데, 황진이에 대한 작가의 애정에도 불구하고 소설적으로는 그다지 흡족한 결과를 낳지는 못했다. 이태준의 『황진이』는 야담이나 야사를 통해 전해지는 기록들을 엮어서 이야기를 만드는 수준에 불과했을 뿐, 황진이에 대한 새로운 인물 해석이나 형상화에 성공하지는 못하고 있다.[1]

그 후 황진이의 소설화로[2] 우리의 주목을 끄는 작품은 1972년 발표된 최인호의 「황진이」 연작이다. 군사독재의 암울한 현실, 가속화된 근

---

[1] 부분적으로 엄격한 계급 중심의 조선 신분 사회를 비판하는 대목이 삽입되어 있기는 하다. 황진사의 서녀라는 황진이의 신분적 한계는 이른바 '서자 콤플렉스'를 갖고 있던 이태준 자신의 그것과 어느 정도 겹쳐지면서 양반계급사회에 대한 비판으로 이어지고 있다. 그러나 그것은 개인적인 분노를 넘어서지 못한 듯 보이고, 기생이 된 후의 황진이의 삶은 야사에서 전하는 대로 무수한 남성편력의 그것으로 그려진다.

[2] 이태준 이외에도 정한숙·박종화·안수길·정비석 등 많은 작가들에 의해 황진이의 소설화 작업이 이루어져 왔다.

대화와 산업화가 가져온 이면의 어둠을 욕망의 거세라는 점에서 문제 삼고 이를 특유의 상상력으로 그려온 최인호는 이들 작품에서 황진이를 통해 그렇게 억눌리고 거세된 욕망을 되살려낸다. 「황진이 1」은 황진이의 명성을 듣고 한양에서부터 그녀를 찾아온 사내가 피리를 불며 황진이를 유혹하는 이야기로 시작하는데, 사내의 피리소리에 감복한 황진이가 가야금 소리로 화답하며 그를 받아들이는 것으로 끝이 난다. 황진이와 이사종의 일화를 상기시키는 듯 보이는 이 짧은 이야기에서 이들이 연주하는 음악은 자연과 하나 되어 자유롭게 어우러지는 본원적 생명의 힘으로서의 성의 움직임을 시사한다. 「황진이 2」는 30년간 수도하여 생불이 되었다는 지족선사를 황진이가 유혹하는 이야기를 담고 있는데, 금욕과 절제로 욕망을 안으로 움켜쥐고 있는 지족선사와 그 욕망을 밖으로 풀어내려는 황진이가 대결하고 구원을 기다리는 장님 거렁뱅이에게 끝내 나타나지 않는 지족선사와 물을 먹고자 하는 미친 사내에게 다가가 우물에서 물을 길어 올려 건네주는 황진이가 대비되면서 이 시대에 진정한 구원과 해탈이란 무엇인지를 묻는다. 요컨대 욕망은 사람과 자연, 사람과 물과 산과 달이 어우러지는 생명의 움직임 그 자체이고 그것이 결국은 타인을 향한 사랑과 구원을 만들어내는 힘이라는 것이니, 황진이는 이 생명원리로서의 욕망에 충실한 인물로 그려지고 있는 셈이다.

그러나 황진이를 통해 에로스를 통한 구원을 그려내고자 한 작가의 의도는 사실 두 작품에서 미학적으로 충분히 구체화되고 있지는 못하다. 비현실적이고 신비로운 분위기가 압도하면서 황진이로 상징되는 에로스의 의미는 다분히 추상적이고 모호한 채로 다가온다. 사실 야담이나 야사에 전해져 오는 황진이의 일화를 토대로 씌어진 작품은 「황진이 1」과 「황진이 2」 두 편이지만, 정작 작가에게 있어 황진이가 갖는 의미를 보다 구체적으로 엿볼 수 있는 것은 그에 앞서 발표된 「무서운 복수」를 통해서이다. 이름에서부터 작가 최인호를 환기시키는 인물(최준호)을 주인공으로 내세운 이 작품에서 황진이는 군사독재 권력의 억압과 통제 그리고 이에 맞서는 학생들의 전투적이고 독선적인 데모 모두에서 발견되는 억압적 힘에 대응하는 한 방식으로서의 에로스를 상징한다. 군사독재 권력이 내뿜는 최루탄 가스와 이에 맞대응하는 또 다른 파괴논리가 서로 부딪치고 있는 현실에서 주인공은 황진이 얘기를 소설화 하고자 애를 쓴다. 억압적 현실을 성적 자유와 일탈로 뚫고 나간 황진이가 폭력과 분노가 만연한 현실로부터 벗어난 대안으로서의 탐미적 에로스의 세계로 다가온 것일까? 그러나 황진이는 쓰어지지 않고, 그가 할 수 있는 일이라곤 고작 술집 여자들을 끼고 희롱을 하는 것뿐이니, 그것은 분명 황진이에게서 보았던 생명과 열정의 혼으로서의 에로스가 아니다. 더욱 문제가 되는 것은 이 주인공의 실패가 곧 작가 자신의 그것이 되고 있다는 불안한 조짐인데, 「황진이」 연작에서 보이는 성적 탐미는 여기에서 제기된 현실과의 관계마저 잃고 그 의미가 추상화되어 있기 때문이다.

　근래에 와서 황진이의 소설적 형상화로 주목받은 작품은 김탁환의 『나, 황진이』이다. 황진이 이외에도 허균·이순신 등 역사적 인물들을 철저한 고증을 통해 소설로 복원해내는 작업을 하고 있는 그에게 황진이는 자신의 운명적 한계를 극복하고 치열하게 살며 공부했던 지적 존재로 그려진다. 세간에 알려진 것과는 다른 황진이의 모습이 그녀 자신의 고백체 글로 드러나는데, 일차적 청자이자 대화자로 허엽이 상정되어 있을 뿐 아니라 화담에 의해 두 사람이 서로를 보완하는 관계로 일컬어질 만큼 황진이는 화담의 계보를 잇는 핵심 인물로 등장한다. 황진이를 통해 그녀의 삶 자체보다 그녀가 살았던 당대 지식인 사회상을 재현하는 데 초점이 놓여 있다고 여겨질 만큼, 이 작품에서 황진이는 조선 중기의 사상과 문화의 핵심에 자리 잡고 있다. 자신의 글이 화담에게 바치는 글이라는 황진이의 고백에서 드러나듯, 이 작품은 사실 화담을 중심으로 한 지적·사상적 지형도를 그려냄으로써 조선 중기를 새로이 해석하고

자 하는 작가의 욕구 위에 서 있고, 그것이 황진이와 그녀의 삶을 통해서 재구성되고 있다고 해도 과언이 아니다.

황진이가 이처럼 화담의 제자로서 동학들과 사상과 학문을 논한 존재로 그려지는 과정은 필연적으로 그녀에게서 뭇 남성들을 유혹했던 요부의 이미지를 벗겨내는 것을 전제로 한다. 엄수와 이언방·소세양·이생과 같은 이들과의 만남이 그려지지만, 그것은 야담에서 전해지듯 성적 유혹에 의해 맺어진 관계가 아니라 시와 음악과 자연, 그리고 세상을 향한 공통된 시선 등이 상호 교류됨으로써 이루어진 지적인 만남으로 그려진다. 예컨대 황진이와 한 달만 살기로 하고 친구들과 내기를 하고 왔다고 전해지는 소세양의 일화에서도 둘 사이의 만남이 성적 요소가 제거된 지적인 교류로 제시되는가 하면, 이사종과의 만남 역시 그의 노래에 이끌려서 이루어진 것으로 묘사된다. 특히 이들과 관련해서 야담에서 전해져 내려오는 한 달 동거나 6년 계약 동거 등의 이야기들은 "속 깊은 사랑을 가리는 숫자놀음" 혹은 황진이의 삶을 받아들이지 못한 "사와 대부들의 애꿎은 돌팔매질"로 비유되며 부정된다. "그들의 눈에는 내가 목강(음란한 여인의 대명사)의 환생으로 보였을 테지요"라는 황진이 자신의 고백에서 드러나듯 작가는 요부의 이미지로 강조되어 온 황진이를 남성과 양반 사대부의 왜곡된 시선이 만들어 놓은 오해와 편견의 이미지로 파악하고, 그 뒤에 가려진 황진이의 이지적이고 지적인 면모를 드러내고자 한다.

그녀의 고백에 의하면 지족선사나 화담과의 만남 역시 그와 같은 왜곡된 시선에 의해 내기에 의한 만남으로 바뀌어졌다. 자신과 그들의 만남을 모두 남녀 간의 육체적 사랑의 문제로 돌려버렸다는 것인데, 예컨대 이로 인해 그녀는 고승을 유혹하여 타락으로 이끈 위험한 여성으로 그리고 지족선사는 그 유혹에 넘어간 어리석고 음탕한 중으로 전락했다는 것이다. 그러나 이 소설에서 지족선사는 삼십년 면벽수양에도 불구하고 부드럽고 친절한 분으로 묘사된다. 문제는 세상을 바라보고 이에 대응하는 두 사람의 태도가 서로 달랐다는 것인데, 지족선사가 모든 인간사와 욕망으로부터 초월하고자 했던 인물인데 반해 황진이는 그것과 맞대면함으로써 그것을 뚫고 나가고자 하는 사람으로 그려진다. 그리하여 "땅바닥을 배로 밀며 기어 다니는 이들의 눈물과 한숨"을 외면한 채 위로만 날아오르려는 지족선사의 탈속적 태도를 받아들일 수 없었던 황진이는 결국 그를 떠나게 되고 그 후 지족선사의 파계 소식을 듣게 되었다는 것이니, 이 일화에서도 강조되는 것은 지족선사와 황진이의 세계관의 차이이다. 그녀는 화담과 관련해서 떠도는 동침 운운하는 이야기 역시 왜곡된 이야기라고 항변하는데, 여기에서도 흥미로운 것은 그런 이야기로 인해 황진이뿐 아니라 화담까지도 그의 본모습이 가려지고 왜곡되고 있다고 항변하는 대목이다. 요컨대 작가가 문제 삼고자 하는 것은 황진이 자체의 왜곡된 이미지뿐 아니라 그녀가 다른 남성들과 맺은 관계의 성격 자체인 것으로, 작가는 성적 탐미의 차원에서 거론되어 온 그 이야기들을 지적, 사상적 교류의 그것으로 바꾸어 놓는다. 이를 위해 남녀 간의 성적인 문제는 의도적으로 축소되거나 약화된다.

결국 이 작품에서 황진이는 세상의 편견과 왜곡된 시선을 극복하고 자신의 정체성과 삶의 근원을 추구하며 정진해간 구도자적 존재로 그려진다. 이때 화담은 이 같은 그녀의 길을 인도하는 안내자이자 스승이다. 화담의 사상은 엄격하고 편협한 주자학적 세계관과는 달리 적서와 남녀의 차별은 물론 불교와 도교까지 포용한 열린 세계관으로 작품의 핵심에 자리하고 있으며, 그것은 기생의 딸이라는 운명적 한계를 지고 살아갈 수밖에 없었던 황진이가 자신은 누구이며 어떤 삶을 살아야 하는가를 묻는 질문에 봉착했을 때 그 질문에 대한 답이자 막힌 현실에서의 출구로 제시된다. 자신의 비천한 삶의 과정에서 터득한 인간의 삶과 세계에 대한 시선, 자각이 그녀를 화담에게까지 이르게 한 것인데, 화담이 죽은 후 또 다른 스승을 찾아 길을 나서는 것으로 처리된 이야기의 말미는 끝없는 구도의 길 위에 서 있는 존재로서의 황진이를 강하게 부각시키고 있다.

에로스적 구원자로 등장한 최인호의 황진이와는 정반대로 성적 매력이 가장 약화되어 묘사된 김탁환의 황진이는 황진이에 대한 새로운 해석이라는 점에서 주목된다. 그러나 유혹적 요부로서의 황진이가 아니라 삶의 허무를 품어 그 속에서 진정한 도에 이르고자 한 지적 존재로서의 황진이를 그려내고자 한 작가의 의욕만큼 그 황진이가 우리에게 생생하고 설득력 있는 인물로 다가오는 것 같지는 않다. 황진이 자신의 독백으로 진행되는 서술 특성상 모든 사건과 상황이 평면적으로 서술되어 전해지고 있을 뿐 아니라, 지적이고 관념적인 어휘나 비유, 고사 성어를 사용하며 그녀가 구사하는 유려한 문장도 그녀에게서 사내를 유혹하는 존재로서의 이미지를 벗겨내 그녀를 지적이고 중성적인 이미지의 인물로 그려내는 데에는 성공하고 있지만 동시에 그것은 그녀에게서 생동감과 구체성을 걷어가는 것으로 작용하고 있기도 하기 때문이다. 요컨대 감탁환의 황진이는 여성성과 육체성의 거세를 통해 16세기 남성들의 사상적 계보 속에 편입된 지적 존재이니, 여기에 육체와 정신, 아름다움과 진실, 여성성과 지성, 에로스와 구도의 관계 등에 대한 작가의 또 다른 편견이 내재되어 있는 것은 아닐까.

전경린의 『황진이』와 홍석중의 『황진이』는 이처럼 활발하게 이루어진 황진이 소설화의 계보 위에 서 있다. 두 작가 모두 이제까지 황진이에게 덧씌워진 왜곡과 편견의 시선을 문제 삼고 그녀에게서 적극적이고 긍정적인 생의 에너지를 발견한다. 자신의 신분적 한계를 오히려 생의 에너지로 전환시키고 제도와 관습의 억압에 맞서 치열하게 생을 살았던 황진이, 그녀는 조선조 엄격한 신분사회의 질곡과 그 속에서의 여성의 삶을 되돌아보게 하는 거울과 같은 존재로 다시 태어난다. 전경린과 홍석중에 의해 새로 태어난 황진이, 그 구체적인 모습을 들여다보자.

전경린의 『황진이』

여성의 일탈과 이를 통한 자유에의 갈망을 감각적이고 열정적인 문체로 그려온 전경린에게 황진이는 억압적이고 권위적인 사회 속에서 자유롭고 주체적인 여성으로 살아가기 위해 몸부림친 인물로 해석된다. 이 점에서 전경린의 황진이는 김탁환의 황진이와 닮아 있다. 그러나 그녀의 황진이는 여성으로서 그리고 기생으로서 현실에서 부딪치는 한계에 대한 자기 인식이 김탁환 소설 속 황진이보다 더 뚜렷하다. 김탁환의 황진이가 처음부터 기생의 신분으로 설정되어 있는 것과 달리 전경린의 황진이는 황진사의 큰딸로 어머니인 신씨부인으로부터 따뜻한 애정을 받으며 지내다가 갑자기 기생의 딸로 신분이 전락하게 되는 사건을 겪는데, 이 과정에서 자연스레 양반 중심의 신분제나 남녀차별 등의 문제와 심각하게 대면하게 되기 때문이다. 억압적이고 권위적인 사회 속에서 여성이자 기생의 딸이라는 이중적 굴레를 온 몸으로 맞서 대면하면서 자유롭고 주체적인 여성으로 살아가기 위해 몸부림친 인물, 그것이 전경린을 통해 만나게 되는 황진이인 것이다.

황진이를 통해 여성의 억압적 현실을 드러내고자 한 작가의 의도는 황진이뿐 아니라 그녀 주변의 여성 인물들의 삶을 통해 작품 서두에서부터 강조된다. 하루아침에 황진사 딸에서 기생의 딸로 전락한 황진이는 물론이거니와 그녀 대신 시집을 가서 불행한 결혼 생활을 하게 되는 동생 난이, 미모의 기생에게 남편을 빼앗기지 않기 위해 진이를 데려다가 친딸처럼 키운 신씨 부인, 진이의 행복을 위해 그 아이를 신씨 부인에게 내주고 떠돌게 되는 진현학금 등은 모두 억압적인 현실 속에서 불행한 삶을 운명처럼 감내할 수밖에 없었던 여성들이다. 신분의 높고 낮음을 떠나 이들 여성들에게는 자기의 욕망과 꿈과 의지를 죽이고 예속적이고 순종적인 삶을 살아갈 것이 요구된다. 그들에게 자신의 삶을 선택하고 경영할 자유는 허락되지 않는다. 특히나 황진이가 살았던 16세기는 조선조의 정치이념이었던 성리학이 생활 저변에 뿌리내리기 시작하는 시기로, 전국적으로 체계화된 향약의 조직망을 통해 여자와 상민에 대한 천시, 통제가 심화되기 시작하던 시기이다. 『여교』와 『내훈』을 읽을수록 세상이 무서워진다며 친영을 하는 대신 장가들어 올 사람과 혼인을 하겠다는 난이의 고백이나, 어렸을 때만 해도 어머니와 함께 제사에 참여했지만 이젠 사당 근처에 얼씬거릴 수도 없게 되었다는 황진이의 고백, 『여교』를 읽은 후 가슴이 답답하다는 황진이에게 자기 때에만 해도 그러지 않았는데 성종 조에 경국대전이 완성된 이후 규율이 더 엄격해졌다는 신씨 부인의 위안 어린 말 등은 유교적 규율이 여성에게 더욱 억압적으로 자리하기 시작했던 당시의 시대적 변화를 엿볼 수 있게 하는 대목들이다.

황진이는 이처럼 노골화되고 심화된 유교적 규율과 통제 속에 다른 여성들과 '함께' 있다. 그녀를 둘러싼 주변 여성인물들이 대체로 긍정적으로 그려지는 것이나 그들이 황진이와 갈등이나 대척 관계에 놓여 있는 것이 아니라 모종의 연대감 속에서 우애를 나누는 것 등은 작가의 문제의식이 불합리하게 강요되는 여성의 억압적 현실에서 출발하고 있음을 시사한다. 황진이는 그런 억압적 여성의 현실을 누구보다 강하게 느끼며 주체적 인간으로서의 삶의 길을 고민했던 인물이다. 이 점에서 보면, 황진이의 불행한 운명은 그녀가 기생의 딸이라는 사실이 밝혀지면서 양반댁 규수에서 기생의 딸로 전락하게 되는 데에서 시작되지 않는다. 진짜 문제는 그녀가 유교적 윤리와 질서 안에서 여성에게 허용된 삶이 아닌 '다른 삶'을 꿈꾸었다는 것에 있다.

> 다른 생의 가능성은 정말 없을까. 이렇게 잘게 쪼개진 삼엄한 규율의 세계 속에서 한 사람 한 사람은 대체 어디에 있는 것인가. 전체가 아니라 한 사람의 삶은 어디에 있단 말인가. 한 사람의 신은 어디서 찾는단 말인가.[3]

이처럼 자기 안에서 울리던 내면의 목소리는 그녀가 자신이 눈먼 기생의 딸이었다는 사실을 알게 된 후 비로소 밖으로 터져 나온다. 출생의 비밀을 알고 난 후 눈이 멀고 목이 아파오는 것은 오랫동안 갇혀 있던 자기 안의 목소리가 비로소 그 몸을 빠져나오기까지, 작중의 표현에 따르자면 "몸속에 갇힌 거문고"를 몸 밖으로 꺼내기까지 겪어야 하는 통과제의적 고통이다. 이를 통해 그녀는 침묵과 외면 속에 묻혀 있던[4] 자신과 어머니의 삶/소리를 꺼내어 비로소 소리 나게 하였던 것이니, 이때부터 그녀의 몸은 삶의 경지에 이르기 위해 밟으면서, 버리면서 지나가야 할 길과도 같아진다. 자신을 사모하던 수근에게 자기를 가지라고 한 것은 그 버림의 첫 단계였다.

> 세상이 내게 허용하지 않았던 것들에 대해 연연하지 않을 것입니다. 도리어 세상이 허용하지 않은 그 짐승의 등을 타고 돌보는 이 없는 성문 바깥으로 한 생을 달려 그것의 핏빛 정체를 극명하게 드러낼 것입니다. (1권 217면)

이는 늑대와 함께 달리는 여성으로서의 전경린 인물을 그대로 환기시키는 대사로, 황진이에게 있어 기생으로 살아가는 것이 억압적 제도와 규율에 의해 억눌린 자유롭고 원초적인 본성으로서의 늑대성의 부활로 해석될 수 있는 근거가 된다. 전경린의 여성들은 수동적이고 정적인 식물성의 존재가 아니라 매서운 눈과 날카로운 부리와 사나운 발톱을 가진 동물성의 존재들이다. 황진사의 딸에서 기생으로 몸바꿈으로써 황진이는 이제 비로소 그 동물로 되돌아간다.

전경린이 이 작품을 통해 드러내는 성리학에 대한 비판은 단순히 그

---

3) 전경린, 『황진이』 1, 이룸, 2004, 52면. 이하 본문에 면수만 표시.
4) 진이의 생모인 진현금이 벙어리처럼 말이 없었다는 사실이나 자신의 출생의 비밀을 알고 난 후 진이가 목에 통증을 느끼는 것 등은 벙어리로서의 여성의 운명과 그에 대한 저항을 상기시키는 대목들이다. 따라서 이때 거문고는 기생으로서의 운명을 환기시키는 것이 아니라 여성으로서의 잃어버린 자신의 목소리를 상징한다.

것이 여성에게 차별적이었다는 데에서 비롯되는 것이 아니라, 그것이 인간의 본원적 욕망을 부정하고 있다는 데에서 출발한다. 그녀가 보기에 조선 사회는 죽은 조광조의 유령이 지배하는 사회다.[5] 순종과 질서만을 강조하고, 음양과 칠정을 갖춘 살아 있는 인간을 부정하는가 하면, 시에 있어서도 내용과 목적성만을 강조하고 형식의 가치를 외면하는 등 인간의 감정과 욕망을 배제하는 반인간적인 규범에 의해 통제되는 사회였기 때문이다. 조광조를 중심으로 한 성리학의 맞은편에는 화담 서경덕을 중심으로 한 주리론자들이 있다. 주자가 기(氣)보다 이(理)를 우위에 둔 원칙주의자이고 따라서 억압적인 데 반해, 화담은 이(理)보다 기(氣)를 우위에 두며 "원칙에 얽매인 억압이 없고 천하를 나누는 헛된 관념의 때가 없"다. 결국 황진이에게 있어 화담은 어디에도 얽매이지 않은 자유로운 삶의 길로 안내하는 스승과 같은 존재로 설정된다. 야담에서 전해오는 이야기와는 달리 화담과의 관계에서 육체적·성적 접촉이나 그런 시도 자체가 전혀 드러나지 않는 것은,[6] 이처럼 황진이를 덕망 높은 선비를 유혹해서 타락으로 이끄는 존재로서가 아니라 참된 삶의 길을 찾아 헤매는 구도자적 인물로 그리려는 작가의 의도에서 비롯된 설정이다.

홍미로운 것은 전경린에게 있어 세상의 모든 억압적 제도와 관습과

---

5) 이는 김탁환이 서경덕은 물론 유학에 바탕을 둔 조선의 기초를 세운 정도전을 고평하거나 조광조를 배신한 아버지에 대한 실망과 분노로 이름과 집을 버리고 떠도는 이생을 통해 조광조를 긍정적으로 묘사하는 것과는 대조적이다. 황진이를 이들과 사상을 교류한 지적 동반자로 그리면서 그것을 통해 16세기의 지적·사상적 풍토를 그리고자 한 작가의 의도가 유학자에 대한 긍정적 시선을 낳고 있는 셈이다. 반면 황진이를(황진이뿐 아니라 여성 모두를) 남녀 차별이나 인간 본성에 대한 억압이라는 성리학적 규범의 희생자로 파악하고 있는 전경린의 경우, 이들 유학자들에 대한 평가는 아주 달라진다. 뿐만 아니라 30년 면벽 수도로 득도했다고 알려진 지족선사도 욕망을 숨긴 채 도가 연하는 위선적 인물로 그려진다.

6) 작가는 야담 등을 통해 알려져 있는 화담과의 이야기를 의식하여, 황진이 자신의 고백을 통해 그녀가 오직 예를 다할 뿐 어떤 표정이나 말이나 몸의 교태로 화담을 향한 공경심을 내색하지 않았으며 더군다나 소세양과 함께 화담을 만난 길이었기 때문에 오히려 소세양에게 정성을 다했다고 강조한다.

규율을 뛰어 넘어 주체적 자아로 나아가는 길은 항시 사랑 안에서, 사랑을 통해 이루어진다는 사실이다. 동생 난이에게 가난한 선비와 양반집 딸 사이의 사랑 이야기를 해주면서 "한갓 목숨 부지하고 사는 게 전부라고 생각하는 각박한 사람들이야 어찌 그런 사랑을 알겠니? 첩첩이 막힌 벽과 거미줄 같은 세상의 제도와 관습과 규율을 훌쩍 뛰어넘을 줄 아는 사람들이라야 가능하지"라고 하는 황진이의 대사는 작가 전경린이 제도와 관습, 규율을 뛰어 넘는 자유혼의 상징으로 사랑을 제시하고 있음을, 그리고 이를 실현한 인물로 황진이를 파악하고 있음을 보여준다. 그녀에게 사랑은 관습과 제도와 규율과 같은 현실적 속박을 뛰어 넘은 후에야 이룰 수 있는 자유 영혼, 자유 의지의 실체인 셈이다. 이 작품에서 이사종과의 사랑이 가장 큰 비중으로 그려지는 것도 이 때문인데, 3년간 서로의 집에서 살기로 계약 동거를 한 후 황진이가 이사종의 첩이 되어 기존의 관습이나 규율에 순종하는 듯한 태도나 행동을 보여주는 것 등도 진정한 사랑의 힘으로 강조된다.

사실 전경린에게 있어 사랑과 열정은 관습과 규율에 얽매인 채 진행되는 무의미한 일상으로부터 벗어나 참된 자아를 찾아가는 과정으로서의 일탈과 반역의 다른 이름이다. 그녀의 많은 여성 인물들은 무의미하고 습관적으로 진행되는 삶으로부터 과감히 벗어나 모험적인 일탈을 감행한다. 그것은 '나'를 찾아가는 위험하고도 도발적인 시도인 바, 세상의 길들이 지워진 어두운 사막 위에 서 있게 될지언정 스스로 파멸에 몸을 맡김으로써 부재의 운명으로부터 벗어나겠다는 오기 어린 각오는 그 시도에 앞서 이루어지는 공통된 선언이다. 그러나 그 결연한 각오가 종국에 일탈적 사랑, 불륜으로 이어지게 될 때, 그 일탈의 열정이 갖는 의미에도 불구하고 그 선언은 때로 다소 공허하게 여겨질 수 있다. 황진이 역시 이런 문제에서 자유롭지 않다. "혈연과 끊어져 천지에 혼자가 되었으며" "여자라도 스스로 삶을 경영"한다는 그녀 자신의 고백에도 불구하고, 그 '스스로'의 자유라는 것이 사실상 기생으로서의 운명을 감내하는 것에 그치는 듯 보이기 때문이다. 예컨대 기생이 되어 첫날밤을 치르기 전 옥섬이 진이에게 "사내란 호령을 해도 알고 보면 연약하니라", "사내가 설사 독을 주어도 너는 꿀을 내놓아야 하느니라"고 조언하자 진이가 "고개를 끄덕여 수긍했다"는 대목은 아무것에도 구애되지 않는 주체적 삶을 살겠다며 시작한 기생으로서의 삶이 일반 아녀자들에게 요구되던 유교적 생활윤리와 근본적으로 얼마나 다를까 하는 의구심을 갖게 만든다. 이사종과의 애틋한 사랑 역시 그 자체로는 흥미롭고 아름다운 이야기이지만, 지독한 사랑이라는 이름 아래 황진이 스스로 사회가 요구하는 규범과 관습 속에 함몰되어 간 것은 아닌가 의문스럽다.

뿐만 아니라 이들의 사랑에는 일상이 제거되어 있다. 모든 것은 사랑의 이름으로, 진실의 이름으로 극복되고 치유된다. 황진이가 이사종의 첩으로 한양에 들어간 후 기생에 대한 혐오와 경멸로 가득 차 있던 본부인이 그녀의 말에 쉽게 감화되고 황진이가 이사종 노모와 친밀한 관계를 유지하는 것 등 주변 인물들이 쉽게 진이에게 감화되거나 설득되는 것으로 그려지는가 하면, 소세양이 진이에게 보낸 편지가 본부인과 노모에게 드러나 문제가 되었을 때에도 진이의 해명으로 '다행히' 혼란이 정리된다. 이들 사이에 마땅히 있었을 법한 갈등이나 질투, 미움 등의 감정이 너무나 쉽게 해결되고 무마되는 것이다. 이사종 집에서의 3년간의 생활을 작가는 "사랑은 실용적 일상이 되었다"는 서술로 요약하고 있지만, 사랑이 일상이 되었음은 이 같은 작가의 직접적인 서술에 의해서가 아니라 눈물과 고통을 요구하는 일상의 구체적인 상황 속에서 인물의 행동과 말로써 묘사되어야 하는 것이다.

사실 이 같은 문제는 인물에 대한 신비화나 절대화의 문제와 연관되어 있다. 황진이·이사종·서경덕 등 주요 인물들은 거의 예외 없이 다소간 신비화되어 있는데, 가령 "양가집의 젊은 귀부인 같은 평화로운 품격이 있"고, 눈에는 "이별의 아픔들과 쓰라린 열정과 서늘한 고독과

잡사를 경영하는 세속적 안목과 영원에 이르는 꿈을 모두 아우르는 의젓한 분별이 자리"하고 있는 진이나, "어떤 색깔도 닿은 적 없는 듯 순결한 흰빛의 시선"으로 "세속의 오명과 과장된 광채를 지나 진의 고독을 살피"고 "진의 운명을 정화시키며 사면시키며, 자애의 영감을 주는 눈"을 가진 화담 등의 묘사는 인물을 지나치게 신비화함으로써 오히려 현실성을 약화시킨다. 그런가 하면 이사종이 평덕군수로 있는 동안의 치적에 대한 설명에서도 그가 다소 영웅화되어 있는데, 가령 "세금을 무리 없이 징수했으며, 송사는 억울함 없이 재판했고, 평민의 군역 의무도 공평하게 했다. 죄인에게 내리는 형 역시 고문이 없었다" 등과 같이 이사종을 지역의 토호나 양반들에 맞서는 영웅적 인물로 그리는 것은 작위적이라는 느낌마저 준다. 더군다나 진이가 걸인청을 설치하게 해 가난한 이들을 돕고 그들의 주거 환경을 정비하고도 그 공을 이사종에게 돌아가게 했다는 대목에 이르면 이들에게서 민중적 영웅으로서의 면모까지 느껴진다.[7]

제도와 관습·규율로부터 벗어나 자유로운 삶을 살고자 했던 자유인으로서의 황진이는 생의 본질과 치열하게 대면하고자 하는 기왕의 전경린 인물들의 연장선 위에 있다. 존재론적 성찰, 생의 구경 마주하기라는 전경린의 주제를 황진이를 통해 다시 한 번 확인하게 되는 셈인데, 아쉽게도 그녀에 대한 작가의 지나친 애정이 인물의 형상화나 서사 진행을 신비화, 절대화의 위험 속으로 몰고 간다. 과장된 비유법이라든지, "삶의 잔인성", "운명의 길", "운명 자체가 되는 인생", "운명의 길" 등과 같은 추상적인 어휘들이 반복적으로 사용되면서 정작 진이가 추구했던 "운명과 일체가 되는 삶"은 추상적이고 관념적인 분위기로만 남아

---

7) 특히 이생과 함께 금강산을 유랑하며 떠돌 때 황진이는 나병환자를 보살피기 위해 몸을 팔기까지 하는 등 "제 것을 끊임없이 다른 것과 바꾸어 남들에게 베푸는" 인물로 그려지는데, 여기에 오면 황진이는 영웅의 이미지를 넘어 성모의 이미지로까지 승화되고 있는 듯 보인다.

있게 된다. 그러나 사회·제도·관습 등에 의해 억눌린 여성의 욕망을 문제 삼고 이를 주체적이고 정열적으로 분출함으로써 자기완성의 길을 찾아가는 존재로서의 황진이는 우리시대 여성 작가에 의해 새로 불리어진 이름임이 분명하다.

홍석중의 『황진이』

북한문학으로는 처음으로 공식 수입되었을 뿐 아니라 올해 만해문학상을 수상하며 더욱 주목되고 있는 홍석중의 『황진이』는 북한문학에 대한 우리의 편견이나 선입견을 일거에 걷어낼 만큼 솔직하고 재미있는 서술로 전개된다. 표면적으로는 기생으로 전락한 황진이가 놈이에게서 진정한 사랑을 발견하기까지의 과정을 담고 있는데, 그 과정이 위선적이고 탐욕적인 양반 사대부들의 애정 행각과 대비되면서 양반사회에 대한 비판의 성격이 강조되어 있다.

이야기는 곰보네 마방집 풍경으로 시작한다. 연산군의 학정의 산물로 남은 괴석이 오히려 명물이 되었다는 그 객주집은 각지에서 모여든 사람들의 이야기와 웃음이 풍성하게 펼쳐지는 열린 공간이자, 그들의 생각과 정서를 그대로 드러내는 민중적 공간이다. 기묘사화에 연루되어 억울하게 죽은 선비 이야기, 유두날 목욕하는 여인네들을 훔쳐보다 들킨 남정네 이야기 등 일반 민중들의 관심과 시각을 드러내는 이야기로 작품이 시작되고 있고, 그 이야기 속에서 작품의 중심인물이라 할 수 있는 놈이, 놈이와 진이의 관계, 진이의 미색과 인물됨 등이 암시된다. 전경린의 『황진이』가 황진이의 어머니인 진현금의 이야기로 시작되면서 처음부터 진현금—황진이에게로 이어지는 여성/기생으로서의 고달픈 삶을 강조하고 있었다면, 홍석중의 '황진이'는 민중들의 삶의 공간 속에서 그들의 이야기를 통해 등장한다. 이는 작가의 민중적 시각을 확인하게 하는 것일 뿐만 아니라, 서술자의 권위적 설명이나 서술이 아니라 사람들의 대화를 통해서 인물을 드러냄으로써 인물 형상화에 있어서 객관성과 구체성을 확보하는 효과를 낳고 있기도 하다. 특히 주인공뿐 아니라 괴똥이, 이금이, 상직할멈, 또복이 등 부수적인 인물 모두가 비교적 구체적이고 상세하게 외양이나 내력들이 묘사됨으로써 생생하게 살아 있는 인물로 다가온다.

이 서두의 대목에서 가장 강하게 부각되는 인물은 놈이다. 이 작품에서 가장 주목되는 것 역시 놈이라는 인물의 설정인데, 그는 황진이와 관련해서 전해지는 기존의 이야기 어디에도 등장하지 않는 인물로 홍석중에 의해 작품의 핵심 인물로 설정된다. 그에 관해 알지도 못하는 소리를 함부로 지껄이다가는 뼈도 못추린다든지, 어느 양반이 채찍을 휘둘러 그의 눈알이 빠지자 태연하게 빠진 눈알을 강물에 씻어 도로 눈에 집어넣고 그 양반의 눈알을 뽑아놓고 그의 뼈를 분질러버렸다는 등 그에 관해 다소 과장되어 드러나는 이야기들은 사람들에게 그가 두려움과 존경심이 공존하는 경외의 대상으로 자리 잡고 있음을 보여준다. 게다가 이 이야기를 듣고 사람들이 "가려운 등허리를 긁고 난 것처럼 시원해서 싱글벙글했다"거나 "그 참 통쾌하군. 10년 묵은 체증이 다 가라앉는 것 같네그려"와 같은 반응을 보이는 데서도 드러나듯, 놈이는 양반 계층에 대한 서민들의 분노와 저항을 대변하는 일종의 민중적 영웅으로 설정되어 있다.

야담 등을 통해 전해져오는 황진이의 이야기들이 모두 양반 사대부들이나 사상가들과 관련되어 있음을 생각할 때, 이처럼 이 작품에서 민중적 영웅의 성격을 띤 놈이가 주요 인물로 설정되어 등장한다는 것은 주목된다. 앞서 살펴본 김탁환이나 전경린의 경우에도 엄격한 성리학에 의해 통제되는 양반, 남성 중심의 조선사회에 대한 비판의식이 전제되어 있기는 하지만, 황진이와 관련을 맺는 상대들은 여전히 화담이나 이 사종, 소세양 등 양반 사대부들이나 사상가로 설정되어 있다.[8] 비천한 천기의 몸이긴 하지만 황진이는 여전히 양반 사대부의 사회와 문화 속 에 속해 있는 셈이다. 그러나 홍석중의 소설에서 황진이는 놈이와 사랑 을 하게 되는 인물로 설정되어 있고, 그 사랑을 통해 삶의 진정한 의미 를 발견하는 인물로 그려진다. 어떤 점에서 이 작품에서 이야기를 이끌 어가는 핵심적 인물은 황진이가 아니라 놈이로 보이기도 한다. 양반 사 대부의 횡포에 저항하는 민중적 영웅의 면모를 갖고 등장하는 놈이가 김희열의 계략으로 살인죄를 뒤집어쓰고 효수되고, 황진이가 이를 통해 진정한 사랑에 눈뜨면서 사실상 이야기는 끝이 나기 때문이다.[9] 이는 결국 이 작품의 초점이 개인 황진이에 대한 소설화라기보다 그녀가 살 았던 조선조 양반 지배 체제 아래에서의 서민적 삶과 그 질곡을 그리는 데 놓여 있음을 보여준다.

따라서 표면적으로는 황진이와 놈이의 사랑 이야기로 전개되는 듯 보이지만, 작품의 저변에는 양반 중심의 신분 사회, 계급 사회에 대한

---

8) 전경린 소설의 경우 황진이와 수근의 관계가 어느 정도 비중 있게 다뤄지고 있지만, 황진이는 끝내 자신을 사모한 수근의 사랑을 받아들이지 않는다.

9) 사실 야사의 기록들에 전하는 황진이와 관련된 일화들은 이후의 황진이의 삶을 요약 해서 전하는 마지막 장에서 간단하게 언급된다. 잔치에 모인 양반들의 이야기 속에서 황진이는 그야말로 선비나 사대부, 고승을 유혹하여 파멸시킨 위험한 요부로 등장한다. "기예와 재색이 뛰어난 것도 사실이지만 사내들과의 정사가 건강이 요절할 만큼 재미 있어서" 사람들의 입에 황진이가 오르내린 것이라든지, "계집이 군자를 해치는 것이 마 치 벌이 다른 동물들한테 독을 쏘는 것과 같"으니 "스스로 계집을 멀리해서 화를 피하 도록 해야" 한다는 것, 혹은 "점잖은 사대부로 입에 올리기는 좀 멋쩍은 데가 있"고 "좀 교만하구 방자스러운 데는 있어두"라는 조건부 구절을 달고 이루어지는 황진이 시조에 대한 평가 등은 모두 황진이에 대한 기존의 왜곡된 시선을 드러내는 대목들이다. 그러 나 이사종과 함께 거렁뱅이 같은 모습으로 잔치에 등장한 진이는 이 같은 이야기나 세 간에 떠도는 소문들에는 상관하지 않는다는 듯이 혹은 그 입방아들을 무색하게 만들면 서 우아하고도 신비로운 모습으로 노래를 부르곤 다시 사라져버린다. 양반들의 위선과 허위가 다시 한 번 드러나는 대목인 셈인데, 이 마지막 장에서 황진이는 세속적 욕망과 가치를 뛰어 넘어 삶의 진정한 승리자로 그려진다. 그러나 황진이의 면모가 본격적으로 드러나는 이런 대목들은 마지막 장에 후기처럼 언급되어 있을 뿐이다.

비판이 자리하고 있다. 황진이와 놈이의 관계에서도 처음 부각되는 것은 이들 사이의 신분상의 차이이다. 둘이 어린 시절부터 친하게 지냈지만 한 번 씩 둘이 부딪치면 놈이가 진이를 '참년아'라고 부르며 약을 올리고 그러면 진이가 상놈이 양반을 놀리면 귀양을 보낸다는 등의 대꾸를 하곤 했다든지 초파일 등불놀이 구경을 갔다가 진이가 거리에 홀로 남겨지게 된 사건이 진이가 "량반이니 상놈이니 하며 상전 행세를 하려 들었"던 데에서 시작되었다는 사실은, 둘의 관계에 내재된 신분적 차이가 둘 사이의 주요 갈등 요인으로 자리하고 있음을 암시하는 대목이다. 양반 지배층에 대한 비판과 풍자는 양반 사대부들의 부정적 형상화에서 직접적으로 드러난다. 학문에는 관심이 없고 여색만 밝히는 진이의 오빠, 도학군자연하면서 기생들과 어울리는 친구들을 멸시하였지만 속으로는 똑같이 음탕한 욕망을 갖고 있는 벽계수, 진이에게 지조와 고결함, 호방한 기상의 상징으로 숭배의 대상이었지만 실제로는 재물로 효자문을 세우고 여자라면 늙거나 젊거나를 막론하고 달려들었던 아버지, "수컷의 허위는 있지만 거짓과 위선이 없었다"고 평가되었지만 결국에는 자신의 잘못을 덮기 위해 호장과 이방을 죽이고 놈이를 잡아들이는 간악한 위선자로 드러나는 김희열, 놈이가 갇혀 있던 곳에 역모에 가담한 죄로 함께 갇힌 후 밤낮 징징거리며 우는 윤씨[10] 등 거의 모든 양반들이 탐욕과 위선, 허위의식에 사로잡힌 부정적 인물로 묘사된다.[11]

그러나 이 양반 지배층에 대한 비판과 풍자가 가장 효과적으로 그 힘을 발휘하는 것은 이야기나 상황에 따라 적절하게 인용되는 속담, 재치

---

10) 그는 진이가 기생의 딸이라는 사실이 밝혀지기 전 그녀와 혼담이 오갔던 윤진사댁 아들로, 한동안 그를 상대로 독백의 말을 건넸던 진이에게 또 다른 환멸을 안겨주는 인물이다. 게다가 감옥에서 그가 보이는 나약하고 우스꽝스러운 모습은 놈이의 당당한 태도와 대조되면서 놈이의 영웅적 성격을 더 강하게 드러낸다.
11) 이 작품에서 거의 유일하게 비판의 대상이 되지 않는 양반층 인물은 화담 서경덕이다. 그는 화자의 직접적인 서술에 의해 "명실공히 도학군자"로 칭송되고 있을 뿐 아니라 그의 이기설은 우리나라의 첫 유물론적 철학사상으로 해석되고 있다.

있는 비유, 생생하게 살아 있는 구어체 서술 등의 특징을 보이는 서술
자나 인물의 말을 통해서이다.

"원, 기가 막혀서 …… 생원님 못된 게 종만 업수이 여긴다더니 저것들은 절
에 공양을 와서도 량반 자세야."
"말 말게 똥은 말라두 구린내가 난다네. 공양 왔다구 량반 버릇 개줄가?"
"에그 …… 저것들 량반 자세하는 꼬락서니 보기 싫어서라두 모밀 자루를 이
구 다녀야겠어."
"왜?"
"량반 죽은 귀신은 모밀을 뿌려서 막는다지 않아."[12]

보필지재나 충신이 임금님 곁에 없었는가구요? 아이구 밑구멍이 다 웃겠수
다. 보필지재는 뭐구 충신은 또 뭐요? 충신이란 바른말을 하는 사람인데 창이
울구 칼이 절컥거리는 속에서 바른말을 올릴 수가 있소? 공연히 충신 노릇 하
다가 목이 떨어지문 날이라구 다시 달아 쓸 수두 없는게구 (…중략…) 내 원,
송편으루 목을 딸 일이지 백성들은 밥이 하늘이라는데 남생이처럼 공기만 먹
게 만들어놓구 도대체 요임금은 뭐구 순임금은 또 뭐요? (1권 144면)

위풍이 당당하기룬 룡 꼬리에 범이 앉은 것 같지만 알고 보면 비단보에 싼
개똥이야. 정자관을 쓴 머리를 하늘바라기루 쳐들구 점잖게 헛기침을 하며 팔
자걸음을 걸을 때 같아서야 부처님이 다 뒤통수를 치구 옆으로 비켜서서 공경
할 만큼 거룩하지. (…중략…) 그러다가두 똥싼 주제에 매화 타령을 부른다구
남들이 보는 앞에서는 바루 선비연해서 발끝으루 잔뜩 똥구멍을 고이구 앉아
서 맹꽁맹꽁 맹꽁이 울음소리를 내지르는 꼬락서니란…… (1권 163면)

사실 이 작품의 재미와 매력은 서술자나 인물들이 내뱉는 이같은 말
에서 비롯된다고 해도 과언이 아니다. 특히 적재적소에 사용되고 있는
속담의 활용이 돋보이는데, "급한 병자 때문에 약재를 사오라구 서울

---

12) 홍석중, 『황진이』 1, 대훈닷컴, 2004, 141면. 이하 본문에 권수와 면수만 표시.

보냈는데 나흘째나 오미자국에 넣은 닭알이구려", "벙어리가 웃는 뜻은 량반 욕하자는 뜻이라더니", "날알이 제아무리 돌아쳐두 매돌 안에서 논다네", "여우는 잠을 자면서두 닭 잡는 꿈만 꾼다구 네 부친이 제 버 릇을 개 주었을 테냐" 등과 같이 사건이나 상황이 속담을 통해 비유적 으로 전달됨으로써 한층 구체성과 현장감을 더하고 있을 뿐 아니라, 그 문장 자체가 독자에게 웃음과 재미를 가져다준다. 양반 지배층에 대한 비판이 날 선 주장이나 관념으로 내세워지는 것이 아니라 웃음을 수반 한 풍자와 해학으로 다가오게 되는 것이다. 뿐만 아니라 마치 옆 사람 에게 이야기를 해주는 듯한 서술자의 구어체 서술은 이야기로서의 소 설의 묘미를 한껏 올려놓는다.

늙은이의 눈에 검은 동자가 모들뜨기로 돌아가서 흰자위가 가득해지고 입에 서 게거품이 끓어오르며 악청이 한번 터져 나오면 맙소사, 그 드사나운 머리악 에 사람은 물론 근처에 기여 나왔던 저승사자라도 기겁을 해서 내빼지 않을 수가 없다. 하긴 그래서 싸움군 아낙네 하나가 개 없이도 온 동네를 혼자 지킨 다는 말이 생긴 것일가. (1권 56면)

괴똥이는 서울에서부터 의혹을 풀지 못하고 있는 윤승지댁 수수께끼의 실마 리를 혹시 찾을 수 있을가 하는 생각에 눈을 가박거리며 달빛에 우렷한 놈이 의 얼굴을 찬찬히 들여다보았으나 도대체 죽어봐야 저승을 알지? (1권 133면)

불각 우에 앉아 있는 부처님의 살집 좋은 몸을 보라. 부처님의 마음과 함께 몸을 닮자면 스님들이 어마나 기름진 공양을 자셔야 하겠는가를. 부처님의 몸 집이 그렇듯 부얼부얼해가지고 하루 한 알의 참깨와 한 알의 쌀만으로 고행을 했다니 꼭 입이 커야 거짓말을 잘하는 것도 아닌가 보다. (1권 139면)

그리고 저 고혹적인 눈빛 …… 부처님 맙소사, 목젖이 저절로 울고 입 안에 군침이 고여 올랐다. 솟구쳐오르는 정욕에 불붙듯 하는 마음으로 말하면 당장 달려들어 억지행실로라도 마련을 보고 싶었지만 아서라, 무른 감도 쉬엄쉬엄

먹어야 하는 게다. 송곳도 끝부터 들어가는 것이고. (2권 58면)

마치 판소리 사설의 화자처럼 자신의 존재를 그대로 드러내며 독자에게 말을 건네듯 이야기를 하고 있는 이 같은 서술자의 말은 웃음을 유발시키는 비유나 속담, 형용사나 부사어의 활용으로 생동감이 넘친다. 갈수록 건조하고 냉담해져 가거나 혹은 지나치게 관념화되거나 작위적인 구성의 경향을 보이는 근래 우리 소설에서 만나기 어려운 이야기의 재미와 맛을 느끼게 하는 대목들이다.

그러나 이 서술자가 사건의 앞 뒤 상황이나 인물의 내면을 직접적으로 설명하는 경우는 그리 많지 않다. 예컨대 곰보네 마방집에 모인 사람들의 이야기로 전개되는 서두에서 서술자는 거기에서 보고 들은 것을 객관적으로 기술할 뿐 각각의 상황이나 인물이 뒤에 가서 어떤 상황으로 연결되는지를 설명하지 않는다. 앞뒤로 연결되어 있는 여러 상황들은 인물들의 대화나 행동 속에 자연스레 섞여 제시됨으로써 뒤에 전개될 사건을 암시하거나 그 단초를 제공하게 되는데, 가령 이야기를 나누는 도중 이들을 찾아온 꽃골 조카님(뒤에 가서야 그가 놈이임이 드러난다)의 말 속에서 드러나는 급한 병자 얘기며(이 역시 뒤에 가면 진현금임이 드러난다) 놈이가 병색이 든 어떤 여인과 함께 있는 걸 봤다는 막둥이의 이야기 등은 뒤에 가면 놈이가 진이의 신분상의 비밀을 알게 된 경위나 진이의 생모를 만나게 된 경위를 암시하는 중요한 단서가 된다. 그런가 하면 수줍은 외양의 또복이가 황진사 댁 후원 담장을 넘어가서 진이에게서 글을 받아오는 내기 시행에 나서게 된 상황이 제시되는데, 이는 황진이에게서 글을 받아간 후 상사병에 걸려 죽은 청년의 이야기로 연결되는 대목이다. 사건 전개를 위한 세밀한 암시와 배치 전략이라 할 수 있는 셈인데, 화자가 이를 직접적으로 설명하지 않고 사건이나 상황만 제시함으로써 독자의 호기심을 유발시킨다. 놈이가 진이와 혼담이 오고간 윤진사 댁에 진이의 신분을 밝힌 사실도 몇 번씩이나 윤진사 댁 앞에 갔다 되돌아오곤 하는 놈이의 모습을 이를 본 괴똥이의 눈을 통해 보여줌으로써 간접적으로 드러내는데, 이를 통해 진이의 신분을 폭로하는 것이 놈이였다는 사실뿐 아니라 그때 놈이가 가졌을 내면적 갈등을 암시적으로 전달한다.

웃음에 바탕을 둔 해학과 풍자의 묘미, 직설적이고 대담한 성의 묘사, 속담과 비유의 능수능란한 활용이나 구어체 서술 등을 통한 구체적 현장감의 획득, 사건 구성의 치밀함 등 홍석중의 『황진이』는 장편 역사소설로서 갖추어야 할 대중성과 예술성을 고루 갖춘 작품이다. 진이와 놈이의 비극적인 사랑 이야기를 통해 작가는 전혀 새로운 황진이 이야기를 만들어내는 데 성공하고 있다. 뿐만 아니라 이들의 비극적인 사랑의 맞은편에는 괴똥이와 이금이의 행복한 사랑이 대비되어 설정되어 있는데, 이는 칼밖에 잡을 줄 모르던 괴똥이를 밭가는 선량한 견우로 만든 이금이의 사랑을 통해 진정한 사랑의 힘을 강조하면서 동시에 양반 사대부들의 탐욕스럽고 위선적인 애정 행각과는 다른 진정한 민중적 사랑을 보여주고 있기도 하다. 하지만 작품 전체에서 놈이가 민중적 영웅의 이미지로 다소간 영웅화되어 있다는 점, 진이의 신분상의 비밀을 혼담이 오가는 집에 알림으로써 진이의 삶을 천민의 그것으로 전락시킨 장본인인 놈이를 진이의 진정한 사랑의 상대로 설정한 데에 내재되어 있는 남성 중심적 시각의 위험성, 황진이가 아닌 놈이가 이야기의 실질적인 주인공처럼 다가온다는 점 등은 지적할 필요가 있겠다. 핍박받던 조선 민중의 삶과 그들의 역동적 생명력이 부각되면서 정작 황진이는 주인공의 자리에서 밀려나고 있는 듯 보이는 것이다.

역사적 상상력과 소설의 모색

황진이는 여러 가지 면에서 문제적 쟁점을 갖고 있는 인물이다. 양반의 딸에서 기생으로 전락한 인물이었다는 점, 미모와 재색을 겸비한 인물로 많은 남성들과 기이한 인연을 맺었다는 점 등 그녀 개인의 삶 자체가 갖고 있는 흥미로운 요소들은 물론, 그녀가 살았던 16세기라는 시간과 송도라는 공간이 갖는 역사적 의미 등은 다양한 시각에서 새로이 조명될 수 있는 요인들이라 할 수 있다. 뿐만 아니라 그녀의 실제적 삶이 무수한 소문과 이야기 속에 묻혀 있다는 사실은 작가의 상상력을 발동시키는 큰 계기가 될 수도 있을 것이다. 전경린과 홍석중의 이야기는 그 상상력의 폭과 깊이를 확인하게 한다는 점에서 주목된다. 더군다나 여성과 남성, 남한과 북한이라는 상이한 조건 속에서 만들어진 두 이야기가 모두 각각의 독특한 주제와 매력으로 독자들에게 호응을 받고 있다는 사실은 남북한 문화교류나 동질성의 회복, 남녀 문제에 대한 발전적 인식의 전환이라는 점에 있어서도 기여하는 바가 크리라 생각된다.

그러나 역사적 상상력을 기반으로 한 글쓰기는 인물의 영웅화나 신비화의 위험, 새로운 인물 해석이 수반되지 않은 채 이루어지는 대중화, 통속화의 위험, 역사적 인물이나 소재에 내재되어 있는 영웅적 요소나 신화적 요소, 신비감이 자칫 현실의 문제에 매달려야 할 작가들의 시선을 낭만적 초월이나 해결로 이끌어갈 위험 등으로부터 자유롭지 않다. 더군다나 황진이뿐 아니라 이순신, 장길산, 기업 총수 등을 주인공으로 내세운 소설이나 드라마가 유행처럼 부각되고 있는 최근의 문화적 현실은 이러한 역사소설 혹은 역사적 인물의 소설화가 단순히 그 인물에 대한 작가 개인의 관심을 넘어 하나의 사회적·문화적 현상으로 자리하고 있음을 시사하고 있다. 과거에 대한 관심, 역사적 인물에 대한 새로운 조명으로서의 이러한 작업들이 혹 소재 빈곤에 기인한 안이한 창작방법으로서의 그것은 아닌지, 역사적 인물을 소설화 하는 작업이 혹 영웅주의에 대한 향수로 이어지는 것은 아닌지, 그것이 과연 현재의 우리 문학에 있어 하나의 출구가 될지 벽이 될지, 조심스럽게 주시하게 만드는 것이다. 어쨌든 황진이는 미모와 재색, 덕망까지 겸비한 환상적 존재임이 분명하니, 그녀는 우리에게 여전히 가까이 하기엔 너무나 먼 당신인 것이다.

미친, 새로운 몽상 혹은 열린, 소설의 문법

천명관의 『고래』와 조하영의 『키메라의 아침』

상상력과 소설의 문법

소설이 무언가 존재하는 것들에 대한 재현이라는 믿음은 가장 고전적이고 그만큼 권위적이다. 거기에는 소설의 내용과 형식, 의미를 규정하는 어떤 선험적이고 규범적인 잣대가 전제되어 있다. 요컨대 사건의 논리적 전개, 구성의 완결성, '있을 법한' 이야기, 우리의 현실과 삶에 대한 무언가 의미 있는 발언 등이 그런 것으로, 이런 전제와 기대 속에서 우리는 소설을 만난다. 공동체적 윤리를 강조하던 80년대의 소설이나 개인의 내면이나 무의식의 세계를 소환해낸 90년대 소설들은 둘 사이의 거리에도 불구하고 이와 같은 우리의 무의식적 기대로부터 그다지 멀지 않았다는 점에서는 비슷할지 모른다. 그것들은 어찌됐건, '그럴 듯 했다.'

하지만, 여기에서 살펴볼 천명관의 「고래」와 조하영의 「키메라의 아침」은 소설에 대한 이런 우리의 기대와 관습을 배반한다. 그것들은 우선, '낯설다'. '그럴 듯한' 이야기나 이야기의 '그럴 듯한' 전개는 그들 소설의 세계가 아니다. 두 작가가 기대고 있는 것은 소설은 허구라는 믿음이며, 그들 창작의 근원적 힘은 전적으로 그 '가짜' 세계를 만들어내는 상상력이다. 그 상상력 앞에서 기존의 소설의 문법은 아무 힘을 발휘하지 못한다. 그들은 새로운 소설의 문법을 만든다. 무언가 존재하는 것들에 대한 이야기가 아니라, 존재했으리라 믿는 혹은 존재하게 되리라 믿는 세계로 그들의 상상력은 자유롭게 뻗어나간다. 그들이 그려낸 과거나 미래의 이야기들은 그것들에 대해 우리가 가졌던 생각이나 짐작과도 다르다. 우리는 상상조차도 언제나 '그럴 듯하게' 해왔기 때문이다.

두 작가가 그려내는 세계는 철저하게 '가짜'인 '구라'의 세계다. 이들은 지금부터 '가짜'인 이야기를 해주겠다고, 이 '구라'를 들어보라며 독자를 유인한다. 어차피 이야기의 내용은 '가짜'이므로 여기에서 독자를 끌어들이는 가장 중요한 힘은 이야기하는 사람의 입담이 된다. 얼마나 흥미롭게, 맛있게, '뻥'을 치는가, 그게 관건이 되는 것이다. 하지만, 그 '구라'와 '뻥'에도 나름대로의 진실이라는 게, 진정성이란 게 있게 마련이다. 무엇 때문에 이들은 '구라'의 이야기를 펼쳐 보이는가? 도대체 이들은 무엇을 이야기하고 싶은 것인가? 두 작품에 대한 우리의 놀라움은 결국 이런 질문으로 이어지게 되거니와, 이들이 선보인 새로운 상상력과 소설의 문법을 보다 자세히 들여다봄으로써 그에 대한 대답을 찾아보기로 하자. 아마도 그 과정에서 지금 두 소설이 갖는 '새로움'의 의미도 분명해질 수 있을 것이다.

운명의 얼굴과 '구라'의 진실—천명관의 『고래』

천명관의 『고래』는 낯설고도 매혹적이다. 국밥집 노파와 금복, 춘희로 이어지는 여성 3대의 이야기는 소설에 대한 우리의 선입견과 상식을 여지없이 배반한다. 사건이 벌어지고 갈등이 심화되고 그 끝에서 어떤 식의 결론이 마련되는 구성상의 논리나, 인물이나 사건 전개에 있어서의 '그럴듯함'의 원칙, 복선과 암시를 위한 고도의 전략 등 소설에서 상식적으로 기대되는 원리나 문법, 경계 등은 작가의 관심 사항이 아니다. 사건은 다른 사건으로 아무 연결 고리 없이도 이어지고, 인물들의 행동에 분명한 이유나 의도가 있는 것도 아니다. 폭력과 살인, 배반, 죽음 등 거칠고 파괴적인 사건들이 이어지고 있지만, 그것들에 어떤 심각한 비극적 여운이 드리워지는 법도, 도덕이나 이성, 양심 같은 것이 작용하는 법도 없다. 그것들은 그저 이들의 삶 속에서, 세상에서, 끊임없이 발생하면서 이들의 삶과 세상을 이루고 있었을 뿐이다. 게다가 죽은 이들이 되살아나서 산 자를 위협하고 때론 위로하는가 하면, 코끼리와 인간이 대화를 나누기도 하고, 한 사람의 몸에 다른 사람이 들어와 함께 살기도 하고, 여자였던 인물이 남자로 변하기도 하니, 소설은 실로 삶과 죽음, 현실과 환상을 자유로이 넘나드는 판타지의 세계를 펼쳐 보인다.

하지만 이 믿을 수 없는, 있을 수 없는 황당한 이야기들이 흥미로운 것은 그 비현실적이고 기발한 상상력이 가져다주는 통쾌함이나 신선함 때문만은 아니다. 가장 강력한 매력의 원천이 되는 것은 그 놀라운 세계를 실어 나르는 화자의 능란한 입담이다. 화자는 과거로 거슬러 올라갔다가 다시 현재로 돌아오는가 하면 앞날을 앞서서 귀띔해주기도 하고 괴물과 유령이 출몰하는 환상의 세계와 인물들의 현실을 아무렇지도 않게 넘나들면서 그야말로 거침없이 '전진한다.' 그는 자신의 모습을 가능한 드러내지 않아야 한다는 현대소설의 법칙을 조롱하듯 자신의 존재와 목소리를 전면에 드러내고 이야기를 이끌어간다. 그는 "혹 옆에 자가 있다면 독자 여러분께서도 그 크기를 한번 가늠해보시라. 참고로 한 자는 30.3센티미터에 해당한다", "독자 여러분, 그를 영영 잊은 건 아니시겠지?", "도대체 무슨 얘기냐? 성급한 독자여, 조금만 더 들어보시라" 며 독자에게 직접 말을 걸거나, "이야기는 이제 노파가 허리를 다쳐 누워 있는 국밥집으로 돌아온다", "코끼리 점보로 인해 평대가 일대 아수라장이 되었던 그날, 춘희는 어디에 있었을까?", "이제 이야기는 기나긴 시간의 바다를 훌쩍 건너뛰어 이십 년 뒤의 한 건축가에게로 우리를 안내한다"와 같이 자유자재로 시공간을 넘나들며 이야기를 풀어가는가 하면, "여담이지만, 칼자국이 입고 다니는 하얀 양복에 대해 믿기 어려운 뒷이야기가 있다", "여담이지만 이즈음 마을 아이들 사이에 나돌았던 괴이한 소문이 하나 있다", "여기서 오랜만에 여담 한 가지"라고 아무 때나 이야기의 흐름에서 벗어나 그야말로 설(說)을 푼다.

주목되는 점은 이 거칠 것 없는 화자가 자신이 들려주는 이야기의 진실성을 주장하지 않는다는 사실이다. 인물의 내면이나 운명, 사건의 전개 등에 대해 전지적 능력을 발휘하며 서술하고 있으면서도 정작 자신이 들려주는 이야기의 진실성에 대해서는 유보의 태도를 보인다는 것인데, 이는 동일한 사건에 대한 다른 시각의 이야기들을 함께 들려주거나, 이야기를 해놓고는 믿어도 좋고 안 믿어도 그만이라는 식의 태도를 보이는 것, 혹은 어떤 사건의 이유나 의미에 대해 짐작이나 질문만을 늘어놓는 식으로 드러난다. 그리고는 혼돈과 혼란 속에 빠진 독자들에게 아무 것도 분명한 것은 없다고, "우리는 대답을 들을 수가 없다"고, "그 모든 불길한 질문들을 뒤로 한 채" "이야기는 계속된다"고, "이야기란 본시 전하는 자의 입장에 따라, 듣는 사람의 편의에 따라, 이야기꾼의 솜씨에 따라 가감과 변형이 있게 마련"이라고, 그러니 "독자 여러분은 그저 믿고 싶은 것을 믿으면 된다"고 부언한다. 무책임하고 제멋대로인 듯 보이는 화자의 이런 발언은 사실 우리의 삶이란 근원적으로 부조리하고, "이야기란 바로 부조리한 인생에 대한 탐구"라는, 화자/작가의 믿음에서 비롯된다. 요컨대 객관적 진실이란 존재하지 않는다는 것, 세상은 논리적이고 분명하게 정의되거나 설명되지 않는다는 것, 모든 설명과 해석을 유예하는 것이 오히려 진실에 가까워지는 길이라는 것, 그러니 심각하게 폼 잡고 의미나 논리나 이유를 찾아내려 하지 말고 '바람처럼, 가볍게' 흩어지게 놓아두라는 것, 이 '구라'를 즐기라는 것, 거기에 바로 진실이 담겨 있다는 것이니, 화자의 거침없고 능란한 입담에는 삶과 세상을 바라보는 이런 믿음이 담겨 있다.

작가는 믿을 수 없는, 황당하기 그지없는, 그럼으로써 오히려 열려 있는 이야기들로 지난 시절을 재구성해낸다. 분명하고 고정되어 있고 단단한 고체의 역사는 국밥집 노파와 금복·춘희 주변에 떠돌던 이야기들로 대체되고, 그러면서 말랑말랑하고 유들유들한 무형의 것으로 바뀐다. 이것은 작가의 말처럼 역사의 뒤편에 존재했던 마이너리티들의 이야기이며 그들을 통해 본 또 다른 역사다. 역사에는 기록되지 않은, 기록될 수 없었던 이야기들, 그래서 여기저기 소문으로만 떠돌던 이야기들이 부스스 활개를 치며 일어나 맘껏 판을 벌이고 있는 장, 이것이 「고래」다. 작품의 배경이 되고 있는 전쟁이나 이념적 갈등, 군사독재, 산업화 등 우리의 근대사가 이야기와 실제적으로 긴밀한 연관을 갖고 있지 못하면서도 그 자체로 의미를 갖는 것은 이 점에서이다. 금복과 춘희가 그 시대를 만들어 온 이면의 동력으로 인식되면서, 이들을 통해 새로운 근대사, 이야기의 역사가 제시되고 있기 때문이다. 이제 신화가 역사가 되고, 황당무계한 이야기가 소설의 진실을 만들며, 신화적·설화적 진실이 우리 삶의 진실을 대체한다. 거기에는 아무런 논리도, 이유도 존재하지 않는다. 다만 거부할 수 없는 운명의 힘이 작용하고 있을 뿐. 그러므로 금복의 파멸과 춘희의 쓸쓸한 삶과 죽음, 사라져간 쌍둥이 자매와 점보 코끼리에 대해서, 혹은 걱정과 칼자국의 비극적 몰락에 대해서, 그 이유를 묻고 항변하는 것은 부질없는 일이다. 그것은 그저 운명이었기 때문이다.

작품의 중심에 있는 평대 역시 이 운명으로부터 자유롭지 못하다. 작품에서 평대는 근대의 유입과 함께 급격한 변화를 겪는다. 철로가 들어오고 이에 따라 술집과 음식점·극장·의원·예배당 등이 들어서면서 근대의 면모를 갖추기 시작하는 곳, 그래서 금복을 돈과 카페와 극장의 세계로 이끌어갔던 근대라는 이름의 공간이 평대다. 하지만 정작 이곳을 지배하는 힘은 근대나 자본의 논리가 아니라 전근대적인 신화적·설화적 원리이다. 그것은 곧 노파의 저주이고 운명의 원리인 바, 결국 화려한 근대와 자본의 세계로 전진해가는 듯 보였던 평대는 금복의 최후처럼 그 운명의 힘에 의해 몰락하고 폐허가 된다. 사람들은 떠났고 기차역은 폐쇄되었으며 평대는 자연의 순환 속에 차츰 지워져 그 존재가 영영 사라지고 만다. 다시 한 번, 소설 속 세계를 움직이는 주역은 원초적이고 파괴적인 운명임이 확인되는 셈이니, 엄밀히 말해 평대는 근대의 번영과 영화를 증거 하는 곳이 아니라 우리의 기억에서 사라진 신화와 설화의 세계를 환기시키는 공간이다. 신기하게도 작가는 우리의 근대사를 배경으로 신화적·설화적 세계를 복원시켜 놓는다. 근대 초기부터 현재에 이르기까지의 시간적 흐름과는 무관하게, 그 흐름들을 거스르며, 이야기는 신화·전설·민담·무협지·영화 등의 세계를 넘나들며 비현실적이고 환상적인 세계를 펼쳐놓는다. 이때 화마로 비극적인 최후를 맞이한 금복은 작가의 의도와는 달리 근대의 흐름 속에 함몰되고 만 파멸적 존재로 다가오는 것이 아니라, 그 죽음을 통해 오히려 신화적 존재로서의 후광이 더해진 신비한 존재로 부각된다. 결국 지난 시기를 배경으로 전개되는 이 이야기는 근대의 물결 속에서도 여전했던 신화적·설화적 세계의 화려하고도 막강한 힘에 대한 이야기로 읽히는 셈이다.

작품 제목이기도 한 '고래'는 신화적 세계를 사는 원시적이고 본원적인 생명력의 상징이며, 금복이 평생 추구했던 꿈의 실체이기도 하다. 하지만 "큰 것을 빌려 작은 것을 이기려 했고, 빛나는 것을 통해 누추함을 극복하고자 했으며, 광대한 바다에 뛰어듦으로써 답답한 산골마을을 잊으려"했던 금복의 꿈은 파괴적인 욕망으로 변질되었고, 그녀는 사람들에 의해 잡혀 "내장을 다 드러낸 채 해체되어 가는 고래"처럼 몰락하고 만다. 고래 극장이 고래를 대체할 수 없듯이, 그녀가 추구한 고래는 근대 문명의 흐름 속에서 자신의 본성을 잃는다. 감정에 충실하고 직관을 신뢰하며 '적당히'라는 단어는 어울리지 않는, 그리하여 자신의 욕망이 이끄는 대로 질주하고야 마는 인물인 그녀가 걸어간 길은 아쉽게도 근대 이전의 세계에서 근대로 이동해온 우리의 지난 역사와 겹쳐진다. 그 과정에서 금복은 먼저 고향을 떠나고, 살인을 하고, 아이를 버리고, 점보와 쌍둥이 자매를 잃고, 여성성마저 상실하며, 결국 자신이 만든 세계인 공장과 극장을 잃는다. 작품에서 가장 매력적이고 생생하게 살아 있는 인물로 그려지고 있으면서도 종국에 그녀가 고래로 상징되는 영원한 생명력을 갖지 못하는 것은 아이러니다. 그녀는 본능적이고 원시적인 감각과 충동의 소유자면서 동시에 돈과 극장과 커피에 길들여진 근대 문명인의 면모를 갖는다. 그녀의 복합적이고 모순적인 면모는 그녀를 매력 있는 인물로 부각시키는 한 요인이 된 것도 사실이지만, 고래로 상징되는 생명력의 진짜 주인공이 되지는 못하게 만들고 있다.[1]

정작 그 고래에의 꿈을 실현한 것은 금복이 아니라 그녀의 딸 춘희다. 거구의 몸을 가지고 태어나 어미에게서조차 애정을 못 받았던, 그리

---

[1] 이런 점에서 소설의 주인공은 춘희가 된다. 하지만, 이것은 작가의 의도나 작품의 흐름에 따른 주제의 차원에서 그러할 뿐, 실제 작품을 읽는 독자들에게 가장 매혹적으로 다가오는 인물은 금복이다. 작품이 갖는 매력의 원천과 작가가 의도한 의미나 주제가 다소 어긋나지 않았나 싶은 것은 이 때문인데, 금복이 주제의 차원에서도 주인공으로 자리를 잡았다면 아마도 소설은 신화적·설화적 원시성의 세계가 근대화의 과정에서 어떻게 파멸되어 갔는가를 보여주는 이야기가 되었을지 모른다. 그러나 작가는 그 원시적 세계의 파멸이 아니라 근대화의 과정 속에서도 여전히 그 힘을 발휘하고 있던 본능적이고 원시적인 세계를 보여주고자 했던 것으로 보이니, 금복이 근대 문명의 세계로 불나방처럼 뛰어들어 파멸해간 인물이라면 춘희는 파괴된 문명에 야성과 생명력을 회복시키는 인물로 설정되어 있다.

고 화재 사건의 범인으로 몰려 옥살이까지 했던 그녀는 사람들의 무관심과 폭력과 그로 인한 상처와 고통 속에서 그녀 스스로 고래가 된다. 춘희를 요약하는 단어는 원시성이다. 그녀는 거구의 몸을 갖고 태어났고, 모든 생명체들이 긴 역사를 통해 발전시켜 온 '생존의 전략'도, '진화의 흔적'도 전혀 없는, 그래서 이미 수백 년 전에 사라진 원시적 본능을 그대로 지니고 있는 인물이다. 그녀가 벙어리이며 그럼에도 불구하고 코끼리와 대화를 나눈다는 사실에서 환기되듯 그녀는 근원적으로 이성과 질서와 논리의 세계 저편에 속한 존재다. 그녀는 "작고 누추한 것은 부끄러운 일"이라고 생각했던 금복과는 달리 한없이 평범하고 무의미한 것들, 끊임없이 변화하며 덧없이 스러져버리는 세상의 온갖 사물과 현상을 자신의 오감을 통해 감지해내는 능력을 가졌다. 금복이 거대한 고래에 매료되었던 것과는 달리 정작 그녀가 매료되었던 것은 작고 하찮은 개망초였다. 개망초는 춘희가 처음 금복의 손을 잡고 평대에 올 때 역 주변에 무성하게 피어 있던 꽃이고, 벽돌공장 마당 한쪽에도, 교도소 담장 밑에도, 그리고 다시 공장으로 돌아오는 기찻길 옆에도 피어 있던 꽃이며, 방화범으로 경찰에 잡혔을 때 조서에 서명 대신 그렸던 그림이기도 하다. 그 꽃은 공장 주변에 지천으로 피어 있고 그리 화려하지도 돋보이지도 않는 작고 평범한 꽃이지만, "성곽을 포위한 병사들처럼 늘 공장 둘레를 빽빽하게 에워싸고 있다가, 주인이 자리를 비우자 슬그머니 안으로 침입해 들어와 어느샌가 공장 전체를 점령"하는가 하면, 바다 건너 외국에서 들여온 철도 굄목에 씨앗을 숨기고 있다가 바람을 따라, 철로를 따라 들로 산으로 퍼져나간다. '자연의 법칙'에 따라 생겨나고 퍼져나가고 사라져가는, 하지만 다시 어딘가에 씨앗을 숨기고 되살아나는 존재, 그래서 모든 것이 무너지고 부서져 내려도 그 사이사이 마다 어김없이 꽃을 피우는 것, 그것이 개망초이고 춘희이다. 폐허가 된 평대의 새 주인이 되어 있던 것은 바로 이 개망초들이었다. 작가가 쓰고자 한 것은 결국 이 개망초의 역사가 아니었을까?

이 모든 이야기들은 "흙과 불과 물로 빚어낸 벽돌"로 완결된다. 작품에서 물과 불과 흙은 '자연의 법칙'을 실현시키는 기본 원리이며, 운명을 만들어가는 동인이기도 하다. 중요한 사건의 계기나 전환점에서 어김없이 물과 불은 그 모습을 드러내는데, 가령 국밥집 노파가 반편이를 끌고 가서 죽인 곳은 개울물이었고, 딸의 눈을 찔렀던 곳은 아궁이 옆 목간통이었는가 하면, 그녀가 평생 벌어 숨겨두었던 돈이 천장에서 쏟아져 내려 금복에게 돈벼락을 맞게 한 것도 억수 같은 비가 내리던 날 밤이었고, 금복의 아버지는 저수지에 빠져 죽었으며, 태풍으로 생선장수는 가진 것을 모두 잃고 덕장을 떠나게 되었고 걱정은 심하게 다쳤으며, 걱정이 자살을 하고 칼잡이가 작살에 꽂혀 죽은 것도 폭풍우가 휘몰아치는 밤이었고, 문(文)이 처음 금복과 정사를 나눈 곳도, 그리고 그가 죽은 곳도 개울가였다. 그런가 하면 평대를 한순간에 폐허로 만든 것은 불이었고, 감옥에서 나온 춘희는 불길이 덮쳐오는 악몽을 꾼다. 요컨대 물과 불은 이들의 불길한 운명과 함께 있었다. 그러나 춘희에 의해 이 물과 불은 훌륭한 벽돌을 구워내는 창조적 동인으로 바뀌니, 이 때 물과 불은 죽음과 파괴의 운명을 상징하던 것에서 생명과 창조의 상징으로 그 의미가 바뀐다. 벽돌은 춘희가 남긴 또 다른 모양의 고래다. 거구의 몸이 줄어들고 단단하던 근육이 탄력을 잃고 이마엔 주름이 잡히는 육체적 소멸의 과정을 통해, 그 대가로 얻어낸 것이 벽돌이기 때문이다. 고래는, 고래에 담긴 꿈은, 이제 벽돌로, 벽돌에 그려진 그림으로 남겨졌다. 그 후 그것으로 세워진 건축물들이, 그것들에 대한 기록들과 연구들이, 영화가, 그로 인해 발생한 사건들이, 그것에 대해 호들갑을 떨지만, 거기에 진실은 없다. 진실은 벽돌 그 자체에 있을 뿐이다. 물과 불과 흙으로 빚어낸 꿈 혹은 물과 불과 흙이 빚어내는 파괴와 생명의 운명. 천명관의 '구라'는 그 운명을 말하는 중이다.

미친, 새로운 세계와 소설의 전복—조하영의 『키메라의 아침』

조하영의 『키메라의 아침』에서 만나게 되는 세계 역시 낯설고 황당하기 그지없다. 사람들이 날개가 있어 날아다니고, 귀에서는 구더기들이 나오고, 이것을 새들이 몰려들어 받아먹는가 하면, 다리가 세 개이고 등에 뿔이 난 들소, 인간의 심장이나 간을 가진 원숭이, 생선비늘로 뒤덮인 멧돼지 등이 골목길을 달리고, 꼬리가 아홉 개 달린 호랑이가 미쳐 날뛰며, 머리가 두 개 달린 용이 복개천에서 튀어나온다. 하지만, 이 기이하고 놀라운 풍경들이 만들어내는 세계는 웅장한 신화적 서사시가 펼쳐지는 세계도, 기발한 상상력이 환상적으로 전개되는 판타지의 세계도 아니다. 산해경이나 태평광기 같은 작품에서나 만날 것 같은 황당한 이야기들은 근대 과학 문명이 만들어낼 미래사회에 대한 우울한 밑그림이 되어 있다. 게다가 유전공학이 파생시킨 이 변종·잡종들의 세계는 유전자 복제 문제가 중요한 이슈로 떠오르고 있는 지금 그 황당하고 기괴스러운 모습에도 불구하고 아주 설득력 있는 미래사회의 현실로 다가온다.

이 소설의 낯섦과 새로움은 단지 그 세계의 낯설고 기괴스러운 풍경에서뿐 아니라 독특한 서술 형식과 전개에서도 드러난다. 소설 전체가 하위 장들을 거느린 40개의 장으로 나뉘어 있는데, 그것들이 일관된 시간적·논리적 순서에 의해 연결되어 있는 것이 아니라 파편화되어 있으며, 그 속에서 현재와 과거, 환각과 현실, 조감적 시선과 미시적 관찰이 뒤섞인다. 게다가 그렇게 파편화된 각 장면들은 이야기의 표면적인 전개와는 다른 방향으로 다시 다른 장면들에 연결되어 있어, 다양한 이야기의 길을 만들어낸다. 가령 김철수의 이야기로 시작하는 1-1은 그 안에서 '복개천─영산회상'이 남궁여사에 의해 어떻게 만들어져서 노인촌에 날마다 틀어지게 되었나를 설명하는 14-2로 연결되고, 다시 그 이야기 속에서 언급된 또 하나의 음악인 '별─음악'이 어떻게 만들어졌 나를 설명하는 15로, 그리고 그와 관련한 박영자의 진술인 21─5로 이 어지며, 그런 후 이야기는 다시 14─2로 되돌아와 이어지다가 다시 '복 개천─영산회상'이 변종 동물들에게 갖는 효력이 언급되면서 4─2로 이 어지는데, 이 이야기 앞에는 다시 그 변종 동물들이 어떻게 해서 나타 났는지를 설명하는 내용의 10─4가 선행되어 있다. 그런가 하면 이후에 도 이야기는 영산회상이 울려 퍼지던 김철수의 아침을 설명하던 1─1 로 되돌아와 계속되기도 하고, 혹은 그 영산회상을 만든 남궁여사에 관 한 이야기인 14─3으로 다시 이어지기도 한다. 게다가 이야기가 끝나는 마지막 장인 40─3 역시 16─4로 다시 이어지고 있으니, 결국 이야기들 은 무수한 갈래 길들을 거느린 채 서로 얽히고 나뉘고 다시 이어지면서 계속되는 셈이다.

이 복합적이고 동시적인 서술은 이야기 자체보다 이야기의 구성과 재배치 방식, 그리고 그 주체로서의 서술자의 존재를 부각시킨다. 서술 자는 인물들 각각의 삶의 길과 그것들의 우연한 얽힘 그리고 그렇게 해 서 전개되는 소설 속 세계를 조감하는 위치에 있다. 그는 기괴스런 세 계의 앞날과 인물들의 운명을 이미 다 알고 있는 절대적 존재다. 가령 "최씨가 마지막 아침을 맞이하던 그 시각, 지구로부터 수천만 광년 떨 어진 곳에 있던 쌍성(雙星)이 초신성으로 폭발했고, 노인촌 산 너머에 있 는 종합병원에서는 이란성 쌍둥이 남매가 태어났다", "젖은 걸레 같은 참새는 커브를 그리며 엉뚱한 곳으로 날아갔다. 그러나 빗나간 것은 아 니다. 참새는 수백 시간 뒤에야 비로소 노파의 얼굴을 맞추게 된다", "길동은 나중에 자폐증에서 회복된 뒤, 생물학자가 된다", "김철수는 잠 시 정신병자로 분류되기도 하지만, 계속 유리창 청소부로 살다가, 단풍 나무 산책로가 있는 공원의 바로크풍 공중벤치에서 죽게 된다. 홀씨가 흩날리던 어느 봄날"과 같은 서술이 그런 것들로, 이 서술자의 진술에 의해 인물들과 사건들이 얽히고 혹은 엇갈리는 운명의 아이러니가 드러난다. 노인촌으로 모여든 인물들의 절망과 상처와 그 속에서 시도되는 비상에의 꿈, 반복되는 좌절, 그 개별적이고 파편화된 모습들은 이것들을 조감하는 서술자의 시선에 의해 총체성을 부여받는다. 비유하자면 이 소설은 자폐아인 길동이 그린 것과 같은 "변형된 조감도, 해체된 투시도"인 것이다.

'미친, 새로운 세계'로 명명된 소설 속 세계의 비극은 출산율 감소와 노인인구 증대에 따른 인구구조 격변으로 온 세계가 극심한 경제공황에 시달리게 되자 그 돌파구로 조인 인간을 탄생시키면서 시작된다. 이른바 자본과 과학이 결합하여 만들어낸 새로운 세계인 셈인데, 이제 인류는 중력의 법칙으로부터 벗어나 하늘로 날아오르게 되었고 그렇게 해서 하늘을 생활의 장소로 삼게 되었다. 인간이 오랜 세월 꿈꿔온 '날개'에의 꿈이 실현된 셈인데, 흥미로운 것은 이 소설이 이 '날개'의 꿈이 실현된 이후를 문제 삼는다는 점이다. 하늘이 생활의 장소가 됨에 따라 인간의 대지도 하늘처럼 상승해 거룩해지리라는 기대와는 달리 오히려 변모는 하늘이 추락하는 방향으로 일어났다. 불황기 자본이 하늘을 포섭해 이윤을 창출하기 시작하자 하늘로 갔던 조인들이 돌아오기 시작했고, 아무도 더 이상 날아오르려고 하지 않았다. 이렇게 해서 '날개'의 용도가 폐기되고, 날아오르려는 꿈마저 무의미해진 세계, 여기에서 미래의 디스토피아는 시작된다. 이루어질 수 없었을지라도 '날개'를 꿈꿨을 때 우리는 행복했을지 모른다. 하지만 그토록 꿈꿔온 '날개'마저 폐기하고 자진해서 땅으로 귀환한 사람들이 만든 세계에서 우리는 다시 무슨 꿈을 꿀 수 있을까? 오랫동안 꿈꿔온 하늘에 올라보니 정작 거기에는 아무것도 없다는 것을, 아니 "하늘은 없다"는 것을 알아버린 사람들의 세계에서 과연 어떤 꿈이 가능할까? 이런 점에서 『키메라의 아침』은 날개의 무장해제, 날개의 해체 이후에도 과연 우리는 꿈을 꿀 수 있는가, 그 꿈은 과연 어떻게 실현될 수 있는가, 에 대한 이야기이다.

불구와 광인과 노인들처럼 사회의 구성원이 되지 못한 인물들이 모여

사는 노인촌은 '미친, 새로운 세계'의 소외된 구석이다. 그러나 혁명은 언제나 그렇게 구석진 곳에서 시작되는 법. 여기에는 날개를 접고 현실에 투항함으로써 평화와 안정을 얻은 사람들 속에서 그 "미친, 새로운 세계의 위장된 평화"를 견디지 못해서 스스로 미쳐버린 사람들이, 그리고 날개를 달고도 지상에 빌붙어 사는 삶이 종양처럼 낯설고 혐오스럽게 여겨져서 잃어버린 비상의 기억을 되찾으려고 몸부림치는 인물들이 있다. 가령 불구의 날개를 갖고 태어난 박영구는 세상을 바꿀 "미친, 새로운 모험"을 강행 중이고, 독고씨는 그런 시도를 하다 박영구 보다 먼저 정신병원에 보내졌으며, 물리학자였던 녹색 강씨는 과학적 객관성에 의문을 제기하며 과학적 이데아에 도전하는 새로운 모험을 감행한다. 이들이 시도하는 것은 닭을 날리는 것이다. 박영구의 말을 빌리면 닭은 "더 이상 추락할 데가 없는, 날개의 마지막 형식"이다. 날개를 접고 지상에 투항한, 그래서 지금은 비상의 기억조차 잃어버린 새, 그것이 닭이다. 이들은 그 "은폐되어버린 비상의 기억을 되찾"아 "닭 날개 속에 숨어 있는 익룡의 10미터짜리 날개를 불러내려" 한다. 하지만 '날개'는 독고영감의 말처럼 하나의 상징에 불과하다. 비상을 위해서는, 몸 전체가 근본적으로 변하지 않으면 안 된다. 세계 변혁의 시도로서의 '날개'에 대한 꿈이 '몸'에 대한 성찰로 넘어가는 것은 이 때문이다.

소설 속에서 '몸'은 '미친, 새로운 세계'를 드러내는 일차적이고 근원적인 실체이자 그 변혁의 가능성을 담보한 대상이다. 애초에 '미친, 새로운 세계'가 유전공학에 의한 몸의 변형과 통제를 통해 만들어진 것임을 상기할 때, 세계의 변혁이 그 몸을 해체해서 다시 재조립하는 과정을 전제로 하게 되는 것은 어쩌면 당연한 일이다. 나이가 들면 제일 무서운 게 자기 몸뚱이라고, 그건 몸이 아니라 짐이고 적이라고, 자신들은 '살아지는' 것일 뿐이라고 얘기하는 노인촌 사람들의 이야기가 주목되는 것도 이 때문이다. "세상이 점점 코뿔소 같애져서, 자기 몸뚱이마저 코뿔소가 되는 거지"라는 한 인물의 말처럼, 이제 몸은 어디에나 있지만 보이지 않으면서 그로 인해 더 무서운 힘으로 노인촌 사람들을 지배하고 있는 코뿔소가 되어 있다. 김철수가 바카스아줌마 천씨와 여관에 가게 된 대목은 이 점에서 흥미롭다. 샤워를 하면서 자신이 몸이 있다는 사실을 잊고 살아온 지가 오래되었다는 것을 깨닫고 온몸에 주눅이 들었던 김철수가 천씨의 애무를 뿌리치며 그녀의 얼굴을 때리고 도망친 사건은, '미친, 새로운 세계'의 문제가 결국 몸의 변형, 화석화의 문제임을 시사하고 있기 때문이다. 남루하고 텅 빈 육체로 남은 김철수가 한 때는 암벽 등반가였다는 사실을 상기하자. 화자의 말처럼 암벽 등반가는 무용수만큼이나 자기 몸의 형태와 몸이 공간을 차지하는 방식을 예민하게 지각할 수 있는 사람이다. 치매에 걸려 있는 이순희도 젊은 시절에는 직육면체로 변해가는 몸을 해체하기 위해 피나는 노력을 한 끝에 결국 몸을 바꾼 뒤 태국으로 등반을 떠난 적이 있었다. 그런가 하면 박영구의 삶도 오른손잡이였던 정신병원 이전과 왼손잡이가 된 그 이후로 양분된다.

이제 변혁의 모험은 몸을 되살리는 데에서 시작된다. 그것은 '흐르는 몸'으로의 회복을 의미한다. 녹색 강씨의 말처럼 몸은 언제나 흐르고 있다. 그러나 몸의 문이라 할 수 있는 귀가 구더기증 때문에 막혀 있는 노인촌 사람들의 몸은 이제 흐르지 않고 막혀 있다. 이때 남은 일은 썩어가는 일뿐이다. 작품의 배경 음악처럼 곳곳에 음악이 자리하고 있는 것은 이 '흐름'의 과제를 상기시키기 위한 것이기도 한데, 우주에 있는 리듬이 우리 몸으로 흘러 다시 새로운 리듬을 만들 때 새로운 신체―음악이 형성된다는 박영자의 설명처럼 몸의 부활은 곧 리듬의 회복을 의미하게 된다. 치매인 아내와 자폐증 손자와 함께 자살하기 위해 암벽 등반에 나선 김철수가 나비를 따라 날아오른 길동이 암벽 위에 처박히자 그를 구하기 위해 암벽을 오르는 대목에서 세 사람이 듣게 되는 것도 이 생명의 음악이다. 이때 치매 상태이던 이순희는 김철수와 한 마음이 되고 자폐아 길동은 닫힌 입을 열고 "하르부지"를 외친다. 비록 순간적이기는 하지만, 이 순간 이들 세 사람의 몸은 각각의 자폐적 공간에서 벗어나 함께 흐르고 있었던 셈이다.

특히 이때 길동이 마음을 빼앗겼던 나비는 주목할 필요가 있다. 나비는 날개를 달고 변신에 성공한 애벌레이니, 몸 바꾸기를 통한 세계 변혁의 가능성을 시사하는 것으로 읽힐 만하기 때문이다. 유전공학이 이룩한 변종, 잡종들로의 변신과 대조되는 자연의 몸 바꾸기 혹은 의지가 만들어낸 몸 바꾸기, 그것에 의해 벌레는 나비로 날아오른다. 숨이 막힐 정도로 느리게 기어가고 있던 푸른 애벌레들은 다름 아닌 소설 속 인물들의 실존적 상황이었고, 그 모습을 보면서 떠오르는, 어디까지 갈 수 있을까, 의 질문은 세계의 변혁과 비상의 꿈의 실현 여부에 대한 의문이었다. 그러나 동시에 그것들은 비상은 어떻게 가능해지는가를 보여주는 실체다. 길동의 손금 위를 기어가는 벌레의 모습에서 묘사되고 있듯이, 벌레는 "몸의 표면과 내부, 부분과 전체를 동시에 기고" 있다가 "생명선을 따라 흐르기 시작" 하고, 길이 끊어지면 결국 "몸을 바꾸고, 날아오르지 않으면 안 된다"는 것을 안다. 온몸으로 세계와 맞서면서 느리게, 조금씩 나아가는 것, 그것이 벌레가 하늘로 날아오르기 위해 필요한 과정이며, 미친 세상을 전복하기 위해 우리가 해야 할 일이다. 자폐에서 벗어난 길동은 후에 생물학자가 되어 펴낸 책 「벌레는 어떻게 태양을 넘어가는가」에서 이 비상/변신의 순간을 이렇게 기록하고 있다.

세계의 문이 드러나는 것도, 바로 그 순간이다. 거대한 적운이 사소한 얼룩처럼 변하는 순간, 하늘과 땅이 들러붙어 있는 비밀의 장소가 드러난다 : 수평선 혹은 지평선. 아침은 언제나 그곳에서 온다, 하늘과 땅이 맞붙어 있는 그곳에서. 하늘도 땅도 아닌 곳에서. 태양은 불새가 아니다. 그것은 날아오르는 대신 기어오른다, 꿈틀꿈틀. (136면)

모든 인물들이 꿈꾸었던 비상/변신의 순간, 그리고 아침은 어떻게 오는가에 대한 대답을 확인하게 하는 이 순간, 태양을 넘어가는 비상은 날개에 의해서가 아니라 벌레의 기어가는 꿈틀거림에서 비롯된다. 김철수의 마지막 순간에 드러나는 것도 이 벌레들의 마술적 변신이다. 죽기 전 그가 마지막으로 본 것은 대기 중에 흩뿌려진 벌레들이었다. 그것들은 "비행 중인 씨앗"이었고, 결국 음악이 되었다. 그리고 김철수 자신은 꽃이 되었다. 감옥에 갇혀서도 그 안에서 벽에 매달리며 마치 "벽면 요철을 따라 굴절하며, 벽면을 변형시킨 전 생애들의 힘을, 고스란히 현시하고 있는" 벌레처럼 암벽등반가로서의 시도를 계속하던 김철수는 그렇게 그 힘으로 생애 마지막에 꽃—음악을 만든다. 몸의 변신을 통한 '흐르는 몸'의 완성, 혹은 '음악—덩어리'가 된 신체. 이때 하늘과 땅이 들러붙어 하나가 되며 아침노을을 준비하고 있었으니, 그것은 바로 길동이 책에 기록한 아침이 오는 순간을 닮아 있다.

결국 미래의 디스토피아적 세목들을 섬뜩하게 나열하면서 그 속에서 세계의 전복은 어떻게 가능한가를 묻고 있던 작가는, 온 몸으로 그것들을 응시하며 그 절망과 상처와 공포를 뚫고 조금씩 나아가리라는 다소 상식적인 결론에 도달한다. 김철수와 길동을 통해 제시된 그 변신/비상의 순간이 환각적으로 처리되어 있어 그것이 얼마나 힘을 갖는 대안이 될 수 있을지 의심스러운 면이 있기는 하지만, 작가는 놀라운 상상력과 지적으로 세밀하게 구성된 새로운 서사를 통해 미래의 디스토피아 세계를 만들어내는 데 성공하고 있다. 더군다나 그 기괴하고 놀라운 상상력은 소설 속 섬뜩한 세계가 지금 우리가 서 있는 현실의 알레고리로 보이게 한다는 점에서 더 문제적이다. 자본과 과학의 음모가 만들어낸 흉측하고 섬뜩한 잡종, 변종들의 세계. 그러나 진짜 문제는 여기에 있는 것이 아니다. 비행(飛行)은 이미 비행(非行)이 되어 버렸고, 아무도 날지 않으며, 사람들은 기껏해야 주말 야외에서 삐걱거리며 날갯짓을 할 뿐이고, 날개를 옷 속에 감추거나 의자에 파묻은 채 책상 앞에 앉아 있을 뿐이라는 것, '어른'이 되기 위해서, 혹은 새로운 사회의 구성원이 되기 위해서 사람들이 스스로 날개를 접었다는 것, 여기에서 진짜 비극은 시작된다. 과학과 문명의 발달이 가져온 풍요가 역설적으로 얼마나 많은 상실과 가난을 초래했는가 하는 것은 새삼스러운 일이 아니며, 세상과 타협하면서 꿈을 내주었던 것 역시 낯선 이야기가 아니다. 그런가 하면 그 첨단 과학의 세계에서도 여전히 자리하고 있는 노인, 불구, 광인들의 소외된 모습 역시 너무나 익숙한 풍경이지 않은가. 그러니 결국 문제는 유전공학이나 첨단과학문명 자체가 아니라 그 속에서 이미 황폐화된 우리들 자신의 내면이다. 작가는 그것의 심각성을 보여주기 위해 암울한 미래를 가져온 셈이니, 이 소설이 단순히 유전공학의 발달이 가져올 공포의 미래나 허황된 공상과학에 관한 이야기로서가 아니라 지금 우리의 현실에 대한 우울한 성찰로 읽혀져야 하는 이유가 여기에 있다.

소설은 '전진한다'

『고래』와 『키메라의 아침』은 분명 소설이 자유로운 상상력의 소산임을 확인시키는 낯선 작품들이다. 그러나 그 상상력은 여전히 우리 삶과 세계에 대한 어떤 통찰 위에서 움직인다. 천명관이 온갖 서사 하위 장르들을 넘나드는 변사의 목소리로 질펀한 운명의 서사시를 펼쳐 보인다면, 조하영은 건조하고 음울한 목소리로 유전공학이 가져올 미래사회의 디스토피아를 그려 보인다. 그리하여 천명관의 '구라'는 역사를 움직여가는 실질적인 동력으로서의 운명을 이야기하고, 조하영의 파편화된 서사는 지금 여기에서의 악몽의 현실을 재현한다. 이들이 보여주는 이야기의 세계와 소설의 형식은 낯설지만, 거기에 담겨 있는 욕망이나 꿈까지 낯선 것은 아니다. 인간과 세계와 역사를 어떻게 바라볼 것인가.

이들 소설의 궁극적인 물음이 닿아 있는 것도 바로 이것이기 때문이다.

물론 이들의 작업에 아쉬움이 없는 것은 아니다. 『고래』의 경우 '구라'가 지난 역사를 새로이 조명하고 구성하는 도구로써 사용되고 있음에도 불구하고, 그것이 시대와 역사를 바라보는 새로운 세계관의 의미로까지 충분히 다가오지는 않아 그야말로 "바람처럼, 가볍게" 흘러가는 데 그친 것이 아닌가 하는 의문이 드는 것도 사실이다. '구라'가 근대를 재구성하는 역동적이고 원초적인 생명의 힘으로 보다 적극적으로 의미화 되었더라면 이야기의 시대적 배경으로 자리한 근대사 역시 보다 뚜렷한 의미를 가질 수 있지 않았을까. 그런가 하면 『키메라의 아침』의 경우에는 악몽의 현실에서 그 전복은 어떻게 가능한가를 시종일관 묻고 있음에도 불구하고 막상 거기에서 대안으로 제시된 것이 다소 상식적이고 암시적이어서, 여전히 그 변혁에 대한 성찰보다 암울한 디스토피아 풍경의 재현이라는 측면이 더 강하게 다가온다.

하지만 분명 이들 소설은 상상력이 현실과 운명을 성찰하는 소설의 중요한 동력일 수 있음을 새삼 확인시킨다. 이들이 전복적인 상상력, 거침없는 입담, 기존의 소설 문법의 해체 등을 통해 만들어낸 세계가 새로운 서사의 가능성으로 다가오는 것도 이 때문이다. 개인의 내면으로 침잠해 들어간 지난 시기의 소설이 골방에 갇힌 자의 독백과도 같았다고 한다면, 이제 이들의 소설은 번잡한 거리와 후미진 골목길과 소란한 시장바닥을 누비는 활기찬 목소리가 되어 떠돈다. 이제부터 재미있는 이야기를 들려줄 테니, 잘 들어보라고. 옛날에, 옛날에, 혹은 미래의 어느 날, 이런 일들이 있었다고 / 있을 거라고. 이 되살아난 이야기꾼 앞에서 기존의 소설의 문법과 경계와 논리는 아무 힘을 발휘하지 못한다. 소설은 이제 이야기꾼 맘대로의 세계가 된다. 하지만, 제멋대로 펼쳐지는 듯 보이던 그 이야기가 우리를 영영 공상과 환상의 세계로 이끌어가는 것은 아니다. 『고래』의 신화적 공간과 상상력은 우리를 먼 과거나 초시간적·공간적 환상의 세계로 이끌어가는 것이 아니라 그것이 곧 역사가 되는 세계를 그려 보이고 있고, 『키메라의 아침』의 미래 세계에 대한 음울한 상상력 역시 종국에 지금−이곳에서의 삶의 문제를 건드린다. 결국 문제는 상상력과 현실 사이의 이 긴장의 밀도일 것이다. 천명관과 조하영은 지금 그 사이에서 소설의 몸을 바꾸며 새로운 서사의 길을 탐색 중이다. 아마도 그 속에서 우리의 소설도 조금씩 전진해가는 중이리라.

유랑자의 귀로

윤대녕의 『제비를 기르다』

윤대녕의 소설은 이른바 '존재의 시원으로의 회귀'로 요약되는 세계다. 그의 인물들은 일상과 초월, 현실과 환상, 역사와 신화 사이의 경계에서 흔들리다 결국 '지금—여기'가 아닌 세계 저편의 세계를 향해 일탈의 모험을 감행한다. 그들은 고독하고 섬세한 도시인이었고, 일상의 구차함으로부터 벗어나기를 꿈꾸는 일탈자였으며, 그리하여 '저곳'을 향해 떠난 낭만적 모험가였다. 그들은 항시 어딘가로 떠날 준비 중이었고 혹은 여행 중이었으며, 그 과정에서 만나는 누군가는 그들의 탈주를 자극하고 독려하는 인물들이었다. 그들은 항시 길 위에 있었다. 하지만, 새 작품집 『제비를 기르다』에서 우리는 그들의 다른 얼굴을, 그들의 달라진 행방을 만난다. 요컨대 그들은 '돌아오는' 중이다. 존재의 시원을 향한 열망으로 떠나갔던 그들이 이제 고향으로, 일상으로, 가족에게로 돌아온다. 이들은 미당이 '국화 옆에서' 노래한 그대로 "그립고 아쉬움에 가슴 졸이는 머언 먼 젊음의 뒤안길에서 인제는 돌아와 거울 앞에선" 귀향자들이다. 하지만 이들은 국화보다는 연꽃을 닮아 있다. 국화 향기가 진동하던 집 안에 탐욕스런 노인네가 살고 있을 뿐이었던 것과 달리(「고래등」), 연꽃은 진흙 속에서 오히려 화려한 꽃을 피워 물 위에 흐드러져 있다(「탱자」). 윤대녕은 이제 연꽃 아래 숨어 있을 그 진흙탕 같던 세월을 들여다보기 시작한 모양이다.

이전의 윤대녕 소설이 불현듯 무언가에 이끌려 어딘가로 떠나는 것으로 시작되었다면 이제 그의 소설은 그 어딘가에서 다시 돌아오는 것으로 시작된다. 비단길 여행을 떠났다가 돌아오고(「낙타 주머니」), 군에서 제대해서 집으로 돌아오고, 태국으로 여행을 떠났다가 돌아오며(「제비를 기르다」), 감옥에서 나와 사회로 돌아온다(「연」). 그런가 하면 한평생 가족을 버리고 집을 떠나 있던 아버지는 삼십오 년 만에 고향으로 돌아오고(「편백나무숲 쪽으로」), 가족들에게 사람대접을 제대로 받지 못하고 살아온 고모가 고향인 제주로 오며(「탱자」), 사십대 중반이 된 '나'는 젊은 날의 방황을 마치고 돌아와 고향인 강화도의 한 술집을 찾아간다(「제비를 기르다」). 이제 이들은 "결국 돌아오게 돼 있는 것"이라는 백부의 말처럼(「편백나무숲 쪽으로」) 돌아옴을 숙명으로 받아들인다. 문제가 되는 것은 오히려 돌아온 이후의 삶이다. 가난과 고독과 상처와 병을 끌어안고 하루하루의 삶을 살아가는 것, 이것이 윤대녕 인물들의 화두가 된다. 그리하여 사랑을 묻고 결혼을 하고, 셋방을 전전하며 이런저런 일들을 시도하고, 융자금을 갚기 위해 밤낮으로 일을 하고, 은행에 가서 공과금을 내는 장삼이사의 풍경이 윤대녕 소설에 자리하기 시작한다. 윤대녕 인물들은 여기에 와서 비로소 산문적 현실의 세계로 돌아와 있다.

길에서 우연히 마주친 인연을 따라 저편 세계로 건너가던 남녀들의 이야기도 이젠 그 양상이 달라진다. 가령 「제비를 기르다」에서 '나'와 문희는 그리움과 사연을 묻고 각각의 일상으로 돌아가 살기 시작하고, 「연」에서 '나'와 정연은 해운, 미선과의 어긋난 인연 앞에서 그 어긋남을 그대로 받아들이고 오던 길에서 유턴하여 자기의 삶으로 돌아가고, 「못구멍」에서는 별거 후 다시 결합한 명혜와 기훈이 온 집안에 가득한 못 자국을 끌어안은 채 어쨌든 함께 살아가기로 한다. 연줄이 얼레에서 계속 풀려나가고 있는 「연」의 마지막 풍경에서 환기되듯, 소설 속 남녀들은 길에서 마주친 인연을 따라 저편 세계로 건너가는 것이 아니라 그 인연의 끈을 풀어주고 현실로 돌아온다. 하지만 어찌 '먼 곳'에 대한 갈망마저 사라졌겠는가. 소설 곳곳에 등장하는 북한산은 현실 안에 자리한 '먼 곳'이라 할 수 있으니, 윤대녕 인물들은 이제 멀리 떠나는 대신 산을 오른다. 하지만 이때에도 이야기는 이들이 산을 내려오면서 시작된다. 우섭과 정연이 만난 것도 북한산을 올라갔다 내려오면서이고(「연」), 비단길을 함께 여행했던 화가를 다시 만난 것도 북한산 등반 후 내려오다가였다(「낙타 주머니」). 이들은 북한산을 올라갔다 내려와서 두부김치와 막걸리로 배를 채우고 목욕을 하고 하산하는 게 습관이 되어 있다. 그것은 일상으로부터의 일탈이면서 동시에 일상으로 돌아오기 전 행해지는 의식이기도 하다.

항시 떠나려고만 했던 젊은 시절의 윤대녕 인물들은 이렇듯 청춘과 젊음을 다 소진한 중년이 되어 혹은 늙고 병든 노인이 되어 한때는 상처와 혼돈의 근거였을, 그래서 떠나고 외면했던 '그 시절', '그곳'으로 돌아와 있다. 그것은 상처와 고통과 혼돈으로서의 삶을 받아들이고 '지금-이곳'의 삶으로 돌아오는, 그리하여 세상과 사람들 속으로 돌아오는 것이기도 하다. 가령 「편백나무숲 쪽으로」에서 병들어 고향으로 돌아온 아버지는 주인공에게도 그런 귀향을, 고통스런 삶의 근거였던 고향과 가족의 포용을 요구하게 된다. 가슴에 독을 품고 살아온 주인공은 아버지의 지난했던 삶 역시 "생의 회한과 허무를 이겨내기 위한 노동"이었음을 이해하기에 이르고, 결국 그것은 아버지, 어머니뿐 아니라 술집을 꾸려가며 자신의 딸과 남의 딸을 키운 작은어머니, 아버지와 그녀 사이에서 태어난 딸, 자신을 데려다 키운 백부, 출가한 사촌동생 등 나름대로의 사연과 상처 속에서 살아왔을 사람들 모두에 대한 이해로 이어진다. 과연 "그들은 모두 남이던가? 이제는 남이 아니던가." 주인공의 독백에서 드러난 이런 질문을 통해 윤대녕 인물들은 세상 속으로 그리고 사람들 속으로 조금씩 돌아오고 있을 것이니, 아마도 "그래도 사람이 부처"고 "누가 만드신 것인지 세상은 참 어여쁜 것"이라는 「탱자」 속 고모의 말은 그렇게 해서 그들이 종국에 마주하게 될 새로운 진실일 것이다.

인물들의 귀로에 걸맞게 소설의 서술방식이나 언어도 달라져 있다. 비현실적인 상황이나 환상적 세계가 전개되는 법도 없고, 추상적이고 관념적인 언어 대신 비교적 구체적이고 일상적인 언어가 사용된다. 상황이나 사건들을 연대기적으로 기술하고 있는 방식도 눈에 띈다. "조부가 세상을 뜬 것은 1975년 여름의 일이었다"(「탱자」), "내가 문희를 만난 것은 1986년 일이었다"(「제비를 기르다」), "1999년 사월 초순의 일이었다"(「연」), "낙타 주머니가 내 손에 들어온 것은 1995년 2월 14일이었다"(「낙타 주머니」)와 같이 일련의 사건들을 구체적인 시간을 제시하며 요약하듯 서술하는 방식은 서술되는 사건이나 상황의 현실성을 강조한다. 이전의 윤대녕 소설이 특정 지역이나 공간, 사물에 대한 사실적이고 구체적인 설명·묘사를 통해 그 일상적이고 현실적인 공간이 어느 순간 전혀 낯선 세계로 변모하게 되는 것을 보여주었던 것에 비해, 이 소설집에서 그 구체적이고 사실적인 묘사는 시간에 집중된다. 이제 윤대녕 소설은 흘러가는 강물 같은 세월을 묵묵히 따라가고 있는 듯 보인다. 시간의 흐름에 따른 삶의 변화를 무심한 듯 바라보며, 종국에 그것이 데려다 줄 '무무(無無)'의 세계(「낙타 주머니」)를 기대하는 것, 이것은 아마도 존재의 시원을 향해 가는 윤대녕 인물들의 또 다른 방법이기도 할 것이니, "흐름의 끝에 다다른 강물처럼 잠잠해"진(「제비를 기르다」) 세계에 도달하기 위해서 앞으로 그들이 어떻게 더 단단해지고 낮아질지 지켜보기로 하자.

수염의 음모, 소설의 구원

이어령의 「장군의 수염」

액자구성과 두 개의 이야기

1966년 『세대』지 3월호에 발표된 「장군의 수염」은[1] 일제 강점기 시대부터 해방과 전쟁을 거쳐 군사혁명의 시대에 이르기까지 우리의 어두운 현대사를 배경으로 하여 김철훈이라는 인물의 삶의 과정과 그의 내면을 그려내고 있는 작품이다. 그 속에서 우리는 순수했던 한 청년이 급격한 사회, 정치적인 변화의 흐름 속에 어떻게 서서히 상처입고 파멸해갔는지를 확인하게 되거니와, 이를 통해 결국 우리는 한 인간이 사회와 집단 속에서 자신의 존재를 어떻게 증명할 수 있는지를, 과연 이 복잡 다변한 현실 속에서 진정한 존재 의의와 가치는 무엇에서 찾을 수

---

1) 텍스트로는 1995년 책세상에서 출간된 작품집에 수록된 것을 사용하였다. 이하 본문 인용시에는 페이지만 기입하도록 하겠다.

있는지를 새삼 자문하게 된다. 그것은 우리의 지난 역사적 현실에 대한 탐색이자 자아와 타자와의 관계에 대한 본질적이고도 실존적인 물음이라 할 수 있다.

그런데 특이한 것은 이 작품이 김철훈이라는 인물의 사인을 추적해 가는 '나'의 이야기로 진행되는 독특한 방식을 보여준다는 사실이다. 김철훈이라는 인물의 비극적 삶의 이야기와 그 뒤에 감추어진 진실을 추적해가는 '나'의 이야기가 겹쳐져 있는 셈인데, 이 액자소설적 구성은 이 작품이 단순히 역사의 격랑 속에 파멸해간 한 젊은이의 일대기를 다루고 있는 것이 아님을, 다시 말해 지난 시대의 어둠을 정치사회적 차원에서 조망하고 있는 데에 그치는 것이 아님을 시사하고 있다. 이 작품은 의문의 죽음을 한 김철훈의 사인을 규명하기 위해 박형사가 소설가인 '나'를 찾아오는 것으로 시작하고 있거니와, 실제로 이야기는 김철훈의 흔적을 쫓는 '나'의 노력들로 진행된다.

요컨대 어두운 시대적 상황 속에서 의문의 죽음을 한 김철훈이라는 인물을 중심으로 한 이야기는 객관적 서술자에 의해 독립적으로 서술되는 것이 아니라 항시 그를 둘러싼 사람들의 시각 속에서 다양하게 조명된다. 죽은 자는 말이 없고, 그의 죽음의 진실을 밝혀내는 것은 산 자들의 몫이다. 소설가는 그 역할을 담당하는 가장 중요한 인물이다. 소설가 '나'는 김철훈이 쓰고자 했던 「장군의 수염」의 내용을 그가 남긴 일기장이나 메모, 주변 사람들의 기억 등을 통해 흩어진 모자이크 조각들을 찾아 맞추듯 추적해 감으로써 자신의 소설을 함께 완성해간다. 더군다나 김철훈은 소설을 쓰고자 했었고 그 때문에 소설가인 '나'를 찾아왔었다. 김철훈과 '나' 사이에는 「장군의 수염」이라는 소설이 놓여 있다. 김철훈이 소설을 쓰려고 한 이유는 무엇이며, '나'는 어째서 딱 한 번 만났을 뿐이고 그래서 이름도 잘 기억나지 않던 김철훈의 삶의 내력과 죽음의 이유를 추적해가는 것일까? 도대체 김철훈과 '나'는 어떤 관계인가? 이 작품에서 '나'의 존재 의미는 무엇일까?

거칠게 말해 김철훈을 중심으로 한 이야기가 우리로 하여금 지난 어두운 시절 속에서 역사·사회적 상황과 한 개인의 실존의 문제가 서로 어떻게 얽혀 있었는지를 보여준다고 한다면, '나'를 중심으로 진행되는 이야기는 그것이 지나간 과거의 문제에 그치는 것이 아니라 지금까지도 계속되는 그리하여 우리가 끊임없이 마주해야 하는 영원한 과제임을 상기시킨다. '나'의 시선을 통해 김철훈의 삶과 죽음의 의미는 비로소 새로운 의미를 갖는다. 그의 죽음은 지나간 역사가 만들어낸 끝나버린 한 사건이 아니라 우리 모두가 언젠가는 대면해야 할 운명일지 모른다는 것, '나'의 시선 속에서 그려지는 김철훈의 이야기는 그러한 사실을 상기시키고 있는 것이다. '나'의 말대로 "그에 대해서 말하는 것은 곧 우리들 자신에 대해서 이야기하는" 것이며(72면), 작가가 궁극에 이야기하고자 하는 것은 이미 이 지상에 있지 않은 김철훈에 대해서가 아니라 살아 있는 우리들 자신에 대해서이다.

그러므로 이 작품의 진정한 의미는 단순히 김철훈의 비극적 삶의 과정에서가 아니라 김철훈의 이야기와 그의 진실을 추적해가는 '나'와의 관계 속에서 만들어진다. 김철훈은 여러 가지 억압적 사회상황 속에서 참된 존재론적 가치를 추구하고자 몸부림쳤던 인물이며, 그의 소설 「장군의 수염」에는 바로 그러한 갈등과 지향이 담겨 있다. 그리고 그 이야기를 확대, 심화시켜 우리 모두의 이야기로 완성시키는 것이 바로 '나'의 글쓰기이다. 김철훈의 「장군의 수염」과 '나'의 「장군의 수염」 사이에 어떤 교착점이 혹은 어떤 분열이 존재하는지 주목되는 이유가 여기에 있다.

수염의 음모와 낙원으로의 탈주

그렇다면 과연 김철훈에게 '장군의 수염'이란 무엇을 의미하는 것이었을까? 그가 쓰고자 한 소설 「장군의 수염」을 보자. 쿠테타를 일으킨 혁명군들이 모두 수염을 기르고 있어 그 후 모든 사람들이 수염을 기르기 시작했고, 이에 따라 '규격화된 장군의 수염'이 늘어갔다는 것, 그리고 끝내 수염을 기르지 않은 주인공은 그 때문에 회사에서 쫓겨나고 사회로부터 추방되었다는 내용의 이 소설은 결국 '장군의 수염 기르기'라는 대세에 맞춰 수염을 기를 것인가 아니면 끝끝내 그것을 거부할 것인가 하는 문제를 제기하고 있는 바, 이는 결국 김철훈 자신이 죽을 때까지 고민했던 문제이기도 하다. 여기에서 '장군의 수염'이란 어느 순간 우리의 삶을 비집고 들어와 우리를 조종하고 통제하는 어두운 힘, 다시 말해 진실된 사람들의 인간의지를 단절시키고 억압하는 거미줄과도 같은 무의식적인 암흑세계의 덫이자, 우리의 이성 뒷면에 자리 잡고 있는 눈멀고 귀먹은 어떤 암흑적인 힘을[2] 의미한다.

어머니로 하여금 아이에게 젖을 물린 채 밤늦도록 인두질을 하게 한 노 할머니의 무서운 권위나, 조상 대대로 물려받은 땅을 결코 소작인들에게 물려줄 수 없다는 아버지의 확고부동한 신념, 그리하여 결국에는 형님을 내쫓게 하고 아버지를 미치게 하고 '나'를 소작인의 아이들에게 끌려가 매 맞게 했던 무서운 아집, 친구를 위해 숨을 곳을 내주었다가 오히려 그를 죽이고 만 운명의 아이러니, 암으로 죽어가는 아내에게서 동료기자를 빼앗을 수가 없어 문제가 된 사진을 자신의 것이라 하고 대신 서에 끌려갔다가 오히려 문제만 커지고 권고사직당한 일 등에 자리하고 있는 것이 바로 그 '장군의 수염'의 그림자이다. 그것은 은밀하게

---

2) 이태동, 「「장군의 수염」과 캐넌의 문제」, 『이어령 대표작품 선집』, 책세상, 1995, 353면.

우리의 삶을 조종하고 통제하는 실질적인 의미의 삶의 주인이며, 이때 우리는 속수무책으로 그것에 이끌릴 수밖에 없다. 혁명군을 따라 수염을 기르는 사람들, 그것은 제도와 이념과 운명의 이름으로 다가오는 거대한 힘에 굴복하고 살아가고 있는 우리들 모두의 모습이다. 우리 모두는 자신의 의지와는 상관없이 무엇인가에 얽매이고, 조종당하고, 상처 입는 삶을 살아간다. '내'가 자신이 머물고 있는 곳의 방값을 지불하고 있는 이는 출판사 사람들이며 "지금 이 시간은 내 시간이 아닙니다"라고 말하는 것처럼(10면), 그리고 박형사 역시 자신이 '나'의 농담이나 듣고 앉아 있는 걸 서에서 알면 그들은 기분이 좋지 않을 것이라며 "이 시간은 내 시간이 아닙니다"라고 말하는 것처럼(14면), 우리는 우리의 시간을 사는 것이 아니라 타인에 의해 계획되고 조종되는 시간을, 다시 말해 '남이 지불한 시간'(33면)을 산다. 우리의 의지와는 상관없이 우리를 조종하고 우리를 굴복시키는 주체, 그것이 바로 '장군의 수염'으로 상징되고 있는 것이다.

김철훈이 세상에 적응하지 못하고 고독하게 살아가게 되는 것은 어떤 점에서 「장군의 수염」 소설 속의 주인공이 끝내 수염 기르기를 거부함으로써 사회로부터 추방당하는 상황과 비슷하다. 그러나 그는 그렇게 해서 감당해야 하는 상처와 고독을 휘장처럼 거느릴 수 있을 때, 비로소 자유로운 존재가 될 수 있다고 믿는다. 북에서 내려온 사람들에게 고문을 당하고 반신불수가 되어 유령처럼 밀실에 누워 사는 나목사에게 끌리는 것도 그런 이유에서이다. 나목사는 그에게 상처의 의미를 알려주었고, 그것을 통해 그의 영혼과 교류한다. 예수가 온 인류와 결합할 수 있었던 것이 그의 손에 못박힌 상처를 가지고 있었기 때문이라는 김철훈의 고백처럼 그는 이 작품에서 인류의 죄를 대신 짊어진 예수와 닮아 있는 존재로 그려진다. 그는 혼자 있으면서도 남들과 함께 있을 때처럼 화평한 얼굴을 하고 있고, 주위에는 어둠밖에 없는데도 아기 천사와 향기로운 풀밭에서 놀고 있는 것만 같아 보인다. 나목사가 누워 있던 집이 산언덕의 끝에 위치해 있다는 사실 또한 예수가 십자가를 짊어지고 오르던 골고다 언덕을 연상시킨다.

나목사는 김철훈에게 있어 진정한 자유와 평화는 고통과 고독을 통해 얻어지는 것임을, 그 속에 비로소 구원이 있음을 환기시키는 인물이다. 나목사가 죽은 뒤 그는 스스로 세상과의 관계를 접고 자신의 방에서 낙원을 꿈꾼다.

> 연탄재, 달걀 껍데기, 말라 비틀어진 쥐의 시체, 쓰레기들—좁고 질고, 어두운 골목길을 몇 개나 지나왔다. 사그라져 가는 판자 울타리들이 늘어선 골목길을 빠져나오자 또 한 번 커브가 꺾였다. (…중략…)
>
> 김철훈이 세든 집은 그 골목이 끝나는 막다른 지점에 있었다. 일본 사람들이 살던 철도 관사였던가 보다. 낡은 이층 목조 건물들의 나가야인데, 여러 세대마다 제가끔 울타리와 대문을 해 달 수 있에 뜯어 고친 것이라 그 구조가 복잡해 보였다. 박형사가 놓고간 그 편지의 겉봉 뒤 주소를 다시 확인하고 나는 김철훈의 방을 찾았다.
>
> 이층으로 올라가는 계단은 쥐들의 시체가 썩어가고 있는 미끄럽고 지저분한 어두운 골목길의 연장이었다. 닳아빠진 나무 계단은 한 칸씩 올라갈 때마다 지친 듯한 소리로 삐걱거렸다. (20면)

그가 세들어 있던 방에 대한 이 더럽고 누추한 공간의 묘사는 그 자체가 타락한 실낙원의 세계를 연상시키거니와, 김철훈은 이곳에서 자기만의 공간, 새로운 낙원을 만들어간다. 해가 질 무렵에나 겨우 햇빛이 들어올 것 같은 '동굴과도 같은 방', 그곳은 어린 시절 혼자 들어가 있곤 하던 골방과도 같은 곳이다. 그곳에서 그는 나신혜와 동서생활을 시작한다. 나신혜 역시 1·4후퇴 때 흑인에게 겁탈을 당하고 줄곧 상처투성이의 삶을 살아온 인물로, 둘은 상처 입은 영혼이라는 점에서 서로 닮아 있는 존재들이다.

M빌딩은 종로의 번화가에 자리잡고 있었지만 오랫동안 수리하지 않은 구식 콘크리트의 어두운 건물이었다. 대낮인데도 불이 켜져 있었다. (…중략…) 불이 켜져 있는데도 정전이라고 한 것을 보면 엘리베이터걸이 해고되었거나 기계가 고장이 난 모양이다. 페인트칠이 벗겨진 엘리베이터의 철창문 너머로 심연 같은 컴컴한 어둠의 공동이 뚫려 있었다.

그녀가 근무하고 있는 대지기업사는 5층—머리를 부딪칠 것 같은 나직한 계단 통로를 올라가기로 했다. 층계를 한 층씩 올라갈 때마다 어두운 공동을 벌리고 있는 엘리베이터의 철창문과 '정전운휴'의 푯말이 눈에 띈다. (38~39면)

이는 '내'가 찾아갔을 때 그녀가 일하고 있던 공간을 묘사하고 있는 대목으로 김철훈의 방에 대한 묘사와 많이 닮아 있다. 그 둘은 서로의 상처를 통해 서로의 마음으로 파고든다. 두 사람 사이에서 이루어지는 '고해놀이'는 예수의 일화에서 확인한 바 있듯이 상처가 사람과 사람 사이의 두꺼운 벽에 뚫려 있는 비상구임을 상기시킨다. 철훈의 비유처럼 그들에게 있어 동서생활은 새로운 세계를 찾아가는 '표류'의 과정이며, 그들이 살고 있는 이층 셋방은 '선실'과도 같다. 그곳에서 철훈은 언젠가는 해도에도 적혀 있지 않은 신대륙에 닿을 것임을, 그리고는 스스로 추장이 되어 새로운 왕국의 주인이 될 것을 꿈꾼다. 이때 신대륙은 철훈이 꿈꾸는 낙원과도 같은 세계로, 그곳에서는 봉황새 같은 것들이 날아다니고 파초의 잎사귀 같은 것으로 동체만을 가린 토인들이 살고 있는데, 그들은 살생을 하지 않고 오히려 짐승들에게 먹이를 준다.

우리가 발견한 그 신대륙에서는 말을 하지 않아도 남들이 무엇을 생각하고 있는지를 다 안단 말야. 그들은 론도춤을 출 때처럼 늘 함께 손을 잡고 살지. 속임수라든가, 제도라든가, 의심이라든가, 위장 같은 것을 하지 않는단 말야. 울타리도 말뚝도 가옥도 더구나 신문 같은 것을 읽지 않아도 그들은 서로 환히 알면서 살고 있는 거야. 우리의 토인들은 향료 같은 것을 바르지 않는단 말야. 그리고 골치 아픈 일은 처음부터 그 땅에는 없었어. (76~77면)

김철훈은 이 같은 낙원에의 꿈을 자신의 이층 방에서 신혜와의 동서 생활을 통해 키워간다. 서로가 서로의 상처를 보듬고 위로하고, 어느 것으로도 위협하거나 강요하지 않으며, 모든 생명들 사이에 경계와 의심이 없는 곳, 그래서 늘 함께 손을 잡고 있는 곳. 김철훈이 꿈꾸는 낙원은 바로 그런 곳이었고, 이층방은 그런 꿈을 키우던 작은 낙원과도 같은 공간이었던 셈이다. 그러나 장마가 오자 이층방은 "시큼한 곰팡이가 방안으로 번지고 천장이나 벽은 습기로 얼룩이 져가고" "선창이라고 부르는 서쪽창으로는 쥐털처럼 뭉클한 회색 구름들이 스쳐" 지나간다. 그곳은 낙원이 아니라 습기 차고 낡은 셋방에 불과했던 것이다. 뿐만 아니라 철훈과 신혜는 결국 타자일 수밖에 없었으니, 철훈이 살아 있는 것들에 대한 훼손에 극도로 예민했던 인물이었던 데 반해 자신 역시 피해자이기도 했던 신혜는 어느새 가해자의 위치에 서 있기도 하며, 철훈이 순수한 식물의 세계를 꿈꾸었다면 '내장 냄새 나는' 남자들의 세계를 떠나 철훈에게로 왔던 신혜는 결국 그 짐승의 세계를 향해 간다. 철훈이 상처를 통해 상상의 세계로, 죽음의 세계로 질주해갔다면 신혜는 오히려 현실의 세계로 나아가고자 했던 것이다. 철훈이 손톱, 발톱도 인간 육체의 한 부분이라고, 살아 있는 생명의 한 부분이라고 믿고 있었고 그래서 죽음에 임해서도 손톱을 깎지 않았던 것에 비해, 신혜는 철훈과 관계 후 발톱을 깎아 철훈으로 하여금 비명을 지르게 만드는가 하면 '내'가 처음 그녀를 찾아갔을 때에도 줄칼로 손톱을 다듬고 있었다. 그녀는 이미 폭력적 현실에 속해 있는 인물이었던 것이다. 물의 세계를 표류하며 낙원을 찾아가는 것을 꿈꾸었던 철훈과 달리 그녀는 항시 불의 현실을 꿈꾸었다는 것 역시 주목된다.

그러나 커다란 눈, 까만 불꽃이 타오르고 있는 것 같은 그 검은 눈은 결코 매사에 무관심할 수 없는 열정을 감추고 있었다. (39면)

그러나 몸을 내던지려는 순간 무엇이, 뜨거운 불덩어리 같은 것이 목구멍에서 왈칵 넘어오는 것을 느꼈어요 살고 싶다는 생각―생의 미련과는 아주 다른 것이었어요―살아야겠다는 생각이 내 전신을 활활 불태우고 있었습니다. 불행한 일을 겪을 때마다 꺼지려던 그 불꽃은 다시 타오르는 거예요 나는 그걸 잘 몰라요 선생님, 확실하게 말할 순 없어요 다만 미친 것처럼 그리고 폭풍처럼 말예요, 뜨겁고 격렬하게 살고 싶었을 뿐이었죠. 하지만 안에서는 불꽃이 일고 있는데 문은 굳게 닫혀 있었어요. 열쇠가 잠겨진 문 말이예요 폭발할 것 같은 지열이 분화구를 찾듯이 말예요 나는 그 두꺼운 문을 열어주는 열쇠를 갖고 있는 사람을 찾으려 했던 것입니다. 누군가 한번, 딱 한번 열쇠를 꽂고 돌려주기만 하면 생명은 폭발하고 분출하고 안에 갇혀 있던 불꽃은 모든 것을 불태우며 멋지게 흘러 나갔을 거예요 (74면)

그때 문득 그는 불덩어리가 왈칵 목구멍으로 넘어오면서 가슴에 불이 붙기 시작한 것이었다. 철훈을 만나고는 처음 일어난 일이었다. 그날부터 신혜는 가슴 속에서 타는 강렬한 불꽃들을 끄지 못했다. 분화구를 찾으려고 그 불꽃들은 붉은 혓바닥을 넘실거리고 있었다. 그러나 문은 여전히 닫혀 있었다.
"아! 살고 싶다. 동극의 환상이 아니라 할퀴우면 피가 철철 흐르는 진짜 현실의 생을 살고 싶다." (78면)

이와 같은 예문들에서 드러나듯 김철훈이 물의 세계에 연관되어 있다고 한다면 그녀는 불과 연관되어 있다. 그것은 그녀 안에 자리한 생에의 열정, 현실에의 강한 의욕을 시사한다. 결국 철훈에게 낙원을 찾아 표류하는 선실이었던 방이 그녀에겐 '우화의 집', '진공의 방'에 불과해지고, 그녀는 그 방을 나와 대기업에 취직을 한다. 철훈과 닮아 있다고 생각되었던 그녀, 그러나 그녀가 취직한 회사가 '대지' 기업사라는 사실은 그녀 역시 '땅'이라는 이름의 '장군의 수염'으로부터 자유로울 수 없는 인물이었음을 상징적으로 드러내고 있는 것은 아닐까? 더군다나 그 '대지 기업사'가 더럽고 누추한 폐허와도 같은 곳에 자리하고 있으니, 생명의 불꽃을 불사르며 살고 싶다며 철훈의 방을 뛰쳐나온 그녀가 과연 순수한 생의 열망을 실현시켜 나갈 수 있을 것인가?

신혜의 출분은 결정적으로 철훈에게서 타인과의 벽을 뚫을 수 있으리라는 한 가닥 믿음, '장군의 수염'이 만들어내는 비극적인 운명의 굴레로부터 벗어날 수 있으리라는 기대를 앗아간다. 그녀로부터 떠나겠다는 말을 듣고 난 후 그는 소설 속의 주인공이 '장군의 수염'으로 얼굴을 덮은 운전사가 모는 차에 치어 죽는 것으로 소설의 결말을 완성시키는데, 이는 그가 이 현실에서의 삶을 결국에는 '장군의 수염'으로부터 결코 자유로울 수 없는 것으로 결론지었음을 보여주는 대목이다. 이와 더불어 주목되는 것은 그의 죽음이 어머니가 서울로 올라오는 날 발생했다는 사실이다. 조상 대대로 물려받은 집과 땅을 한 때는 그곳의 소작인이었고 지금은 미군 GI와 동거하는 김소임이 사려고 했다는 것, 그리하여 장동 김정승 댁이 미군 GI의 처갓집이 될 상황에 놓여 있는 것, 이미 사랑채는 시골 교회당으로 바뀌고 행랑채는 당 지부 사무실로 사용되고 있다는 것, 이는 조선의 땅과 집이 미국 등 서구 열강에게로 넘어가게 된 당시의 시대적 상황을 환기시키는 대목이기도 하거니와, 여기에서 김철훈이 겪는 혼란과 갈등은 다시 한 번 역사적·정치적 의미를 가지게 된다.

죽기 직전에 쓴 일기에서 철훈은 구식 철자법밖에 모르던 어머니의 글이, 항시 '철훈아 보아라'로 시작하는 어머니의 글이 좋았다고 고백하면서 그 어머니가 이제 서울로 오시겠다고 한다며 근심을 토로한다. 더이상 시골에서 사실 수 없으시다며 어머니가 서울로 올라오신다는 것, 과연 그것은 김철훈에게 어떤 의미를 갖는 것이었을까?

나는 내일 아침 일찍 서울역으로 나가야겠다. 사람이 우글거리는 플랫폼 출찰구의 입구에 끼어서 하루종일 기다려야겠다.

만은 어머니들이 시골에서 서울로 올라올 것이다. 수백 수천의 어머니들의 얼굴을, 밀려 나오는 그 행렬 속의 얼굴을 더듬어야겠다. 나는 그들의 틈에서 어머니의 얼굴을 찾아내야 하는 것이다.

하루종일, 내일을 하루종일 서서 기다릴 것이다. 조급하게 뛰어가는 사람들
의 발자국 소리와 낯선 사람들의 눈초리를 더듬으며 나는 내일 하루종일 기다
려야 할 것이다. (37면)

철훈에게 '어머니'는 고향이고 땅이고 조국이며, 어떤 상황 속에서도
변하지 않는 얼굴, '장군의 수염'을 달지 않는 최후의 희망과도 같은 존
재다. 그런데 그런 어머니가 이제 서울로 올라온다. 서구 문명의 유입과
급변하는 현실 속에서 더 이상 '구식'일 수 없는 어머니, 그것은 새로운
주인에게 자리를 넘겨주어야 하는 우리 현실의 알레고리로 읽히기도
하거니와, 최후의 보루와도 같았던 어머니마저 이제 '장군의 수염'을 달
고 나타나는 셈이 된 것이다. 이때 서울역은 현재와 과거, 전통과 문명,
새질서와 구질서, 이상과 현실이 교차하는 공간이다. 수많은 어머니들
이 이 관문을 통과해서 낯선 세계 속으로 발을 들여놓기 시작하는 것이
니, 그렇다면 철훈은 시골을 떠나 서울로 올라오는 그 수백 수천의 어
머니들 속에서 과연 자신의 가슴 속에 있는 그 어머니의 얼굴을 찾아낼
수 있었을 것인가? 어쩌면 그의 죽음은 그곳에서 찾을 수 없었던 '어머
니'를 찾아가는 길이 아니었을까?

존재의 비밀과 소설의 구원

앞서 지적한 대로 이 작품은 김철훈의 사인을 추적해가는 일종의 추
리소설적 면모를 보이고 있다. 그리고 이때 김철훈의 사인을 추적해가
는 두 사람이 등장한다. 박형사와 소설가인 '나'가 그 사람들로, 이들은

각각 사건을 보는 두 가지 다른 입장을 드러낸다. 형사가 법의 질서를 잡기 위해서 김철훈의 사인을 쫓고 있다면, 소설가는 눈에 보이지 않는 범인을 잡기 위해 다시 말해 생의 질서를 지키기 위해 김철훈의 사인을 탐색해간다. 만일 김철훈이 자살을 한 것이라면 형사의 임무는 거기에서 끝나지만, 정작 소설가의 탐색은 그때 본격적으로 시작된다. 그는 김철훈을 죽음으로 몰고 간 눈에 보이지 않는 범인을 찾아내야만 하기 때문이다. 게다가 형사에겐 공소 시효가 있지만, 소설가에겐 그 탐색의 작업에 끝이 없다. 죽을 때까지 아니 우리의 아이들이 죽고 또 죽어도 존재의 비밀에 대한 탐색을 계속해가야 하는 것, 그것이 소설가의 운명이자 의무이기 때문이다. 때문에 논리적인 추론을 통해 분명한 결론을 이끌어내는 형사에게 있어 소설가란 '늘 어려운 말만 하'고, 세상이 안개가 끼여 있는 것처럼 보이게 만들며, 간단한 말을 수수께끼 하듯 하는 존재들이다.

법과 문학이라는 이 같은 두 가지 대조적 시각을 통해 작가가 강조하고자 하는 것은 물론 후자의 시각, 가치이다. 세상을 바라보는 경직된 사고와 단순논리적 시각을 지양하고 복잡하게 얽힌 인간살이의 속내를 드러냄으로써 우리의 진실된 내면을 되돌아보게 하는 것, 그것은 어쩌면 '장군의 수염'으로 비유되는 권위적이고 강박적인 힘의 실체에 직면하고 대응하는 한 방법일지 모른다. 김철훈이 「장군의 수염」이라는 소설을 쓰고 싶어 한 이유나 그가 자살한 이유에 대해 사람들은 각각의 입장에 따라 전혀 다른 견해를 드러낸다. 예컨대 어머니는 어릴 때 생긴 흉터 때문에 성격이 삐뚤어져 자살을 했을 것이라고 생각하고, 누이는 형사에게 끌려가며 자신을 부르던 형의 부름에 응답하지 못했다는 자책 때문일 것이라고 생각하며, 편집국장은 실직에서 오는 생활고 때문이었을 것이라고 생각하며, 정신병원장은 오이디푸스 콤플렉스에 기인한 무의식적 발작으로 해석한다. 이는 타인을 바라보는 다양한 시각을 드러내는 것인 동시에 인간의 삶이 얼마나 다층적이고 복잡한 관계

속에 얽혀 진행되고 있는 것인지를 시사한다. 우리의 현실과 삶을 횡적으로만 잘라 보여주는 것이 아니라 샌드위치처럼 여러 층의 단면을 보여주고 있는 이러한 기법을 통해[3] 단선적으로 설명될 수 없는 삶의 총체적 진실을 드러내고 있는 것이다. 소설/예술이 추구하는 진실이란 바로 이러한 점에서 법이 추구하는 진실과 다른 셈이다.

이 작품에서 소설/예술의 의미를 하나의 주제로 읽어낼 수 있는 것도 이 때문이다. 앞서 지적한 것처럼 이 작품은 김철훈의 사인을 밝혀나가는 과정과 '나'의 소설쓰기의 과정이 병행되며 진행되는 특이한 구성으로 되어 있다. '내'가 김철훈이 남긴 일기장과 편지 등을 뒤지고 다니는 동안 출판사 쪽에서는 원고의 진행을 독촉하지만 글은 써지지 않고, 신혜로부터 소설의 마지막을 듣고 난 후에야 비로소 '나'는 출판사에 넘길 원고를 탈고한다. 이는 소설을 쓴다는 것이 김철훈이라는 인물로 대표되는 삶과 존재의 비밀을 풀고 그 배후에 가려져 있는 진실을 찾아내는 과정임을 암시하는 대목이다. 김철훈이 미술학도였다는 설정이라든지, 소설을 쓰고자 했다는 것, 그리고 소설가인 '내'가 그의 사인을 추적하는 것으로 설정되어 있는 것 등은 우리로 하여금 삶의 진실과 소설의 기능의 관계에 주목하게 만든다. 특히 미술학도로서 사실적인 그림을 그리고 싶어 했던 김철훈이 무엇을 그린다는 것은 결국 한 대상을 살리기 위해 다른 것들을 없애버리는 것을 의미한다는 생각을 하게 되면서 그림을 그리는 대신 카메라로 사물을 찍기 시작했다는 사실은 아무리 작은 것이든 대상에 대한 폭력이나 간섭을 견디지 못했던 그의 의식세계를 그대로 보여준다. 그에게 있어 삶과 예술은 서로 분리될 수 없는 세계인 것이다.

---

3) 작가는 작품집 후기에서(『장군의 수염』, 현암사, 1966) 이 작품을 '샌드위치 소설'이라고 명명하고, 다음과 같이 그 의도를 밝힌 바 있다.
"현실을 칼질하는 데 종래의 작가들은 옆으로만, 즉 횡적으로만 짜른다. 그러나 샌드위치처럼 여러 층의 단면을 보여주는 것도 좋지 않을까?"

김철훈은 자신의 소설을 주인공이 그 권위적이고 억압적인 힘에 끝내 굴복하지 않고 '장군의 수염'으로 얼굴을 덮은 운전사가 모는 자동차에 치어 죽는 것으로 마무리 짓는다.

> "수염 때문에 나는 죽는 거다. 나는 암살을 당한 거다. 아—수염을 기르지 않은 최후의 인간이 죽어가고 있는 거다. 나는 변하지 않는 인간, 수염을 달기 이전의 그 사람의 얼굴을 간직한 유일한 인간이다. 그러나 그들은 그것을 교통사고사라 할 것이다. 우연한 교통사고라고 할 것이다."
> 그는 죽어가고 있었다. 아무도 그의 시체를 눈여겨보지는 않았다. 그는 어둠 속에 또 하나의 어둠이 겹쳐오는 것을 본다. 그 어둠 속에서 무성 영화의 장면처럼 유치원 아이들이 걸어온다.
> 소리는 들리지 않지만 무엇인가 노래를 부르고 유희를 하면서 그를 향해 걸어오는 것이다. 국민학교의 학예회처럼 애들은 만든 수염을, '장군의 수염'과 같은 수염들을 달고 있었다. 그는 그 '수염'단 애들이 무성 영화처럼 소리없는 몸짓으로 점점 가까이 오고 있다는 것을 느낀다. 그는 죽은 것이다. (85면)

이때 '수염을 달지 않은 인간'이란 어떤 제도나 흐름에 편입해 들어가지 않은, 그리하여 그것으로부터 자유로운 인간을 의미한다. 현상적으로 이 비유는 어린 아이를 떠올리게 하는데, 철훈이 아이처럼 놀이를 좋아한 것이나 '서른 살 먹은 어린 애'(81면)로 비유되는 것은 이 점에서 주목되는 대목이라 할 수 있다. 그러나 안타깝게도 그에게 남은 하나의 희망인 아이들마저 수염을 달고 있으니,4) 그때 주인공은 비로소 완전히 죽게 된다. 타락한 현실과의 타협을 거부함으로써 결국 그는 '장군의

---

4) 이태동은 이 대목에서 어린 아이들이 달고 있는 수염을 '장군의 수염'과는 다른 새로운 세대들의 수염으로 해석한다. 무자비하고 폭력적이며 비인간적인 '장군의 수염'이 아니라 사랑과 자비로 가득한 솜털과도 같이 희고 부드러운 수염이며, 그것은 김철훈이 죽어가면서 바라본 희망적 비전이라는 것이다(이태동, 앞의 글, 362면). 그러나 "어둠 속에서 또 하나의 어둠이 겹쳐오는 것을 본다"는 표현이나 수염 단 아이들이 무성 영화처럼 다가오고 있다는 것, 그리고 그 진술 뒤에 이어지는 "그는 죽은 것이다"라는 서술 등은 이 같은 대목에서 희망의 비전을 읽어내기 어렵게 한다.

수염'에 의해 죽음을 당한 것이다.

그렇다면 '나'의 경우는 어떠할까? 작품 말미에서 '나'는 박형사에게 이젠 죽음이 아니라 탄생에 대해 생각할 때라고 말함으로써 나신혜처럼 현실로의 귀환을 선택한다. 하지만 여전히 그는 철훈이 선택한 죽음의 세계로의 이끌림으로부터 자유롭지 못하다. 철훈은 '나'에게 있어 '장군의 수염'으로부터 자유로울 수 없는 현실로부터의 일탈을, 그리하여 완전한 의미의 자유를 촉구하는 인물이다. 그러나 그것은 이 현실의 저편에 있으니, 신혜에게 그러했듯이 그는 '나'를 '죽음의 골짜기로', '인생의 서쪽으로' 이끌어간다. 김철훈이 죽었다는 말을 들은 후부터 줄곧 '내' 안에서 삶의 열기, 생에의 열망으로서의 불이 위태롭게 흔들리는 것은 이 점에서 주목된다.

> 그가 죽었다는 말이 나를 더욱 흥분시킨 것 같다. 그러나 이번엔 이상한 불안감이 끼어들기 시작했다. 박형사의 시선과 마주치자 담배를 잡고 있던 내 손가락이 가볍게 떨리고 있는 것을 느꼈다. (10면)

> 박형사는 라이터를 꺼내 불을 켜서 내가 물고 있는 담배에 갖다 댔다. 그제야 나는 내 담뱃불이 꺼져 있다는 것을 알았다. (11면)

> 박형사는 가스라이터를 켜서 내 담배에 불을 붙여 주었다. 내가 피워 문 담뱃불이 꺼져 있었던 것이다. (89면)

이러한 대목들에서 드러나듯 철훈의 죽음을 상기할 때면 항시 '나'의 담뱃불은 흔들리거나 꺼져 있다. 박형사는 '내' 안에서 흔들리는 이 '불'을 다시 되살리는 역할을 하는 인물이다. 그리하여 이제 그들은 죽음이 아닌 탄생을, 현실로부터의 일탈이 아닌 현실로의 귀환을 이야기하려고 한다. 더욱이 그 다음날은 예수가 탄생한 날이지 않은가. 그러나 그들의 '오늘'은 아직 예수가 태어나지 않은 12월 23일이니, 아직 삶을, 탄생을, 희망을 이야기하기에는 이른 것이었을까? 그의 머리속에는 여전히 죽음의 골짜기로 떠나는 비숍 킹의 노래가, 그리고 건너편 거리에서는 수염 달고 오시는 산타에 대한 아이들의 노랫소리가 들려온다.

> 나를 위해 거기 있어 주어요
> 죽음의 골짜기에서 꼭 뵙시다.
> 더디 온다고 근심하진 말아요
> 벌써 나는 길을 떠났으니까.

그러나 건너편 거리의 빵집 스피커에서는 성탄절 노랫소리가 터져 나오고 있었다.

> '산타클로스 할아버지 오늘 밤에
> 하얀 머리 하얀 수염을
> 바람에 날리며 오시네.' (89~90면)

'그러나'라는 역접 접속사에 의해 연결되어 있는 이 두 개의 노래는 여전히 해결될 수 없는 삶과 존재의 비밀을, 미궁 속에 남겨진 철훈의 죽음의 의미를 우리 앞에 던져 놓는다. 비숍 킹의 노래에는 죽음에의 이끌림이 드러나고 있고, 아이들이 부르는 노래에서는 철훈이 쓴 소설에서처럼 산타마저도 수염을 달고 있다. 비숍 킹의 노래와 성탄절 노래가 서로 교체되며 배치되어 있는 작품의 말미는 그것 자체가 삶과 죽음, 이상과 현실이 함께 부딪치며 진행되는 것으로서의 우리 삶을 환기시킨다. 이 속에서 '나'는 아이들의 세계에까지도 알게 모르게 작용하고 있는 '수염'의 힘을 확인하며, 결국 '주위의 소음 속으로 침몰해'간다. 철훈이 자기만의 배를 타고 이상향을 찾아 표류하다 끝내 수염의 세계에서 추방당했다고 한다면 그리하여 오히려 그것으로부터 자유로울 수 있었다면, '나'는 그 '장군의 수염'의 세계 속으로 속수무책으로 빨려들어 가고 있는 것이니, 이는 철훈처럼 끝까지 부조리한 현실에 저항하지 못하고 현실에 투항하는 모습을 보여주는 결말이라 할 수 있다. 그렇다면 '장군의 수염'에 의해 지배되는 이 현실 속에서 무력하게 살아가고 있는 '나'를 비롯한 우리 모두는 과연 김철훈의 죽음으로부터 자유로울 수 있을 것인가? 김철훈의 사인을 규명하기 위해 찾아온 형사에게 "난 그의 이름도 제대로 기억할 수 없다"고 세 번이나 똑같은 말을 되풀이하며 항변하던 '나'의 외침에서 세 번씩이나 예수를 부인한 베드로의 이야기를 상기하게 된다면 그것은 지나친 것일까?

결국 김철훈의 사인을 규명하는 '나'의 추적은 분명한 결말이 없이 끝나고 말지만, 이를 통해 우리는 그의 죽음으로부터 우리 모두가 결코 자유로울 수 없다는 사실을 깨닫게 된다. '내 시간이 아닌' 시간을 살아가면서 우리는 알게 모르게 '장군의 수염'을 달기 시작하고, 작중의 '나'처럼 주위의 소음 속으로 침몰해간다. 그러나 소설은 우리에게 묻고 있으니, 과연 너희에게 잘못이 없는가? 구원은 어디에 있는가? 이 질문들은 무감하게 수염을 달고 소음의 거리를 나서는 우리들의 뒤통수를 잡아끈다. 어쩌면 김철훈이 소설을 쓰고자 했던 것도, 소설가 '내'가 김철훈의 죽음을 외면할 수 없었던 것도 그리하여 철훈을 모른다던 '내'가 그의 어머니 앞에서 자신을 그의 '친구'로 소개하고 그의 어머니를 '어머니'라 부르며 '죽은 철훈과 친해지고' 있었던 것도 이런 질문들 때문이지 않았을까?

    남들의 죽음을 통해서 많은 사람들은 생각하고 쓰고 새롭게 사는 방법을 알게 됩니다. 철훈군의 죽음도 그냥 끝난 것만은 아닐 겁니다. (26면)

소설가 '나'의 이 같은 말처럼 우리로 하여금 김철훈의 죽음의 이유를 묻고 또 묻게 하는 것, 그리하여 누추한 삶을 이어가는 우리의 존재 이유와 의미를 새롭게 자문하게 하는 것, 이것이 이 작품에서 드러나는 소설쓰기의 의미이다. 소설이 구원이 될 수 있다면, 그것은 우리로 하여금 끊임없이 그러한 물음과 마주하게 한다는 점에 있지 않을까?

제 3 부

여 성 의 목 소 리

이브, 날개가 돋다

전경린의 「천사는 여기 머문다 2」

이브의 운명

'늑대—여인'을 아는가. 살과 뼈와 거친 숨결 사이에 꿈틀거리는 욕망, 거칠 것 없는 자유와 열정으로 야성의 들판이나 뜨거운 사막 혹은 어두운 강 속으로 질주해가던 강하고 유연하며 매혹적인 존재, 하지만 지금은 '먼' 어느 시절의 기억으로, 꿈으로, 전설로만 남아 있는 존재, 그리하여 달이 뜨는 밤이면 운명에 이끌리듯 들뜬 몸으로 늑대 울음을 쏟아내며 절규하는 존재. 전경린에게서 만나게 되는 건 바로 그런 '늑대—여인들'이다. 여성의 운명이라는 주제로 요약될 수 있을 그녀의 소설에는 이처럼 늑대의 그림자를 거느린 여자들의 절규가 가득하다. 자기 안에 자리한 불온한 열정·광기·야성의 흔적에 이끌려 금지된 곳에 다가가고, 금지된 것을 가진, 그리하여 아버지 신에 의해 추방당한 여자들, 이제는 딸로, 아내로, 엄마로 살아가면서 그 늑대의 피를 잊고 가짜의 삶을 사느라 영혼을 잃어버린 여자들, 삶이란 타는 듯한 목마름으로 사막을 건너가는 길이라는 것을 일찌감치 알아버린 여자들, '아무도' 없고 '아무 곳으로도' 갈 수 없다는 환멸의 삶을 사는 여자들, 그 속에서 때론 어쩔 수 없는 헛헛함과 속절없는 상실감으로 울부짖으며 급기야 염소를 몰고 집을 나간 여자들, 혹은 세상의 길들이 지워진 어두운 사막 속에서 홀로 그 어둠과 추위와 모래를 견디며 떠 있는 달이 되기로 한 여자들, 이들은 모두 전경린이 그려낸 여자의 운명, 혹은 이브의 얼굴들이다. 이들은 꿈과 현실, 신화와 역사, 마녀와 성녀 사이를 오가는 본질적으로 모순적이고 분열적이며 비극적인 존재들이며, 동시에 길이 지워진 들판 위에서 자신의 잃어버린 영혼을 찾아 떠나는 외로운 순례자들이자 탐험가들이다. 이런 점에서 전경린 소설은 결핍의 삶을 사는 여성의 숙명, 혹은 반란, 반역의 여정을 담아내는 여성 서사시라 할 만하니, 우리는 그녀의 소설에서 이브의 새로운 얼굴, 새로운 운명을 만난다.

욕망의 끝, 탈주는 계속된다

「천사는 여기 머문다 2」는 이런 전경린의 이브가 들려주는 또 하나의 순례기, 혹은 탐험기다. 하지만 여기에서 우리가 만나게 되는 것은 이브들로 하여금 몸이 달아 반역이나 반란의 길로 뛰쳐나가게 하는 뜨겁고 불온한 열정이 아니다. 이야기는 그 열정이 끝난 후의 시점에서 시작된다. 엄밀히 말해 이 작품은 뜨거운 열정에 대해서가 아니라 그 열정의 이후에 대해서, 불온한 욕망에 대해서가 아니라 그 욕망의 끝에 자리한 폭력과 파괴와 상처에 대해서 이야기한다. 가정이 있는 남자를 이혼시키고 결혼을 한 여자가 있다. 그녀의 욕망은 그녀를 용감하고 무모하게 만들었다. 하지만 사랑과 배려라고 믿었던 남자의 관심과 애정은 여자에 대한 의심과 불안에 근거하고 있었고, 자신을 자유롭게 하리라 믿었던 사랑은 여자를 억압하고 폭행하는 빌미가 되었다. 이제 욕망은 과거의 이야기일 뿐, 여자는 그 욕망이 남긴 쓸쓸하고 초라한 잔해 위에 서 있다. 축대 아래 버려져 있는 여자의 물건들은 그 사랑과 욕망의 잔해들이다. "태양빛을 번쩍번쩍 반사하고" 있는 부엌칼, "날카롭게 빛을 되쏘"고 있는 검은색 구두, "손잡이가 붉은 과도와 검은 과도", "깨어진 화분과 내던져진 선인장과 깨어진 접시조각들" 등은 깨어지고 부러지고 꺾여진 모습으로 폭력과 상처와 눈물의 지난 시절들을 증거한다. 사랑과 열정은 그렇듯 부서지고 깨진 잔해로 혹은 여자의 가슴을 찌르는 칼로 남아 있다. 그리고 또 하나, 여전히 버리지 못한 반지가 있다. 흙과 이물로 더럽혀져 그렇듯 얼룩지고 상처 난 결혼생활을 환기시키는, 그럼에도 불구하고 그것이 "공허한 생애에서 선명하게 응축된 유일한 결정(結晶)"인 듯 하여 버리지 못하고 있는 반지, 사랑의 약속이자 굴레였을 반지. 여자는 여전히 그것으로부터 "떠날 수가 없"다. 그러고 보면 그녀의 과거는 아직 온전히 과거가 되지 못한 모양이다. 여자의 탈주가 다시 시작되어야 하는 것은 이 때문이다.

주목되는 것은 이 탈주가 전처럼 본능적인 욕망을 좇아가기 위한 것이 아니라 오히려 욕망을 덜어내고 비워내기 위한 것이 되고 있다는 점이다. 여자는 이미 욕망의 끝을 보았던 사람이다. 사랑과 욕망은 깨진 유리조각들처럼 피투성이 잔해들로 남아 그녀의 가슴을 찔러 댄다. 동네를 내려오다 본, 한 때는 고래 등 같았을 한옥 지붕에 비가 새는지 천막을 씌워 그 속에서 쥐들이 내려오고, 닫힌 대문 안쪽에는 범람한 강물에 침수되었다가 마른 듯 피폐한 정원이 자리하고 있는 풍경은 그녀의 공허한 내면의 그것에 다름 아닐 것이니, 여자는 그곳에서 "사람들의 끝나지 않을 근심과 골수에 박히는 슬픔과 평생의 지병과 상대방의 변심으로 끝나고 마는 짧은 사랑과 하룻밤 사이에 일어났다가 스러지는 돌발적인 희망들이 잘게 찢어진 이력서처럼 바람 속에서 날려다니는" 것을 본다. 게다가 그녀가 보살피고 있는 늙고 병든 엄마는 사랑과 욕망과 희망이 종국에 이르게 되는 허무의 지점을 환기시킨다. 한때는 젊음과 사랑과 들뜬 욕망의 주체였을 엄마는 이제 그 '뜨겁고 단' 피 때문이었는지 당뇨를 앓고 꼬챙이처럼 말라 있으며 낮에도 사물을 분간하기 어려울 정도로 시력이 흐려졌고 다리를 끌고 옷에 오줌을 싸는 노인네가 되어 있다. 그러나 이것이 비단 엄마만의 슬픈 운명이겠는가. 엄마는 욕망이 어떻게 퇴색되고 사라지는가를 보여주는, 여자가 마주해야 할 또 다른 '나'이기도 하다.

여자에게 전 남편 모경과의 결혼 생활은 욕망과 열기 그 자체로 떠오른다. 공허했지만 평화롭고 안전했던 젊은 시절, 모경과의 사랑은 그 평온을 흔들며 '해일처럼' 다가왔다. 유부남이었던 그를 바라보기 시작했고, "누군가를 보는 것만으로 눈물이 고인다면 그는 남이 아닐 거"라는 확신으로 술 취한 그를 집에 데리고 와서 재우고 데이트를 시작했고, 그와 결혼을 했다. 열정과 욕망은 결혼 후에도 계속되었다. 하지만 남편의 욕망은 그녀를 구속하고 감시하는 감시망이 되었고, 결국 폭력으로 이어졌다. 그녀는 남편의 이 뜨거운 욕망으로부터 그리고 날카로운 칼이 되어 버린 열기로부터 벗어나기 위해 도망치고 있는 중이다. 그녀가 서 있는 지금이 "6월인데도 폭염"인 것은 이 점에서 주목된다.

6월인데도 폭염이었다. 전화기를 들고 무심코 창밖으로 몸을 내밀었다가 창 아래서 올라오는 날카로운 반사 빛에 찔려 눈을 감았다. 하오의 태양이 수그러들 기세도 없이 더 그악스러웠다. 나는 허공에 팔을 내밀고 손바닥을 활짝 펴 반사 빛을 덮으려했다. 빛줄기가 손바닥을 뚫는 듯 날카롭고 공기는 불붙은 털담요처럼 숨 막히게 무더웠다.

전화기 위에 무지개색 빛의 방울이 흩어진 것이 보였다. 고개를 드니 천장에
도 오색 빌 방울이 흔들리고 있었다. 나는 허공에서 손가락들을 저었다. 반지
에 부딪친 빛이 부서지며 무지개색으로 튀어 올라 천장과 벽과 방문 위에 흩
어졌다. 알 수 없는 광파가 방 안에 가득한 것이 느껴졌다.

이런 예문에서 드러나듯 그녀의 현실에는 열과 빛이 가득하다. 하지만
폭염의 빛은 따뜻하고 포근한 것이 아니라 날카롭고 그악스럽다. 그것은
여자를 '찌르거나' '뚫거나' '숨 막히게' 하는 공격적인 빛이다. 열기와
금기와 위반과 혼란으로 다가왔던 모경과의 사랑이 화려하고 열정적이
었지만 위험하고 폭력적이고 위태로웠듯이, 지금 그녀의 방 안에는 날카
로운 빛이 가득하다. 이 빛이 '반지에 부딪'쳐 생긴 것이라는 점을 기억
하자. 반지는 '빛의 출처'이자 동시에 고통과 상처의 출처이기도 하다.
여자가 독일로 가는 것은 어떤 점에서 이 폭염과 빛으로부터 벗어나
기 위한 것이다. 언니가 사는 독일의 작은 마을은 폭염인 이곳과 달리
'서늘'하다. 게다가 매일 오후 두세 시 쯤엔 비가 지나가고 그러면 꽃이
더욱 탐스러워지고 나뭇잎들은 더 푸르게 반짝거린다. 서울이 찌르는
듯한 빛의 열기가 가득한 세계라면, 독일의 작은 마을 S는 비와 물기가
가득한 세계다. 그러니 "피서한다 생각하고" 오라는 언니의 말처럼 여
자는 사람들 사이의 욕망과 삶의 갈피갈피에서 뿜어져 나오는 혼란과
열기로부터 도망치듯 독일로 가게 되는 것이다. 그곳은 지금 이곳으로
부터 벗어난 '먼 곳', 그리하여 '다른 나'가 되게 하는 곳이니, 여자는
이제 '먼 강'에 이르기 위해 수로를 따라 헤엄치던 식물원의 물고기들
처럼 새로운 탈주를 시도한다.

백색의 세계

여자가 새로 시작하는 탈주는 유채색의 세계에서 무채색의 세계 혹은 백색의 세계로 옮겨가는 것을 의미한다. 서울 도시의 밤을 밝히는 "붉고 파란, 노랗고 희고 주황인 불빛들"은 욕망과 열정, 무모함과 설렘, 흥분으로 다가왔던 모경과의 사랑의 빛깔을 닮아 있다. 그것은 거대한 괴물이 낮 동안 약탈해 동굴 속에 쌓아 올린 휘황한 보석들 같이 화려하지만 위태롭고, 소용이 없다. 여자는 이제 그 화려한 불빛을 뒤로 하고 조용하고 단순한 백색의 세계로 간다.

하인리히는 얼굴이 둥글고 목을 덮은 긴 금발에 몸 전체가 둥글둥글하고 배도 꽤 나왔다는 묘사에서 드러나듯 전체적으로 둥글고 온화한 이미지의 남자로, 위반·일탈·열정·폭력 등 날카로운 빛의 이미지로 다가왔던 모경과 대조된다. 그는 철학자적인 조용한 사색과 과학자적인 명쾌함이 서려 있는 인물이며, 그에게 결혼은 무모한 열정이나 위험한 일탈의 그것이 아니라 감정적인 동시에 이성적인 결정을 의미한다. 모경이 여자와 섹스에 탐닉하는 결혼생활을 했던 데 반해, 그는 여자와 섹스 없는 결혼인 백색 결혼을 원한다. 그가 여자에게 이끌리게 된 것도 여자가 엄마 장례식에서 흰 무명천을 머리에 쓰고 흰 무명 치마저고리를 입고 울고 있는 모습을 비디오로 보게 되면서이다. 여자와 하인리히를 이어주는 것은 이 백색의 세계다. 「천사는 여기 머문다 1」에선 이것이 "만지면 바스러져 먼지가 되어 화르르 날아오를 듯 퇴색하고 삭은 활옷을 입고 고개를 숙인" 미당의 '신부'로 묘사되거니와, 여자는 이제 바로 그 신부가 되어 욕망과 열정의 세월을 묻고 이별과 죽음까지를 끌어안은 무감하고 고요한 세계로 발을 들여놓는다. 욕망과 열정의 자리엔 성실함과 예의, 거리감 등이 들어선다. "서로 닿을 수 없는 거리를 간직하면서도 한없이 바라보는 유현한 시선으로 연결되어" 있던 궁 안의 건축물들처럼 각자의 세계를 가지면서 거리를 두고 마주보는 관계, 여자는 이제 이런 관계를 꿈꾼다.

하지만 그 백색의 세계로 들어서려는 지금, 그녀는 여전히 붉은 열정과 열기로부터 자유롭지 않다. 하인리히를 만나러 가기 위해 고른 옷인 흰색 블라우스는 모경에 의해 찢겨져 있고, 다시 바느질을 하려고 하지만 흰색 실은 없고 노란색·초록색·검정색·붉은색·파랑색 등 유채색의 실만 남아 있다. 결국 붉은색 실을 풀어 바느질을 한 옷에는 흰색과 붉은색이 뒤섞이고, 게다가 바늘에 찔려서 난 피까지 섞여 블라우스는 피투성이가 된다. 천둥이 치고 비가 내리고 벼락이 치기 시작하며 세상이 캄캄해진 어둠 속에서 반지에서 나온 빛의 방울들이 퍼져 나가다가 결국에는 하나, 둘 꺼져가는 마지막 대목은 여자의 내면에서 일어나는 열정과 욕망의 마지막 몸부림처럼 다가온다. 결국 그녀 안에는 빛 대신 물이 차오르니, 이 마지막 대목이 그녀가 자신의 상처를 치유하고 극복하는 중요한 전환점이 되리라는 것은 분명하다. 앞으로 그녀는 붉은 열정의 세계를 뒤로 하고 비가 많은 독일의 작은 마을에서 조용하게 살아갈 것이다. 뜨겁고 날카로운 빛이 없는, 공허했지만 평화로웠고 안전했던 옛날처럼, 무심무감 무채색의 나날들을. 하지만, 소설의 이 마지막 풍경은 여전히 쓸쓸하고 불안하다. 백색의 세계를 향한 그녀의 바람은 과연 이루어질까? 그녀 내면의 혼란과 싸움은 이제 완전히 끝난 것일까? 여자가 살아가게 될 독일의 작은 마을은 과연 순정한 백색의 세계일까?

이곳은 독일 서부의 작은 마을 S다. S는 비수기의 관광지처럼 한적하다. 자전거를 타고 나가면, 동서남북 어느 쪽이든 대략 삼 킬로미터 내에 마을은 끝나고 밀밭 사이로 선홍색 개양귀비와 흰색 야생 마거리트와 보랏빛 엉겅퀴와 자주색 자운영 같은 야생화가 핀 들판이 광활하게 펼쳐진다. 토질이 기름져 들판의 꽃들도 송이가 굵고 색이 선명하고 꽃잎이 탐스럽다. 마을의 외곽엔 거대한 풍력발전기기들이 음험한 감시망처럼 빙 둘러서 있다.

소설 서두에 묘사된 독일의 작은 마을 S에 대한 이 묘사는 어딘가 위태롭다. 마을은 조용하고 한적하지만 마을 바깥으로는 야생화들이 핀 들판이 펼쳐지고 마을 외곽에는 풍력발전기기들이 '감시망처럼' 서 있다. 이후의 서술에서 주어진 정보로 마을 전체의 풍경을 추정해보건대, 이 마을의 안쪽에는 삶의 소소한 일상들을 꾸려나가기 위해 필요한 온갖 것들이 들어서 있고 마을 바깥쪽에는 야생화 핀 밀밭, 동물들이 있는 목장, 묘지, 슬로베니아 난민들이 주로 일하는 공장, 푸줏간 등이 있다. 이때 밀밭이나 공장, 묘지, 푸줏간 등은 사람들의 생활 밖으로 밀려난 경계 밖의 세계이며, 다가가는 것이 금지된 금기의 공간이다. 그러니 그 사이에 서 있는 풍력발전기기가 '감시망'처럼 서 있는 것으로 느껴지는 것은 우연이 아닐 것이다. 더구나 이 예문 뒤에 이어지는 문장에서 그것은 "과거로부터 오는 경보등", "비밀스러운 죄의식을 자극하는 감시자", "너무 오래 울어 붉어진 누군가의 눈빛" 등으로 비유되고 있기도 하니, 마을에 대한 이 묘사에서 집에 박혀 있기를 요구하고 감시하며 "감시망을 벗어나 연락이 끊기면 폭력을 행사"하던 모경을 떠올리게 되는 것은 지나친 것일까?

알프스로 여행을 떠나며 언니가 여자에게 당부하는 말 역시 불안하고 위태롭긴 마찬가지다. 이곳에서 살아가면서 주의해야 할 것들을 알려주는 언니의 당부는 '해야 하는 일'과 '하지 말아야 하는 일들'에 대한, 다시 말해 의무와 규칙과 금지와 규제에 대한 것들이다. 그렇다면 마을의 일상은, 마을의 고요와 안전과 평화는, 그런 금지와 규제를 전제로 보장된 것인 셈이니, 마을 끝 도살장에서 들려오는 돼지들의 울음소리는 경계를 넘어서지 말라는 경고음 혹은 그 금기의 경계를 넘어서려는 자들이 마주해야 할 울부짖음은 아닐까? 그렇다면 과연 여자는 "그러면 문제없어. 전혀 없어"를 강조하는 언니의 말처럼 그곳에서 '문제없이' 안전하고 평화로운 삶을 살게 될 것인가? 여자는 "직장 생활 같은 결혼"이라는 말에 이끌려 "서로 다른 언어를 사용하면서 깊은 마음을 제 속에 간직한 채" "아무도 상처 받는 사람도 없고, 더 이상 아무것도 이루려는 것 없이 함께 살아가는 일"은 그다지 어려울 것 같지 않다고 얘기하지만, 동시에 동양 여자를 바라보는 사람들의 시선이 '경계심'이나 '우월 감' 중 하나라는 것을, 그들에게는 그녀가 "낯선 방문자이고 난민이고 망명자"일 뿐이라는 것을, 자신이 "서로 다른 언어" 때문에 사람들과 마음을 나누는 대신 꽃들과 "현실 너머의 언어로" 의사소통을 하게 되리라는 것을 안다. 게다가 그녀는 마을 바깥의 야생화가 피어 있는 들판으로 혹은 도살장으로 가보고 싶다고 고백하고 있으니, 그 욕망은 또 어떻게 할 것인가? 그곳은 과연 그녀의 인생에서 '충분히 먼 곳'인가?

날개는 어떻게 돋아나는가

「천사는 여기 머문다 2」는 광기에 몸을 맡기고 열정의 불 속으로 뛰어들던 이전의 전경린 인물들과 달리 오히려 광기, 열정, 사랑, 열기로부터 벗어나 평온과 고요를 선택하는 여자를 보여준다는 점에서 흥미롭다. 남편이었던 모경의 폭력에 속수무책으로 시달리고 당뇨에 걸린 엄마 때문에 휴직을 하고 혼자서 엄마를 돌보고 있던 주인공 이인희는 이른바 '늑대-여자'가 아니라 오히려 천사 같은 여자로 보인다. 실제로 그녀의 언니는 그녀가 "조용하고 착하고 욕심이 없어서 어느 땐 사람 같지 않"으며 그녀를 보면 "스스로를 포박하고 있는 육중한 억압과 연약한 것들의 교태와 불안이 느껴"진다고 얘기하고 있기도 하다. 요컨대 그녀는 착하고 연약하고 여리고 자신에게 주어진 의무와 운명의 억압으로부터 자유롭지 않은 여자다. 그리고 이런 인상과 예감에 걸맞게 소설 속에서 우리는 급기야 "네 얼굴에 천사가 떠오르고 있어"라는 모경의 말을 만난다.

하지만 모경이 천사라고 불렀던 것이 실상은 피투성이 속에서 만들어졌던 것이고, 그녀가 모경이 만든 천사라는 이름의 굴레에 갇혀 피흘리고 있었다는 것을 생각하면, 그녀에게 붙여진 이 '천사'라는 호칭은 그것 자체가 그녀에 대한 오해와 억압을 고스란히 드러낸다. 그녀는 단순히 조용하고 착하기만 한 여자가 아니다. 그녀는 유부남이던 모경을 자기 집에 재우는 무모하고 과감한 행동을 한 여자이기도 하고, 그리하여 결국 "남자를 후려 가정을 박살낸" 악녀이기도 하며, 그녀를 감시하고 때리던 모경에게는 "아무 남자나 유혹하는 요부이며 남편을 스무 번도 더 속일 부정한 아내이며 피가 뜨겁고 달아서 밤낮 없이 쩔쩔매는 여자"이니, 이는 천사가 아니라 오히려 악녀와 마녀의 이미지에 가깝다. 요컨대 그녀는 천사와 마녀를 동시에 가진 복잡하고 다면적이며, 그러기에 너무나 인간적인 존재다. 그런가 하면 알 수 없고 복잡하며 다중적인 존재라는 점에선 그녀의 남편인 모경도 마찬가지이다. 걷잡을 수 없는 열정에 휘둘리고, 위반을 즐기고, 폭력을 행사하던 그도 단정한 걸음걸이를 갖고 있고, 난감한 상황에 처한 주인공과 그녀의 엄마를 재빠르게 구해내기도 한다. 요컨대 전경린 인물들은 그리고 우리 모두는 천사와 악마를 동시에 가진 복합다면체인 것이다.

흥미로운 것은 그동안 우리 안에 가려지고 묻혀 있던 마녀의 목소리를 되살려내고자 애썼던 전경린이 이 소설에서는 오히려 우리 안에서 천사를 불러내고자 시도하고 있다는 점이다. 어떤 점에서 이 소설은 욕망에 사로잡혀 있던 여자가 갈등과 혼란과 상처를 통해 자기 안에서 천사를 발견해가는 과정으로 읽히기도 하거니와, 이런 점에서 '백색의 세계'는 그 천사의 세계로 이어지는 통로일지 모른다. 여자는 시간도 공간도 텅 빈 궁이나, 야생의 들풀들이 자라고 있고 물고기들이 수로를 따라 '먼 강'으로 헤엄치고 있던 하얀 식물원, 혹은 연못 속 돌 거북 등 위에 얹혀 있던 표백제로 씻은 듯 빛을 내는 백동전들에서 영원을 읽는다. 그것들은 영원으로 통하는 백색의 세계를 암시하고 있었던 셈이니, 그 안에선 요동치던 욕망도, 들끓던 갈등과 분노도, 쓰라린 이별과 소멸의 징후도 모두 고요히 묻히고 가라앉는다. 영원은 아마도 이 모든 것들을 지나서 만나게 되는 것이리라. 고궁에서 본, 늙고 풍성한 수양버들이 연둣빛 어린 가지를 드리운 풍경이 놀라운 것은 그것이 영원으로 이어진 존재의 기적을 보여주고 있기 때문일 것이다.

천사는 여자를 이 영원의 세계로 이끄는 안내자다. 그것은 우리 안의 선과 악, 짐승과 신, 욕망과 탈속의 움직임 사이에서 힘겹게 날개를 편다. 연작 형태로 씌어져 앞서 발표된 「천사는 여기 머문다 1」에서 이 천사의 의미는 보다 뚜렷하게 드러난다. 이 작품에서도 사랑에 빠진 남자와 여자가 등장한다. 여자는 사랑에 빠져 남자와 '뱀처럼' 뒤엉킨다. 이 사랑으로 남자는 자기 안의 돌을 밖으로 토해내고, 여자는 남자가 토해놓은 돌들에 의해 그 안에 가두어진다. 남자는 가벼워지고, 여자는 무거워진다. 급기야 여자는 스스로 탑이 되기로 한다.

> 자신을 발아래 밟고, 그리고 자신을 머리 위에 이고 스스로 기원하는 삼층탑처럼. 발아래엔 짐승이 꿈틀대고 머리 위에는 침정한 신이 내려다보았다. 탑은 생의 만조 위에서 중력과 부력을 따라 이리저리 흔들렸다. 여자의 등에서 세 번째 팔이 돋아났다.

탑은 자신에게 주어진 돌덩어리들을 쌓아 올려 그 무게를 감당해냄으로써 하늘에 가 닿는다. 중력과 부력이 공존하는 속에서, 아니 중력을 부력으로 바꾸는 고단한 과정 속에서 돌은 스스로 탑이 되고, 짐승의 세계를 신의 세계와 연결시킨다. 여자의 세 번째 팔, 날개는 돌의 무게를 견디며 스스로 탑이 되는 이런 지난한 과정 속에서 돋아난다.

「천사는 여기 머문다 2」에서 주인공이 꿈꾸는 것 역시 이런 천사의 날개일 것이다. 하지만 독일 행을 통해 시도하는 이 천사, 혹은 백색의 삶은 아직 불안하다. "흰 날개를 단 서커스 여자처럼, 몸 안에 부력이라도 있는 듯 시치미를 떼고" 집 밖의 축대 아래로 내려서지만, 그녀는 아직 이 날개를 얻지 못했다. 바느질을 하다 몸판의 앞뒤가 붙어 버려 입을 수도, 벗을 수도 없게 된 하얀 블라우스는 날을 수 없는 옷의 은유다. 그러니 과연 하인리히와의 '백색결혼'이 그녀를 '먼 곳'으로, '다른 삶'으로 이끌어갈 수 있을까? 이름에서부터 그녀와 닮아 있던 그가 정말 이인희의 새로운 '다른 나'가 될 수 있을까? 아직은 그 질문에 대해 분명한 대답을 얻을 수 없는 이 소설을 덮으며, 그래도 우리는 기원처럼 이렇게 말할 수 있을 것이다. 그녀가 고통과 인내 속에서 하나하나 쌓아 올린 돌들이 결국에 그녀를 하늘에 닿게 하는 탑이 될 수 있을 거라고 "불행 속엔 날개가 있어요. 난 성공 속에서보다, 불행 속에서 천사처럼 날아보았거든요"라고 고백하던 「천사는 여기 머문다 1」의 늙은 여배우의 말처럼 천사는 불행과 고통과 상처 속에서 얼굴을 내미는 법이라고. 아직은 날 수 없을지라도 언젠가 그녀의 등 뒤로 세 번째 팔이 돋아나게 될 것이라고.

사람들 사이에 섬이 있다

이혜경의 『틈새』

경계 넘기, 혹은 늑대의 발견

늑대 이야기로 시작해보자. 「늑대가 나타났다」엔 그야말로 늑대들이 득시글거린다. 사람을 물어다가 달랑 머리통만 남겨 놓고 아작아작 씹어 먹는다는 늑대들로부터 아이들과 여자들을 보호하기 위해 어른들은 안전하게 다닐 수 있는 곳에 말로 울타리를 친다. 철도역이 교차하는 곳까지, 개망초며 명아주가 지천인 냇둑까지, 혹은 철길 건널목이 있는 곳까지. 그 울타리 바깥에는 늑대들과 문둥이들 그리고 위험하고도 무서운 세상의 온갖 것들이 주인공처럼 호기심 많고 부모님 말씀 잘 잊는 어린이가 지나가기를 호시탐탐 기다리고 있다. 아이들에게 그 울타리는 넘어서지 말아야 할 경계와 금지의 선이다. 그 금을 밟으면, 그 선을 넘으면, 군사분계선을 넘으려던 이등병처럼 위험과 징벌을 감수해야 한다.

마을을 빠져 나갔다 끌려와 머리카락이 깎인 채 방에 갇혀 있는 영희 언니는 아이들에게 그 금지선을 넘어가면 어떤 징벌이 내려지는지를 환기시키는 인물이다. 안전과 평화는 말 잘 듣는 착한 아이에게 주는 상처럼 금 안에서만 보장된다. 하지만 아이의 몸이 자라고 머리가 커지면 늑대들의 울음소리는 더 크게 들려오는 법. 주목할 점은 그 늑대들의 울음소리가 저 바깥세상에서가 아니라 우리들의 안에서 들려온다는 것이니, 고무줄놀이를 하면서 부르는 구슬픈 기색의 노래에 "아기 늑대의 꿈질거림 같기도 한 그 무엇이" 자기 안에서 "슬금슬금 기지개를 켰다"고, 그리고 그 노래가 "마을 바깥엔 널 기다리는 것들이 많단다. 넌 언제쯤 떠날 거냐?"라고 다그쳤다는 것은, 이미 그 늑대가 저 바깥세상이 아니라 우리 안에서 자라나는 것임을 시사한다. 요컨대 늑대는 '내' 안에 있다는 것이니, 성장한다는 것은 그리고 어른이 된다는 것은 어쩌면 이 자기 안의 늑대를 발견해가는 과정이라 할 수 있을지도 모를 일이다. 여기가 아닌 다른 곳에 있어야 할 것 같은 기분, 어딘가에 집을 두고 멀리 떠나 와 있는 듯한 막연한 그리움, 저 산 저 멀리 저 언덕에 피어 있을 꽃들이 감당하고 있을 외로움에 덩달아 마음에 드는 멍, 늑대는 아이로 하여금 이런 삶의 외로움과 쓸쓸함, 그리움에 눈뜨게 하면서 다가오기 때문이다. 우리는 이 늑대의 울음소리에 이끌려 저 먼 세계에 대한 갈망과 기대로 그리고 호기심과 두려움으로 울타리를 넘는다.

하지만 앞서 언급했듯이 이 늑대와의 만남은 원천적으로 금기시되어 있고, 이를 어길 때는 항시 징벌이 따른다. 막연한 그리움과 일탈의 기운에 젖어 있을 때면 "신발 속에서 꼼지락거리는 발가락, 바람기로 들썩이는 작은 엉덩이를 보기라도 한 듯" 저녁 먹으라는 엄마의 목소리가 '내' 목덜미를 낚아채고, 밥상 앞에 앉아 멀리 세상을 다 둘러보고 돌아와 늑대털로 만든 목도리를 엄마에게 둘러드리는 상상을 할 때에도 "상상 속에서 달려 나가던 나는 그만 돌부리에 발이 차인다." 그런가 하면 늑대처럼 떼를 지어 몰려다니고 몸에선 늑대 냄새가 배어나오는 마을 바깥 저수지 너머에 사는 아이를 따라 어린이 해수욕장에 간 '나'는 유리병 조각에 발을 베이고, "부모님 말씀 안 들으니까 이러지"라는 의사의 말을 들으며 발바닥을 꿰맨다. 이때 '발'은 바깥세상으로의 출분을 감행케 하며 '나'를 늑대에게로 이끌어가는 일탈의 원동력이다. 여기가 아닌 저 먼 바깥세상으로 호기심과 그리움이 이끄는 대로 훨훨 날아가게 할 날개와도 같은 것, 혹은 금을 넘어가려는 욕망을 담은 몸. 이런 점에서 '나' / 우리는 어쩌면 '춤추는 빨간 구두'의 운명을 지닌 존재들인지도 모를 일이다. 언제나 춤을 추며 온 세상을 돌아다녀야 할 운명, 그리고 그 빨간 구두를 벗겨내기 위해선 발목을 잘라야 할 수도 있는 운명. 발은 그 위험한 운명을 안은 채 언제나 세상 밖으로 향해 있다. 우리 모두에겐 어디라도 갈 수 있을 것 같이 가볍던 맨발의 기억이 있다. 하지만 꼼지락거리는 발가락의 움직임조차 밥 먹으라는 엄마의 목소리에 움찔하듯 혹은 늑대—소녀와의 마을 바깥 해수욕장에서의 물놀이 끝에 발이 베이듯, 일탈을 꿈꾸는 '발'은 항시 상처를 입는다. 어린 주인공이 드디어 마을을 벗어나는 시도를 했을 때에도 그것은 "두려움에게 잡힌 팔"과 호기심에 잡힌 '발'의 싸움이 된다. 마을을 벗어나면서 종아리는 당기고 발은 운동화 속에서 부풀어 오르며 유난히 작은 그녀의 발은 미덥지 않다. 더군다나 달리기를 할 때면 항시 꼴등을 하게 하던 발이었으니, 그녀의 탈주가 미완의 그것으로 끝나고 만 것은 어쩌면 당연한 일이었을 것이다.

결국 그녀는 상처 나고 부르튼 발로 늑대들의 세계로부터 안전한 집으로 되돌아온다. 이는 경계 밖으로 나갔던 늑대가 다시 순한 양이 되어 돌아오는 것이라 할 수 있을지 모른다. 그런데 이상한 건, 늑대들로부터 그녀를 구해낸 것이 마을 사람들로부터 늑대의 사촌쯤으로 여겨지는 병태아저씨였다는 것, 그리고 병태아저씨와 함께 들어선 마을 어귀에서 어슬렁거리던 동물들이 개인지 늑대인지 구분을 할 수 없었다는 것, 늑대들이 득시글거리는 곳에서 안전한 곳으로 돌아오는데 오히려 가슴이 두근거리고 "허연 이빨을 드러낸 무언가가 집에서 나를 기다릴 것만 같았다"는 것, 자기 몸에서 늑대 소리가 울려나오는 듯했다는 것, 그래서 어둠이 자신을 늑대로 바꿔치기한 것만 같고 "내가 나 아닌 아기 늑대인 것" 같았다는 것이니, 주인공의 이 귀가를 과연 늑대들의 세계에서 안전한 집으로의 귀환이라 할 수 있을까? 게다가 돌아보면 실상 이상한 것이 한두 가지가 아니다. 마을 바깥의 무서운 늑대들을 경계하라고 하고 있지만 정작 늑대는 마을 안에 득시글거리고 있는 듯하기 때문이다. 가령 "여자의 품 안에서 허물을 벗고 싶은 마을 청년들"이나 "철컥철컥 쇠가위 소리를 내는 엿장수", "고깔모자에 쩍 벌어진 입으로 웃는 피에로를 앞세우고 풍악을 울리는 서커스단"도 의심스럽기는 마찬가지고, "늑대의 앞발"처럼 "손등에 털이 숭얼숭얼한" 손으로 "늑대처럼 허연 이빨을 드러내며 바늘을 놀리는" 의사도 이미 늑대처럼 보이는가 하면, 마을 바깥 해수욕장에 가자는 말에 '내' 귀는 "낯선 기척을 느낀 늑대 귀처럼" 쫑긋 선다. 이들은 금 안으로 귀환한 늑대, 혹은 언제든 금 밖으로 뛰쳐나갈 수 있는 잠재된 늑대들이다.

늑대는 우리 안에 있는 금기된 욕망의 기운이다. 자라면서 아이는 자기 안에 자리한 늑대를 발견하고, 일체의 구속과 경계를 벗어나 그 욕망의 소리가 이끄는 대로 나아간다. 하지만 어른이 된다는 것은 동시에 우리 안에서 발견한 그 늑대를 다시 우리 안에 가두어야 한다는 것을, 경계를 넘어 떠났더라도 다시 순한 양으로 귀환해야 한다는 것을 깨닫는 것을 의미하기도 한다. 「늑대가 나타났다」는 이 쓸쓸한 성장에 관한 이야기이다. 우리 안의 늑대를 발견한 후 우리는 그것을 다시 울타리 안에 가둔다. "그 시절, 내가 살던 마을 근처엔 늑대들이 득시글거렸다"라는 서두의 문장이 과거 시제로 되어 있음에 주목해보자. 제목에서 강조하는 것과는 달리 이제 우리 삶에서 '늑대는 사라졌다.' 우리의 삶은 이 늑대에 대한 그리움으로 늑대를 찾아 울타리를 넘어서려는 발의 욕망과 그것을 붙잡는 두려운 팔 사이에서 진행되는 것이라 할 수 있을지도 모를 일이다. 금 안의 안전과 평화에 안심하면서, 하지만 때로는 '우어헝,' 우리 안에서 올라오는 늑대의 외침 소리를 환청처럼 들으면서 말이다. 이 쓸쓸한 삶의 과정이 남자 어른들을 제외한 여자-아이에게 유독 강조되고 있다는 점은 여성과 관련한 또 다른 문제를 숙고하게 하지만, 여기에선 일단 늑대의 발견으로서의 성장이 우리의 삶/세상에 그어진 부당한 금/경계에 대한 인식을 수반하고 있다는 점을 상기하도록 하자. 살아가면서 만나게 되는 수많은 금/경계 앞에서 우리 안의 늑대는 매번 꿈틀, 일어서려 할 테고, 그때마다 우리는 새삼 "늑대가 나타났다" 외치게 될지 모를 일이다.

금 안의 우리, 금 밖의 그대

그렇다면 우리의 삶에 금은 어떻게 존재하는가? 사실 이 소설집에 실린 많은 작품들은 우리 삶에 그어진 이런 무수한 금들에 대한 이야기로 읽힌다. 나와 너 사이, 우리와 그들 사이, 남자와 여자 사이, 우리 식구와 남의 식구 사이, 그리고 우리 민족과 다른 민족 사이에 존재하는 넘어설 수 없는 금들. 이혜경의 소설은 이런 금들이 어떻게 '우리'와 '타자'를 구분 짓고 또 어떻게 타자에 대한 오만과 폭력을 만들어내는지를, 그리고 결국에는 그것이 어떻게 우리의 삶을 붕괴시키는지를 보여준다. 「망태할아버지 저기 오시네」를 보자. 다가구주택이 다닥다닥 붙은 좁은 골목 안에 있던 집에서 강촌의 새 집으로 이사를 온 여자가 있다. 신혼여행에서 돌아오자마자 마주해야 했던 구겨진 침대시트와 시아버지의 이혼 선언, 시어머니와 시이모들의 등살, 시도 때도 없이 출몰하던 바퀴벌레들, 이젠 더 이상 이런 것들에 시달리지 않게 될 것이라고, 거실에 가득한 햇살, 안방 너른 창으로 들어오는 탁 트인 풍경, 논과 강과 시원한 바람, 식구들과 함께 하는 저녁 산책, 이제 이런 것들이 자신의 새로운 삶의 목록으로 자리하게 될 것이라고 꿈꾸면서 그녀는 새 삶을 시작한다. 하지만 그 아름다운 풍경 뒤편에는 안락한 집 어딘가에 숨어 있다 갑자기 나타나는 바퀴벌레처럼 여전히 함정이 도사리고 있으니, 주차를 잘못했다고 주민들에게 호통 치고 험담하는 경비원, 유통기한 지난 요쿠르트나 우유를 버젓이 진열해 놓고 시든 과일에 천연덕스럽게 높은 값을 매기는 슈퍼마켓 남자, 갑자기 우르르 몰려와 폭탄 맞은 집처럼 만들어놓고 가는 시어머니와 시이모 등 사람살이의 상처, 문제들은 그곳에서도 여전하다. 그런데 이때 주목할 점은 이런 삶의 상처들 속에서 특히 강조되는 것이 '우리' 의식이 만들어놓는 타자에 대한 폭력이라는 사실이다. 소문이 안 좋은 여자와 가깝게 지냈다는 이유로 평소 가깝게 지내던 희정 엄마를 다그치고 멀리하는 동네 여자들의 모습은 우리가 '우리'라는 이름으로 '우리'의 바깥에 얼마나 쉽게 냉정해지고 폭력적이 되는가를 보여준다. 이들의 모습은 바지에 오줌을 싸고 주눅 들어 있던 찬우에게 자기도 오줌을 싼 적이 있다고 혹은 똥을 싼 적도 있다고 이야기하는 아이들의 모습과 대비되면서 더욱 그 구차함과 어리석음이 부각된다. 소설 속 사람살이의 문제는 많은 경우 편 가르기에서 비롯된다. '우리'에겐 한없이 너그럽지만 '우리' 바깥에 대해서는 가차 없이 냉정하고 잔인한 것, 금 안의 대상을 향해서는 따뜻하고 온화하지만 금 밖을 향해서는 날선 이빨과 손톱을 내미는 것, 그것이 '우리'라는 이름 아래 숨어 있는 편리한 윤리다. 이 위험하고 삐딱한 윤리에 의해 "내가 남자라도 우리 엄마 같은 사람하고 평생 사는 건 피곤할 거야"라던 남편은 어느새 "세상에 더없이 불쌍한 우리 어머니"를 강조하는 남편이 되고, "강가 씨종자라면" 모두 다 보기 싫다던 시어머니는 며느리는 강가가 아니라 괜찮다는 듯 당신 자매들이 오는 날이면 며느리를 불러내 가족들 바라지를 시키고, 동네 여자들에겐 딸이 귀 뚫어달라고 보채는 것도 아이가 소문 안 좋은 여자와 가깝게 지내는 집에 드나들다 나쁜 물이 든 때문이 된다. 요컨대 '우리' 편은 언제나 옳다. 그러므로 금을 넘어가면 비난과 징벌을 감수해야 한다. 말 안 듣는 아이들을 잡아간다던 망태할아버지는 그렇게, 어른이 된 우리에게도 여전히 두려운 존재로 남아 있다.

「문 밖에 있는 그대」에서는 금 밖의 타자에 대한 집단의 폭력이 더 구체적으로 그려진다. 연락이 안 되는 L의 생일을 기념하며 모인 사람들이 있다. 이들은 한 줄에 꿰인 구슬처럼 결속되어 있는, 하지만 구슬 하나가 떨어져나갔다고 해서 목걸이를 버릴 수는 없는 배타적 '여성 동지들'이다. 서로의 사생활에 대한 지극한 관심, 우리는 하나라는 믿음, 이런 것들이 이들을 '동지' 의식으로 묶어두지만, 그 관심과 믿음은 때로 타인에 대한 무례와 일방적 강요를 수반하기도 한다. 그 '동지' 의식 안에 개개인의 사생활, 개인적인 취향, 남들과 다른 생각은 자리하기 어렵다. '우리' 의식은 이처럼 개인을 인정하지 않는 집단의식, 차이를 인정하지 않는 독선으로 그 자체로 억압과 폭력이 된다. 골목을 지키고 있다가 오가는 사람에게 행패를 부리던 쌍둥이 형제 이야기는 이 집단의 횡포와 폭력을 환기시키는 일화다. 자기들은 장난이었지만 거길 지나는 다른 아이들에겐 공포였던 쌍둥이 형제들의 존재, 더군다나 혼자 있을 때는 송충이 앞에서도 벌벌 떠는 겁쟁이인 그들이 둘이 함께 있으면 그렇게 무섭게 변했다는 사실은 집단의 이름으로 이루어지는 비겁한 폭력을 환기시킨다. 게다가 L의 고백처럼 쌍둥이가 지키던 골목이 무서웠던 우리는 언젠가부터 우리 자신이 그 골목을 지키는 쌍둥이가 되어 있는지도 모른다. "다른 빛깔, 다른 말, 다른 문화"는 그 '쌍둥이 세계'에서 억눌리거나 지워진다. 소설 속에서 고딕체로 처리되어 있는 대목들은 그렇게 억눌리고 지워지고 묻힌 L/타자의 목소리이다. 쌍둥이들의 동질성으로 묶여진 '우리'의 세계에서 '그대/당신'은 언제나 그렇게 '문 밖에' 있다.

「피아간」은 금 안과 밖을 구분 짓는 또 다른 기준으로서의 핏줄에 대한 이야기이다. 유난히 핏줄에 집착했던 아버지의 죽음과 주인공의 가짜 출산이 겹쳐지면서 핏줄에 대한 집착이 어떻게 사람들 사이에 금을 만들어놓는지가 드러나는 이 작품에서, 핏줄에 대한 집착은 결국 삶도 죽음도 허위와 위선의 그것으로 만든다. 입양을 인정하지 않는 식구들 눈을 피하기 위해 가짜로 부풀어 오른 배는 "생명을 담고 오는 배(船)가 아니라 거짓말로 쌓아올린 봉분"이 되었고, 임신 기간은 "무덤속 같은 나날들"이 되었다. 제가 낳은 새끼를 쉽게 찾아내는 어미 박쥐에 관한 다큐멘터리에서 확인하게 되는 것 역시 "내 새끼와 남의 새끼", "내 핏줄과 남의 핏줄"을 구분하는 것이 목숨이라는 사실이니, 이것은 소설 속에서 모성의 위대함이 아니라 살아 있는 모든 목숨들에게 적용되는 잔인한 본능으로 이해된다. 내 가족, 내 핏줄만으로는 만족하지 못하리라는 꿈에 남편이 동참해주길 기대하며 결혼을 결정했던 주인공도 정작 입양을 하면서는 아이의 태생적 근원에 대한 속물적 우려와 기대를 버리지 못한다. 그녀 또한 어쩔 수 없이 "내 새끼와 남의 새끼"를 구분 짓는 목숨이었던 것이니, 우리 삶에 그어진 이 핏줄의 금은 근본적으로 핏줄을 잇지 못하는/잇지 못한다고 여겨지는 여자들에 대한 배타적 금 긋기의 문제를 포함하여 무수한 삶의 균열을 만들어낸다. 무엇보다 놀라운 것은 "흙이 무너지지 말라고 봉분 중간을 빙 둘러가며 끼워 넣은 솔가지가, 나와 남 사이에 그토록 선명한 금을 긋고" 있었던 것처럼 이런 금 긋기가 우리의 삶에서 뿐 아니라 죽음 이후에도 계속된다는 사실이다. 새집을 지어야 한다며 사위들을 찾는 누군가의 목소리로 끝나는 소설의 마지막이 섬뜩한 것은 이 때문이다.

불법 체류 노동자들의 고단한 삶을 그리고 있는 「물 한 모금」에선 또 다른 종류의 금이 문제다. 이곳에 머무를 수 있게만 해준다면 금지된 일은 하나도 안할 사람이라는 겸손한 표정을 짓고, 자신은 무력하고 무해한 인간이라는 걸 강조하고, 근무지에서 벗어나지 않았으므로 합법적이라는 무언의 항변을 하고, 또 버스를 타면 항시 맨 뒤쪽으로 가 박혀 있어도, 그들은 여전히 금 밖의 사람들이다. 샤프의 말처럼 이 나라에 올 수 있었던 건 그들에게 유일한 행운이었지만 동시에 마지막 행운이 된다. 그들은 이 나라에서 손을 잘리고 다리를 다치고 병을 얻고 혹은 추방을 당한다. 그들은 바다를 건너 이 나라로 왔지만 우리와 그들 사이에 있는 금을 건너지는 못한다. 그들이 사람이 다니는 곳과 차가 다니는 곳 사이에 놓는 것을 만드는 일을 한다는 것은 이 점에서 시사적이다. 차도와 보도 사이를 가르는 경계, 금 안과 금 밖의 경계, 거기가 그들이 서 있는 자리이기 때문이다. 이 작품은 최근 들어 큰 사회적 문제가 되고 있는 불법 체류 노동자들의 삶을 다루고 있다는 점에서 시사적이지만, 작가가 보다 근본적으로 관심을 갖는 것은 불법 체류 노동자들의 고달픈 삶 자체라기보다 그런 부당함과 사회적 폭력을 낳는 배타의식, 혹은 경계의식 자체다. 한국에 온 아밀과 샤프의 이야기는 물론 '지상의 낙원'이라는 섬으로 갔다가 거기에서 도둑질을 하다 주린 배를 끌어안고 맞아 죽은 라흐맛의 이야기는 '나'와 '남' 사이에 혹은 '우리'와 '그들' 사이에 놓인 수많은 금들이 낳은 슬픈 사례다. 다른 신을 믿는다는 이유로 그의 선조들에게 쫓겨 온 사람들이 가꾼 섬인 '지상의 낙원'에서 폭력의 희생자들은 어느새 가해자가 되어 있다. 게다가 관습적으로 묵인되는 거리 재판에서는 죽은 사람은 있지만 죽인 사람은 없으니, 집단의 이름으로 이루어지는 폭력에서 개인의 책임과 죄는 숨겨지고 지워진다. 문제는 다시 '우리'와 '우리 아닌 것' 사이의 경계, 그 배타적 '우리' 의식이다. 그러니 샤프가 발음하기 어려워했던 말 '경계'는 '딱딱한 단어'임이 분명하다.

아일랜드, 슬픈 영혼의 고향

작중 인물의 말처럼, 우리의 삶에 그어진 무수한 금들 앞에서 그리고 배타적 '우리'의 결속에 동조함으로써 금 안의 안전과 평화를 얻기를 강요하는 현실 앞에서 우리가 선택할 수 있는 길은 달아나든가, 방관하든가, 부딪치는 것, 세 가지 길밖에 없다고 할 때, 이혜경의 인물들이 선택하는 것은 첫 번째 길이다. 그들은 "아닌데 아닌데 하면서도 휩쓸리지 않을 수 없는"(「문 밖에 있는 그대」) 일들에 떠밀리다 결국에는 사람들로부터 떠나는 사람들이며, "우리에게는 얼마든지 너그럽지만 그 테두리를 넘어선 대상에겐 언제든 날카로운 송곳니를 드러내고 살점이 떨어질 때까지 물어뜯을 수 있는 충직함"(「도시의 불빛」)을 가진 개가 되지 않기 위해 타인과 거리를 두고 스스로 섬이 된 사람들이다. 이 점에서 그들은 근본적으로 아일랜드인이다. 다수인 신교도에게 오랫동안 차별을 당해오면서 다른 사람들과는 고향이나 출신학교, 심지어 좋아하는 빛깔조차 묻지 않고 오직 날씨만을 화제로 삼는 사람들, 혹은 본토에 속하지 못한 채 외롭게 떠도는 섬과도 같은 사람들. 아일랜드는 이 슬픈 영혼들의 고향인 것이다.

「도시의 불빛」은 이 같은 아일랜드인을 현대를 사는 우리의 쓸쓸한 실존으로 파악하고 있는 작품이다. 소설 속 주인공은 환자와 의사를 연결해주는 네트워크 담당자다. 그녀는 그들의 개인적인 고민들을 들어주기도 하고 고객들 생일이면 카드를 써서 보내기도 하지만, 정작 그들이 정말로 개인적이고 친근한 관계로 다가오는 걸 느끼면 "상기하자, 아일랜드"를 다짐하며 뒤로 물러선다. 동료 김진숙이 밤중에 전화해서 마음을 열라고 얘기하면 속으로 "넘어오지 말라고" "송곳니를 드러내며 으르렁거렸"고, 교통사고 이후 8년 동안 누워서만 지낸다는 여자를 보면서는 "일단정지. 끼어들지 말 것"이라는 "철도 건널목의 경고음"을 상기하며, 경주로 오라는 대니얼의 전화를 받으면서는 다시 그 경고음을 들으며 마음속으로 "금 넘어오지 마" "이건 반칙이야"라고 응수한다. 이 같은 그녀의 태도는 분명 서로가 일정한 거리를 두고 금을 넘지 않으며 관계를 맺는 삭막한 도시인의 단면을 보여준다. 하지만 여기에서도 주목해야 할 것은 이 같은 '거리두기' 혹은 '금 넘지 않기'라는 삶의 방식이 상처를 통해 형성된 방어적이고 수동적인 최소한의 관계 맺음 방식이라는 점일 것이다. 이제는 드러나지도, 만져지지도 않는 상처이지만 그 밑에 여전히 자리하고 있는 알 수 없는 상처의 근원은 여전히 그녀를 괴롭힌다. 근질거리는 머리 밑을 헤집는 그녀의 손길은 그 상처의 근원을 더듬는 두려운 몸짓이다. 이는 결국 작가의 관심이 도시인의 삭막한 삶의 방식 자체에 있는 것이 아니라 그것을 낳는 상처의 근원에 있음을 보여주는 대목이기도 하거니와, 이 점에서 섬은 단자화되고 타자화된 현대인들의 쓸쓸한 현존을 드러내는 비유인 동시에 다른 한 편 '금 밖의 그대들'이 폭력과 상처를 낳는 허위의 '우리' 의식으로부터 달아나 도달한 작은 공간이라 할 수 있을 것이다.

그러므로 다시 한 번 확인하건대, '금 안의 우리'가 되지 못한 이혜경의 인물들은 근원적으로 섬으로 간 사람들, 혹은 스스로 섬이 된 사람들이다. 환자와 의사를 연결시켜주면서 전화로 사람들과 이야기를 나누고 그들의 고통과 상처, 외로움을 나누지만 정작 그들을 직접 만난 적은 없는, 그래서 길에서 그들을 만난다고 해도 모른 채 스쳐 지나갈 네트워크 담당원뿐 아니라(「도시의 불빛」), 돈 대신 시간을 누릴 거라며 직장을 그만두고 프리랜서로 일을 시작하고 이따금 훌쩍 혼자 여행을 떠나거나 친구들과 소식을 끊고 잠적해버리는 L(「문 밖에 있는 그대」), 수많은 사람들과 만나지만 단지 일회적이고 순간적인 만남일 뿐 지속적인 관계를 갖는 것은 아닌 여행 가이드(「멀미」), 대형마트 직원(「크레바스」), 불법체류 노동자(「물 한 모금」) 등 이혜경의 인물들은 모두 사람들로부터 일정한 거리를 두고 홀로 떠도는 섬들과도 같다. 뿐만 아니라 실제로 「물 한 모금」에서

라흐맛은 '지상의 낙원' 섬으로 가서 거기에서 맞아 죽었고, 「크레바스」에서 주인공의 동생과 마트에서 본 여자는 모두 얼굴에 눈물방울 모양의 스리랑카 섬처럼 생긴 반점을 가지고 있으며, 「멀미」에서 주인공은 여행 가이드를 하기 위해 섬나라 일본으로 간다. 이로써 이들이 자신들의 존재의 근원을 섬에 두고 있는 섬나라 사람들, 혹은 아일랜드인이라는 사실은 다시금 확인되는 셈이다.

이때 물 위에 떠 있는 섬은 조금씩 흔들리고, 조금씩 금이 가고, 조금씩 기울며, 그러다 서서히 가라앉는, 우리의 불안한 삶의 지반을 은유한다. 이혜경의 인물들은 우리의 삶에 상존하는 그 균열과 위험에 민감하다. 그들은 "스릴이라고는 눈 씻고 찾아도 보이지 않는" 마트에서도 도처에서 위험과 균열을 예감하고 발견하며(「크레바스」), 일상생활에 지장을 주지 않는 정도의 미진이라 해도 미진이 계속되면 석불에 금이 간다는 것을 안다(「멀미」). 어느 순간 우리를 수 천 미터 아래 땅속으로 혹은 물속으로 떨어지게 만들지 모를 무수한 '크레바스' 위에서 진행되는 것, 그것이 우리의 삶이라는 것을 알고 있기 때문이다. 이처럼 이혜경의 인물들이 저 아래 어딘가에서 무언가가 꿈틀거리며 삶의 균열을 만들고 있는 곳 위에 서 있다고 할 때, 이들이 곧잘 멀미와 어지럼증을 호소하는 것은 자연스럽다. 언니는 여행을 할 때면 심한 멀미 때문에 고생을 하고, 일본에 온 '나'는 지진 때문에 울렁거림을 느끼며(「멀미」), 아밀은 새 일자리를 찾아 한국에 오면서 멀미기인지 뭔지로 내내 속이 울렁거리고(「물 한 모금」), 마트에서 일하는 남자는 어릴 적 사라진 동생처럼 얼굴에 반점을 가진 여자를 보자 배 멀미에 시달릴 때처럼 가슴이 울렁거리고 정신이 건들거리는 것을 느낀다(「크레바스」). '멀미'는 진동하고 균열하고 있는 세상 앞에서 느끼는 어지럼증, 혹은 그 알 수 없는 세계와 운명 앞에서 느끼는 울렁거림이다.

그 어지럼증과 울렁거림을 잠재울 수 있는 것이 물이라는 사실 역시 섬나라 사람들의 운명을 환기시킨다는 점에서 흥미롭다. 아이러니컬하게도 물에 에워싸인 곳인 섬에서는 물이 귀하다. 「물 한 모금」에서 아밀의 고향은 바닷가였지만 물이 귀했다. 어쩌면 소설 속 인물들의 고단한 삶은 '물 없음'에서 비롯된 것인지도 몰랐다. 새 일터에서 본 물을 나르는 콘크리트 관이 고향의 땅속에도 이어지고 그 속으로 물이 콸콸 흘러넘쳤다면 아밀은 자기의 고향에서 농부가 되어 있을지도 모르고 그의 가슴을 설레게 했던 앳된 여자애도 인근 도시의 가정부로 나가지 않았을지도 모를 일이다. 하지만 이들에게 물은 항시 모자랐다. 라흐맛은 자기가 마시고 싶은 물을 마실 거라며 고향을 떠났고 결국 물을 달라는 말을 마지막으로 남기고 죽었으며, 추방을 당하게 된 샤프는 눈앞에서 엎질러진 물그릇에 더 심해진 조갈증으로 그나마 몸에 남은 물기를 쥐어짜고 있을 것이고, 물을 실어 나르는 콘크리트 관으로 들어가 몸을 누인 아밀은 콘크리트 냄새가 자기 몸에서 물기를 앗으려 드는 것을 느끼며 더 심해진 갈증을 제 침샘에서 짜낸 침으로 달래고 있을 뿐이다. 이들에게 생명수로서의 물은 여전히 부족하다.

그런가 하면 「멀미」에서 '나'는 물 없이는 먼 길을 떠날 엄두를 내지 못하는 인물이다. 비닐봉지 없이 차를 탄다는 건 상상도 할 수 없는 언니나 그녀 모두 삶의 멀미, 조갈증에 시달리는 인물이라는 점에서 닮아 있다. 단풍놀이로 갑자기 부모님이 돌아가시고 작은 아버지가 부모님 재산을 가로챈 것에서 비롯된 삶의 균열은 이들 자매로 하여금 심한 멀미와 조갈증에 시달리게 만든다. 이들에게 물은 그 어지럼증과 상처와 분노를, "오래된 먼지처럼 끈끈하게 들러붙은 기억"을, "그 아래 살 속에 파묻혀 있다가 까끄라기처럼 만져지는 가시들을 뽑아내" 주는 생명수와도 같다. 상처의 기억을 버리지 못해 끙끙대는 이들의 몸 안으로 흘러들어가 그 세포를 씻어내 주는 것, 그리하여 다시금 사랑을 시작하게 하는 것, 그것이 물이다. 주인공이 작은아버지가 누워 있는 병원 대신 마지막 사랑이 있는 대만으로 가기로 하는 것은 생명과 사랑의 물로 상처와 분노의 기억으로 차 있는 몸을 씻어내는 행위와도 같다. 그것이

다시 사랑을 하기 위해 먼저 필요한 일이기 때문이다. 이렇게 보면 현실 밖으로 달아나고 도망가는 듯 보이던 이혜경의 인물들은 이제 이 땅을 박차고 날아오르는 새가 되는 대신 언 땅을 뚫고 나오는 새순이(「틈새」) 되기로 결심한 듯 보인다. 날아오르기 위해선 먼저 언 땅을 뚫고 나와야 할 지 모른다. 아직은 수많은 틈새·금·경계에 끼인 채 허덕이고 있을지라도, 이들은 섬에서 또 다른 섬으로 옮겨가면서(이 점에서 「멀미」에서 일본에서 대만으로 이동해가는 주인공의 여정은 시사적이다) 사랑을 모색 중이다. 스스로가 외로운 섬들인 그들은 "밤거리에 섬처럼 드문드문 불 밝힌 창들을 보면서"(「멀미」) 사랑을 통해 각자 홀로인 그 섬들을 잇는 생각을 한다. 어쩌면 이것이 섬으로 간 사람들 혹은 섬이 된 사람들인 이혜경의 인물들이 어렵게 도달한 사랑의 방식일 것이다. "사람들 사이에 섬이 있다. 그 섬에 가고 싶다." 이혜경의 소설은 이 시 구절을 쓸쓸하게, 그러나 따뜻하게, 환기시킨다.

끝으로 이혜경 소설의 문장에 대한 이야기를 덧붙이자. 인물과 세상에 대한 섬세하고 따뜻한 시선만큼이나 그것을 표현하는 단어·구절·문장 등에 대한 그녀의 노력은 신선하고 놀랍다. '데설궂은', '짯짯한 눈길', '거스러미 인 내 입술', '오달지던 걸음이 타달거렸다', '시드럭부드럭해졌던', '감때사나운', '뻐세진다', '희치희치했다'와 같이 우리의 언어생활에서 잊혀지고 사라져가는 표현들을 찾아내 맞춤으로 구사해내는 능력은 작가의 언어적 섬세함과 예민함에서 비롯되거니와, 그녀는 이 섬세한 언어 감각과 시선으로 소설 곳곳에 반짝이는 문장들을 만들어놓는다. 가령 이런 문장들을 보자.

군사분계선을 무단히 넘으려던 이등병으로 간주되어 기총소사 같은 잔소리에 너덜나기 마련이었다.
수챗가에 쪼그리고 앉아 눈물 흘리기 직전의 마음처럼 멍든 빛깔인 달개비꽃을 뜯다가도, 그 노래만 들으면 내 안에서 무언가가 슬금슬금 기지개를 켰다.

그 바람에, 침으로 삭던 밥풀 하나가 톡 튀어나와 보시기의 김치에 올라앉았다.
—「늑대가 나타났다」

경비원의 목소리에 섞인 분노가 집 안 구석구석까지 분무약처럼 분사되었다. 차주가 눈앞에 있으면 한 대 치기라도 할 기세였다. 차주가 달궈진 프라이팬에서 볶이는 콩의 속도로 튀어나오지 않는 한, 경비원의 방송은 한번에 그치지 않았다.
—「망태할아버지 저기 오시네」

무의식에 수채에서 오글거리는 장구벌레처럼 엉겨 있을 무엇을 남에게 보여주다니, 그는 소심한 사람이었다.
—「크레바스」

큰 독에 장아찌 담그듯 차곡차곡 집어넣고 넓적한 돌로 단단히 눌러놓은 기억은, 조금만 틈을 보여도 부글부글 끓어 넘쳤다. (…중략…) 발효해버렸으면 싶은 기억은 양념이 다 삭아 어우러진 신 김치 속에서도 제 맛을 주장하는 생강조각처럼 도드라졌다.
—「멀미」

어른들의 잔소리, 경비원의 분노 어린 목소리, 어둡고 더러운 것들로 가득 차 있을 무의식, 잊고 싶은 기억 등이 구체적이고 신선한 비유를 통해 전혀 새로운 감각과 의미로 다가온다. 비유는 대상을 수식하고 설명하는 보조 수단이 아니라, 그것 자체로 새로운 대상, 새로운 세계를 만드는 의미의 주체다. 어떤 점에서 소설을 읽는다는 것은 '잔소리를 들을 것이다', '경비원의 분노 섞인 목소리가 들려왔다', '상처의 기억이 잘 잊혀지지 않는다'와 같이 사건이나 상황을 파악하는 것을 의미하는 것이 아니라 '기총소사'와 '분무약'과 '돌로 눌러놓은 장아찌 항아리'를 새롭게, 다른 감각으로 만나는 것을 의미한다. 그것은 세상을 새롭게 만나고 이해하는 것이기도 하니, 이혜경의 소설은 이 소설 읽기의 기쁨과 의미를 충실하게 보여준다. 외로운 섬으로서의 사람들에 대한 이야기도, 그 섬들을 잇는 일도, 소설에선 언어를 통해서 이루어질 수밖에 없다. 언어가 그 섬들 사이에 난 길이기 때문이다. 그러므로 이혜경의 소설이 이끌어가는 길들이 미더운 것은 어쩌면 그 언어 때문이라고 할 수도 있을 것이다.

생은 무엇으로 채워지는가

김인숙의 『봉지』

찢어진 봉지 혹은 존재의 구멍

평범한 여자 아이가 있었다. "어디 있겠지, 짐작하면 바로 그 자리"에 있던 아이, 허약하고 온순하며 친구 없이 항상 혼자였던 아이, 그래서 어딘지 모르게 어둡고 내성적인 분위기를 풍기던 아이, 자신은 "천 년 전 우주의 시대를 살고 있는 버림받은 종족의 딸"이며 친구들은 "안개 와 바람과 빗방울, 혹은 말이라고" 생각했던 풍부한 상상력의 아이, 그 리고 그 엉뚱하고 무한한 상상력 때문에 더더욱 혼자였던 아이. 김인숙 의 『봉지』는 이 어리고 여리던 아이가 "늘 거기에" 있던 그 자리에서 어떻게 전혀 다른 자리로 옮겨가게 되었는지에 대한 이야기이다. 병약 하고 조용하고 온순하던 혼자만의 자리에서 거칠고 반항적이고 도전적 인 자리로, 그리하여 사람들 속으로, 세상 속으로 나아가게 되기까지의 이야기. 이 점에서 이 작품은 우선 어리석고 순진한 아이가 성인이 되면서 겪게 되는 고통과 상실을 다룬 성장 소설로 읽힌다.

주인공의 존재론적 자리 옮김은 그녀의 이마에 구멍이 뚫리면서 시작된다. 며칠 째 집에 돌아오지 않는 오빠 봉호를 찾아 시외버스 터미널 근처를 서성거리고 있던 주인공은 마침 그곳에서 벌어진 깡패들의 패싸움을 목격하게 되었고 거기에서 오빠를 발견하고는 싸움판에 달려들어가 몽둥이에 맞아 머리가 깨어지게 된다. 그것은 가현의 비유처럼 '비닐봉지' 같던 자신의 존재에 구멍이 뚫리면서 '텅 빈 봉지'가 되는 경험, 그리하여 그 '텅 빈 봉지'를 무언가로 다시 채워야 한다는 인식을 하게 만드는 계기가 된다. 이마에 생긴 구멍은 자신의 세계 한 부분이 찢어지면서 난 흔적이기 때문이다. 이제 그녀는 상상력으로만 가득 찼던 유년의 세계에서 벗어나 거친 현실로 나온다. 이제까지 그녀의 세계를 채워온 것이 책과 꿈과 상상력이었다면 이제부터 그녀가 새로 맞이해야 할 세계는 몸의 감각과 경험 그리고 상처로 구축된다. 이마에 구멍이 뚫리게 된 정황을 기술하는 다음 대목을 보자.

터미널 뒷골목은 순식간에 난장판이 되었다. 쫓기던 패거리들이 돌연 몸을 돌려 자신들을 쫓던 패거리들을 향해 몽둥이를 휘두르기 시작했다. 가게의 좌판들은 남김없이 뒤엎어졌고, 유리창은 박살이 났다. 깨진 병과 당구장 큐대와 자전거체인이 공중을 날고, 쓰러진 몸뚱이 위로는 구둣발이 퍼부어지고, 살이 터지는 소리와 함께 왈칵왈칵 피가 쏟아져 나오는 것이 보였다. 처음에는 구경을 나왔던 사람들은 이번에는 몸을 피하기 위해 아우성이 되었다. 엎어진 좌판을 간신히 그러모아 달려가는 여인의 치맛폭에서 멍들고 으깨진 살구와 자두가 바닥으로 떨어져내렸다. 피와 쇠와 자두냄새가 진동을 했다.

봉지는 봉호를 발견했다. 남들보다 작은 봉호는, 그래서 남들의 것보다 훨씬 더 커 보이는 당구장 큐대를 휘두르고 있었다. 봉지가 그런 어마어마한 싸움판을 목격한 것은 그때가 처음이었다. 폭력에 노출된 살과 피를 본 것도 물론 그때가 처음이었다. 생각을 하는 것 보다, 맞지도 않은 살의 통증이, 흐르지도 않은 피의 전율이 더 빨랐다. 봉지는 거의 맹목적으로, 앞도 뒤도 없이, 무모하기 짝이 없게도 그 싸움판 안으로 달려 들어갔다. (…중략…) 누군가가 그녀를 덮치며 쓰러졌고, 무차별적으로 몽둥이가 날아왔다. 마침내 머리가 깨지는 느낌과 함께 누구의 것인지 알 수 없는 피가 얼굴을 덮었을 때, 봉지는 마지막으로 한 번 더 오빠를 불렀다.

　　집에 가자, 오빠…….

　아무 생각 없이 싸움판에 뛰어들어 머리가 깨지게 된 이 장면에서 강조되는 것은 살과 피의 육체적 감각이다. 깡패들이 몽둥이와 깨진 병과 각목 따위를 들고 패싸움을 벌이고 "쓰러진 몸뚱이 위로는 구둣발이 퍼부어지고, 살이 터지는 소리와 함께 왈칵왈칵 피가 쏟아져 나오는 것이 보이고", 엎어진 좌판 아래로는 "멍들고 으깨진 살구와 자두"가 떨어져 "피와 쇠와 자두냄새가 진동을" 하는 세계, 그것은 앞으로 봉지가 마주해야 할 폭력과 상처의 현실이다. 그것은 분명 이제껏 그녀가 꿈꾸고 상상해왔던 것과는 전혀 다른 세계다. 그리고 그것은 항시 피를 수반한다. 무차별적인 몽둥이에 머리가 깨져 "누구의 것인지 알 수 없는 피가 얼굴을 덮"음으로써, 그 피의 세례와 함께, 그녀는 상상으로 지어진 유년의 세계와 결별한다. 이제 그녀는 알게 된다. 아무리 "집에 가자, 오빠!"를 외쳐대도 이젠 더 이상 엄마가 지켜주는 안전하고 평화로운 집은 없다는 것을, 돌아갈 집은 이제 없다는 것을(실제로 이 사건이 있기 전 그녀의 집은 장마로 무너져 내린다!).

　결국 이 사건을 통해 그녀는 혼자만의 상상력으로 채워진 가상현실에서 벗어나 구체적인 감각을 통해 인지되고 경험되는 진짜 현실 속으로 들어오게 되는데, 그것은 유치장과 감옥과 욕설과 광기의 세계로 구체화된다. 한때 "삶이 그대를 속일지라도 슬퍼하거나 노여워하지 말라"는 푸쉬킨의 시나 "내가 그의 이름을 불러주기 전에는 / 그는 다만 / 하나의 몸짓에 지나지 않았다/나의 이름을 불러다오/그에게로 가서 나도/그의 꽃이 되고 싶다" 혹은 "시몽 너는 아느냐/낙엽 밟는 소리를"로 시작되는 시들이 위안이 되고 희망이 되고 꿈이 되었던 시절이 있었다. 하지만 이제 표면 아래 혹은 저편의 세계에 무언가 놀랍고 두려운 세계가 감춰져 있음을 감지한 그녀는 술을 배우고, 담배를 피우고, 욕설을 하고, 동성애적 감정의 포즈를 취하면서, 스스로 살과 피의 냄새가 요동치는 세계의 일원이 된다. 언젠가 저수지에 빠졌을 때 환각처럼 보았던 수심의 세계를 향해 두려움과 죽음을 감수하고 깊이깊이 내려가는 것, 그리하여 그 수심의 세계에서 극점의 한 순간을 경험하는 것, 이제 이 꿈이 그녀를 이끌어간다. 유년의 끝을 넘어가면서 봉지가 보여주는 이 놀라운 변신은 "새는 알을 깨고 나온다. 알은 곧 세계다. 태어나려는 자는 한 세계를 파괴하지 않으면 안 된다"라는 『데미안』의 구절을 떠올리게 하기에 충분하다. 이마에 구멍이 뚫리면서 자신이 빈 존재, 빈 봉지임을 깨닫는 것, 그리고 그렇게 존재에 구멍이 나면서 시작되는 청춘. 소설은 이 슬픈 인식을 기점으로 전개되기 시작한다.

피의 운명과 타락천사들

상상력의 세계에서 구체적 몸의 세계로, 유년의 세계에서 성인의 세계로 이동하는 과정에 항시 피가 수반된다는 사실에 다시 주목해보자. 그것은 주인공이 앞으로 대면해야 할 세계가 따뜻하고 말랑말랑한 몽상의 세계와는 다른 몸으로 부딪쳐야 하는 거친 세계임을 환기시키면서 동시에 삶과 세계가 갖고 있는 근원적인 폭력성과 비극성을 암시한다. 이마에 구멍이 뚫리고 피가 얼굴을 뒤덮었던 것처럼 성장은 피와 함께, 피를 통해 이루어진다. 봉지가 초경을 하는 대목은 이 점에서 주목된다.

장마 뒤에 폭염이 왔고, 연일 소독차가 와서 읍내 거리를 하얗게 물들이고 가는 동안에도, 봉지의 몸에서는 쉼 없이 물이 흘러내렸다. 그것은 남들보다 늦게 시작한 초경의 어느 날 밤, 마침내 피로 쏟아져 내리면서 종적을 감추게 되었다. 여전히 초등학교 수재민 대피소에서 잠을 자던 한 여름의 일이었다. 봉지는 남들보다 늦게 시작한 초경을 남들보다 많은 혈량으로 시작했다.

아이에서 어른으로 그리고 여성으로 이동해가는 출발점을 기술하고 있는 이 대목에서 봉지는 몸 안에 가득한 물을 피로 비워내면서 그 세계로 들어선다. 이에 앞서 장마로 집이 무너져 내렸다는 사실까지 상기하면 이는 이제 그녀의 집과 몸 모두 기존의 것을 허물고 새롭게 몸바꿈을 하고 있음을 시사한다. 주목할 것은 이것이 피를 수반하면서 이루어지고 있다는 사실이다. 이마가 깨진 사건은 이 피의 현실을 구체적으로 확인시킨 첫 번째 일화다. 그녀는 그 사건으로 비로소 껍질을 깨고 다른 세상으로 나온다. 그때 그녀는 초경 때의 비릿한 피 냄새를 다시 맡게 되니, 이제부터 성장은 이 피와의 대면을 의미하게 된다.

진영의 얼굴이 봉지에게로 향했다. 봄밤 가로등 아래, 그의 얼굴은 창백해보였고 입술은 마치 피를 머금기나 한 것처럼 지나치게 붉어보였다. 봉지를 돌아보기 전에, 봉지의 손이 그의 팔에 닿자마자 그는 기겁을 해서 봉지의 손을 팔에서 떼어내기부터 했다. 지나치게 붉은 입술처럼 지나치게 사나운 그 손길에서도 마치 피가 묻어나는 듯 했다.

의령의 한 경관은, 공을 때리는 대신에 총기를 난사하여, 시골마을의 주민 56명을 죽이거나 다치게 했다. 마누라가 동네사람들에게 자기 욕을 하고 다녔다는 게, 그 총기난사의 이유였다. 이제 막 대중화되기 시작한 컬러티브이는

56명의 핏자국을 선연하게 대중의 안방까지 전송했다.

순미가 봉지를 불렀을 때, 봉지는 거의 정신이 나가 있었다. 그야말로 전혀 영문을 알 수 없게 그녀의 손에서 피가 흐르고 있었다. 그러나 봉지는 자신이 손바닥에 박힌 유리조각은 신경도 쓸 수가 없었다.

병원은 응급차가 주차하는 입구부터 응급실까지 피 묻은 발자국들로 가득 찼고, 피와 살 냄새가 약 냄새를 지웠다. 아비규환이었다. 울부짖음, 고통에 찬 호소, 환각에 빠진 신음소리, 비명소리와 웃음소리, 그리고 욕설과 욕설……

이런 예문들을 통해 확인할 수 있듯이 봉지의 삶에 중요한 전환점이 되는 순간에는 늘 피가 있다. 그 피는 비릿한 냄새와 함께 온 초경의 경험에서처럼 여성으로서의 존재 인식과 연관된 것이기도 하고, 깡패들의 싸움에서 혹은 봉호와 수호의 싸움 와중에서 만났던 피처럼 갈등과 다툼을 본질로 하는 인간관계의 어둠과 연관된 것이기도 하고, 티브이로 안방까지 전송되었던 대구 총기난사 사건의 핏자국처럼 개인적 갈등이 사회적 어둠으로 확대되는 걸 보여주는 것이기도 하며, 혹은 대학생들의 데모 현장에서 학생들의 구호, 유인물, 비명, 최루탄, 돌멩이들 사이에서 보았던 학생들의 피처럼 정치적이고 역사적인 어둠과 연관된 것이기도 하고, 병원실습 나간 병원이 가스폭발로 아비규환이 되었을 때 찢겨지고 부서진 몸, 비명소리, 울음소리 속에서 보고 냄새 맡았던 피처럼 보다 근원적인 존재론적 어둠과 연관된 것이기도 하다. 특히 '피'의 경험이 진영과 연관되어 나타나는 경우가 많은데, 이는 봉지에게 있어 진영이 그녀로 하여금 이와 같은 '피'의 현실을 실감하게 하고 깨닫게 하는 인물임을 시사한다. 진영과의 만남이 피에 의해서, 피를 통해서 이루어졌듯이 그와의 마지막 만남에도 피가 수반된다. 수배 중이던 진영이 자신의 집에 머물다 간 후 봉지는 경찰에 끌려가 고문을 받고 쓰레기장에 버려지게 되는데, 이때 마지막으로 피가 등장한다.

봉지는 연행되어 닷새 동안을 고문실에 있다가, 어느 새벽에 난지도 쓰레기장에 부려졌다. 그 새벽, 봉지는 쓰레기장에 주저앉아 무섭게 하혈을 했다.

이후 그녀는 '피 묻은 몸'으로 수호에게 업혀 병원에 옮겨지게 되고, 그렇게 진영을, 사랑을, 그리고 청춘을 떠나보낸다. 온 몸이 피범벅이 되면서 피와 살의 세계를 통과하는 것이다. "당신은 내게 피를 흘리게 하기 위해 존재했던 사람"이라는 봉지의 말처럼 진영은 그녀에게 '재앙처럼' 온 인물이다. 피와 함께 마주했던 폭력과 혼란의 세계, 피와 함께 왔던 사랑, 그 가운데에 진영이 있었고, 이제 무서운 하혈과 함께 그녀는 또 하나의 세계를 건넌다. 어쩌면 장마로 집이 무너진 후 찾아왔던 초경은 이 피의 운명을 예언한 것이 아니었을까.

사실, 이처럼 무언가가 자신의 빈 구멍을 채우리라는 기대와 열망으로 수심의 끝까지 내려가지만 여전히 결핍과 상처의 생을 확인하게 되는 건 봉지만의 특별한 여정이 아니다. 제재소집 딸 '날라리 생양아치'였던 순미는 제일 먼저 고향을 떠나 서울로 가서 무용을 전공하며 신데렐라를 꿈꾸지만 술집 호스테스가 되어 있을 뿐이고, 미모가 뛰어났던 정육점 딸 영주는 고3 때 과수원집 아들의 아이를 배고 결혼을 해서 '아주 조금' 재미없어진 인생 때문에 가출을 반복하고 있고, 남자 같은 체격에 사납고 거칠었던 가현은 고등학교 때 퇴학을 당하고 미장원 하는 이모 집에 얹혀살면서 보조 미용사가 되어 있고, 아버지가 노름하다 죽은 후 호떡을 팔아 학비를 댄 어머니의 기대에 부응하며 1등만 하던 천재 수호는 「강」의 주인공처럼 시내 고등학교에 가서는 겨우 상위권을 유지하는 아이가 되었다가 서울에 와선 별 볼일 없는 인물이 되어 있고, 깡패였던 봉호는 이젠 깡패조차 되지 못하고 백수가 되어 소심하고 비굴해져 있다. 한 때 이들은 가현이 영주 결혼 선물로 놓고 간 '날개를 단 아기천사 인형'들과도 같았다. 하지만 이제 이들은 날개가 꺾여 추락한 천사들이 되어 있을 뿐이다. 이들은 그 추락과 상처의 청춘을 통과한 후 다시 조용히 현실로 귀환한다. 봉지는 간호사를 그만 두었고 두 번 씩이나 결혼을 하면서 열정도 오래 가는 것이 아님을 알았으며, 순미는 누군가 자신을 리무진에 태워 파티에 데려가주기를 기다리는 대신 스스로 리무진을 굴리기로 결정하곤 악착같이 돈을 모으며 살고 있고, 영주는 결국 이혼을 했고, 수호는 작은 출판사에 취직을 했고, 진영은 감옥에서 나온 후 유학을 갔다가 소설가가 되어 왔고, 미혼모 가현은 성공한 미용사가 되어 순미를 보면 여전히 얼굴이 붉어지는 봉호와 살고 있다. 생이 무언가 '특별한' 것을 주리라는 기대는 배반되었고 이들은 '아무 것도 아닌 인생'이 되어 있을 뿐이다. 게다가 여전히 인물들의 삶은 엉망이고 혼란 상태다. 모두들 기대하지 않았던 인연과 이어지고, 상상하지 않았던 삶을 살아가며, 그렇게 꿈은 작아지고 스러져간다. 게다가 소설은 이렇게 작아지고 스러져가고 어긋나는 것이 우리의 삶이라고, 아무리 멀리 떠나도 결국에는 원래의 자리에 초라한 모습으로 돌아오게 되는 것이라고, 얘기하는 듯 보인다.

산갈치 전설은 이처럼 상처와 고통을 감수하면서 고향을 떠나 낯선 곳을 떠돌다 결국에는 상처투성이 몸으로 되돌아오게 마련인, 알 수 없는 삶의 여정을 암시한다. 원래 바다의 생물이었던 것이 바다를 나와 들판으로 산으로 올라온다는 것, 지나가는 곳은 모두 폐허가 되고 그 이빨이 박힌다는 것, 그리고 자신의 몸에도 치명적인 상처를 남긴다는 것, 이것이 산속 돌샘에 살고 있는 산갈치에 대한 이야기이거니와, 이것은 태어나고 자란 곳을 떠나 어딘가로 거슬러 올라가면서 세상에 그리고 자신에게 상처를 남기는 우리들 모두의 운명에 대한 이야기이기도 하다. 봉지가 초경을 하던 장면의 묘사에 주목해보자. 장마로 지붕이 무너져 그녀가 "젖은 이불에 둘러싸여 섬처럼 떠버렸"고, 수재민 대피소로 옮겨간 후에도 그녀의 '젖은 몸'은 쉽사리 마르지 않았으며, 장마 뒤 폭염이 찾아왔을 때에도 그녀의 몸에서는 쉼 없이 물이 흘러내렸고, 결국 그 물은 피로 쏟아져 내린다. 여기에서 묘사되는 봉지는 바다를 나와 산으로 오르기 시작하는 한 마리 갈치를 그대로 닮아 있다. 자기 안의 물을 모두 피로 바꾸며 역류하기 시작하는 그녀는 "재앙을 존재의 운명으로 타고 태어난 물고기"다. 그리고 그것은 우리 모두의 운명이기도 하다. 치명적인 상처를 감수하면서 우리는 왜 태어나고 자란 자궁과도 같은 바다에서 나와 먼 곳의 이름 없는 산에까지 이르게 되었을까? 우리는 도대체 어디에 도달하고자 했던 것일까? 상처뿐인 이 여정의 목적은 무엇일까? 하지만 이런 질문들에 대해 소설이 들려주는 것은 "역류의 꿈에 목적은 없다. 다만 상처를 남기는 여정이 있을 뿐이다"라는 쓸쓸한 대답뿐이다. 상처가 이끌어가는 길 혹은 상처로 만들어가는 길은 피할 수 없는 우리의 삶이자 운명이다. 봉지가 즐겨 부르던 '에피타프'는 이 슬픈 운명에 대한 노래다. 우리는 바다를 떠나 거슬러 올라오는 길의 슬픔 때문에 그렇게 운다.

생은 무엇으로 채워지는가

혼란스러웠던 건 개인의 삶뿐만이 아니었다. 소설의 시간적 배경이 되고 있는 70년대 말부터 80년대까지의 사회 역시 혼란과 혼돈의 그것이었다. 소설 속 표현을 빌리자면 봉지의 머리에 구멍이 뚫렸을 때 바깥 세계 역시 "거대한 구멍과 균열"의 가운데에 있었다. 그리고 이 구멍과 혼란은 다시 봉지를 비롯한 인물들의 삶에 더 큰 구멍을 뚫어놓는다. 실제로 소설에는 Y. H사건, 부마항쟁, 12 · 12쿠데타, 광주사태, 삼청교육대사건, 대학생 군사훈련, 학내 프락치사건, 장영자사건, 통금 해제, 프로야구 출범 등 지난 시절의 크고 작은 사회적 · 정치적 사건들이 배경으로 자리하고 있고, 인물들은 이런 세계의 혼란을 몸으로 부딪치며

통과해간다. 어떤 점에서 소설은 이런 역사적 사건들의 현장에 있었던 젊은이들의 삶을 통해 지난 시절을 되돌아보고 있는 후일담 소설로 보이기도 한다. 하지만 이 소설에서 시대적 배경이나 역사적 사건들은 그것 자체가 초점이 되고 있지는 않다. 대신 이야기의 초점은 그 속에서 각양각색의 운명을 살았던 개인들에게 놓여 있다.

주인공 봉지는 물론이거니와 대부분의 인물들은 불량배, 날라리, 깡패, 가짜 대학생, 프락치 등 시대나 사회 변혁에 대한 꿈은커녕 그것에 관심조차 없었을 인물들이다. 하지만 그렇다고 역사가, 그 어둠이 이 날라리, 깡패, 가짜 대학생들을 피해가는 것은 아니다. 어쩌면 소설은 이처럼 뚜렷한 시대의식도, 사명감도 없던 이들에게 갑자기 다가왔던 시대의 어둠, 그것이 만드는 운명의 무게를 그려내고자 했던 것으로 보인다. 소설의 주인공이 시대적 사건들에 보다 적극적으로 관여되어 있던 인물 예컨대 진영이나 수호와 같은 인물이 아니라 봉지로 설정되어 있다는 것 또한 이 점에서 주목된다. 진영이 역사의 중심에서 나름대로 분명한 사회의식과 소명의식을 지니고 사회와 부딪치며 그 변화를 시도하다 상처받으며 그 시절들을 건넜다면, 봉지 · 봉호 · 가현 · 영주 등은 헛된 욕망과 사랑과 막연한 행복을 꿈꾸며 사회 속에 묻혀서 혹은 떠밀리며 그 시절을 건넜다. 날라리 대학생이었던 봉지는 이 두 인물군 모두와 연관된 인물로, 소설은 그녀를 통해 지난 시절의 풍경과 그 속에서의 아웃사이더들의 삶의 풍경을 함께 담아낸다. 물론 이때에도 초점은 후자에 있다. 비록 봉지가 시대적 어둠의 한복판에 내던져져 상처를 받기도 했지만 그것은 그녀가 가진 어떤 역사의식이나 사회의식 때문이 아니라 진영에 대한 사랑 때문이었다. 그녀는 프락치로 오인 받아 대학생들에게서 위협적인 취조를 받기도 하고 경찰서에 끌려가 고문을 받기도 하는 등 어두운 역사의 현장에 놓여 있었지만, 그녀가 상처 입고 고문 받고 피를 흘렸던 것은 진영에 대한 사랑 때문이었다. 그녀는 사회개혁이나 역사변혁과 같은 거대한 꿈을 꾸었던 것이 아니라 고작

사랑을 꿈꿨던 인물이다. 결국 소설은 봉지의 삶을 통해 대학생들에게
뿐 아니라 날라리, 불량배, 가짜 대학생들에게도 똑같이 휘몰아쳤던 지
난 시절의 어둠 그리고 그 속에서의 어긋난 인생을 보여줌으로써, 지난
시절을 바라보는 또 하나의 새로운 시각을 제시하고 있는 셈이다.

어느 시절에나 그렇듯 그 시절은 데모하며 피 흘리는 학생들뿐 아니
라 가짜 대학생, 날라리, 깡패도 함께 살아가고 있었고, 대학생들의 데
모마저도 잘난체로 보이고 부럽게 여겨졌던 이들이 있었으며, 사회의
어둠과 대면하느라 온 몸이 붉어졌던 청춘이 있는가 하면 사랑 때문에
얼굴이 붉어졌던 청춘도 있었다. 그리고 피 흘리던 대학생들이 그러했
듯 그들 역시 그 시절을 고단하고 힘들게 건너왔다. 어떤 점에서 봉지
는 사랑에 목숨 걸고 어긋나는 인연에 울고 무언가 특별한 미래를 꿈꾸
며 그 시절을 건너왔던, 그러면서 동시에 자신의 의지와는 상관없이 정
치사회적 현실의 폭력과 어둠에 휩쓸렸던 우리들 모두의 이름이라 할
수 있다. 이 소설이 단순히 지나간 시절, 청춘에 대한 회고나 지난 시대
를 기억하는 글이 아니라 '아무것도 아닌' 우리 모두의 인생에 대한 이
야기로 읽히게 되는 것은 이런 이유 때문이다. 위로받기 위해서 수호에
게 원고를 보냈다는 봉지의 말처럼, 그리고 사실은 겁이 났다는 진영
의 문장에 위로를 받았다는 그녀의 고백처럼, 소설의 초점은 항시 나약
한 인간의 내면 혹은 개인의 진실에 놓인다. 어쩌면 작가는 소설을 통
해 지난 시절을 살아온 수많은 봉지들을 위로하고자 했던 것은 아닐까.
어느 날 갑자기 존재에 구멍이 뚫리고, 그 구멍을 채우기 위해 발버둥
쳐 온, 하지만 여전히 어긋난 삶의 길 위에 서 있는 이들에게 바치는
글. 그리하여 작가는 이렇게 말하고 싶었는지도 모를 일이다. 우리들 모
두는 어느 날 갑자기 뚫린 구멍 때문에 시린 가슴을 안고 살아온 찢겨
진 봉지들이라고, 그 상처와 혼란을 감당하며 살아가는 것이 우리 모두
의 운명이라고, 하지만 그 속에서 우리는 상처투성이로 역류하며 종국
에 은빛으로 빛나는 산갈치처럼 스스로 빛을 낸다고.

결국 소설은 지난 시절 사회변화에의 꿈만큼 사랑에 대한 열정과 꿈도 중요했다는 것을, 피 흘리며 사회와 싸우는 대학생들의 정의로움과 열정만큼 가짜로라도 그런 대학생이 되고 싶은 갈망 또한 절절했다는 것을, 우리 모두는 각각의 방식으로 피 흘리고 상처 받으며 지난 시절을 건너왔다는 것을 보여준다. 이 과정에서 드러나는 인간과 세계를 바라보는 시선의 공정함, 객관성은 이 소설의 중요한 미덕이라 할 만하다. 특히 인간과 삶에 대한 냉철하고 공평하며 객관적인 시선은 인물의 허위의식, 삶의 이면을 꿰뚫으며 소설에서 감상성·신파성을 걷어낸다. 가령 순미의 서울행이 젊은 첩과 살림을 차리기 위한 아버지의 욕망과 아들을 잘 기르고 싶었던 순미 어머니의 욕망 그리고 어떻든 서울로 가고 싶었던 순미의 욕망이 얽혀서 이루어진 것이라는 진술이나, 아버지의 죽음이 오히려 수호에게 평화를 가져왔다는 진술, 혹은 봉지가 수호 자전거에 다친 후에도 수호 엄마에게 한껏 예의를 차리던 봉지 엄마가 봉지가 수호의 공부에 방해가 되지 않도록 해달라는 수호 엄마의 부탁을 듣고는 "세상에 둘도 없는 노름쟁이 새끼 주제에", "호떡만 파는지 술을 파는지 뭣을 파는지 알 수도 없는 마누라가, 감히 김달식이 하고 조금숙이 딸을……" 운운하는 대목 등은 인간과 세상을 관념과 환상 없이 인식하고 기술하는 태도를 보여준다. 그런가 하면 노래 부르는 게 취미인 봉지 엄마를 통해 '쉰이 다된 시골아낙'의 마음속에 여전히 자리하고 있는 꿈과 사랑에 대한 기대를 보여주거나, 봉지가 반복적으로 가출하는 영주에게는 물론 어린 아내를 찾아 그 친구들까지 찾아다니는 영주 남편에게도 결혼은 숨 막히는 것일지 모른다는 생각에 이르고, 영주의 핸드백에 돈을 넣어 외출을 보내는 남편을 보면서는 폭풍처럼 강렬하고 감미로운 열정만이 사랑인 것은 아니라는 인식을 할 때, 그리고 가출 후 다시 남편에게로 돌아가는 영주가 '순하게' 웃으며 돌아서는 모습에서 현실로의 귀환 혹은 투항의 쓸쓸함이 드러날 때, 우리는 관념과 환상이 제거된 지극히 현실적인 삶의 진실을 마주하게 된다.

소설은 쓸쓸한 삶의 풍경, 여전히 '텅 빈 봉지'일 수밖에 없는 인생을 지극히 사실적으로 담담하게 그려낸다. 숱한 상처를 지나 왔지만 그 상처가 지나간 자리에 거창하고 화려한 무언가가 남아 있는 것도 아니고 그저 떠났던 자리로 쓸쓸하게 되돌아온 사람들의 이야기. 하지만 소설이 이 쓸쓸하고 공허한 삶에 대한 확인만으로 끝나는 것은 아니니, 소설의 진짜 전언은 그 상처와 결핍의 길이 종국에 신비로운 전설을 만든다는 데에 있다. 산갈치 전설은 껍질을 깨고 세상 속으로 나온 인물들이 어른으로 성장해가면서 겪게 될 고통과 상처의 과정을 암시하는 것이면서, 동시에 그 자체로 절망과 상처까지도 빛이 되는 젊음과 청춘의 극한까지 가닿는 열정에 대한 찬가이기도 하다. 악몽 같은 산갈치 이야기가 아름답고 신비로운 전설이 될 수 있는 것도 이 때문이다. '아무 것도 아닌 인생'이지만 그 안에는 존재에 뚫린 구멍을 메우기 위해 나름대로 절절했던 시절들이 있었다는 것, 그리하여 어떤 한 "완전한 순간" "내부로부터 뚫렸던 구멍이 막"히고 "삶은 단단해지고 견고해진다"는 것, 그것이 '아무 것도 아닌 인생'이 결코 '아무 것도 아닌' 것이 아닌 이유라는 것이니, 이 불가해한 삶의 진실을 암시하는 것이 바로 산갈치 전설이다. 상처투성이의 몸으로 역류하며 산속 깊은 곳 어느 돌샘에 찾아든 존재, 거기에선 이제 피투성이의 붉은 빛이 아니라 찬란한 은빛이 뿜어져 나온다. 상처와 혼란 속에 삶은 어긋나게 마련이고 우리 안에 뚫린 구멍은 영원히 채워지지 않을지 모른다. 하지만 "존재는 그것의 비어 있는 자리로부터 살아 있는 소리를 낸다." 소설은 결국 이 빈 구멍을 통해 존재 예찬으로 나아가고 있는 셈이다.

끝으로 궁금증 한 가지를 덧붙이자. 수호가 애들 교육 문제로 집값이 비싼 동네로 이사하면서 발견한 봉지의 원고는 그에게 어떤 의미로 다가왔을까? 수호는 왜 14년이나 지나서 그 원고를 되돌려 주려고 했을까? 오래된 원고를 발견했을 때의 수호의 당황스러움, 쓸쓸함, 오랜 시간이 지나 자신의 원고를 돌려받았을 때의 봉지의 놀람, 당혹감, 그리고 그렇게 해서 시작된 지난 시절에 대한 회고와 그 속에서의 자신에 대한 성찰은 이제 우리의 것이 된다. 수호의 흔적까지 보태어진 지난 시절이 봉지 앞에 던져졌듯 그것은 다시 우리들 앞에 던져져 있는 셈이니 말이다. 그러니 이젠 우리가 거기에 우리들의 '오래된 시대'를 겹쳐 읽을 차례다. 오래 전에 잃어버린 이름 '봉지'를 떠올리면서…….

가난의 내면, 감염의 윤리

윤성희의 소설

윤성희 소설의 낯익음과 낯설음

윤성희 소설은 낯설다. 그러나 그 낯설음은 특이한 소재나 기이한 상상력, 화려한 문장에 기인하는 것이 아니라 오히려 고리타분하게 여겨질 정도로 제자리를 맴도는 듯한 이야기, 그림자처럼 유령처럼 존재감 없이 희미하게 자리한 인물들, 일체의 습기를 제거한 채 그야말로 무미건조하게 제시되는 문장들 등에 기인한다. 그녀의 소설에는 앞선 세대 작가들의 작품에서 흔히 만날 수 있었던 심미적이고 세밀한 내면 묘사, 환상과 현실을 넘나드는 화려하고 때론 섬뜩한 상상력, 혹은 여성으로서의 자의식이나 억압적 삶에 대한 인식, 일탈적이고 반항적인 몸짓으로서의 로맨스가 없다. 대신 거기에는 가난, 죽음, 버려짐, 소외의식, 고루하게 진행되는 우리 일상의 풍경 등이 자리한다. 그런데 사실 이것들은 이전의 많은 작품들에서도 쉽게 만날 수 있었던, 그래서 특별할 것도 새로울 것도 없는 지극히 익숙하고 평범한 풍경들에 해당한다. 게다가 그녀의 소설은 이 익숙한 소재와 이야기가 온전히 현실적 경계 안에서 전개되는 지극히 일상적이고 낯익은 세계다. 그녀의 소설은 환상과 상상의 힘으로 현실의 경계를 자유로이 벗어나는 법이 없다. 그러니 어쩌면, 윤성희 소설은 낯설다, 는 서두의 말은, 윤성희 소설은 낯익다, 고 고쳐 써야 할지 모른다.

그러나 그녀는 이 고루한 소재, 극적 요소라고는 찾아볼 수 없는 이야기, 뻣뻣한 무명천 같은 문체를 통해, 그 고루함을 특이함으로, 낯설음으로 바꾸어 놓는다. 그것은 소재에 접근하는 방식이나 대상을 바라보는 초점의 특이성, 정황이나 내면을 묘사하는 서술 방식의 독특성 등에 기인한다. 그녀의 작품 거의 모두에 나타나는 누군가의 죽음, 떠남, 버려짐 등의 사건들은 그 사건의 충격과 비극성에도 불구하고 항시 배경으로 가라앉는다. 초점이 되는 것은 그런 사건 자체보다 그 사건들이 가져온 현재의 외롭고 쓸쓸한 상황이다. 태어나자마자 버려지고 혹은 부모가 죽어 고아가 되고 그 결과 윤성희 인물들은 대개 가난하지만, 그 가난은 사회구조적 문제이거나 경제적 차원의 문제가 아니라 전적으로 심리적 문제가 된다. 윤성희가 보기에, 가난하다는 건 외롭다는 것을, 사람들 속에 함께 있지 못하고 혼자 떠돌아야 한다는 것을 의미한다. 윤성희 소설에서 누가 버려지고, 누가 죽고, 누가 떠나는 것은, 이미 지나간 일이거나 어차피 지나갈 일이다. 남는 건, 중요한 건, 그런 사건들이 만들어 놓은 파장, 마음의 얼룩, 외로움이다. 이 점에서 그녀의 소설은 철저하게 현재에 충실하다. 사건은 희미한 배경으로 물러나고, 시간은 흐름을 멈춘 채 현재만을 가리키고 있다. 아무것도 변하지 않고, 아무것도 움직이지 않고, 그 무료함을 그저 견디고 있을 뿐이다. 이 정지된 시간, 정지된 사건들이 윤성희 소설의 낯익은 이야기들을 낯설게 만든다.

가난의 심리학

1973년생이니 윤성희는 분명 산업화와 민주화 과정에서 우리 사회가 겪었던 혼란과 상처로부터 어느 만큼은 자유로운 세대에 속한다. 사회 정치적인 억압의 무게와 그로 인한 상처들로부터 자유로워져 물질적 풍요와 내면의 자유로움을 구가했을 세대, 내 인생은 나의 것임을 비로소 몸으로 마음으로 마음껏 주장할 수 있었을 세대, 어떤 죄의식도 부끄러움도 없이 세상 앞에 설 수 있었을 세대, 그래서 그런 경험으로 어느 때보다도 자유롭고 발랄하고 유쾌한 상상력이 활발하게 작동되었을 세대, 윤성희는 분명 그런 세대에 속한 작가다. 더욱이 그녀가 등단한 1999년 이후 우리 문학에는 자유와 일탈에의 꿈, 이성과 문명의 틈 사이에서 꿈틀대며 번져가던 욕망의 풍경 혹은 욕망의 그림자들이 섬뜩하고 기괴한 상상력, 현실과 환상의 경계를 자유로이 넘나들며 진행되는 서술 등을 통해 분출, 범람하고 있었다. 90년대 이후 우리 문학의 주요 코드는 꿈, 욕망, 타자, 악마성, 환상, 죽음 등이었다. 그런데 그런 문화의 세례 속에서 20대를 보냈을 작가가 전해주는 이야기가 온통 가난과 고아의식과 소외의식으로 가득 차 있다는 건 어쩌면 뜬금없어 보인다. 그러나 이 고전적 소재가 화려하고 도발적인 상상력이 넘쳐나는 근래의 소설들과 구별되는 윤성희 특유의 소설을 만들고 있음도 분명해 보인다. 비유컨대 그녀의 소설은 화려한 치장을 한 사람들이 모여든 무도회장 한 구석에 맨얼굴에 흰색 무명 치마를 두르고 서 있는 촌스런 여자의 모습을 닮아 있다. 하지만 그 소박함과 촌스러움에도 불구하고 그녀의 소설이 최근 몇 년간 줄곧 주목을 받아온 것은 단순히 그 소재나 내용의 친숙하면서도 고전적인 성격 때문만은 아니다. 그녀의 소설에서 정작 주목되는 것은 가난이나 죽음, 고아됨 등 불행한 삶의 내용 자체보다 그것을 바라보고 서술하는 방식의 독특함이다.

작가의 등단작인 「레고로 만든 집」을 보자. 이 작품은 고아의식, 집의 무너짐, 가난, 그것들이 만들어 놓은 어둠과 쓸쓸함, 그리고 이를 기술하는 독특한 서술 방법 등에서 윤성희 문학의 원점이라 할 만하다. 아버지의 사업 실패, 어머니의 분출과 이로 인한 아버지의 침묵, 오빠의 불구성, 이것이 '나'를 실질적인 의미에서의 가장으로 만들고 궁핍한 현재를 살아갈 수밖에 없도록 만든 현실적 요건들이다. '나'는 대학교 앞 복사 가게에서 아르바이트를 하면서 집안의 생계를 책임지고 있는 형편인데, 화장실 문은 아귀가 맞지 않고, 온수는 나오지 않으며, 세탁기, 가스레인지 등은 고장이 난데다 수리비가 새로 사는 것만큼 들게 생겼는데, 아르바이트는 끝나가고 있다. 하지만, 이런 상황들은 가난의 상처나 궁핍을 강조하기 위한 것이라기보다 허물어진 집과 고장난 삶을 부각시키기 위한 장치로 보인다. 요컨대 작가에겐 가난이 아니라 외로움이, 어긋나버린 삶/관계가 문제인 것이다. '나'는 아무와도 이야기를 나누지 않으며 아무와도 관계를 맺지 않는다. 이야기와 사건과 관계 대신 소설 속에는 '나'의 눈과 귀에 닿은 단편적 풍경들이 펼쳐진다. 작가는 이 사물들의 풍경으로 이야기를 한다.

　부엌 창으로 달빛이 어렴풋이 들어온다. 옆집 옥상에 볼품없이 솟아 있는 굴뚝이 달빛을 받아 부엌 쪽으로 길게 그림자를 드리운다. 나는 그 그림자의 끝을 바라본다. 그림자 끝이 전기밥솥의 그림자와 한데 어우러진다. 전기밥솥에서 보온을 알리는 불빛이 깜빡거리고, 나는 그 불빛 주기에 맞춰 숨을 들이쉬고 내뱉는다. 다섯 번 정도 숨쉬는 사이에 냉장고 모터 소리가 한번씩 끼여든다. 나는 몸을 오른쪽으로 움직여 한쪽 귀를 냉장고에 바짝 댄다. 냉장고의 흔들림이 심장으로 전해진다.
　안방에서 아버지의 마른기침 소리가 들린다. 냉장고가 조용해지고, 창에 드리운 그림자가 조금 흔들리는 것 같다. 나는 일어나 창 쪽으로 걸어간다. 옆집 옥상에 우뚝 서 있는 굴뚝이 사람처럼 보인다. 그 굴뚝이 우리 집을 넘겨다보는 것 같아 가슴 한끝이 잠시 섬뜩해진다. 무엇에 쓰였을지 모를 나무 조각들과 문짝 떨어져나간 농이 보이고 그 위로 가지만 남은 포도 넝쿨이 볼품없이 엉켜 있다.

또한번 아버지의 기침소리가 집안을 울린다. 그 소리를 이기려는 듯, 냉장고가 크게 윙 하고 울린다. 나는 몸을 돌려 부엌을 둘러본다. 창문은 닫혀 있지만 어디선지 바람이 불어오는 것 같다.

서두의 이 대목에서 주인공은 자신을 둘러싼 주위 사물들, 세계의 미묘한 움직임을 예민하게 바라보고 응시하고 있다. 그 시선은 사물을 따라 차례로 움직여 가는데, 요컨대 달빛이 만들어낸 그림자에서 그 그림자가 전기밥솥의 그림자와 어우러지는 모습으로, 그리고 밥솥의 보온 불빛으로, 냉장고 모터 소리로, 아버지의 기침소리로 시선이 이동해간다. 세상과 차단된 듯 보이는 인물이지만 '나'의 감각은 세상을 향해 열려 있다. 인물의 내면을 직접 드러내는 법 없이 외부의 풍경만을 객관적으로 미세하게 기술하고 있는 이 장면들은 그러나 그 사물들과 그것을 향한 주인공/화자의 시선 속에서 인물의 내면을 드러낸다. 달빛에서 그림자로, 냉장고 모터 소리로, 아버지의 마른기침 소리로 이어지던 그 사물들의 움직임 끝에서 종국에 그녀가 만나는 것은 바람이다. 아버지의 기침 소리에서, 그리고 아귀가 맞지 않는 화장실 문 틈 사이로 새어나오는 오빠의 오줌 소리에서 그녀는 바람을 느낀다. 그리고 그것은 "추위"라는 오빠의 대사로, 부엌에 펼쳐 놓은 이불 속으로 들어가는 '나'의 행위로 이어지면서, 다시 추위와 외로움의 정조로 이어진다. 요컨대 '나'의 시선의 움직임을 따라 사실적으로 외부의 풍경들을 묘사하고 있는 서두의 긴 대목들은 결국 그녀가 감당해야 하는 고단한 현실과 외로운 내면을 드러내고 있는 셈이다.

그러나 주인공이 감당해야 하는 황량한 현실을 짐작케 하는 이런 서술은 여전히 그 구체적 내막에 대해서는 침묵한다. 아버지나 오빠가 등장하고 있지만 전적으로 그들을 보호하는 위치에 있는 그녀의 현재 상황이 어떤 사연들과 내막을 가진 것인지에 대해 작가는 아무런 설명도 하지 않는다. 이 집이 이토록 춥고 외로운 공간이 되어버린 이유는 무엇인지, 아버지에겐 무슨 일이 있었던 것이며 오빠는 왜 아이 같이 말하고 행동하는지, 아버지와 오빠 사이에는 무슨 일이 있었던 것인지, '나'는 왜 가짜 대학생 노릇을 하는지 등, 이들의 일그러진 현재 삶의 근원을 설명해줄 아무 단서도 제공되지 않는다. 그 지난했을 사연들, 아픔들, 눈물들을 작가는 "집을 날리고 쓰러졌을 때, 아버지가 잃어버린 것은 손과 발뿐이었다. 하지만 어머니가 15평 아파트 전세금을 가지고 사라졌을 때, 아버지는 말문을 닫아버렸다"라는 무감한 몇 줄의 문장으로 대신한다. 말하지 않아도 척하면 척이라지만, 그녀의 인물들을 이해하려면 독자의 눈이 더 세심하고 따뜻해야 하는 건 분명하다. 문장 사이의 공백 혹은 문장 뒤의 공백이 커서 그 말해지지 않은 부분들을 독자 스스로 짐작하고 이해해야 하기 때문이다.

아버지는 당신의 자식이 새해에 처음으로 태어나는 아이이길 바랐다. 그러면 모든 행운이 자기에게로 몰려올 것만 같았다. 가게는 몇 달째 적자를 보고 있었다. 겨울이 끝나려면 아직 멀었는데 연탄은 몇 장밖에 남지 않았다. 때마침 산부인과에서는 새해 첫 아이가 이 병원에서 태어날 경우 소아과를 무료로 이용할 수 있도록 해준다고 했다. 12월 31일 열한시 삼십사분에 언니가 태어났다. 삼십분만 늦게 나왔으면 좋았을걸……. 아버지가 간호사에게 말했다. 그러자 간호사가 이렇게 대답했다. 걱정마세요. 뱃속에 아직 한 명이 더 있거든요. 그 이야기를 들은 아버지는 시계를 보면서 조금만 빨리, 라고 외쳤다. 1월 1일 영시 삼십일분에 내가 태어났다. 삼십 분만 빨리 나왔으면 좋았을 걸 그랬죠? 이번에는 간호사가 아버지에게 말했다.

어머니는 곧 중환자실로 옮겨졌다. 아버지는 산소호흡기를 낀 어머니의 머리맡에 앉아서 어린 시절에 대해 이야기를 했다. (…중략…) 이상하게도 아버지의 얼굴만 보면 입이 딱 붙어버리는 거야. 그래도 마지막 말은 제대로 했어. 전 이제 집을 나가겠어요 다시는 돌아오지 않을 거예요, 라고 한 번도 더듬거리지 않고 말했어. 아버지는 어머니의 머리를 쓰다듬으면서 이야기했다.

　어머니는 당신이 낳은 두 딸을 안아보지 못했다. 장례식이 끝나자, 아버지는 언니를 업고 나를 안은 채 고향으로 향했다. 집을 떠난 지 십 년만이었다.

　이것은 '나'와 쌍둥이 언니가 태어나던 날의 분만실 풍경을 기술하고 있는 「유턴 지점에 보물지도를 묻다」의 서두이다. 일체의 감정적 묘사나 내면 묘사 없이 무감하고 건조하게 다만 사실을 객관적으로 기술하고 있는 듯 보이는 이 장면은, 그러나 아이의 탄생이 불행으로부터 벗어나고픈 꿈과 어떻게 연결되는지를 그리고 그것이 어떻게 좌절되고 또 어떻게 다른 불행으로 이어지는지를 보여준다. 아이의 탄생과 함께 기대했던 행운은 비껴가고, 어머니는 아이를 낳다 돌아가시고, 할아버지와의 불화로 고향을 떠나온 후 다시는 그곳으로 돌아가지 않겠다고 선언했던 아버지는 아이들을 데리고 고향으로 되돌아가게 된다. 그러나 이런 여러 겹의 이야기들이 얽혀 진행되고 있음에도 불구하고 인물의 내면이나 감정, 앞뒤 상황들을 설명하지 않는 서술로 인해[1] 사건의 충격성이나 서사성은 약화된다. 강조되어 드러나는 건 우리 삶에서 불행이 어떻게 반복되는가에 대한, 불행의 운명성에 대한, 우울한 성찰이다.

　불행은 이유나 논리 저편에서 준비되고 다가온다. 아이들의 탄생이 왜 어머니의 죽음으로 이어져야 했는지, 또 그것이 어떻게 아버지의 초라한 귀향으로 이어져야 했는지, 불행은 아무 설명도 하지 않는다. 작가의 문장도 그렇다. 아이들이 태어난 것과, 어머니가 중환자실로 옮겨진 것과, 아버지의 초라한 귀향 사이에는 아무런 논리적 연결어들도, 설명

---

1) 윤성희의 문장들은 거의가 주어와 술어만으로 이루어진 단문으로 되어 있다. 사실과 정보 전달에만 초점이 있다는 듯이 혹은 감정이나 내면 묘사에는 관심도 없다는 듯이, 형용사나 부사를 이용해서 문장을 수식하거나 신선한 비유를 만드는 경우도 거의 없으며 감정어도 거의 사용되지 않는다. 그녀의 문장은 이파리와 꽃들을 다 떨어뜨린 채 마른 나뭇가지들만으로 서있는 겨울나무들처럼 건조하고 단조롭다. 이 문장의 황량함은 그 자체로 삭막하고 황량한 인물의 내면을 반영하고 있지만, 앞으로 작가의 이야기가 다양해지고 풍성해지면 그와 함께 문체에도 새로운 변모와 모색이 필요해질지 모른다.

도 없다. 불행 앞에서 소란한 감정들, 복잡한 사연들은 뒤로 숨는다. 엄마가 아이를 낳다 죽은 사건과 그로 인한 가족들의 절망, 슬픔, 삶의 소용돌이는 "어머니는 당신이 낳은 두 딸을 안아보지 못했다. 장례식이 끝나자, 아버지는 언니를 업고 나를 안은 채 고향으로 향했다"라는 두 문장 속에 밀려 가려지고, 아버지의 떠남도 "아버지는 편지 한 장을 남겨놓고 집을 나갔다"는 문장으로 기술될 뿐 그로 인한 '나'의 감정적 상태나 혼란은 전혀 드러나지 않으며, 쌍둥이 언니의 죽음도 작품 끝에서 "언니가 몇 년만 더 살았더라면"이라는 구절에서 스쳐지나가듯 언급되고 있을 뿐이다. 중요하게 부각되는 건, 불행이 그렇게 반복되어 왔다는 사실 다시 말해 불행의 운명적 성격이며 그로 인해 파생되는 삶의 근원적 쓸쓸함이다.

홍미로운 건 이 불행의 근원에 흔히 가난이라는 현실이 놓여 있다는 사실이다. 「유턴지점에 보물을 묻다」에서도 '나'와 아버지의 불행에는 가게는 몇 달째 적자를 보고 있고 겨울이 끝나려면 아직 멀었는데 연탄은 몇 장밖에 남지 않은 가난한 현실이 놓여 있고, 「당신의 수첩에 적혀 있는 기념일」에서 주인공은 반 지하에 창도 없는 집에서 살면서 사람들에게 이메일로 기념일을 알려주는 일을 하면서 살아가고 있고, 「악수」에서 '나'는 라디오 프로그램에 거짓 사연을 보내 탄 상품을 팔아서 돈을 마련하고 있고, 「모자」에서 H는 얼마 있는 돈이 점점 줄어 언젠가는 바닥을 볼 지경에 있고, E는 H의 돈을 갚을 길이 없어서 집을 나갔다. 그런가 하면 「누군가 문을 두드리다」에서 패러글라이딩을 배우려던 '그'의 꿈은 동생들 뒷바라지를 하면서 깨어졌고, 「고독의 의무」에서 '나'의 불행은 그가 초등학교 4학년 때 아버지가 간암에 걸려 그는 주산학원을 그만두고 여동생은 서예학원을 그만두면서부터 시작된다. 그러나 이처럼 인물들의 현재의 초라함과 불행에 경제적 문제가 배면에 자리하고 있음에도 불구하고 가난은 그 자체로 초점이 되지는 않는다. 문제는 가난 자체가 아니라 그들이 지금 사람들로부터 떨어져 나와 혼자라는 것, 그래서 "몹시 심심"하다는(「유턴지점에 보물을 묻다」) 것이다. 작가는 새해 첫날 태어난 아이에겐 소아과 진료를 무료로 해준다는 행운을 언니는 삼십분 먼저 '나'는 삼십분 늦게 비켜가게 함으로써 가난의 문제를 운명적 불행의 문제로, 삶의 근원적 쓸쓸함의 문제로 이어간다. 가난의 목록들은 경제적 차원에서의 어려움으로서가 아니라 삶/세상으로부터의 소외를 가져온 심리적 차원에서의 결핍으로 작용하게 되는 것이다. 엄밀히 말해 윤성희 소설에서 가난은 '밥'의 문제가 아니라 '내면'의 문제이며, 사회경제적 문제가 아니라 심리학의 문제이다.

사실 운명적으로 불행을 그림자처럼 거느린 존재들의 외로운 삶의 풍경은 윤성희 소설에서 반복적으로 변주되어 나타나는 그림이다. 그런데 특이할 것 없는 이 풍경들을 낯설고 특이하게 만드는 것은 불행의 근원이 되는 가난이나 죽음·이별 등을 다루는 이 같은 독특한 서술 방식이다. 「이 방에 살던 여자는 누구였을까?」의 주인공은 어릴 적 사과 상자에 담겨져 고아원 앞에 버려진 과거를 가지고 있지만 그것은 한 줄의 문장으로 기술되어 배경으로 밀려나 있을 뿐이고, 「서른세 개의 단추가 달린 코트」에서는 '그'와의 이별이 한 시간 삼십 분 넘게 그를 기다리다 가게를 나왔고 "한 순간에 삼 년은 늙어버린 것처럼 온 몸이 피곤해졌고, 집으로 돌아와 며칠 동안 잠만 잤었다"는 말로 언급될 뿐이다. 그 '사건'들은 '나홀로'인 그녀들의 운명을 규정하고 확인시키는 하나의 일화일 뿐인 것이다. 그런가 하면 「그림자들」에서 '그'의 어머니는 점점 빈 껍질이 되어가고 있고 형은 사고로 척추를 다쳐 휠체어를 타고 있지만 정작 그 이유나 경위들에 대해서는 전혀 언급이 없고, '그녀'의 어머니도 화재로 목숨을 잃었지만 그것이 사고인지 자살인지, 자살이라면 그 이유는 무엇인지 등이 전혀 언급되지 않으며, 「봉자네 분식집」에서도 P와 P의 아버지 사이의 갈등, P의 고민, 봉자 엄마가 봉자를 잃고 감당해야 했을 고통과 상실감, P의 실종과 죽음 이후 '그녀'가 겪었을 고통 등은 서술되지 않는다. 중요한 것은 어쨌든 그들이 떠났고 죽었다는 것, 그래서 '그'도 '그녀'도 쓸쓸하고 외롭다는 것, 그럼에도 불구하고 살아가야 한다는 것이다.

윤성희 소설에 흔히 등장하는 불균형의 모습들은 이 세상과의 어긋남, 소외된 삶을 드러내는 풍경이다. 언덕길에 반 지하로 지어진 집은 화장실과 방을 오갈 때면 "수평 감각을 흐트러뜨리고" "가만히 서 있어도 몸이 한쪽으로 갸웃"하게 만드는가 하면, 앞집 옥상에 있는 녹슨 안테나도 "30도 가량 기울어져" 있고(「당신의 수첩에 적혀 있는 기념일」), 공원에 있는 시계탑도, 남자의 집도 한쪽으로 기울어 있고, 책상은 균형을 잃고 흔들리며(「어린이 암산왕」), P와 '그녀'가 함께 앉곤 하는 벤치는 골목길 경사 때문에 기울어져 있다(「봉자네 분식집」). 그리고 이 불균형의 풍경 속에 서 있는 인물들 역시 균형감각을 잃는다. 아버지가 돌아가시던 해 권투를 그만둔 최는 그 후 몸이 자꾸만 오른쪽으로 기우는 것을 느끼면서 "균형 감각을 잃어 갔"고(「터널」), 쌍둥이 형제들은 "자기도 모르게 몸이 기우뚱거렸"으며(「유턴 지점에 보물을 묻다」), E는 왼쪽과 오른쪽 눈 크기가 다르고(「모자」), 편두통을 앓을 때마다 한쪽 얼굴을 찡그리는 어머니는 왼쪽 눈이 오른쪽 눈보다 치켜 올라가고 왼쪽 이마가 오른쪽 이마보다 주름이 많다(「거기, 당신?」). 주목되는 것은, "지하에 살게 되면 산다는 것의 균형을 금방 잃어버리게" 된다는 것을(「터널」) 보여주고 있는 이 불균형의 풍경들이 가난의 문제에서 삶의 피로와 쓸쓸함의 문제로, 주변 상황의 문제에서 인물 내면의 문제로 우리의 시선을 이끌고 간다는 점이다. 요컨대 한 쪽으로 기운 반 지하 방은 가난의 표상이 아니라 삶의 피로와 쓸쓸함을 환기시키는 표상이다.

가난은 물질적 궁핍 이전에 세상으로부터의 소외와 상실감을 가져온다. 윤성희 소설 곳곳에 등장하는 인형들도 이 점에서 흥미롭다. 떠나간 은오의 방 형광등 줄에는 인형이 매달려 있고(「이 방에 살던 여자는 누구였을까?」), 새로 옮겨온 방에는 노크하세요, 라는 푯말을 든 인형이 달려 있으며(「당신의 수첩에 적혀 있는 기념일」), 차 뒷유리에 달려 있는 인형은 좌우로 흔들리면서 나 잡아봐라, 하고 말하는 것 같고, 한 아이는 각각 크기가 다른 인형들을 나란히 세워놓고 달리기 시합을 하고 있고(「서른세 개의 단추가 달린 코트」), '나'는 벽에 팔 다리가 기형적으로 기다란 인형을 걸어놓고 그 인형에게 나 왔어, 나 갔다 올게, 소리치고(「악수」), 파란 모자는 인형뽑기 오락기를 하고 있다(「그림자들」). 그런가 하면 미국으로 떠난 아버지는 인형들을 선물로 보내오고(「거기, 당신?」), 정의 휴대전화에도(「어린이 암산왕」), 벤치에 와서 앉는 여자아이의 가방에도 인형이 매달려 있다(「봉자네 분식」). 사람들이 있어야 할 자리에는 대신 인형들이 자리하고 있고, 윤성희 인물들은 사람 대신 인형들과 놀고 이야기한다. 인형들은 유아적 천진성 혹은 낭만적 세계를 상징하는 대상이 아니라 세상/사람으로부터 소외된 윤성희 인물들이 관계를 맺고 있는 가짜—인간들일 뿐이다. 가난과 관련한 이야기들은 이렇게 다시 관계 부재, 소통 부재의 이야기로 이동해간다.[2]

상처의 전염, 슬픔의 연대

윤성희 인물들의 현재 고달픈 삶을 반증하는 것은 그들의 몸 곳곳에 생긴 상처 혹은 얼룩이다. 종이에 베여서 손에 생긴 자국들, 사다리를 들어 올리다 그 끄트머리가 항아리에 부딪혀서 생긴 금(「레고로 만든 집」),

---

[2] 윤성희 소설에서 흔히 발견되는 위장하기, 속이기 등의 행위도 이런 맥락에서 해석된다. 가령 프로그램에 가짜 사연을 보내서 경품을 타는 행위는(「악수」) 실질적으로 주인공에게 생계 수단이 되고 있긴 하지만 그런 현실적 의미보다 세계에 속한 존재로서의 자기 위장, 연극이라는 의미가 강하며, 가짜 대학생 행세를 하며 도서관에서 사람들이 남긴 흔적을 따라가고 책을 훔쳐오는 행동은(「레고로 만든 집」) 세상 속으로 들어가고 싶은, 사람들에게로 다가가고 싶은 열망을 드러낸다.

벽지에 난 손톱자국과 시트 한가운데에 난 새 발자국 모양의 얼룩, 압 정에 찔린 손바닥(「이 방에 살던 여자는 누구였을까?」), 실을 잡아당기다 그게 끊어지면서 입술에 생긴 상처(「당신의 수첩에 적혀 있는 기념일」), 얼굴에 생 긴 붉은 자국, 아파트 단지 길에 난 길고 진한 바퀴 자국(「악수」), 금이 간 접시와 얼룩이 생긴 바지, 칼날에 베여 피가 난 손가락(「터널」), 이것 들은 모두 이들의 상처투성이의 삶을 증거 하는 흔적들과도 같다. 그러 나 그것들은 상처의 삶을 운명론적으로 제시하는 흔적이자 동시에 이 들을 타인과 연결시키는 통로가 된다. 상처를 통한 연대, 슬픔을 통한 공감이 가능해지는 것이다.

윤성희 인물들은 다른 사람에게서, 그리고 사물에서조차 상처를 먼 저 보는 인물들이며, 그것에 쉽게 감염되는 인물들이다. 가령 「이 방에 살던 여자는 누구였을까?」에서 주인공은 앞서 걷는 사람에게서 "가방 무게에 한쪽으로 어깨가 갸웃해진 그림자"를 보며 "묵직한 피로가 어깨 를 덮쳐"오는 걸 느끼고, 코가 흰 여자의 눈가에 있는 주름을 보면서는 그것이 자신에게로 옮겨와 자기가 몇 년은 더 늙어버린 듯하다고 느끼 며, 「터널」에서 E는 설계사에게서 자기 앞에 놓인 고단한 생을 정면으 로 바라보는 사람들의 피로를 읽고 그 피로가 자신에게로 옮겨올 것 같 다고 고백을 하며, 「새벽 한 시」에서 새벽에 혼자 비명소리를 들은 '나' 는 화장실에서 만난 여자에게선 눈가에 붙어 있는 반창고를, M선배에 게선 오른손에 난 상처를 먼저 보고, 타인의 상처를 감지하는 남다른 능력을 가지고 있는 지호는 사람들의 슬픔을 알아차리면 그 슬픔이 자 기에게로 옮겨지는 것 같다고 고백한다. 요컨대 윤성희 인물들은 상처 를 예민하게 감지하고 또 그것에 쉽게 감염되며, 이를 통해 타인과 연 결된다.

그러나 『레고로 만든 집』에서 이 상처보기는 다분히 자기 연민의 성 격을 띠고 있다. 타인에게서 보는 상처는 결국 자기 자신의 상처에 대한 연민으로 이어지고, 주인공들이 찾아 헤매는 타인들(E, H, 은오 등)은 자기

분신의 성격이 강하다.3) 각각의 사연, 얼룩, 상처를 지닌 인물들이 교차하고 서로 그 상처를 응시하지만, 여전히 시선은 자기에게로 향해 있고 상처의 응시가 타인들과의 연대로 나아가지도 않는다.4) 이 상처가 사람들 사이의 끈으로 작용하고 있음은 『거기, 당신?』에 와서 본격적으로 드러나는데, 여기에 오면 이들은 상처를 통해 만나고 위로하며 연대한다. 언젠가부터 이들은 "사람들의 슬픔을 고스란히 자신의 슬픔처럼 느끼게 되었"고, 버스 운전사의 등에서도, 호떡 파는 아주머니 등에서도, 그리고 시장 골목에서 나물을 파는 할머니에게서도 그림자를 보고, 그 그림자에 얽힌 사연들을 들으며(「잘가, 또 보자」), 지붕 위에 걸린 해에서도 이야기하고 싶은 욕망을 읽으며 "말해봐! 내가 들어줄게"라고 말을 건넨다 (「그 남자의 책 198쪽」). 그들은 이제 세상을 향해, 타인을 향해, 자연을 향해 자신의 눈과 귀를 연다. 버스 정류장에서 만난 여자의 머리 위에 꽂혀 있던 마른 꽃잎이 어느 샌가 자신에게로 옮겨와 있듯이(「길」), 상처와 그림자는 이제 사람들을 이어주고 그 사이에서 피어나는 꽃잎이 된다.

가령 「누군가 문을 두드리다」에서 모든 인물들은 슬픔을 통해 서로 이어진다. 미친 여자가 버스를 향해 뛰어드는 모습을 본 후 닫힌 유리창을 계속 두드리다 손을 다친 '그', '그'를 병원으로 옮긴 매점 여자, '그'에게 부모가 이혼한 후 자살을 기도했다가 정신과 의사가 된 친구 이야기를 해주는 의사, 손목에 상처가 생기면 사용하라고 팔찌를 선물하는 윗집 여자, 초등학교 시절 대걸레로 A의 이마에 상처를 낸 것이 미안해서 A로 생각한 '그'에게 액자를 선물한 P, A를 찾아 그 선물을 전

---

3) 때로 이들은 자기 분신적 대상에 대해 자학적 태도를 보이기도 하는데, 예컨대 벽돌을 떨어뜨려 새끼 고양이를 죽이거나 자신의 복사된 얼굴을 태우는 것(「레고로 만든 집」), 혹은 물고기를 화장실 변기에 버리거나(「이 방에 살던 여자는 누구였을까?」), 차에 치인 개를 밟고 지나가고(「터널」), 개미를 눌러 죽이는 것(「당신의 수첩에 적혀 있는 기념일」) 등은 자신의 상처투성이의 얼굴 / 삶에 대한 자학적 외면의 행위라 할 수 있다.
4) 「계단」에서는 서로의 아파트를 맞바꾼 두 인물이 서로의 상처를 위무하며 형과 아우의 관계를 형성하게 되는데, 여기에서 제시된 상처 응시와 이를 통한 관계 맺음은 『거기, 당신?』에 와서 본격적으로 드러난다.

하는 '그', 시청 수위였던 남편이 시청 옥상에서 떨어져 불구가 되었다는 매점 여자의 이야기를 듣는 '그', 무릎에 난 상처를 보여주는 여자애 등, 인물들은 상처를 통해 서로 이어지고 서로를 위로한다. 그런가 하면 「유턴지점에 보물을 묻다」에서 '나', Q, W, 여자애와의 연대가 가능했던 것도 서로가 서로의 상처를 봐주고 그 안에 담긴 이야기를 들어주었기 때문이었고, 「거기, 당신?」에서 '그녀'와 '그'가 작품 끝에서 함께 자전거를 타고 달릴 수 있었던 것도 서로가 서로에게서 상처를 읽고 위무하고자 했기 때문에 가능했으며, 「그 남자의 책 198쪽」에서 '그녀'가 '그'의 책 찾기를 도와주게 된 것도 '그'의 이마에 난 V자 모양의 상처 때문이었다.

이제 이들은 단순히 상처를 바라보는 것만이 아니라 손을 뻗어 그 상처를 어루만지고 위무한다. 「유턴지점에 보물을 묻다」에서 '나'는 기차 칸에서 만난 Q의 손이 손마디마다 굳은살이 박혀 있는 걸 보고 함께 음식을 나누어 먹고, Q의 아버지가 기차에 치어 다리를 잃은 거며 지하철 운전사가 된 Q의 열차로 뛰어든 여자의 이야기 등을 들은 후 자기도 모르게 "Q의 손을 잡아주었"고, 「봉자네 분식점」에선 봉자 엄마가 중학교 시절의 일이 미안하다며 '그녀'의 손을 잡고, 봉자가 죽은 이야기를 듣고는 '그녀'가 봉자 엄마의 등에 손을 올려놓는다. 「그 남자의 책 198쪽」에선 '갈매기'가 깁스한 팔 사진에 고맙다는 말을 적어 보내자 '그녀'도 자신의 손바닥을 사진으로 찍어 보내고, 「고독의 의무」에선 사고로 다친 후 80kg이 넘는 거구의 몸이 된 아내가 두 손을 뻗어 휠체어를 미는 남편의 손을 잡는다. 이제 운명적인 불행을 예고하는 듯하던 윤성희 인물들의 손, 압정에 찔리고 종이에 베이고 유리창에 다치고 생명선이 유난히 짧아서 계속 손바닥을 손톱으로 누르게 만들었던, 불행과 슬픔을 상기시키던 손은 상처를 어루만지고 위로하는 손/몸이 된다.

어디선가 소곤거리는 소리가 들렸다. 그는 그 소리를 자세히 듣기 위해 두 손을 갖다댔다. 물건들은 속닥거리고 있었다.

—「누군가 문을 두드리다」

창이, 가늘게, 흔들렸다. 그녀는 창에 손바닥을 대고 가만히 숨을 멈추었다. 떨림이 혈관을 타고 심장까지 전해졌다. 십오층까지 올라오는 동안 바람은 약간 신경질적이 되었다. 하지만 이 정도의 바람이라면 나뭇가지는 나뭇잎에 상처를 내지 않도록 가만가만 흔들릴 것이고, 구름은 둥근 달을 일그러뜨리지 않도록 조심조심 움직일 것이다.

—「거기, 당신?」

그녀는 S에게 목캔디를 선물했다. 목캔디를 먹어도 목소리는 부드러워지지 않았다. 그녀는 목캔디를 들고 있는 S의 손을 즉석사진기로 찍었다. 아르바이트 학생은 자기가 가장 좋아하는 책을 들고 있는 손을 찍어달라고 부탁했다. (…중략…) 그녀는 사진들을 벽에 붙였다. 사람들의 다양한 손이 방을 채워갔다.

—「그 남자의 책 198쪽」

이때 손은 상처를 위무하고 거기에 담긴 이야기 / 사연을 듣는 귀가된다. 그 귀는 사람들의 몸에서만이 아니라 나뭇가지에서도, 달에서도, 사람들이 쓰다 버린 물건들에서도, 그리고 고지서에 찍힌 숫자에서도 그 안에 감추어진 이야기들을 듣는다.5) 불행과 외로움을 운명처럼 거느린 인물들의 이야기로 가득하지만, 윤성희 소설은 그 불행의 상처들을 바라보고 어루만지고 거기에 담긴 사연들에 귀 기울이는 인물들이 살아가는 세계다. 거기에선 바람조차 나뭇잎에 상처를 주지 않기 위해 가만가만 움직이고, 구름도 달을 일그러뜨리지 않기 위해 조심조심 움직이고, 그렇게 해서 사람들은, 사물들은, 자연은, '숨을 쉰다'. 윤성희의

---

5) 이를 『레고로 지은 집』에 실린 「악수」의 다음과 같은 대목과 대비해서 보라. "그래, 그래. 의자는, 미끄럼틀은, 그네는, 그리고 바다에 묻힌 동전들은, 내 이야기를 듣기 시작했다." 본문에 인용한 대목들에서는 주인공이 타인들과 외부 세계에 귀를 기울이고 손을 뻗는 것과 달리 「악수」에서는 사물들이 주인공의 이야기를 듣는다. 타인의 이야기를 듣기보다 자신의 이야기를 털어놓고 이해받고 싶은 갈망이 강한 셈이며, 이때 상호 교신의 관계는 아직 본격적으로 이루어지지 않고 있다.

인물들은 그런 '믿거나 말거나 세상'을 꿈꾼다.

'슬픔의 감염을 통한 위무'는 흔히 밥과 함께, 혹은 밥을 통해 이루어진다. 대학 구내식당에서 혼자 밥을 먹고(「레고로 만든 집」), 혼자 라면을 끓여 먹으며(「이 방에 살던 여자는 누구였을까?」), 혼자 밥을 먹는 것이 오래된 습관이 된(「그림자」) 윤성희 인물들이 다른 사람들과 관계를 맺고 따뜻함을 느끼는 것은 밥을 통해서이다. 코가 휜 여자와 은오는 칼국수를 먹으러 새벽시장을 다니며 가까워지고(「이 방에 살던 여자는 누구였을까?」), '나'와 은오가 친해진 것은 직원 식당에서 은오가 '내'가 밥을 다 먹을 때까지 자리에서 일어나지 않았기 때문이며(「서른 세 개의 단추가 달린 코트」), '나'는 기차칸에서 만난 Q와는 삶은 달걀을 함께 나눠 먹고 찜질방에서 만난 W와는 냉면을 먹으러 다닌다(「유턴 지점에 보물을 묻다」). 그런가 하면 도서관에서 서민경이 빌려간 책들을 뒤지던 '그녀'와 '갈매기'는 도서관을 나와 함께 해장국을 먹고(「그 남자의 책 198쪽」), P와 '그녀'는 골목길 벤치에 앉아 함께 주먹밥과 우유를 먹곤 했으며, 봉자 엄마는 '그녀'에게 된장찌개, 순두부찌개, 조개탕을 만들어준다(「봉자네 분식집」). 이들에게 배고프다는 건 외롭다는 걸 의미한다. 그래서 죽음과 가난과 이별을 겪으면서 윤성희 인물들은 "자기도 모르게 식욕이 늘었다"(「거기, 당신?」). 결국 그 허기를 달래주는 것은 함께 나누는 밥/음식이다. 슬픔과 절망은 밥으로, 함께 한 식탁 위의 사랑으로, 위무된다. 그래서 윤성희 인물들은 이렇게 고백한다. "배가 부르다고 생각하니 쓸쓸하다는 생각은 조금씩 옅어졌다. 사람들은 그래서 밥을 먹나봐."(「봉자네 분식집」) 레고로 만든 집이 밟혀서 부서졌을 때 제일 먼저 무너졌던 부엌은 이렇게 사람들 사이에서 부활한다. '나', Q, W, 여자애가 함께 연 만두 가게, '그녀'와 봉자 엄마가 함께 낸 '봉자네 분식집'은 고아처럼 불행하고 쓸쓸했던 윤성희 인물들이 새로 지은 집 혹은 부엌이다. 사람이 있고, 사랑이 있고, 그래서 쓸쓸함을 위무하는 집.

웃으면 복이 와요

상처를 통한 타인과의 연대가 보다 적극적으로 제시되는 『거기, 당신?』에서 주목되는 또 하나는 상처에 대응하는 방식의 새로움이다. 춥고 어두운 현실을 말없이 홀로 감내할 뿐이던 윤성희 인물들은 이제 불행과 슬픔 앞에서 한숨과 눈물 대신 웃음과 유머를 내보인다. 자기를 닮은 분신을 찾아 헤매는 인물들의 모습에서 여전히 감지되던 자기 연민은 타인을 향한 이해와 연민으로 바뀌고, 계속되는 불행 속에서도 그들은 "자신의 삶은 운이 좋은 편이었다고 생각"한다. 그리고는 적금을 부어 패러글라이딩을 배우려던 꿈은 동생들 뒷바라지하면서 깨어졌지만 "자꾸 생각해보니 패러글라이딩은 너무 위험했"고, 시청 직원이었다가 지금은 자전거 대여 일을 하고 있지만 그 일이 훨씬 재미있다는 사실을 금방 깨달았다고(「누군가 문을 두드리다」), 그리고 "슬퍼서 울었다고 말하는 것보다는 매워서 울었다고 말하는 게 덜 쪽팔리잖아요"라고(「유턴 지점에 보물을 묻다」) 얘기한다. 이 깜찍한 자기 위장은 슬픔이나 고통과의 거리두기를 통해 불행한 운명에 대응하는 한 방식을 만들어낸다. 현재의 상황에 순응하고 현실에 충실하겠다는 선언과도 같은 이런 태도로 인해 이들은 비록 불행의 운명을 피할 수는 없을지언정 더 이상 거기에 자신의 삶을 내맡기지는 않는다.

우울한 일상, 불행한 삶에서 그들은 이제 스스로 웃음을 만든다. 불행하고 고독한 인물들의 세계에서 불쑥불쑥 만나는 웃음은 그래서 제법 재미난 이야기를 만들기도 한다. 가령 이렇다. 회사 사람들에게 욕을 해대고 나니 명치에 얹혀 있었던 묵직한 것들이 내려가는 듯 했고, 기분 좋게 똥을 누었고, 그래서 만성 소화불량과 변비가 한꺼번에 해결되었다고. 다시 배가 고파 초밥을 먹고 화장실에 가서 또 시원하게 똥을 누었는데, 화장실 문이 잠겨서 세면대 거울에 붙어 있는 종이에 적힌 청소할 사람 구한다는 연락처로 전화를 했고, 전화 받은 사람들이 낄낄거리며 웃었고, 문을 고치는 동안 사람들에게 청소할 사람 구했냐고 물어 일자리를 마련했다는 것, 그리고 오빠가 빚 갚기를 기다리기보다 자신이 돈을 버는 게 더 빠를 것 같다고, 온종일 일을 하게 되어 텔레비전을 보지 않아 전기요금이 오천 원으로 줄었다고 얘기하는 것(「잘가, 또 보자」). 혹은 198쪽에 처음 나타난 구절로 문장을 만들어 사람들을 향해 말을 건네면 다른 사람들이 그 구절을 넣은 다른 문장으로 화답하면서 웃는 것(「그 남자의 책 198쪽」).

　　모레도 이렇게 지나갈 수 있겠지요
　　그녀가 반납대에 쌓여 있는 책들을 서가에 꽂으면서 말했다. 서가 저쪽 편에 있는 아르바이트 학생이 큰 소리로 대꾸했다.
　　평생 이렇게 지나가버려라!
　　책을 꽂다 말고 그녀가 웃었다. 아르바이트 학생도 따라 웃었다. 웃다가, 그녀는 경쾌한 자신의 웃음소리가 너무 어색해서 주춤했다. 내 웃음소리가 이랬나? 잠시 이런 생각을 한 다음, 허리를 움켜잡고 더 큰소리로 웃었다.
　　　　　　　　　　　　　　　　　　　　　　　　　—「그 남자의 책 198쪽」

　　슬픔과 자신을 분리하고 고통을 객관화함으로써 생기는 거리에서 웃음은 가능해진다. 이들은 이제 그 웃음으로 슬픔을 밀어낸다. 더욱 중요한 것은 위에 인용된 대목에서 드러나듯 웃음 역시 슬픔처럼 전염이 된다는 사실이다. 웃음을 만든 내용이 아니라 웃음 자체가 웃음을 불러온다. 여전히 외롭고 불행한 인물들의 사연으로 가득한 『거기, 당신?』의 세계가 그럼에도 불구하고 제법 따뜻하고 경쾌하고 심지어 코믹하게 다가오는 것은 이 웃음의 힘 덕분이다. 「고독의 의무」는 웃음이 갖는 이 감염의 힘을 감동적으로 보여주는 작품이다. 간암에 걸린 아버지 때문에 식구들이 모두 시골로 내려가는 다음 대목을 보자. 시골 마을에 들어서자 작은 꽃잎들이 식구들 머리와 가슴에 내려앉았다 떨어지는데, 아버지 가슴에 매달린 꽃잎만은 그대로 있자 아버지는 그것을 떼어 먹는다.

아버지는 그 꽃잎을 떼어다가 입에 넣고는 조심스럽게 씹었다. 어! 맛있네. 아버지의 말에 나도 바닥에 떨어진 꽃잎을 주워 먹었다. 썼다. 정말, 맛있네. 나는 나와 아버지를 유심히 쳐다보고 있던 동생에게 말했다. 동생은 집 뒤로 가서는 나무에 매달린 꽃잎을 떼어다가 한줌 듬뿍 먹었다. 얼굴이 이내 울상으로 변했다. 하지만 속았다는 걸 인정하기 싫은지 동생은 그 많은 꽃잎들을 꿀꺽 삼켜버렸다. 새로 이사한 집 마당에 서서 우리 가족은 모처럼 신나게 웃었다.

쓴 꽃잎을 맛있는 양 먹어 보이는 가족들의 장난과 유머 속에서 고통과 슬픔의 순간은 오히려 웃음의 순간으로 바뀐다. 어머니는 온종일 대학 구내식당에서 일을 하고 아버지는 약초를 찾아 하루 종일 산을 헤매다 돌아오며 '나'는 그런 아버지의 운동화를 빨아야 했지만, '나'는 이 불행을 웃음으로 견뎌낸다. 자주 우는 동생을 위해 코미디 프로그램을 빠짐없이 보고 우스꽝스러운 흉내를 내어 동생이 허리를 붙잡고 깔깔거리며 웃게 만드는가 하면, 학교에선 항시 오락부장을 맡는다. 불우한 만화 대여점 사장 앞에선 엉덩이를 실룩거리며 짱구 흉내를 내어 그를 웃게 만들고, 결혼식 때는 "내 아를 낳아도"를 외쳐서 수많은 사람들을 웃겼다는 자부심이 결혼식을 무사히 치렀다는 것보다 컸다. 그는 자신의 슬픔과 고통의 순간을 유머와 웃음으로 견뎌낼 뿐 아니라, 슬픔이 있는 곳에 웃음을 전파하는 전도사가 된다. 이 슬픈 삐에로의 웃음 앞에서 우리는 눈물을 삼키고 슬픔을 잊는다. 비록 윤성희 인물들이 여전히 "자신의 불운에 대해 몇 시간이고 이야기할 수 있는 사람"들이고, 만원짜리 복권에 당첨이 되어도 그 행운 끝에 더 큰 불행이 찾아오는 건 아닐까 싶어 몸이 움츠러드는 사람들이라 하더라도, 그리고 이들이 끝내 불행한 운명으로부터 벗어날 수는 없을지라도, 이들은 더 이상 그 불행에 사로잡히지는 않는다. 신혼여행지에서의 사고로 아내가 불구가 되어도 이들은 여전히 서로의 이야기를 듣고 손을 마주잡고 있다. 이제 이들은 더 이상 혼자가 아니다. 웃으면 복이 오는 것은 아닐지라도, 적어도 웃으면 눈물을 잊을 수는 있다고, 웃음도 슬픔처럼 전염된다고, 그들의 슬픈 웃음은 이야기하고 있다.

윤성희에게 가난과 불행과 고통은 이렇듯 사람들의 연대로, 웃음으로 감내된다. 그러나 그녀의 인물들이 대결하고 있는 것은 가난이나 불행 자체가 아니라 그것이 만들어내는 쓸쓸함이다. 쓸쓸한 존재들의 연대는 상처를 치유하지도, 운명을 바꾸지도 못한다. 그러나 중요한 건 이들이 더 이상 혼자가 아니며, 그 운명 앞에 함께 서 있다는 사실이다. 작가 윤성희에게 있어 살아간다는 건, 상처를 치유하고 문제를 해결하는 과정이 아니라 그저 이렇게 슬픔을 안고 서로를 바라보며 걸어가는 것일지도 모른다. 『레고로 만든 집』 후기에서 작가는 "막차를 기다릴 때면, 전 사람들의 얼굴을 잘 보지 않습니다. 그들의 피로가 내게로 옮겨올 것 같아서요. 혹, 누군가 내 안에 숨어 있는 상심을 읽어버릴 것 같아서요"라고 고백하고 있다. 그러나 이 감염에의 불안은 사람들에 대한 그녀의 애정과 사랑에 다름 아니다. 그녀의 소설 속에는 사람들의 피로와 상심을 읽고 그것에 감염되는 사람들로 가득하다. 게다가 그녀의 인물들은 그 감염의 힘을 믿는다. 그들은 홀로 밥을 먹고 있는 사람들의 뒷모습에서 혹은 그들의 상처 난 손에서 숨겨진 사연들을 읽어내고, 그렇게 해서 만들어진 슬픔의 공감과 연대가 우리들의 춥고 쓸쓸한 삶을 살아가게 하는 힘이 됨을 보여준다. 어쩌면 윤성희 소설을 읽는다는 것은 우리 역시 이 고전적인 믿음에 감염된다는 것을 의미하는 것은 아닐까? 가난이 쓸쓸한 내면의 문제로 그리고 다시 윤리의 문제로 이동해가고 있는 윤성희 소설을 읽으며, 상상력은 이제 미학이 아니라 윤리의 문제임을 깨닫는다. 그것은 분명 새롭고 뿌듯한 경험이다.

서커스, 혹은 욕망의 위태로운 곡예

천운영의『잘 가라, 서커스』

첫 장편의 새로움

천운영의『잘 가라, 서커스』는 여러 면에서 새롭다. 기존의 천운영 소설이 보여준 파괴적이고 전복적인 상상력, 감각적이고 현란한 이미지와 상징, 세밀하고 정교한 묘사 등은 새 소설에 오면 조금은 헐거워지고 느슨해진다. 중국과 발해라는 확대된 시공간 속에서 인물의 활동 영역은 넓어지고 서사의 속도는 빨라진다. 세밀한 묘사 중심의 소설은 역동적 서사 중심의 소설로 바뀌어 있고, 현미경으로 바라보는 듯하던 미시적 서술은 원 거리에서의 조망적 서술로 바뀌어 있다. 욕망의 그로테스크한 세밀화가 이제 현실적인 목록들과 사건들을 거느린 사실적 그림으로 변화되어 있는 셈이다.

작품은 주인공이라 할 수 있는 이윤호와 림해화가 각각 서술주체로 등장하여 자신의 이야기를 번갈아가며 서술하는 식으로 전개된다. 형수와 시동생이라는 관계가 시사하듯이 두 사람의 삶은 항시 그만한 거리 안에서만 이어진다. 두 인물의 삶은 어느 순간 교차되기는 하지만 필연적으로 갈라질 수밖에 없는 관계에 있다. 본질적으로 다른 길을 갈 수밖에 없는 이들의 어긋남은 서로 다른 공간 속에서 전개되는 삶의 여정에서뿐 아니라 동일한 사건이나 상황에 대한 서로 다른 이해를 통해서도 드러난다. 이들의 목소리는 서로에게 전달되지 않는다. 두 인물의 교체 서술은 이러한 어긋남, 닫힌 삶으로서의 운명을 효과적으로 전달하는 셈이다. 이야기는 은호의 신부를 구하기 위해 온 중국에서 시작된다. 그리고 여기에서 어릴 적 사고로 목소리를 잃고 바보가 된 형 인호, 그 형을 짐처럼 이고 살아온 동생 윤호, 한국에 대한 환상과 기대를 안고 형에게 시집오는 조선족 처녀 림해화, 한국에 밀항해 들어와 있는 그녀의 연인 등 주인공들의 운명이 얽히기 시작한다. 상처 입은 인물들의 이야기에 한국 남성과 중국, 베트남의 여성 사이에서 이루어지고 있는 일그러진 결혼 풍속이 더해지고 있는 셈인데, 물건을 사고 팔 듯 일 주일 만에 이루어진 결혼은 그 자체가 잘못 끼워진 첫 단추처럼 이들의 불행한 운명을 예고한다.

주목할 점은 이들의 어긋난 운명과 불행이 자본주의 경제 논리라는 지극히 현실적인 문제들과 연관되어 있다는 사실이다. 그리하여 소설은 서로 다른 삶의 조건 위에 서 있는 인물들의 어긋난 운명을 중심으로 중국과 한국 모두에서 이방인으로 살아갈 수밖에 없는 조선족들의 고단한 삶, 뱃길을 따라 중국과 한국을 오가는 동춘항운의 풍경, 따이공들의 일상, 잊혀진 역사로서의 발해 왕국 등 다양한 이야기를 거느리며 역사적, 현실적 맥락 속에서 전개된다. 특히 우리 문학에 본격적으로 들어온 조선족의 삶이라는 점에서 주목되는 이 작품은 그들의 언어와 문화를 그대로 구현하려는 작가의 노력이 엿보이는 작품이기도 하다. 문명하지 못하다, 방조하다, 머절싸하게, 젖버듬하게, 너부죽한, 마틸 대로 마틴, 나그네, 잔살스럽게, 눈구렁, 마사지게, 아츠러운 등 인물의 대화 속에서 자연스럽게 드러나는 낯선 조선어들은 이 작품을 읽는 한 묘미가 되고 있다. 그렇다면 이렇듯 배경, 분위기, 문장 등 여러 면에서 기왕의 천운영 소설과는 다른 새로운 면모를 보여주고 있는 이 작품에서 그 변모는 구체적으로 어떤 것들이며 또 그러한 변모가 의미하는 것은 무엇일까?

'식물—여자'와 도원에의 꿈

우선 주목되는 것은 여성 인물의 형상화 방식이다. "툭 튀어나온 광대뼈와 곱추를 연상케 할 정도로 둥그렇게 붙은 목과 등의 살덩이, 눈살을 찌푸리게 하는 목소리, 뭉뚝한 발가락"(「바늘」), "늙은 숫자의 갈퀴"처럼 혹은 "소의 휘어진 꼬리털"처럼 "뒷목에서부터 등뼈를 따라 엉덩이까지 내려온 머릿다발"(「숨」), "동그랗게 솟은 어깨뼈와 새가슴, 시폰감의 치마 사이로 드러난 무릎뼈와 퀭하니 드러난 발목의 복사뼈"(「등뼈」) 등 동물적이고 탐욕스럽고 공격적인 몸을 지닌 인물로 묘사되어 온 이전의 천운영의 여성들과 달리 『잘 가라, 서커스』의 여주인공인 림해화는 "가늘고 기다란 손가락"과 "부드러운 얼굴"을 지닌 "아주 작고 마른 여자"로 묘사된다. 그녀는 "젖은 솜털을 가진 여린 새"처럼 혹은 "손만 대면 부러질 듯한, 부러지자마자 시들어버릴 여린 꽃"처럼 연약하고 가녀린 존재다. 뿐만 아니라 "여자가 올 때쯤 복사꽃도 흐드러지게 피기 시작할 것"이라는 윤호의 말이나, 그녀의 방에 새로 바른 자잘한 분홍빛 꽃 벽지, 흰색 칠에 장미꽃이 그려진 그녀의 꽃밥통, 붉은 모란꽃이 그려진 그녀 엄마의 꽃찬장, "네가 꽃인걸 나비들도 아는 모양이구나"라는 윤호

엄마의 말 등, 그녀는 항시 꽃과 함께 등장하거나 혹은 꽃으로 비유된다. 그녀는 이름 그대로 "바다에 핀 한 송이 흰 꽃"인 셈이다.

사실 이전의 천운영의 여성들이 동물적으로 묘사되었던 것과 달리 이 작품에서는 림해화뿐 아니라 거의 모든 여성들이 식물성을 띤다. '고목'이나 '겨울나무'에 비유되면서 죽음의 분위기가 강하게 부각되고 있는 엄마도 식물—여자인 것은 분명하고, 해화와 같은 고향에서 온 식당 아줌마도 예전에는 "나릿꽃 무늬가 돋친 꽃천을 입"은 처녀였음이 지난 시절 사진으로 증명된다. "열흘 붉은 꽃 없다"는 말처럼 이들은 단지 시들어버린 꽃일 뿐이다. 이때 꽃은 싱싱한 생명 혹은 화사한 삶의 풍경의 한 은유다. 거기에는 도원의 풍경이 환각처럼 어른거린다. 봄마다 진달래로 화전을 해먹었고 복사골이라는 이름답게 복사꽃이 피면 그 꽃구경하러 마을로 사람들이 몰려들었고 꽃잎을 물에 띄워 세수도 했었다고 지난 시절을 꿈처럼 회고하는 어머니는 종일 복숭아나무 아래 앉아 꽃비를 맞고 해화가 오자 복사꽃으로 화전을 부쳐온다. 그리고 어머니와 해화는 꿀을 잔뜩 품은 꽃내음을 맡으며 만개한 복숭아나무 아래에 누워 있게 되니, 이는 실로 환각처럼 남아 있는 도원의 풍경이라 할 만하다.

그런데 사실 이 식물—여자들의 등장이 돌연한 것만은 아니다. 기왕의 천운영 소설에서도 동물적이고 파괴적인 여성들 사이에서 혹은 그들 배후에서 식물—여자들이 어른거렸던 것인데, 가령 '비에 젖은 털냄새'와 '날짐승의 냄새'가 풍겨오는 「월경」의 은하수 계집에게서도 '풀냄새'가 나고, 「숨」의 미연에게서도 '풀 냄새'가 나는가 하면, 「명랑」에선 저승꽃이 핀 할머니에게서도 '여린 풀 냄새'가 풍겨오는 듯하며, 「멍게 뒷맛」에서 '바다 냄새'가 나는 '당신'은 '만개한 꽃'에 비유된다. 하지만, 이때 주목할 점은 이 식물—여자들의 뒤에는 항시 뱀이 어른거린다는 사실이다. '당신'이 떨어져 죽은 붉은 동백나무 그늘 아래에는 "작은 꽃뱀들이 벗어놓은 허물"이 햇볕을 받으며 잠을 자고 있고, '나' 역시 그 아래에서 언뜻 "붉은 무늬의 뱀 한 마리"를 환각처럼 보며(「멍게 뒷맛」), '너'의 가슴에 그려진 '푸른 장미'도 마녀의 흔적으로 묘사된다(「세 번 째 유방」). 요컨대 이들은 단순히 예쁘고 가녀린 꽃들이 아니라 식물 뒤에 야성과 마성을 감춘 뱀—꽃으로서의 여성들인 것이다.

이렇게 볼 때 림해화는 이 뱀과 마녀의 이미지에서 벗어나 순수하게 꽃으로 존재하는 여성이라 할 수 있을지 모른다. 뿐만 아니라 뱀이나 마녀의 이미지가 제거된 그녀에겐 따뜻한 모성적 이미지까지 부여된다. 림해화는 악마성이 제거된 여성이자 따뜻한 모성으로 존재하는 여리고 여린 꽃으로서의 여성인 것이다. 실제로 그녀를 비롯해 다른 여성 인물들에게서 강조되고 있는 것도 꽃으로 비유된 순수성 혹은 모성적 여성성이다.[1] 그렇다면 이전의 소설들에서 여성 인물들의 불행과 비극의 원인이 되었던 마녀성이 제거된 이 소설에서 이 꽃—여자들의 불행은 무엇에 기인하고 있을까? 아마도 그것은 여기에 등장하는 대부분의 여성들이 조선족이라는 사실과 깊이 연관되어 있을 것이고, 그렇다면 시대적·현실적 층위에서의 이 여성들의 조건에 더욱 주목해봐야 할 것이다.

---

1) 이 연약한 꽃—여자의 이미지는 윤호의 시선에 의해 강조되는 여성성이라는 점에서 남성 인물의 시선에 의해 드러나는 왜곡된 여성성 혹은 남성의 욕망이 투사된 여성성이라고 할 수 있을지 모르겠다. 하지만, 해화 자신의 목소리로 이어지는 대목에서 그녀의 여성성이나 정체성이 이것과 다른 것으로 드러나고 있는 것도 아니라는 점에서 이 연약하고 따뜻한 꽃—여자의 이미지는 불안하다. 뿐만 아니라 사랑받는 건 다 여자 하기 나름이라든지, 남편에게 헝클어진 모습을 보인 적이 없다든지, 여자란 감기는 맛이 있어야 한다든지 하는 어머니의 말이나 시각이 별 비판 없이 제시되고 있다는 점 등은 이 꽃—여자의 이미지가 은연중에 가부장적인 여성관에 연결되어 있는 것은 아닌가 하는 혐의를 갖게 한다.

확대된 시공간의 역사성

이야기가 '중국에서 아내 사오기'라는 사건으로 시작된다는 사실에 주목해보자. 이것은 경제적, 성적 불평등이 초래한 일그러진 삶의 모습이라 할 수 있으니, 소설은 자본주의 경제 논리와 남성중심주의라는 두 개의 문제를 전면에 부각하면서 시작되는 셈이다. 조선족 처녀로 한국에 시집을 오게 되는 림해화는 그런 논리에 의해 움직여지고 있는 세계의 한복판으로 휩쓸려오고 있는 것이다. 『잘 가라, 서커스』가 주목되는 이유 중의 하나는 림해화라는 여성의 삶을 통해 이러한 시대적, 경제적 소용돌이를 효과적으로 담아내고 있기 때문이다. 조선족은 발해의 후예라는 자긍이 중국과 한국 어디에서도 수용되지 않는 잊혀진 사람들, 영원한 아웃사이더들이다. 작가는 림해화의 비극적인 운명을 통해 그들의 꿈과 절망을 그리고 있는 셈인데, 이때 그 비극을 초래하는 가장 큰 동인은 돈이다. "중국에 가면 내가 왕인 기라. 돈만 있으믄 안 되는 게 읎다"는 상원의 말이 시사하듯 한국과 중국, 조선족과 한국인의 관계는 철저하게 자본주의 경제 논리 위에 있다. 그리고 그 속에서 한국은 "고난도 시기도 없는 평화롭고 풍요로운 골짜기"라는 뜻의 낙원 '샹그리라'가 되어 있다. 집을 나온 해화의 비극적 행로를 통해 드러나는 것은 결국 이런 기대가 얼마나 허황되고 허망한 것인가 하는 점이다. 갖은 수모와 고난을 겪으면서 여관 청소를 하고 받은 돈이 청수동에서 반년을 꼬박 일해야 얻을 수 있는 액수라는 점을 깨달았을 때, 그녀는 돈의 힘으로 움직여지는 현실을 실감하며 "결국 이거구나"라고 독백한다.

발해는 이들 현실적 패배자들에게 자리하고 있는 환상적 도피처이다. 그들은 그 사라진 역사 속에서만 공주가 되고 왕자가 되며 "요동벌을 뒤흔들던 함성"과 "다링강을 건너는 말발굽 소리"로 생생하게 살아 있다. 중국이 공간적으로 확대된 배경이라면 발해는 시간적으로 확장된 배경이 되어 소설의 시대적, 역사적 의미를 형성한다. 하지만, 찬란했던 국가로서의 발해는 지나간 과거일 뿐 현재화되지 않는다. 발해는 '무덤'을 통해서만 만날 수 있는 세계다. 림해화와 그의 연인이 만났던 곳도, 그리하여 그들로 하여금 고단한 삶을 견딜 수 있게 하고 꿈꿀 수 있게 했던 곳도, 윤호가 실질적으로 해화를 욕망하게 된 곳도 이 무덤에서였다. 림해화와 연인인 '그' 그리고 그녀와 윤호의 이루어질 수 없는 사랑을 환상적으로 이루게 하는 낭만적 공간이 발해의 무덤 속이었으니, 이들은 모두 본질적으로 "무덤 속에 묻혀버린 잊혀진 나라"의 백성들인 셈이다.

사실 발해는 중국에도 한국에도 속하지 않는 그리고 중국인도 한국인도 아닌 조선족들의 처지가 투영된 공간이다. 그러나 이 작품에서 발해라는 공간이 갖는 현실적, 역사적 의미는 거기까지이다. 발해는 그것이 지금 우리에게 갖는 사회적·정치적·역사적 의미에서가 아니라 발해 공주의 사랑과 죽음 그리고 그에 이어지는 국가의 멸망 등 낭만적이고 비극적인 세계를 환기시키는 공간으로 부각된다. 역사에 묻혀 잊혀진 나라로서의 시대적·현실적 의미보다 폐망기의 공주의 사랑과 죽음이라는 낭만성에 초점이 맞추어져 있는 것이다. 그런가 하면 사실 윤호나 해화·은호 등 인물들이 겪게 되는 불행도 그들을 둘러싸고 있는 사회적, 현실적 맥락과는 크게 관련이 없어 보인다. 실제로 윤호와 해화·은호의 비극적인 삶은 윤호와 해화 사이에 일어난 불륜적 욕망이 직접적인 원인이라 할 수 있다. 형의 여자를 사랑하게 된 윤호가 집을 나가게 되었고, 그로 인해 혼자 남겨진 은호가 폭력적인 모습을 보이기 시작했고, 그 폭력에 시달리던 끝에 해화가 집을 나가게 되기 때문이다. 이때 길 위에서의 해화의 고단한 삶과 비극적인 종말은 기왕의 천운영 소설에서 보아왔던 해체된 가족의 불우한 운명과 크게 달라 보이지 않는다.

결국 중국, 발해, 한국인, 조선족 등 확대된 시공간적 배경과 현실적 의미망 속에서 이야기가 전개되고 있기는 하지만, 그것들이 갖는 현실적, 역사적 문제들이 본격적으로 탐구되고 있는 것은 아니다. 자본주의 경제 논리에 의해 움직여지는 현실 어디에도 속하지 못한 채 아웃사이더로 살아가고 있는 조선족들의 삶, 찬란했던 역사를 가진 발해 등은 어쩌면 주인공들의 비극적인 삶을 극화하는 양념으로 그 기능을 다하고 있는 것은 아닌지. 종국에 『잘 가라, 서커스』에서 만나는 것은 그 현실적 토대 저편에서 요동치는 운명의 비극성이기 때문이다.

서커스, 혹은 외줄 위의 인생

서두에 만나는 중국 기예단의 서커스는 이와 같은 운명의 근원적 비극성을 환기시키는 장치다. 초록빛 천을 휘감으며 하늘로 올라가는 여자는 태아처럼 보였다가 나비처럼 보이기도 하고 "거미줄에서 벗어나려는 곤충 같은가 하면 거미줄 같고 노는 화려한 색의 거미 같기도" 하고 때론 "발판이 치워진 사형수"나 "의식을 잃은 새" 같기도 하다. 이는 한국에 와서 겪게 될 림해화의 비극적 운명을 환시키는 듯하지만, "거미줄에 걸려 버둥거리는 것은 오히려 내 몸뚱이였다"는 진술처럼, 줄에 매달려 있는 것은 '나'를 비롯해 형, 어머니 등 작중의 모든 인물로 확대된다. 서커스는 목숨을 건 비상에의 꿈과 좌절, 추락 등 우리 모두가 겪게 되는 인생의 한 은유가 되어 있는 것이다. 이때 이들이 매달려 있는 줄은 이들을 하늘로 이끌어가는 끈이자 동시에 이들의 손과 발과 목을 위협하는 죽음의 줄이 되기도 한다. 가령 형은 오토바이 뒤에 서서 묘기를 부리며 하늘로 날아오르다 전신주의 전선에 목이 휘감겨 목소리를 잃었고, 해화는 어느 순간 포악하게 돌변하는 형에 의해 전선으로 손목과 발목을 포박당하며 그 전선이 채찍처럼 자신의 몸속을 파고드는 것을 경험하는가 하면, 산부인과에서 마취도 하지 않은 상태로 수술을 받을 때는 생살이 긁히는 아픔보다 "발목과 팔목을 옥죄고 있는 단단한 고무줄이 더 무서웠다"고 고백하고, 뗏목을 타고 러시아에서 일본으로 가려던 사람은 뗏목에 발목을 묶었다가 그 끈에 발목을 잘린다. 이것들은 모두 우리들 모두가 매달려 있는 위험한 줄로서의 운명을 환기시키는 일화들이다.

이야기는 이와 같은 서커스의 상징성과 함께 사회적, 경제적 현실의 문제를 넘어 보다 근원적이고 본질적인 운명의 문제로 환원한다. 엄밀히 말해 인물들의 불행은 그들을 둘러싼 사회적, 현실적 조건과 연관되어 있는 것이 아니라 이루어질 수 없는 사랑의 운명과 연관되어 있다. 은호와 결혼해서 한국에 오게 된 해화가 시어머니와 함께 꽃나무 아래 앉아 있는 평화로운 순간에도 아무 준비 없이 갖게 된 훈훈함이 오히려 불안했다고, "내 몸은 봄을 맞을 준비가 되어 있지 않았다"고, "자칫하다가는 봄을 송두리째 빼앗겨버릴지도 모를 일이었다"고 고백할 때, 여기에서 강조되는 건 해화의 행복이 언젠가는 깨어지게 될 거라는 불길한 암시, 비극적 운명의 그림자이다. 그리고 그 불행은 그녀 마음에 자리한 그리운 사람의 존재 때문으로 드러나는데, 사실 그녀가 봄을 빼앗긴 것은 그녀가 몰래 품고 있던 연인의 존재 때문이 아니라 그녀를 좋아하게 된 시동생 윤호의 마음 때문이었다. 게다가 해화로 하여금 집을 나가게 한 직접적인 계기가 되는 은호의 광기 역시 그의 무의식 깊은 곳에 자리한 상처가 그 원인이 된다.

결국 소설은 이루어질 수 없는 사랑, 근원적 상처를 안고 출발하는 삶, 그리하여 끝내 채워질 수 없는 욕망에 관한 이야기로 변모된다. 신랑 신부의 모습으로 찍힌 사진 속 형과 해화의 모습을 보면서 윤호가 "손대어서는 안 되는, 일종의 절대적이고 위험한 경고문"을 떠올리는 것은 이 욕망과 금기의 문제를 환기시킨다. 그러나 이 역시 욕망에 대한 근원적인 탐구로 전개되지는 못하고 형수에 대한 애정이라는 다소

통속적인 불륜의 드라마로 전개된다. 인물들 모두의 불행이 분명한 이유를 갖지 못하고 극적 인과성이 부족해보이는 것도 이런 점과 연관되어 있을 것이다. 왜 윤호가 자신의 형수인 해화를 사랑하게끔 설정되어 있는지, 이루어질 수 없는 사랑으로 이 둘이 이어져 있는 이유는 무엇이며, 그녀가 조선족 여자여야 하는 이유는 또 무엇인지, 윤호가 없었다면 바보 같은 형과 결혼한 해화의 삶은 과연 행복했을지, 형은 왜 목소리를 잃은 바보로 설정되어 있는지 등에 대해 소설은 충분한 답을 주지 못하고 있다. 더군다나 집을 나간 해화의 불행이 그녀에 대한 윤호의 감정과 상관없이 이어지는 것이라는 점을 상기하면, 인물들 사이의 얽힌 관계, 어긋난 사랑, 비극적인 삶은 그저 운명이라고밖에 할 수 없을 듯하다. 우리의 삶은 그저 위험하고 애절한 삶의 곡예로서의 한바탕 서커스라고, 그리고 "더 많고 더 위험한 짐을 지우면서 자유를 완성"하는 것, "불안과 위험만큼의 자유를 얻"는 것이 서커스, 삶의 원칙이라고 말이다. 그러나 이 멋진 잠언적 진술 속에서 만나는 것은 현실로부터 벗어난 추상화된 삶, 혹은 운명이다.

다시, 운명에 대하여

이 운명의 덫에 걸려 허우적대던 인물들은 마약의 기운에 젖어 잠이 들거나 경찰에 잡혀가거나 바다에 몸을 던짐으로써 모두들 비극적인 최후를 맞는다. 하지만 혼자 남겨진 윤호에 의해 이들 모두는 바다에서 다시 이름이 불리고 결국에는 바다로 돌아간다. 그리고 거기에서 마약에 찌들어 죽어간 해화는 '한송이 흰 꽃'으로 피어난다. 비극적 인연들의 낭만적 해후라 할 만한 이 마지막 장면에서 바다는 "한 번도 죽지 않은 파도"를 가진 생명의 공간이자 "엄마 품처럼 따사로운" 모성의 공간으로 부각된다. 그러나 이 환상적인 재생 혹은 재회의 환영이 혹시 해화의 삶의 여정과 죽음에 내재되어 있는 그 숱한 현실적 모순과 탐욕과 거친 삶의 논리를 낭만적 운명론 속에 묻어버리는 것은 아닐까? 그녀를 비롯해 윤호나 은호의 비극적 삶을 운명으로 얘기하는 것은 과연 온당할까? 중국과 발해로까지 뻗어 나갔다가 다시금 근원적이고 보편적인 운명론으로 귀환하고 있는 듯 보이는 작가의 시선은 여전히 안타깝다.

앞서 말했듯이 사실 이들의 불행의 원인은 이들 사이에서의 어긋난 욕망에 기인한다. 행복한 삶을 꿈꾸며 한국에 온 조선족 처녀 해화는 "면역력 없는 갓난애", "악몽에서 홀로 깨어난 어린아이" 등으로 비유되는 형에게 "새로운 어미"가 되어야 했던 것이고, 그녀를 욕망했던 윤호가 바랐던 것도 사실 이것과 그리 달라 보이지 않는다. 게다가 해화는 이런 남성 인물들의 욕망에 부응하듯 따뜻한 모성적 포용력이 강조된 인물로 그려진다. 어머니의 죽음 이후 이들의 불행이 본격적으로 시작되었다는 것은 이 점에서 시사적이다. 그렇다면 이 소설은 어머니 되기를 요구하는 남성의 욕망과 주체적 여성되기를 꿈꾸는 해화의 욕망 사이에서 빚어진 비극으로 이해할 수도 있어 보인다. 해화에게 모성에 대한 욕망과 성적 욕망을 극단적으로 표출했던 형의 행동은 결국 창녀와 어머니의 이분법으로만 존재하는 남성들의 여성관을 시사하는 것은 아닐까? 그리고 해화의 가출은 이에 대한 저항이자 자기 찾기의 시도였던 셈이라 할 수 있지 않을까? 하지만, 그녀가 남성들이 자신에게 투사한 여성성을 별 저항 없이 그대로 체화하고 있는 인물로 보인다는 점은 이런 해석의 설득력을 약화시킨다.

그녀뿐 아니라 작품 전체에서 인물들의 따뜻함이 부각되는데, 특히 여성 인물들 사이에서는 굳건한 유대감이 강조되어 있다. "몇 십 년을 같이 산 우리보다도 엄마를 더 잘 읽고 있었다"는 윤호의 말처럼 엄마와 해화는 강한 연대감으로 이어져 있다. 시어머니와 며느리, 게다가 조선족으로 한국에 시집온 여자와 시어머니라는 상황에도 불구하고 두 여자의 관계는 너무나 따뜻하고 평온하기만 하다. 뿐만 아니라 그녀는 같은 고향사람인 식당 아줌마나 "엄마 옆에 앉은 기분"이 든다는 조선족 여자 서옥분과도 어머니와 딸 사이와 같은 깊은 유대감으로 연결되어 있다. 이들은 다들 착하다. 인물에 대한 작가의 애정을 확인하게 하는 이러한 점들은 그러나 독자에게 마냥 흐뭇하게만 다가오지는 않는다. 파괴적인 건, 사악한 건, 이제 이들 바깥의 세상이다. 뿐만 아니라 이 바깥세상과 싸우는 대신 작가는 낭만적 운명론으로 이들을 위무하고 있을 뿐이다. 그러니 이제 우리는 천운영 소설에서 한 떨기 꽃처럼 순수하고 여린 여성들을 혹은 세상과 사람에 대한 따뜻한 시선을 만난다는 것의 낯설음 혹은 쓸쓸함에 대해 고백해야 할 것 같다. 기존의 천운영 문학이 보여준 야수적이고 파괴적인 여성, 그로테스크하고 어두운 세계 인식 등을 대신해서 자리한 이것들의 의미는 무엇인지, 그것이 무엇을 희생시키고 얻어낸 결과물인지, 그것이 과연 새로운 변화를 위한 시금석이 될지 지켜볼 일이다.

'푸른 꽃', 혹은 예술과 욕망의 시원

한강의 「몽고반점」

짐승의 시간을 견디는 식물에의 꿈

벌레와 고기와 욕망에 들뜬 몸이 난무하는 근래의 문학에서 조용히 탈속(脫俗)과 탈신(脫身)의 꿈을 이야기하는 작가가 있다. 인간은 욕망에 들끓는 육체적인 존재라고, 억눌려온 욕망의 얼굴들을 꺼내어 늘어놓고 주장하는 작가들 속에서 홀로 침묵하고, 육체를 비우고, 욕망을 덜어내려는 작가가 있다. 그녀는 모두들 사나운 짐승과 추악한 벌레가 되어 인간존재의 현존성을 증거하고 있을 때, 홀로 식물이 되어 짐승의 시간을 뛰어넘는다. 그녀의 식물에의 꿈은 상처와 어둠뿐인 세상과 대면하는 그녀의 미학적 전략이자 그 상처를 극복하는 구원의 미학이다.

「몽고반점」은 한강의 이 식물적 상상력이 빚어낸 또 하나의 슬프고 신비로운 풍경이다. 여기에는 정처 없이 고단한 삶의 길을 떠돌며 몸 여기저기에 푸릇푸릇한 멍이 들어 있던, 그리고 그 상처 속에서도 어둠을 하나하나 끌어다가 어루만지던 자흔의 슬픈 얼굴과(「여수의 사랑」), 나쁜 피를 갈고 싶다며 베란다 쇠창살을 향해 무릎을 꿇은 채 온 몸이 진초록색의 식물로 바뀌어 있던 여자의 신비로운 모습이(「내 여자의 열매」) 함께 어른거린다. 칼과 불로 상징되는 짐승의 세계와 이와 대비되는 물과 꽃의 여성성의 세계를 두 축으로 해서 세상의 폭력과 불우에 의해 몸에 새겨진 멍이 푸른 꽃으로 변해가는 놀라운 상상력의 세계를 보여준 「내 여자의 열매」에서 자꾸만 밖으로 나가고 싶고 햇빛만 보면 미친여자처럼 옷을 벗고 싶다던 여자의 고백은 그대로 「몽고반점」 속 영혜의 그것이 된다. 고기를 거부하다 정신병원 신세까지 지고 아무데서나옷을 벗고 햇빛을 좇는 그녀 역시 사악한 동물성의 세계에서 동물이기를 거부하고 스스로 식물이 된, 그럼으로써 '정상적인' 세계로부터 떨어져나간 인물이기 때문이다. 그녀는 사악한 육식성의 세계에서 그것이 요구하는 짐승의 운명과 맞서 싸우는 또 하나의 식물—여자다.

그녀가 고기를 먹지 않는다는 사실은 그 자체로 이 세계가 요구하는 짐승의 운명에 대한 거부를 상징하는 것이거니와, 그녀가 왜 고기를 먹지 않게 되었는지 그 구체적인 이유와 정황은 이 작품과 연작 형태로쓰인 「채식주의자」에서 보다 분명하게 제시된다. 고기를 먹지 않겠다며 이상하게 변해버린 아내를 바라보는 남편의 시점으로 전개되는 이 작품에서 세상은 먹고 먹히고, 죽고 죽이고, 상처를 주고 상처를 받는 것으로 진행되는 위협적이고 폭력적인 공간으로 강조된다. 그 속에서 살아남기 위해서는 우리 모두 함께 짐승이 되어 칼을 휘두르는 것뿐이다. 그러나 한강의 인물들은 그 짐승의 운명을 거부하고 짐승의 몸을 버림으로써 폭력과 상처로부터 자유로워지는 길을 택한다. 영혜 역시 그런 인물이다. 고기를 먹지 않겠다는 것은 "네가 고기를 안 먹으면, 세상 사람들이 널 죄다 잡아먹는 거다"라는 엄마의 말에서 강조되는 잔인한 짐승 세계의 논리를 거부하고, 더 이상 살기등등하고 잔인한 억압과 폭력의 세계에 몸담지 않겠다는, 독기 어린 맹수의 몸을 버리고 부드럽고 따뜻한 몸이 되겠다는 선언과도 같다.

번들거리는 짐승의 눈, 피의 형상, 파헤쳐진 두개골, 그리고 다시 맹수의 눈. 내 뱃속에서 올라온 것 같은 눈. 떨면서 눈을 뜨면 내 손을 확인해. 내 손톱이 아직 부드러운지, 내 이빨이 아직 온순한지.

내가 믿는 건 내 가슴뿐이야. 난 내 젖가슴이 좋아. 젖가슴으론 아무것도 죽일 수가 없으니까. 손도, 발도, 이빨과 세치 혀도, 시선마저도, 무엇이든 죽이고 헤칠 수 있는 무기잖아. 하지만 가슴은 아니야. 이 둥근 가슴이 있는 한 난 괜찮아. 아직 괜찮은 거야.

— 「채식주의자」

여기에서 드러나는 두 가지 형태의 몸에 주목해보자. 하나는 날카롭고 사나운 파괴와 공격의 몸이고, 다른 하나는 포용적이고 부드러운 생명의 몸이다. 결국 고기를 거부하는 것은 내 안에 있는 짐승의 몸을 거부하고 자기 안의 둥근 모성적 몸을 회복하고자 하는 의지인 셈이다. 그러나 고기를 먹지 않으면 네가 말라 죽는다며 입 안으로 고기를 밀어 넣는 가족들과 실랑이를 벌인 끝에(특히 고기를 먹지 않는다며 그녀의 뺨을 때린 아버지가 베트남 첨전 용사 출신이라는 사실은 우리의 일상이 폭력과 죽음의 현장으로서의 전쟁의 연장선이라는 점을 환기시킨다) 결국 그녀는 날카로운 폭력의 칼날을 스스로에게 휘두른다. 그리고 이 죽음의 과정을 통해 그녀는 식물로 다시 태어나는 셈이니, 식물적 이미지로 묘사되는 그녀의 몽고반점은 이 점에서 상처의 흔적이자 그 안에서 꽃을 피워내는 씨앗과도 같다.

약간 멍이 든 듯도 한, 연한 초록빛의, 분명한 몽고반점이었다. 그것이 태고의 것, 진화 전의 것, 혹은 광합성의 흔적 같은 것을 연상시킨다는 것을, 뜻밖에도 성적인 느낌과는 무관하며 오히려 식물적인 무엇으로 느껴진다는 것을 그는 깨달았다.

어린아이들의 엉덩이와 등을 덮고 있는 푸른 반점, 그러나 어른이 되어가면서 서서히 사라져가는 이 몽고반점은 사악하고 위험한 짐승의 세계에 적응해가면서 희미해지고 퇴화해가는 식물성의 흔적이자 태고적의 생생한 생명력을 간직한 푸른 낙인이다. 우리 몸이 기억하는, 우리 몸에 각인된 꽃.

관능적인 몸, 혹은 꽃의 미학

그러나 이 식물에의 꿈에도 불구하고 「몽고반점」이 조용하고 무감한 식물성의 세계만으로 다가오는 것은 아니다. 오히려 작품 전체를 감싸고 있는 것은 육감적이고 관능적이며 동물적인 에너지이다. 연약한 단색의 풀이 아니라 화려하고 강렬한 색채의 꽃들이 넘실거리고, 메마르고 건조한 몸이 아니라 육감적이고 관능적인 몸의 움직임이 흘러넘친다. 처제의 엉덩이에 남아 있는 몽고반점은 주인공으로 하여금 '몸'에 대한 원초적 욕망에 빠져들게 하고, 급기야 온몸에 화려한 무늬와 색채의 꽃을 그린 후 그녀와 교합하는 데에까지 이르게 만든다. 그녀의 몸은 주인공에게 있어 욕망을 일깨우는 관능적인 몸이자 동시에 그것으로부터 초월해 있는 꽃이다. 이 작품이 전 작품들과 닮아 있는 듯하면서도 다르게 느껴지는 것은 이처럼 식물적 상상력과 육체적, 관능적 에너지가 결합한 '몸-꽃'의 격렬한 이미지 때문이다.

그는 이번에는 노랑과 흰빛으로 그녀의 쇄골부터 가슴까지 커다란 꽃송이를 그렸다. 등 쪽이 밤의 꽃들이라면, 가슴 쪽은 찬란한 한낮의 꽃들이었다. 주황색 원추리는 오목한 배에 피어났고, 허벅지로는 크고 작은 황금빛 꽃잎들이 분분히 떨어져 내렸다.

그녀의 몽고반점 위로 그의 붉은 꽃이 닫혔다 열리는 동작이 반복되었고, 그의 성기는 거대한 꽃술처럼 그녀의 몸속을 드나들었다. 그는 전율했다. 가장 추악하며, 동시에 가장 아름다운 이미지의 끔찍한 결합이었다. 눈을 감을 때마다 그는 자신의 아랫도리를 물들이고 배와 허벅지까지 흠뻑 적시는 끈끈한 풀물의 푸른빛을 보았다.

처제의 엉덩이에 남아 있는 몽고반점이 계기가 되어 주체할 수 없는 성욕에 빠져들게 되는 과정은 이처럼 '몸'과 '꽃'과 '성'을 결합시키고, 일관되게 한강의 세계를 구성해온 식물적 상상력은 여기에 오면 동물성과 육체성을 아우르고 넘어서는 세계에 이른다. 지극히 육체적이고 관능적인 몸의 상상력과 식물적 상상력이 결합하면서, 꽃이 몸이 되고 몸이 꽃이 되며 다시금 꽃이 욕망이 되는 통합과 순환의 세계가 펼쳐진다.
처제의 몸은 이 세계를 구현하고 있는 실체적 대상이다. 그녀의 몸은 주인공으로 하여금 "그녀의 조용한 어깨를 껴안고 싶은 충동을, 달고 끈끈한 배즙이 묻은 그녀의 집게손가락을 빨고, 입술과 혀의 마지막 단즙까지 핥아내고 싶은, 헐렁한 트레이닝복 바지를 힘껏 끌어내리고 싶은 충동을" 불러일으키는 관능적인 육체이자, 동시에 "마른 쇄골과, 누웠기 때문에 소년처럼 밋밋해보이는 가슴, 드러난 갈빗대들, 관능 없이 벌어진 허벅지, 눈을 뜬 채로 잠든 것 같은 사막 같은 얼굴" 등 건조하고 중성적이며 모든 욕망이 배제된 육체로 묘사된다. 그녀의 몸에는 욕망을 불러일으키는 관능적인 세계와 '수도승처럼' 탈속적이며 식물적인 세계가 함께 있다. 이 몸은 식물성과 동물성, 성(聖)과 성(性), 인간적인 것과 짐승적인 것이 함께 있는, 혹은 그것들을 아우르며 초월한, 보다 근원적이고 원초적인 인간의 본성에 다다르고자 하는 작가의 열망이 찾아낸 상징적 실체다. 관능적인 몸짓, 짐승 같은 비명, 풀과 꽃의 이미지, 성적 희열과 눈물 등이 뒤범벅된 채 주인공의 몸과 처제의 몸이 결합하는 장면을 통해 작가는 근본적으로 모순적이고 동시에 통합적인 존재의 근원성과 마주하는 순간을 구현하고 있는 것이다.

'푸른 꽃'을 좇는 예술가의 꿈

   이 작품에서 주목되는 또 다른 하나. 그것은 세상의 폭력과 어둠이 조건 지은 짐승의 운명으로부터 벗어나기 위한 탈주의 꿈으로서의 식물로의 변신과 상상력이 이 작품에 오면 상처와 어둠뿐인 세상에서 절대순수의 예술혼을 찾아 헤매는 예술가의 내면을 담아내는 것으로 변이, 확장되고 있다는 사실이다. 주인공이 비디오 아티스트로 설정되어 있을 뿐 아니라 그 이외에도 J나 M, P 등 현실에 나름대로 안착하고 혹은 투항한 예술가들을 등장시키고 있는 이 작품은 몸과 꽃이 결합된 상상력을 통해 존재의 근원적 시원을 탐색해가는 동시에 이 악의적이고 상처투성이인 세상에서 예술이란 무엇이며 예술가의 길은 무엇인지를 함께 묻는다. '푸른 꽃'을 찾아 헤매던 노발리스의 꿈, 「몽고반점」에서도 그런 꿈을 만나게 되는 것이다.
   작품의 주인공은 비디오 아티스트이다. 그는 두 가지 측면에서 미궁에 처해 있다. 하나는 이 년 넘게 작품을 하지 못한 채 "내면을 초조하게 만들 수 있을 만큼의 공백"에 시달리고 있는 예술가로서의 미궁이고, 다른 하나는 "빠지기 시작한 머리털을 야구 모자로, 제법 늘어진 아랫배를 점퍼로 가린 중년의 남자"라는 실존적 상황에서의 미궁이다. 몸은 젊음을 잃어가고 있고, 예술가로서의 그의 길 또한 미로 위에 있다.

후기 자본주의 사회에서 마모되고 찢긴 인간의 일상을 사실적 다큐 화면으로 구성하는 작업을 해왔던 그는 정치인의 얼굴들, 무너지는 다리와 백화점, 노숙자와 난치병에 걸린 아이들의 눈물 등을 편집해서 황폐하고 건조한 현실 속의 일상을 고발해왔다. 그러나 막무가내로 자신의 입에 고기를 밀어 넣는 식구들과의 실랑이 끝에 처제가 자신의 손목을 그은 사건은 그로 하여금 일상에 만연한 폭력과 죽음의 기운, 인간관계의 본질적 소원함과 타자성을 새로이 실감하게 하는 계기가 된다. 그런 작업을 할 수 있을 때는 그래도 그 황폐하고 건조한 현실 속의 일상을 어느 정도 감내할 수 있을 때였다는 자각, 그 현실의 이미지들을 충분히 미워하지 않았고 위협당하지 않았었다는 자각, 자신의 작업이 얼마나 허구적이었는가에 대한 자각, 처제의 손목에서 나던 피비린내를 통해 마주하게 된 건 그런 깨달음이었고, 결국 예술가로서의 그의 작업은 미궁 속으로 빠져든다.

이렇게 볼 때 주인공의 예술적 고갈 상태는 인간을 황폐하게 찢어놓는 후기 자본주의 사회의 현실과 연관되어 있는 것으로 보이는데, 그럼에도 불구하고 작가의 눈은 여느 때처럼 그 후기 자본주의 사회의 폭력적 현실의 목록이나 정체를 드러내는 쪽으로 향하기보다 그 폭력으로부터 벗어난 절대적 순수성의 시적 구현에 붙잡혀 있다. 화려하고 육감적인 이미지 속에서 피어나는 푸른 몽고반점, 이것이 황폐한 후기 자본주의의 일상으로부터 벗어날 구원으로 다가온 것이니, 이제 주인공의 실존적, 예술가적 결핍은 이 푸른 '몸—꽃'을 찾아가는 여정이 된다. 시들어가고 주눅 든 그의 몸 안에서 "오래 억눌러온 고함 같은 것이 기침처럼 터져나"오게 만들고 '5월의 신부'라는 금욕적이고 투사적인 이미지의 자기 안에서 억눌려 있던 욕망과 색채가 터져 나오게 하는 이 과정은 결국 처제와의 정사라는 상징적 제의에 다다르게 되거니와, 이 대목은 가장 추악하고 동시에 가장 아름다운 이미지가 결합하고 꽃과 짐승과 인간이 뒤섞여 한 몸을 이룬 극단의 아름다움이 체현되는 순간이 된다. 꽃들의 결합의 순간이자 동시에 짐승의 신음소리와 달콤하면서도 역겨운 냄새가 뒤범벅이 된 그 현장에는 생명이 태어나는 순간의 감동스러우면서도 지극히 동물적인 현장에서처럼 아름다움과 추함, 삶과 죽음, 식물과 동물의 이미지가 교차한다. 그리하여 벌거벗은 몸으로 베란다 난간에 "흡사 햇빛이나 바람과 교접하려는 것"처럼 서 있는 처제와 이를 바라보며 서 있는 주인공은 작품 끝에서 "활활 타오르는 꽃"이 되어 삶과 죽음의 경계 위에 서 있다. 이는 실로 도덕적 원리와 미적 열망, 현실과 예술, 삶과 꿈의 사이에서 그 경계를 넘어서고자 하는 열망이 도달한 미적 극치의 순간이라 할 만하다.

이 마지막 대목에서 우리는 산문적 세계의 더러움과 추함, 탐욕스러움을 껴안으며 시(詩)와 선(禪)의 경지로 나아가려는 작가 한강의 욕망을 겹쳐 읽는다. 실로 「몽고반점」은 모든 현실적 조건과 경계를 넘어 절대미를 추구하는 탐미적 소설, 시로 육박해가는 소설이라 할 만하다. 여기에는 관능적이고 육체적이며 탐미적인 몸의 욕망과 그 욕망과 아름다움으로부터도 초월해 있는 무감한 몸이 공존하고, 식물과 동물, 인간과 짐승, 삶과 예술, 도덕과 윤리의 경계를 넘어 생명의 근원적 세계에 다가가고자 하는 열망이 자리하고 있다. 존재의 숙명적 상처와 세상의 근원적 어둠에 대한 처연한 인식에서 출발하여 식물적 상상력으로 그에 대응해온 작가가 도달한 이 새로운 미적 차원은 놀랍고 신선하다. 상처와 어둠의 극한까지 밀어붙여 존재의 처음과 끝, 그 신비로운 근원을 엿보고자 하는 열망으로 도달한 놀라운 상상력의 세계는 우리 소설을 일상과 탐욕의 저잣거리로부터 끌어올려 전혀 새로운 차원으로 진입시키고 있음이 분명하다. 염려스러운 것은, 그녀가 짐승의 조건이라는 현실을 너무 쉽게 떨쳐버리고 있는 것은 아닌가,[1] 이미지와 시적 에피파

---

[1] 이 작품이 연작 형태로 쓰인 작품 중 하나라는 사실을 상기할 때 이런 염려는 아직 조심스럽지만, 가령 "천성적으로 참을성이 많은" 사람이고 요구 사항도 거의 없고 말도 별로 없는 인물로 묘사되는 아내의 경우 작가는 그와 같은 엄격한 자기 통제와 침묵에

니의 순간만으로 이 어둡고 쓸쓸하고 아픈 삶을 감당할 수 있을 것인가, 하는 것이니, 이런 점에서 그녀에게 짐승의 운명과의 싸움은 아직도 끝나지 않은 듯하다.

내재되어 있을 그녀의 고통에 대해서는 침묵하고 있는데, 이는 삶의 구체성, 현실적 조건 등과의 미적 긴장이라는 점에서도 아쉽게 느껴지는 부분이다.

여성의 욕망과 일탈의 서사[1)]

신경숙 · 서하진 · 은희경 · 전경린의 소설

90년대 문학과 여성소설

질문—신경숙 · 서하진 · 은희경 · 전경린은 90년대 이후 활발하게 활동하고 있는 작가로 알고 있습니다. 이 네 작가들을 묶어서 이야기할 수 있는 어떤 배경이나 공통적인 특징이 있는지요?

대답—말씀하신 것처럼 이 네 작가들은 모두 90년대 이후 활발한 활동을 해오고 있는 작가입니다. 우연히도 모두들 여성작가들인데요, 이들이 특히 90년대 이후 부각될 수 있었던 데에는 우리의 사회정치적인 배경이 많은 영향을 끼쳤다고 할 수 있습니다. 잘 아시다시피 지난 80

---

1) 이 원고는 창비 소설선 해설로 작성된 것으로 작품에 대한 독자의 이해를 돕기 위해 질문과 답변 형식으로 쓰였다. 질문은 인천예고에 계신 정소영 선생님의 도움을 받았다.

년대까지는 사회적·정치적 억압이 아주 컸던 시대라고 할 수 있지요. 자연적으로 우리 문학 역시 폭력적이고 권위적인 독재 정권에 대한 항거, 노동자나 농민 등 하층민들에 대한 관심, 부조리한 사회 현실에 대한 비판 등 정치적이고 사회적인 문제들을 적극적으로 담아 내었구요. 그런데 90년대는 이러한 정치·사회적인 억압으로부터 어느 정도 자유로워진 상태에서 시작되었다고 할 수 있고, 이러한 사회 변화에 따라 우리 문학의 주된 관심 역시 억압적 정치적 현실이나 사회의 구조적 모순과 같은 문제들에서 점차 평범한 개인들의 구체적인 일상으로 이동해갔다고 할 수 있습니다. 80년대까지의 문학이 역사·정치·사회·이념 등 거대담론들을 문제 삼았다고 한다면, 90년대 이후의 문학에선 일상·내면·욕망·여성 등이 중요한 키워드로 부각되면서 구체적이고 사소해보이는 일상, 개인의 내밀하고 어두운 내면, 억눌린 여성의 욕망 등이 중요하게 다루어졌습니다. 이 시기에 오면서 바깥 세상에 대한 관심은 인간의 내면에 대한 관심으로, 거대담론들에 대한 열정은 사소하고 일상적인 것들에 대한 애정으로, 큰 이야기들은 사소하고 비루한 작은 에피소드들로 대체되기 시작했다고 할 수 있습니다.

90년대 이후 특히 여성 작가들의 활동이 두드러진 것도 이러한 맥락에서 이해될 수 있는 문제겠지요. 정치·사회적인 거대담론들에 묻혀 있던 여성의 문제, 여성의 욕망이 여성의 목소리에 의해 적극적으로 담기기 시작했으니까요. 신경숙·은희경·전경린·서하진 네 작가는 그 여성의 내면과 욕망을 담아내었다는 점에서 공통된 면을 갖고 있습니다. 전통적인 가부장적 현실에서 억눌리고 묻힌 여성의 욕망을 섬세하고 내밀한 시선으로 그려내고 있고, 또 그 과정에서 일상적이고 사소해보이는 것들을 새롭게 조명하고 문제 삼고 있지요. 여성뿐만이 아니라 우리 안에 있는 수많은 '타자'들이 새롭게 조명받기 시작한 것이 90년대 문학에서라고 할 때, 이들은 그 중심에 있었다고 할 수 있는 셈입니다.

신경숙의 「배드민턴 치는 여자」, 「풍금이 있던 자리」, 「감자 먹는 사람들」, 「부석사」

질문 소설가 신경숙은 독자들에게도 많이 알려진 유명작가이지요. 신경숙 문학의 전반적인 특징에 대해 간단하게 설명을 해주세요.

대답 신경숙은 앞서 말씀드린 90년대 문학의 특성을 그대로 드러내는 작가라고 할 수 있습니다. 인간의 내면에 대한 섬세하고 내밀한 관심, 구체적이고 일상적인 사건들, 여성의 내면에 도사리고 있는 욕망, 잊혀진 기억 등이 그녀의 문학에 등장하는 주요한 내용들이니까요. 어떤 점에서 90년대 문학은 신경숙에 의해서 대표된다고 할 수 있을 정도로 그녀의 문학은 내면·욕망·일상·여성 등 그 이전까지의 우리 문학에서 중요하게 부각되지 않았던 문제들을 집요하게 파고듭니다. 1985년 『문예중앙』에 「겨울우화」라는 작품을 발표하면서 등단했지만 그녀가 우리 문학에 본격적으로 부각하기 시작한 것은 1993년 『풍금이 있던 자리』를 출간하면서부터라고 할 수 있습니다. 앞서 말씀드린 것처럼 90년대에 들어오면서 시대적 변화와 함께 새로운 문학이 요구되었고, 신경숙 문학이 바로 그 변화의 요구에 부응했던 셈이지요.

일상적이고 사소해보이기까지 하는 세계, 쉽게 자신의 존재를 드러내지 못하는 약하고 섬세한 존재들에 대한 애정, 그들의 흔들리는 내면에 대한 섬세한 성찰 등이 그녀의 문학의 특징이라고 할 수 있지요. 특히 그런 세계를 특유의 서정적이고 섬세한 문장으로 담아내고 있다는 점에서 많은 주목을 받았는데, 그녀의 언어는 쉽게 말해질 수 없고 다가갈 수 없는 것들 혹은 사라져가는 것들을 향한 그리움과 안타까움 그리고 그것을 향해 조금씩 다가가는 두려움을 언어 자체로 담아내고 있다고 말해집니다. 논리적으로 설명될 수 없는 일들, 파편적으로 존재하는 기억들, 흔들리고 부유하는 감정들의 세계가 파편화되고 흔들리는 언어를 통해 담겨지고 전달된 셈이지요. 하지만 신경숙 문학이 현실이나 역사와 유리된 개인의 사사로운 감정만을 다루고 있는 것은 아니라는 점은 지적할 필요가 있을 것 같습니다. 그녀의 대표작 중 하나인 『외딴 방』에서도 주인공과 그 주변 인물들의 이야기는 지난 시대의 상처를 배경으로 전개되고 있지요. 문제는 세상이나 사람을 바라보고 기술하는 초점의 변화일 겁니다.

질문 「배드민턴 치는 여자」의 '그녀'는 '그'에 대한 그리움 때문에 자신을 주체할 수 없습니다. 화원을 나와 미술관 근처를 찾지요. 그곳은 "포클레인이 입 벌린 공룡처럼 우뚝 버티고 서" 있는 곳인데요, 그녀는 "공룡의 입속으로 빨려들어 가는 듯 힘없이" 미술관 뜰로 가다 주저앉습니다. 거기서 '배드민턴 치는 여자'들을 바라보지요. 그러다 울게 됩니다. 울면서 그녀들을 보는데요. 이때 그녀의 울음의 정체는 무엇일까요?

대답 울음의 정체는 명료하게 설명될 수 있는 문제 같진 않네요. 하지만, 울음이 주인공의 욕망의 발견과 연관되어 있는 건 분명하겠지요. 소설 속에서 주인공의 울음이 처음으로 나타나는 것이 '그'가 자기의 팔을 쓸어내린 대목에서인데, 그때 그녀는 자신이 '울 뻔했다'고 기술하고 있지요. 게다가 그 다음날 새벽에는 천장에서 자기를 내려다보고 있는 '그'의 얼굴을 보고 슬픔이 솟구쳤다고 고백하고 있구요. 그녀의 울음은 그렇게 시작되었고, 그 후로 그녀는 줄곧 눈물을 글썽이게 됩니다. 결국 그녀의 울음은 '그'가 자신의 팔을 쓸어내리는 순간 자기 안에 숨어 있던 욕망이 꿈틀거리면서 함께 터져 나온 것이라고 할 수 있겠지요. '그'에 대한 그리움, '그'에게 다가가고 싶다는 욕구 등 자기 안에서 다시 꿈틀거리기 시작한 감정의 회오리는 슬픔을 함께 유발시키고 있습니다. 그래서 "나흘 전부터 그에게 품었던 슬픔"과 같이 '슬픔'이 '욕망'과 거의 동일한 의미로 사용되고 있는 구절이 나타나기도 하구요. 그런데 어쩌면 주인공 자신도 자기 안에서 꿈틀거리기 시작한 욕망이 어처구니없고 실현될 수 없는 것이라는 것을 알고 있는 듯 보이기도 합니다. 발가벗고 놀던 두 여자 아이의 사랑이 쓰라린 상처와 차가운 멸시로 남은 미나리 밭 영상은 그런 사랑의 결말을 암시하고 있기도 하구요. 그러니 그녀에게 사랑은 "따라갈 수 없는 서러움. 닮아볼 수 없는 안타까움. 먼, 멀디먼 그리움"으로 다가오는 것이고, 사랑이나 욕망의 발견이 항시 눈물을 수반하고 있는지도 모르겠습니다.

그러면 이제 주인공이 미술관 근처에 가서 배드민턴 치는 여자들을 바라보며 우는 장면에 대해 생각해볼까요? 미술관 공터는 마침 지하철 공사 중이고 그래서 인용하신 대로 "포클레인이 입 벌린 공룡처럼 우뚝 버티고 서" 있는 곳입니다. 위압적이고 남성적인 힘이 강하게 느껴지는 곳이지요. 거기에서 여자들이 짧은 치마를 입고 배드민턴을 치고 있고, 공사장 인부들이 그 모습을 바라보고 있습니다. 관능적인 모습으로 남성의 눈길을 끄는 여성들과 그것에 매혹되어 낄낄대는 남성들의 본성이 드러나는 그곳에서, 아마도 주인공은 '배드민턴 치는 여자'가 곧 자기 자신과 같다고 느꼈겠지요. 분명하게 드러나고 있지는 않지만 '그'에 대한 그녀의 이끌림, 그리움, 욕망이 실은 관능적 욕구에 불과한 것으로 추락하고 마는 것임이 이 대목에서 암시되고 있는데, 이런 점에서 여기에서 그녀의 눈물은 욕망에 들뜬 자신의 몸을 객관적으로 바라보면서 나오는 것이라고 할 수 있겠지요. 단순히 자기 안에서 사랑의 감정이나 욕망을 발견하면서 흘리는 눈물이 아니라 그 객관적 실체를 확인하면서 흘리는 눈물이라는 점에서, 어쩌면 이 눈물은 쓰라린 자기 확인에 수반된 것이라고 할 수도 있을 듯합니다.

질문 선생님 말씀을 들으니 주인공은 미술관 공터에서 '배드민턴 치는 여자'를 통해 자기 안에서 새롭게 꿈틀거리기 시작한 욕망의 실체를 객관적으로 바라보게 된 것 같습니다. 작품 제목이기도 해서 더 주목되는 대상인데요, 과연 '배드민턴 치는 여자'는 주인공에게 어떤 의미로 다가오는 것인지, 혹은 소설 속에서 그것이 갖는 의미는 무엇인지 조금 더 구체적으로 말씀해주시죠.

대답 소설 속에서 '배드민턴 치는 여자'는 남성의 시선을 의식하면서 자신들의 관능적 육체로 남성들을 유혹하는 여성들이지요. 그들이 배드민턴을 치고 있는 미술관 공터는 앞서 말한 대로 지하철 공사로 포클레인이 '공룡처럼' 버티고 서 있는 곳입니다. 공사장 인부들이 그녀들의 아슬아슬한 치마와 매끈한 다리를 쳐다보고 있고, 여자들은 그 시선을 은밀히 즐기고 있기도 하구요. 관능적 욕망과 시선이 은밀하게 교차하고 있는 셈인데, 그 욕망이나 시선은 본질적으로 남성의 욕망에서 비롯되고 있지요. '배드민턴 치는 여자'는 사실 욕망의 주체가 아니라 보여지는 대상·욕망의 대상일 수밖에 없거든요. 남성의 욕망·시선을 의식하고 그에 부응하면서 자신의 존재를 확인하는 인물, 그것이 '배드민턴 치는 여자'인 셈이고, 이 점에서 주인공 역시 그와 다른 것이 없지요. 그러니 미술관 공터에서 주인공이 배드민턴 치는 여자들을 바라볼 때, 그것은 남성적 시선과 욕망에 사로잡힌 자기 자신을 객관적으로 바라보는 것이 되는 셈입니다.

'그'의 직업이 사진기자라는 사실은 이 점에서 시사적이지요. '그'는 사진을 찍는 인물, 다시 말해 대상을 주체적으로 보고 욕망하는 인물인 것이고, '그녀'는 '그'에게 보여지는 대상, 피사체에 불과하거든요. '그녀'에게 생긴 욕망이라는 것도 사실 '그녀' 내부에서 자발적이고 주체적으로 발원되었다기 보다 '그'의 시선과 손길에 의해 피동적으로 생겨난 것이구요. 분명하진 않지만 미술관 공터에서 배드민턴 치는 여자들과 그녀들을 바라보는 공사장 인부들의 시선 속에서 그녀는 이 같은 자신의 욕망의 실체를 깨닫고 있다고 볼 수도 있지요. 이런 점에서 소설 마지막에 주인공이 포클레인을 긁고 그 위로 올라가면서 온 몸에 상처를 입고 결국에는 포클레인 아가리 속에 자신을 묻는 행위는 그런 어리석은 자신을 매장하는 상징적 몸짓이라고 할 수 있습니다.

질문 이 소설에 등장하는 인물들은 익명입니다. 작가는 왜 익명으로 등장인물을 호명할까요?

대답 인물들이 이름을 갖지 못하고 익명으로 처리되어 있는 것은 신경숙 소설에서 흔히 발견되는 것이지요. 이 작품에서도 주인공은 물론 그녀의 욕망의 대상들도 모두 구체적인 이름을 갖지 못하고 단지 '그녀'와 '그'로 표기되고 있습니다('그'의 이름이 '이세호'라는 사실이 한 번 언급되기는 합니다). 일반적으로, 이름을 갖지 못한 채 단순히 '그' 혹은 '그녀'로 불릴 때 그 인물은 다소 추상적으로 다가오게 되지요. 주인공이 사랑에 빠졌다고 생각한, 그래서 그녀로 하여금 종일 주체를 못하게 만든 대상인 '그' 역시 '그녀'에게 추상적으로 자리한 인물입니다. '그녀'에게 있어서 '그'란 어떤 성격이나 외모를 가진 특정한 인물이라기보다 그녀의 욕망을 점화시킨 대상일 뿐으로 보이기 때문입니다. 다시 말해 '그'는 구체적인 어떤 인물이라기보다 그녀에게 그리움의 대상으로 다가온 막연하고 추상적인 존재로 보이는 것이지요. 가까이 가고 싶고, 만나고 싶고, 따라가고 싶지만, 결코 다가설 수 없고, 가질 수 없는 대상, 그래서 안타까움과 그리움으로만 존재하는 막연한 욕망의 대상으로서의 존재, 그것이 바로 '그'인 것이지요. 만약에 작가가 '그'를 고유한 이름으로 반복해서 호명했다면 이런 의미는 아마도 훨씬 약화되었을 겁니다.

주인공인 '그녀' 역시 마찬가지입니다. 이름을 갖지 못한 채 시종 '그녀'로 불리면서 그녀의 존재감 자체가 독자에게 희미하게 다가오는 것은 물론이고, 그녀 또한 특정한 개인이라기보다 남자의 시선과 욕망에 붙들린 피동적 대상으로서의 여자로 부각되고 있지요. 앞서서 미술관 공터에서 배드민턴 치는 여자들을 보며 주인공이 자기 자신을 발견했다는 지적을 했지만, 주인공이나 '배드민턴 치는 여자'나 모두 그처럼 대상화된 존재로서의 '그녀'가 되는 셈이지요. 그러니 '그녀'에게 특정한 이름을 붙일 필요가 없어 보이기도 합니다. 욕망의 주체가 되지 못하고 대상화된 존재인 '그녀', 그것이 바로 소설 속 여자들 모두의 이름이라 할 수 있으니까요. 작가는 우리의 현실이나 남녀관계가 이런 무수한 '그'와 '그녀들' 사이의 그것이라고 파악하고 있는 듯 보입니다. 특히 문제 삼는 건 물론 대상화된 존재로서의 여성과 그들의 어긋난 욕망이구요.

질문 '그녀'는 '그'에 대한 그리움이 생겨 명함통을 뒤져 그의 명함을 찾는데요, 그 상황을 두고 "거리, 거리에서 생겼다"라고 표현합니다. '거리에서 생긴 그리움'은 '그녀'와 '그'의 만남이 지속될 수 없음을 암시하는 것 같기도 한데요. 이런 표현에 특별한 의도가 있는 걸까요?

대답—아마도 그 질문은 소설에서 '거리'라는 공간이 갖는 의미가 무엇인가에 대한 질문이기도 할 것 같군요. 우선, 거리는 주인공이 '그'를 만난 곳이지요. "그를 만난 건 나흘 전이다. 거리, 어스름이 내리고 있는 거리, 거리에서였다." 이렇게 기술되고 있거든요. 그런데 서술자도 얘기하고 있듯이 주인공이 '그'를 그날 처음 본 건 아니지요. 그런데 그날은 중요하지 않다고 얘기합니다. 그녀에게 중요한 건 나흘 전 거리에서의 만남이니까요. 그렇다면 그 나흘 전 거리에서 '그'와 무슨 일이 있었을까요? 그녀가 화원 일을 마치고 동료와 함께 거리를 걸어가고 있을 때 동료를 아는 남자를 만나게 되어 함께 찻집에 들어가게 되었고, 거기에서 '그'를 보게 됩니다. 그때 '그'가 지난 번 화원에서 그녀를 보았을 때 가슴이 너무 뛰었었노라고 고백을 했고, 헤어지면서는 그녀의 팔을 쓰다듬었지요. '그'가 그녀에게 자신의 속마음을 드러낸 후 그녀의 팔을 쓸어내렸던 일, 그것이 나흘 전 거리에서 일어난 사건인 셈입니다.

그 후로 주인공은 줄곧 '그'가 자신의 팔을 쓸어내리던 기억에서 벗어나지 못하고 '그'에 대한 알 수 없는 욕망에 들떠 지내게 되지요. 결국 '거리'는 그녀로 하여금 '그'에 대한 욕망에 들뜨게 했던 사건이 일어난 공간인 셈이지요.

그런데 이 '거리'라는 공간이 그렇게 단순하게만 다가오는 것은 아닙니다. '그'를 만난 것도, 자신으로 하여금 명함통을 뒤져 그의 명함을 찾게 만든 상황도 '거리에서' 생겼다고 반복적으로 기술될 때, 그 '거리'는 말씀하신 대로 왠지 불안하게 다가오거든요. 아시다시피 '거리'는 많은 사람들이 스쳐 지나가는 공간이지요. 돌아보면 그 공간에서 '그'와 그녀의 만남도 스쳐 지나가듯 순간적으로, 별 의미 없이 이루어진 것이라고 할 수 있습니다. 실제로 '그'는 유부남이었고 나중에 그녀를 보고도 얼굴을 기억조차 못하거든요. '그'의 사소한 말과 행동으로 인해 시작된 그녀의 마음 속 소란은 이런 점에서 참 어리석고 불안합니다. 어쩌면 '그'에게 그녀는 스쳐 지나가는 수많은 사람들 중의 하나였을 테니까요. 이런 점에서 '거리'는 바로 이렇듯 어리석고 불안하게 시작된 그녀의 욕망을 암시하는 공간이겠지요.

주인공이 일하고 있는 화원이 '거리에' 있다고 하는 것도 이 점에서 주목할 대목이지요. 원래 타이피스트가 꿈이었던 그녀가 할 수 없이 꽃집 일을 하기로 했을 때, 그녀가 꺼려했던 이유 중 하나가 꽃집이 거리에 있어서 직장에 나와 있어도 거리에 나와 앉은 기분이 들게 한다는 점이었거든요. 하지만 어쨌든 그녀는 꽃집 일을 시작했고, 그래서 결국 거리에 나와 앉아 있게 된 셈이었지요. 투명한 유리창으로 꽃집 안에 앉아 있는 그녀의 모습이 거리를 오가는 사람들 모두에게 드러났을 테구요. 이렇게 보면 그녀가 공사장 인부들의 시선 속에서 배드민턴을 치는 여자들과 닮아 있다는 생각이 다시 들게 되지요. 이래저래 그녀는 '배드민턴 치는 여자'였던 모양이네요.

이렇게 보면 '거리'는 주인공이 서 있는 현실이라고 할 수 있겠지요.

남성중심적 욕망에 의해 움직이는 위압적이고 폭력적인 세계, 그 속에 주인공이 무력하게 서 있는 것이니까요. 사실 작가는 우리의 현실을 본질적으로 남성적이고 폭력적인 세계로 파악하고 있는 듯 보입니다. 남녀 관계 역시 공룡이나 여우와 같은 동물 비유를 수반하면서 '도전'하고 '케이오 패' 당하는 세계로 묘사되고 있구요. 그러니 이 세계 속에서 사랑은 철저하게 계산된 관능적 움직임이나 욕망으로 드러날 뿐이지요. 눈썹 하나 잘 그리는 거로 잘난 신랑을 만난 것을 부러워하면서 결혼식 부케로 순수한 백색의 백합을 선택하는 처녀들이나 주인공에게 그렇게 아름다운 눈썹을 못 봤다며 유혹적인 말을 건네는 '그', 그리고 네가 원하는 게 뭔지 안다며 주인공을 겁탈하려한 최 등은 모두 이런 욕망의 현실을 보여주는 인물들이구요. 주인공은 그 현실에 휘둘리며 상처받지만, 결국 자기 안의 욕망 역시 이 '거리'의 욕망과 같은 것임을 깨닫게 되고 소설 끝에서 자기를 매장하는 시도를 하는 것이겠지요.

질문 「풍금이 있던 자리」 도입부에는 『동물의 행동』이란 책의 일부가 삽입되어 있습니다. 이것이 작품에서 어떤 역할을 차지한다고 봐야 할까요?

대답 이야기에 앞서 인용되어 있는 대목은 분명 소설의 내용이나 주제와 깊은 연관이 있겠지요. 인용된 대목의 내용은 수컷 공작새가 엉뚱하게 코끼리 거북을 상대로 이루어질 수 없는 사랑을 했다는 것과 알에서 갓 깨어난 오리는 그때 본 것을 평생 잊지 못한다는 것으로 요약될 수 있을 텐데, 이 두 진술은 소설 속에서 주인공이 겪는 상황과 그대로 겹쳐집니다. 유부남을 사랑함으로써 이루어질 수 없는 사랑을 하고 있고, 어릴 적 아버지와 어머니 그리고 '그 여자' 사이에서의 일들을 보았던 경험이 그녀의 현재 삶에 중요한 영향을 끼치고 있으니까요. '그 여자'와 아버지 사이의 아름다웠던 풍경이나 '그 여자'가 들어오고 어머니가 나가면서 식구들이 겪었던 혼란 그리고 다시 '그 여자'가 집을 나가게 되기까지의 사건들이 지금 그녀가 처한 상황과 겹쳐지면서, 그녀로 하여금 사랑의 본질이나 생명의 본질에 대해 다시 생각하게 하는 동시에 결국에는 '당신'을 떠나기로 결심하게 하는 역할을 하고 있는 것이지요. 그런데 이런 것들은 단순히 앞으로 소설 속에서 벌어질 사건들을 암시하는 데 그치는 것이 아니라 본질적으로 이루어질 수 없는 것으로서의 사랑과 그 비극적 여운을 드러내고 있는 것으로 보입니다.

이와 더불어 인용된 대목에서 주목해야 할 점은, 수컷 공작새가 코끼리 거북을 상대로 이루어질 수 없는 사랑을 했다는 사실 뿐 아니라 그들의 사랑이 불가능했던 이유가 그들이 주고받는 언어가 달랐다는 점에 있다는 사실입니다. 이는 언어가 사랑이나 관계맺음에 있어서 아주 중요한 요인임을 시사하는데, 실제로 주인공과 '당신' 사이에서는 언어의 소통이 원활하게 이루어지고 있지 않습니다. 관계의 어긋남 혹은 어긋난 사랑은 항시 언어의 어긋남으로 드러나고 있는 셈이지요. 이 소설은 인물의 내면을 그대로 드러내는 문체의 특이성으로 해서 특히나 주목되었던 작품이기도 한데, 이 역시 언어에 대한 작가의 예민한 감각을 보여주는 것이겠지요.

질문 이 소설도 그렇고 작가의 다른 작품 「감자 먹는 사람들」도 편지체입니다. 작가가 이런 형식을 도입한 것은 어떤 이유에서일까요? 작품의 주제의식과 편지체의 상관관계에 대해 말씀해주세요.

대답 잘 알다시피 편지란 누군가에게 자신의 감정이나 생각을 직접적으로 전달하고자 하는 시도입니다. 독백이나 일기와 달리 편지란 항시 수신자를 상정하고 있고, 따라서 편지란 누군가와 자신의 감정이나 생각을 나누려고 하는 욕망을 담고 있지요. 「풍금이 있던 자리」나 「감자 먹는 사람들」은 물론 신경숙의 많은 작품에서 이렇게 편지 형식을 갖고 있는 경우를 흔히 볼 수 있습니다. 작가나 그녀의 인물이 그만큼 누군가와의 교신을 강하게 열망하고 있다는 반증일 수도 있지요. 이 작품의 경우 편지의 수신인은 주인공이 사랑에 빠진 '당신'입니다. 연애편지란 것이 기본적으로 자신의 감정이나 생각을 사랑하는 사람과 함께 나누려는 욕망에서 비롯되는 것일 텐데, 그렇다면 여기에서도 이런 편지형식에는 '당신'에 대한 주인공의 교신 혹은 교감의 욕망이 담겨 있다고 할 수 있겠지요.

그런데 주목할 점은 이 편지가 결국에는 '당신'에게 이별을 알리는 내용을 담고 있다는 것이고 또 실제로 부쳐지지도 않는다는 점입니다. 부쳐지지 않은 혹은 부쳐지지 못한 편지란 참 쓸쓸하지 않나요? 전달하고자 하는 열망으로 가득 차서 꺼내놓은 말들 혹은 마음들이 다시 본인 스스로에게 되돌아와 묻혀지는 것이니까요. 소설 속에서 주인공은 끊임없이 '당신'을 상대로 이야기를 하고 있습니다. 자기 마음에 일기 시작한 조그만 마음의 파문을 '당신'이 이해하길 바라는 마음으로 말이지요. 그런데 소설을 읽다 보면 '당신'을 향한 주인공의 이런 시도가 자꾸 좌절되고 있음이 드러납니다. 원래는 '당신'과 함께 떠나기 전 부모님과 작별을 하려고 고향에 온 것인데 어떻게 해서 오히려 '당신'과 헤어지기로 마음먹게 되었는지, 그 마음의 변화와 감정을 본인 스스로도 분명하게 설명하지 못하고 있고, 그래서 '당신'이 이해하지 못하리라는 두려움도 함께 커지지요. 앞에서도 말했지만, 이 작품이 문체의 특이성으로 주목받았다고 할 때 그것은 이와 같은 마음의 파문을 문장 자체에서 드러내고 있음을 의미합니다. 사랑이라는 것이 완전한 교신에 대한 갈망이라고 할 수 있다면, 이 작품에서 사용된 편지형식은 사랑에 대한 갈망 그리고 그것의 불가능성을 함께 환기시키고 있다고 할 수 있겠지요.

질문 시쳇말로 이 작품의 주된 이야기는 유부남과 미혼녀 '나'의 불륜이라고 할 수 있을 것 같습니다. 남자는 내게 '사랑의 도피'를 제안하고, 승낙을 보류한 '나'는 고향에 내려옵니다. 거기서 어린 시절 만난 한 여인, 아버지가 데려온 여인을 떠올리지요. 그리고 당시 그 여인처럼 되겠다는 철없는 꿈을 꾸었던 '나'는 그녀의 모습을 닮아버린 자신의 모습을 발견하게 되구요. 소설은 결국 남자와의 약속을 지키지 못한 채 그의 집으로 전화를 한 주인공이 그 역시 약속을 지키지 않았음을 알게 되면서 끝이 납니다. 언뜻 보면 꽤 통속적인 플롯인데, 전혀 그렇게 읽히지가 않습니다. 왜 그런 걸까요?

대답 이 작품을 이야기의 내용만으로 보면 유부남과의 이루어질 수 없는 사랑을 다룬 통속적인 것으로 다가오는 게 사실입니다. 한 가정의 행복을 위해서 자신의 사랑을 포기하는 여자의 이야기로 말이지요. 사실 이 작품이 대중적으로 많은 인기를 얻게 된 데에는 편지 형식을 사용한 소설 전체의 서정적인 분위기나 이런 평화로운 결말의 영향도 컸을 것으로 생각이 됩니다. 하지만 저는 이 작품의 진정한 의미는 그런 불륜의 사랑 혹은 도덕적 결말에 있는 것이 아니라 이 소설이 사랑에 대한 새로운 시각을 제시한 데 있다고 생각을 합니다.

'그 여자'와 '나'는 분명 불륜의 통속적 플롯 속에 놓여져 있습니다. 흔히 이런 관계에서는 본처와 첩이라는 관계를 도덕적 시선으로 바라보는 경우가 많지요. 하지만 이 소설은 '그 여자'와 '어머니'를 도덕적 시선에 의해서 규정하거나 판단하는 것이 아니라 두 존재 모두가 각각 나름대로의 아름다움과 가치를 지닌 것으로 그리고 있습니다. '어머니'를 몰아내고 들어온 사람이지만 '그 여자'는 너무나 아름다웠고 따뜻한 사람이었거든요. 그래서 어린 '나'는 '그 여자'에 이끌리고 '그 여자처럼 되고 싶다'는 바람까지 갖게 됩니다. 진짜 비극은 아마도 그 두 존재를 동시에 가질 수 없다는 데 있겠지요. '어머니'와 '그 여자'는 소설 속에서 서로 다투거나 대립하지도 않습니다. '그 여자'가 화사하고 아름다운 사랑을 보여준다면 '어머니'는 투박하지만 생명으로 이어진 보다 원천적인 사랑을 보여준다고 할 수 있지 않을까요? 각각의 아름다움과 가치를 지닌 두 존재가 어쩔 수 없이 서로를 밀어낼 수밖에 없는 상황, 거기에 비극적 선택의 문제가 발생하는 것입니다.

결국 이야기의 내용은 통속적 플롯 위에서 전개되는 듯 보이지만 실제 이 소설에서 중요한 점은 전혀 다른 사랑의 양식이 공존한다는 점, 각각의 사랑이 모두 아름다울 수 있다는 점 그리고 그럼에도 불구하고 그 속에서 우리는 어느 하나만을 선택해야 한다는 점 등을 보여줌으로써 독자에게 사랑에 대한 새로운 시각을 제시하고 있다는 점 같습니다. 사랑과 생명, 개인과 공동체, 나와 타인 등에 대한 보다 복합적이고 다원적인 사고를 가능케 하는 셈이지요.

질문 위에서도 잠시 살펴봤지만, '사랑의 도피' 제안을 받은 나는 다른 데도 아닌 고향에 가게 됩니다. 이 장치가 소설에서 어떤 역할을 하는지도 살펴봤으면 합니다.

대답 주인공의 고백에 따르면 그녀는 '당신'과 함께 떠나기 전 마지막으로 부모님과 작별을 하기 위해 고향에 돌아옵니다. 하지만 이 고향행은 그녀로 하여금 '당신'과 헤어지는 결심을 하게 만들지요. 고향에 돌아와서 본 부모님의 모습이나 마을 사람들의 모습, 새롭게 환기한 옛 기억 등이 현재의 그녀의 상황과 겹쳐지면서 결심을 바꾸게 만드는 것이지요. 그런데 다시 생각해보면 그녀가 '사랑의 도피'를 제안 받고 다른 곳이 아닌 고향에 들렀다는 사실 자체가 이미 그런 결심을 암시하고 있는 걸 알 수 있습니다. 고향이란 자신을 낳은 생명의 근원으로서의 부모님이 계신 곳이고, 핏줄과 생명 원리가 무엇보다 강하게 작동하는 공간이니까요. 그러니 거기에서 자신의 사랑이 그런 세계와 대립하고 있음을 매 순간 깨달아야 했을 테지요. 게다가 고향에 들어서기 전 기차에서 내려 제일 먼저 한 일이 역구내 수돗가에서 손을 씻었다는 것이라든지, 거기에 '당신'이 준 노란 시계를 벗어두고 왔다든지 하는 것은 이미 '당신'과의 이별을 암시하고 있지요.

질문 「감자 먹는 사람들」의 아버지는 조실부모하고 세상에 대한 두려움으로 입을 다문 채 오로지 자식들 교육시키기에만 진력한 사람입니다. 좋던 목청과 사내다운 매력을 잃은 채 이제는 기억력과 생명까지 위협받는 병을 앓고 있지요. 이 작품에서 드러나는 작가의 시선은 '가부장적인 가족공동체'를 그리워하는 듯한 느낌을 주기도 합니다. 어떻게 보십니까?

대답 그렇게 보이시나요? 사실 신경숙 소설에서 아버지에 대한 그리움이나 연민 같은 것은 쉽게 발견되는 것입니다. 그리고 그것이 공동체적 삶에 대한 강한 애정을 수반하고 있는 것도 사실이구요. 이 작품에서도 아버지는 '나'의 현재를 만든 삶의 근원, 태생지의 의미로 등장합니다. 갑자기 부모를 한꺼번에 잃은 후 막막하고 두려운 삶을 묵묵하고 우직하게 살아온 인물, 그래서 '나'의 존재의 터전이 되신 분이시지요. 깊은 병에 들어 전과 달리 쉽게 눈물을 보이고 이제는 곧 작별을 해야 할 것 같은 아버지 앞에서 아버지에 대한 강한 애정과 연민을 드러내는 주인공의 독백은 사실 아버지 개인에 대한 그리움이라기보다 아버지로 대변되는, 수많은 상처 속에서도 묵묵히 삶을 살아온 사람들에 대한 그리움과 애정이라고 볼 수 있습니다. 이런 점에서 아버지뿐 아니라 편지의 수신자로 되어 있는 윤희 언니, 공사판에서 일하다 다친 남자의 아내, 유순이 등이 모두 이와 비슷한 의미를 가진 인물들이라 할 수 있습니다. 절망과 상처 속에서도 생명에 대한 경외와 애정을 유지한 채 묵묵히 살아온 수많은 사람들이 죽어가는 아버지를 바라보고 있는 주인공에게 새로운 의미로 다가오는 셈입니다. 그런데 이들에 대한 이런 애정 어린 시선은 지적하신 대로 '가부장적 공동체'에 대한 그리움으로 이해될 소지가 있는 것도 사실이지요. 가족공동체라는 것 자체가 이미 가부장적 체제 속에서 이루어진 것일 테고, 가족으로 인해 상처받고 희생한 인물들을 연민으로 감싸 안고 경외의 대상으로 부각시키는 것은 자칫 가부장적 질서에의 순응이나 희생을 부추기는 것이 될 수도 있을 테니까요. 하지만 이것은 쉽게 단정 지어 얘기할 수 있는 문제는 아닌 것 같습니다.

질문 「감자 먹는 사람들」은 고흐의 그림 제목이기도 합니다. 고흐의 그림 속 인물들과 소설 속 인물들을 연결해 살펴보면 어떨까요?

대답 소설 속에는 고흐의 그림인 '감자 먹는 사람들'이 등장합니다. 뿐만 아니라 작품 제목이 되어 있기도 하구요. 그만큼 고흐의 그림 '감자 먹는 사람들'이 이 소설의 주제나 내용과 긴밀한 관련을 갖고 있다는 뜻이겠지요. '감자 먹는 사람들'은 주인공이 뜻밖에 어릴 적 금촌댁네에서 아기를 보던 유순이의 전화를 받는 대목에서 처음 등장합니다. 학교도 가지 못하고 늘 아기를 업고 있던 유순이의 삶이 고흐의 그림 속 인물들과 겹쳐지고 있는 것이지요. 그림 속 '감자 먹는 사람들'이란 막 힘든 육체적 노동을 마치고 집으로 돌아와 몇 알의 감자를 먹고 있는, 그야말로 힘든 나날의 노동 끝에 겨우 소박한 음식을 대하고 휴식의 시간을 갖게 된 사람들입니다. 손과 발로 직접 땅을 일구고 묵묵히 노동의 고통을 감수하며 또 그 결과로 얻어진 감자 몇 알을 소중하게 받아들이는 사람들, 그것은 바로 아버지나 유순이와 같은 인물들을 말하는 것이겠지요. 이들이 손과 발로 삶을 감당하고 있을 때 '나'는 이들의 노동과 희생으로 '글'의 세계를 살고 있는 인물이구요. 이런 인식 때문에 '나'는 아버지나 유순이 앞에서 부끄러움과 강한 애정을 함께 느끼게 되는 것일 겁니다.

질문 편지를 쓰는 화자나 편지를 받는 윤희 언니 모두에게는 상처가 있습니다. 그러고 보면 이 소설에 등장하는 인물 중 상처가 없는 인물이 없네요. 여기에도 작가의 의도가 실려 있을 듯한데, 이에 대해 생각해봤으면 합니다.

대답 말씀하신 대로 소설 속 인물들은 모두 각각의 상처를 갖고 있습니다. 어릴 적 부모님을 한꺼번에 잃고 힘겹게 살아오신 아버지, 학교에도 못간 채 어릴 때부터 아기를 업고 있어야 했고 지금은 소아 당뇨인 아이 때문에 고통 받는 유순이, 공사판 사고로 몸이 마비된 남편을 간호하는 아내, 젊은 나이에 남편과 사별한 윤희 언니 등이 모두 그런 인물들이지요. 어쩌면 작가는 삶이란 게 본질적으로 이렇듯 비극적이고 쓸쓸한 것이라고 생각하고 있는 것 같습니다. 고통스런 사건이나 불행은 어느 날 갑자기 우리 삶을 덮쳐오는 것이라고 말이지요. 소설 속에서 반복적으로 등장하는 기차바퀴 소리는 그렇게 어느 순간 다가오는 삶의 어둠을 암시하고 있습니다. 그런데 사실 이들에 비해 '내'가 안고 있는 상처란 그다지 내세울 게 못됩니다. 어쩌면 '나'는 이제야 비로소 이들의 상처를 새롭게 바라보게 되었고, 그 뒤늦은 깨달음과 연민으로 슬퍼하고 있는 것으로 보이거든요. 상처 속에서도 묵묵히 주어진 삶을 살아내고 사랑을 잃지 않는 그들의 모습 앞에서 이제는 그들의 삶을, 그리고 막상 그들 자신들은 말로 풀어내지 못했던 그들의 상처를, 그녀의 말로 보듬어야겠다는 깨달음 같은 것이지요. 어쩌면 이런 주인공의 태도는 작가의 그것이라고 할 수 있을 것 같구요.

질문 소설 「부석사」의 주인공 남녀는 부석사에 가려고 했지만 끝내 가지 못하고 산 속의 낭떠러지 앞에 서게 되지요. 그런데도 제목을 '부석사'라고 붙인 데는 어떤 의도가 있을 것 같습니다. 무량수전 뒤에 있는, 실과 바늘이 드나들 만큼의 간격을 두고 떠 있다는 두 개의 부석(浮

石)에서 실마리를 찾을 수 있을 것 같습니다만, 어떻게 봐야 할까요?

대답 이 질문은 소설 속 인물들이 왜 하필 부석사를 가려고 하는가 하는 문제와 연관된 질문 같네요. 서울 근교의 다른 사찰도 많을 텐데 하필 부석사를 가려고 한다면, '부석사'라는 공간 자체에 특별한 의미가 있다는 뜻이겠지요. 말씀하신 대로 '부석사'는 두 개의 돌이 실과 바늘이 드나들 만한 사이를 두고 떠 있는 것으로 유명합니다. 엄밀히 말하면 주인공 남녀는 부석사에 가려고 한다기보다 이 부석을 보러 간다고 해야 할 것 같습니다. 두 개의 돌이 아주 작은 사이를 두고 떠 있는 것, 그 빈 공간, 틈, 거리를 두고 맞춤한 균형을 이루고 있는 것이 바로 부석이지요. 두 인물 모두 다른 사람들과의 관계 속에서 상처를 입은 사람들이라는 점을 상기하면, 이들에게 이 부석이 사람들 사이의 관계 맺음에 대한 신비로운 상징으로 다가왔으리라는 걸 짐작할 수 있지요. 두 존재가 미세한 거리와 틈을 두고 있으면서도 균형을 이루고 있는 관계, 그것은 쓸쓸해보이면서 동시에 신비로운 관계 같지 않나요? 그런데 이들이 부석사에 가고자 했지만 아직 거기에 도달하지 못하고 있다는 것은 그런 부석의 의미를 아직은 자신들의 삶에서, 사람들과의 관계 속에서 실현하고 있지는 못하다는 것을 의미하는 것 같기도 합니다. 하지만 중요한 건 이들이 부석사를 찾아 떠났다는 것, 다시 말해 그런 관계 맺음의 의미를 인지하고 받아들이기 시작했다는 것이겠지요.

질문 소설의 주인공들은 부석사를 찾지 못하고 헤맵니다. 작가는 소설에서 "지방도로로 접어들자 길은 자주 갈라졌고 어느덧 부석사 표지는 간 곳이 없었다"고 적고 있지만, 실제로는 헤매는 것이 불가능할 정도로 표지판이 잘 돼 있다고 하더군요. 결국 작가가 그들을 도착할 수 없게 만든 셈이라고 봐야 할 텐데요. 이 점을 좀 살펴봤으면 합니다. 만약 그들이 부석사에 가버렸다면 좀 우습게 됐을 것 같거든요.

대답 저도 부석사에 가보았지만 길을 헤매지 않고 무사히 부석사를 찾아갔던 걸 보면 말씀하신 대로 이정표가 잘 되어 있었던 모양입니다. 하지만 실제로는 이정표가 잘 되어 있는 길이라도 소설 속에선 미로 같은 길로 그려질 수 있지요. 소설이란 허구적 세계를 그리는 것이지 실제 세계를 사진 찍듯 담아내는 것이 아니니까요. 그렇다면 말씀하신 대로 작가가 의도적으로 인물들로 하여금 부석사에 도달할 수 없도록 만든 것일 텐데, 이는 앞서 말씀드린 대로 부석사라고 하는 곳이 인물들에게 소백산 근처 어디쯤에 실재하는 공간이라기보다 두 개의 돌이 빈틈을 지닌 채 공중에 떠 있는 것으로 상징되는 관계의 실체 혹은 그런 의미로 자리하는 공간이라는 점과 관련이 있는 문제이겠지요. 부석사를 찾아가는 여행이란 사람들 사이에서 상처를 받은 두 주인공들이 사람들과의 관계 맺음의 양식이나 의미에 대해 새롭게 눈 떠가는 과정일 테니까요. 그렇다면 그 과정이 쉽게 이정표를 따라 찾아갈 수 있는 것이 아닌 건 당연하지요. 미로처럼 구불구불하고 여러 갈래로 갈라지고 전혀 다른 길로 들어서서 헤매게 하는 삶의 길 위에 이들은 여전히 서 있을 테니까요. 어쩌면 그게 우리들 모두의 모습 아닐까요? 비록 헤매고는 있지만, 아직은 도달하지 못한 부석사를 향해 조금씩 다가가고 있는 존재들 말이지요. 주인공들이 부석사에 도착했다면 우스워졌을 거라고 하셨지만, 제가 보기에 부석사에 도달하기란 어쩌면 불가능하다고 생각이 되네요.

질문 부석사를 향하는 소설 속 여자와 남자는 서로 잘 모르는 사이입니다. 도시의 같은 오피스텔에 살면서 얼굴이나 아는 정도이지요. 그런 두 사람이 부석사를 향해 '같이' 떠납니다. 두 사람 모두 자신에게 상처를 준 사람을 만나지 않으려는 이유에서이지요. 설핏 생각해보면 현실에서는 도저히 일어날 수 없을 것 같은 상황인데요. 이런 비현실성을 무릅쓰고 두 인물들로 하여금 함께 여행을 떠나게 만든 이유는 무엇일까요?

대답 두 주인공은 정말 서로에 대해 잘 알지 못하는 사람들입니다. 같은 오피스텔에 살면서 얼굴이나 아는 정도지요. 그런 두 사람이 함께 부석사를 찾아 떠난다는 것은 어떻게 보면 정말 비현실적이지요. 그런데 소설을 잘 읽어보면 두 인물이 비록 서로에 대해 아는 것이 많지 않아 보이고 특별한 관계에 있는 것도 아니지만, 두 사람이 본질적으로 닮아 있는 사람들이라는 걸 알 수 있습니다.

우선 두 사람 모두 다른 사람들로부터 깊은 상처를 받은 사람들이지요. 살다보면 누구나 다른 사람들에게서 상처를 받게 되지만, 이들은 특히 다른 사람이나 대상에 대해 근본적으로 애정이 많은 사람들입니다. 바로 그 점이 이들이 더 쉽게, 더 깊이, 상처를 받게 되는 요인이 되기도 하구요. 두 사람은 어쩌면 이 상처를 통해 연결되어 있다고 할 수 있습니다. 연약하고 상처 입은 것에 대한 깊은 연민과 배려, 이것이 이 두 사람을 잇고 있는 것이거든요. 분명하게 드러나고 있지는 않지만, 여행을 떠나기 전에도 이들은 서로의 집 앞에 음식 같은 것들을 놓아두곤 했었지요. 이들과 함께 동행 하는 개가 주목되는 것도 이 때문입니다. 개 역시 다른 개에게 크게 물려본 경험이 있는 것 같아 보이고 눈물샘에 이상이 있는지 항시 눈가가 축축이 젖어 있지요. 남자 역시 눈물 떨어지는 자리에 점이 돋아 있고 여자는 눈자위가 꺼끌꺼끌한지 항시 손바닥으로 눈자위를 누르고 있다는 걸 상기하면 이들은 어쩌면 눈물을 숙명처럼 품고 있는 존재들이라고 할 수 있을 것 같기도 합니다. 여자는 이제 그 눈물마저 말라버린 듯 보이지만요. 아무튼, 이들은 이런 서로의 상처들을 알아봐주고 보듬어주고 배려하면서 함께 여행을 하고 있지요.

이렇게 보면 이들이 함께 하는 여행이 그렇게 이상하게 여겨지는 것만은 아닌 것 같습니다. 서로의 상처를 보듬고 위로하고 서로를 이해하고 배려하면서 '함께' 가는 것, 이것이 타인들 속에서 진행되는 우리 삶의 과제일 테니까요. 그렇다면 별로 친하지도 않은, 얼굴만 아는 것으로 보이는 두 인물이 함께 여행을 떠난다는 설정은, 타인들과 '함께' 살아가야 하는 우리들에게 더욱 깊은 의미로 다가오는 것 같구요.

질문 그 두 사람은 부석사에 다다르지 못하고 눈 내리는 소백산 낭떠러지 앞에 차를 멈추게 되지요. 전진하면 추락할 지경이고, 후진하면 바위에 충돌할 위치에 놓인 건데요. 이 상황도 의미하는 바가 분명 있을 것 같습니다. 어떻습니까?

대답 소설 속에서 주인공 여자는 여행을 떠나기 전 자신은 P라는 낭떠러지 앞에 서 있는 것 같았다고 얘기합니다. 앞으로도 뒤로도 갈 수 없이 꽉 막혀버린 상태, 그것이 그녀를 비롯 소설 속 모든 인물들이 놓여 있던 상태이지요. 그런데 이들은 부석사로 가는 도중 다시 길을 잃고 소백산 낭떠러지 앞에서 멈추게 되니, 이 낭떠러지는 이들이 서 있는 현재의 실존적 자리를 의미하는 것일 테지요. 어떻게 보면 어디로, 어떻게 찾아가야 이 낭떠러지를 벗어날 수 있을 것인가, 하는 것이 이 여행의 궁극적 화두일 테구요. 앞서 말씀드린 대로 아직 목적지인 부석사를 찾아가진 못했지만, 어쩌면 더욱 중요한 건 이들이 이젠 스스로 낭떠러지에 떨어지는 일을 하지 않겠다는 결심을 하게 된 것일 것 같습니다. 사람들에게 휘둘리며 끝없이 상처를 입던 삶에서 벗어나 새로운 관계 속으로 들어가려는 시도, 그것이 함께 떠난 여행이었거든요. 그들은 이 여행에서 자신들이 위험한 낭떠러지 위에 있다는 걸 새삼 확인하게 되는 것 같기도 합니다. 그리고 그런 자각 위에서 낭떠러지로부터 벗어나는 길을 새롭게 모색하게 되는 것이지요. 비록 부석사를 찾아가진 못했지만 소설 끝에서 여자는 잠든 남자를 보며 그와 자신이 부석처럼 느껴진다고 고백합니다. 남자 역시 그녀와 함께 옛집에 함께 가 볼 수 있을 거라는 기대를 하고 있구요. 그렇다면 어쩌면 이들은 이제 그 낭떠러지로부터 벗어나 두 개의 돌이 빈틈을 두고 떠 있는 부석사로 가는 길을 찾아낸 건 아닐까요? 그렇다면 본격적인 여행은 이제 비로소 시작되는 셈이지요.

서하진의 「조매제」

질문 이번엔 작가 서하진에 대해 살펴보지요. 우선, 간단하게 작가 소개를 부탁드립니다.

대답 서하진은 1994년 『현대문학』을 통해 등단한 작가입니다. 여성 작가로서 당연히 갖게 되는 관심이기도 하겠지만, 그녀의 소설은 주로 중산층 여성을 중심으로 결혼과 가족제도, 일상 속에서의 갈등, 그리고 그 안에 묻힌 여성의 불온한 욕망이나 일탈의 욕구를 그려내고 있습니다. 이때 그녀의 인물들이 벗어나고자 하는 일상이란 주로 남성 중심적 가족질서로 나타나고 있는데, 가정이란 기존의 질서와 가치·권위·관습 등을 그대로 재현하는 하나의 사회라고 할 수 있지요. 서하진은 이런 가족제도를 배경으로 관계의 허망함, 실재와 환상의 거리, 비극적 삶의 조건, 그리고 그 안에서의 일탈의 욕망 등을 담아내고 있습니다.
일탈의 욕망은 흔히 불륜의 서사를 통해 드러나곤 하는데, 이때 불륜이란 근본적으로 전통적인 가족 질서에 대한 배반을 의미하게 됩니다. 이 불륜과 일탈의 서사를 통해 작가는 표면적으로는 고요하고 평온해보이는 일상과 여성인물들의 내면을 헤집어 그 안에 음험하게 자리하고 있는 파괴적인 기운을 포착해내고 있는 것이지요. 다른 여성 작가들의

작품에서 흔히 발견되는 장문 문장과 고백체 서술과는 달리 대체로 단
문의 간결한 문장을 사용한 관찰과 묘사 중심의 규범적인 글쓰기는 서
하진 소설의 또 다른 특징이기도 합니다. 『책 읽어주는 남자』, 『라벤더
향기』, 『사랑하는 방식은 다 다르다』, 『비밀』 등의 작품집이 있습니다.

질문 「조매제」는 일 년에 열다섯 차례의 제사를 치러야 하는 가부장
제 가족의 장손인 경덕이 결혼을 앞두고 겪는 내적 갈등을 다루고 있습
니다. 경덕의 집은 장손인 경덕이 집안의 번잡한 제사 때문에 빈번이
성혼에 실패하는 것을 겪으면서 제사를 4대에서 2대로 줄입니다. "혼사
를 위해 조상의 제사를 없애는 후손"이 되는 것이지요. 그런데 제사를
줄이는 이들의 행위는 그저 세태의 흐름에 떠밀려 선택할 수밖에 없는
것만은 아닌 것 같습니다. 조금 더 적극적인 의미를 부여할 수 있을 것
도 같은데요.

대답 말씀하신 대로 소설의 주인공인 경덕은 가부장제 집안의 종손
으로, 그 때문에 선을 볼 때마다 여자들로부터 퇴짜를 맞게 되는 인물
입니다. 그래서 결국 그의 아버지는 제사를 4대에서 2대로 줄이기로 결
심하게 되는 것이구요. 물론 아버지에게 있어 이런 결정은 자식의 혼사
를 막는 방해 요인을 줄이기 위한 어쩔 수 없는 것으로 세태의 흐름에
떠밀려 내린 것이라고 할 수 있습니다. 하지만 주인공 경덕에게는 조
금 다른 의미가 있는 사건이라고 할 수 있지요.
　경덕은 종손이라는 위치에 의해 그에게 부과된 문중의 관습이나 규
율, 친족 간의 관계 등에 크게 억눌려 살아온 인물입니다. 어쩌면 그런
관습과 습속에 얽매여 스스로의 자율적인 삶은 살아오지 못한 인물이
기도 하구요. 이런 그와 대조적인 인물로 등장하는 것이 그의 동생과
연희입니다. 대학 시절 군부독재에 저항하는 목소리들이 대학가에 넘쳐
날 때도 거기에 적극적으로 참여해본 적이 없이 항시 소란스럽던 시대

의 가장자리에 서 있었던 그와 달리, 동생과 연희는 그 회오리 속으로 돌진해 들어갔던, 그래서 항시 주체적이고 적극적으로 세상과 마주하며 살아온 인물이지요 이들이 행동하고 실천하는 인물이라면 경덕은 햄릿처럼 생각만 많고 우유부단하고 실천력은 없는 인물인 셈이지요 연희를 사랑하면서도 그녀에게 자신이 감정을 솔직하게 고백하지 못하는 것도 그의 이런 면모를 보여주는 것이구요

이런 그에게 제사를 2대로 줄인다는 것은 자신을 짓눌러온 가부장제적 전통과 습속으로부터 벗어나는 출발점으로서의 의미를 갖는 것이라고 할 수 있습니다. 주어진 운명이나 관습으로부터 벗어나 조금씩 주체적으로 세상과 맞서기 위한 시도, 그것이 제사를 줄이는 사건과 함께 이루어지고 있으니까요. 돌아오는 길에 전화로 연희에게 네가 필요하다는 말을 하는 것은 바로 그런 변화를 실천하는 시도일 테구요.

질문 경덕은 위패를 모시고 서울로 오는 차 안에서 자신이 감옥에 갇혀 있다는 자각을 하게 됩니다. 그 자각에 어떤 의미가 있는 걸까요?

대답 위에서 말씀드린 대로 경덕은 전통적이고 가부장적인 가족제도의 관습과 습속에 얽매여 살아온 인물입니다. 게다가 그것들은 자신의 살아가는 태도에 그대로 배어들어 그로 하여금 자신의 욕망을 드러내지 못하는 소심하고 우유부단한 삶을 살아오도록 만들어 왔구요. 그는 위패를 모신 상자를 가지고 서울로 올라오는 차 안에서 자신의 삶이 그 위패로 상징되는 가부장제적 관습에 의해 길들여지고 억눌려왔다는 걸 깨닫습니다. 그런데 이것은 사실 전통적 관습이나 질서 자체에 대한 비판적 자각이라기보다 그에 종속되었던 자신에 대한 비판적 자각이라고 해야 할 것 같습니다. 자신이 한 번도 주체로 살아온 적이 없다는 것, 어쩌면 세상과 마주하지 못하고 그런 가족의 습속과 무게를 핑계 삼아 도피적으로 살아왔다는 깨달음 같은 것 말입니다. 그렇다면 감옥은

외부적으로 주어진 것이기도 하지만 그 스스로 들어가 있던 도피처였을지도 모르지요.

사실 이 소설에서 작가가 전통적 관습과 습속 자체를 완전히 비판적으로 그리고 있는 것 같지는 않습니다. 경덕의 아버지와 어머니, 할아버지와 할머니, 특히 동택아재와 청송할매 같은 인물 역시 그런 관습적 질서 속에 갇혀 살았던 인물들이라고 할 수 있을 텐데, 이들에 대한 작가의 시선은 아주 따뜻하거든요. 이들에게선 위엄과 따뜻함이 느껴지기까지 하구요. 결국 경덕에게 있어 자신이 감옥에 갇혀 있다는 자각은 자신의 외적 환경이나 전통적 관습에 대한 비판적 자각이라기보다 그것을 핑계로 나약하고 수동적으로 살아온 자기 자신에 대한 새로운 인식의 전환을 의미하는 것이겠지요.

질문 제목인 조매제의 의미도 짚어봐야 할 것 같습니다. 경덕이 고향에서 조상의 위패를 서울로 옮기는 것만을 의미하는 것 같지는 않거든요. 실제로 이런 대목도 있고요. "또 다른 조매제가 있어야 했다. 무엇이라고 이름 지을 수 없는 어떤 것."

대답 물론 조매제는 단순히 그동안 자신의 삶을 짓눌러온 조상들의 무게로부터 자유로워지는 것만을 의미하지는 않습니다. 그가 정작 땅속에 묻어야 하는 것은 조상들의 신위라기보다 그것을 핑계로 해서 도망치듯 소극적이고 우유부단하게 살아온 자기 자신일 테니까요. 이런 깨달음 후에 경덕은 연희의 전화를 받고 "이 여자와의 망설임을 묻어버리지 못한다면 나는 다른 아무것도 묻지 못할 것이다"라고 진술하고 있는데요, 이는 자신의 삶에 연희를 끌어오는 것도 연희의 삶에 가까이 다가서는 것도 하지 못한 채 그것이 야기할 소란스러움 대신 우유부단한 평온함을 택해온 그가 비로소 주체적 존재가 될 것을 다짐하는 것이라고 할 수 있습니다. 연희에게 자신의 감정을 드러내고 자신의 삶으로

끌어들이는 것이 자신의 갇힌 울타리 한 쪽을 무너뜨리는 것이 될지 아니면 그녀의 세계가 무너지는 것이 될지 확신할 수 없지만, 중요한 건 그가 이제 주체적인 선택을 하려고 한다는 것이겠지요. 그리고 이런 선택은 단순히 연희와의 관계에 대한 것을 넘어서 그의 삶 전반에 걸친 태도의 변화를 암시하는 것이기도 합니다. "가다 보면 길이 있을 것이다"라는 그의 말은 이제 그가 자신의 삶의 길을 주체적으로 걷기 시작했다는 것, 그래서 비로소 자기 앞을 막아설 어떤 방해든 마주할 자세가 되어 있음을 의미하는 것이니까요.

은희경의 「빈처」, 「누가 꽃피는 봄날 리가다소나무 숲에 덫을 놓았을까」, 「짐작과는 다른 일들」

질문 은희경으로 넘어가죠. 그녀도 무척 유명한 작가이죠. 그녀의 소설세계의 특징을 간단히 설명해주셨으면 합니다.

대답 은희경은 1995년 동아일보 신춘문예에 「이중주」가 당선되면서 등단한 작가입니다. 하지만 그가 대중적으로 이름이 알려지게 된 것은 1996년 제1회 문학동네 소설상을 수상한 『새의 선물』을 통해서입니다. 그녀의 소설은 대개 가볍고 발랄하고 날렵하며 재미있는 것으로 이야기 되는데요, 이것은 80년대까지의 소설이 대체로 거대담론을 중심으로 한 무겁고 진중해보이는 이야기를 다루고 있던 것과 아주 대조를 보이는 특징입니다. 그녀의 소설은 거대담론의 무거움으로부터 벗어난 일상적이고 사소해보이는 일화를 소재 삼아 이를 특유의 재치 있고 발랄한 문체로 그려내고 있다는 점에서 실로 90년대 문학을 대표하고 있다고 할 수 있습니다.

그녀의 소설 역시 여성인물을 주인공으로 내세운 경우가 많은데, 이 때 초점이 되는 건 그녀들의 계산적이고 자기 모순적이며 위선적인 내면일 때가 많습니다. 사실 이는 표면적으로 드러난 것과는 다른 삶의 이면을 들여다보고자 하는 노력에 기인한 것이라고 할 수 있습니다. 작가의 시선은 흔히 조용하고 순정하고 모범적으로 보이는 것들의 뒤에 가려진 이면의 더러움이나 위선, 소란스러움에 맞추어져 있는 것이지요. 특히 그녀의 인물들은 이 삶의 이면, 혹은 이중성을 일찍부터 눈치 챈 인물들로 그려지곤 하는데, 그로 인해 삶이나 세계에 대해 냉소적이고 위악적인 태도를 취하게 됩니다.

　가령 『새의 선물』의 서술자 진희는 이런 삶의 위선과 이중성을 일찍부터 알아 챈 영악한 인물인데, 그런 세계에 대해 자신을 '보여지는 나'와 '바라보는 나'로 분리시킴으로써 세상의 상처나 고통으로부터 자신을 방어하는 태도를 취합니다. "열두 살 이후 나는 성장할 필요가 없었다"고 선언하면서 사랑에 냉소를 보내면서도 여전히 사랑받고 싶다는 욕망을 드러내는 이중성, 그리고 그런 자신에 대한 객관적 자각은 은희경 인물의 전형적 모습이지요. 이는 소통불가능의 세계 속에서 현대인들이 갖는 자기 방어적 태도와 나르시시즘의 징후를 드러낸다는 점에서 시사적이기도 하구요. 은희경 소설이 여성인물을 중심으로 여성의 소외된 삶이나 고통을 담아내고 있음에도 불구하고 그것이 남성을 상대로 한 여성들만의 문제라기보다 현대문명사회에서 모든 개인들이 겪는 소외와 불안의 보편적인 문제로 부각되는 것도 이 때문입니다. 위악적이고 냉소적인 태도로 세상과 삶의 이면을 가차 없이 드러내는 태도라든지 경쾌하고 쉽게 읽히는 문장 등은 독자에게 통쾌하고 신선한 기쁨을 주는 힘과 매력을 지니고 있습니다.

　질문 「빈처」는 가장 친밀한 관계라 할 수 있는 부부 사이에서도 소외와 단절의 장벽이 있음을 보여주는 소설이라 생각합니다. 이 소설이 보여주는 현실과, 그 안에서의 여성의 모습을 살펴보지요.

대답 부부란 원래 타인들이 만나 이루어진 것이니 어쩌면 소외와 단절의 장벽을 느끼는 건 당연한 일일지 모르지요. 가장 친밀해보이면서도 본질적으로 타인인 관계, 그게 부부 아닐까요? 아무튼, 「빈처」는 이 부부 사이의 단절, 소외를 담고 있는 작품입니다. 그런데 주로 여성인 아내의 입장에 초점이 맞춰 있다고 봐야겠지요. 결혼으로 둘이 이룬 가정이지만 현실에서 가정 안에서의 대부분의 일들은 여성에게 오롯이 맡겨지는 경우가 허다하지요. 남편들은 직장생활을 하느라 집에 머무르며 가족들과 함께 하는 시간 자체가 적을 뿐더러 가정의 구체적 삶의 내용이나 집에서 홀로 그 일들을 감당하고 있는 아내의 내면에 대해서는 거의 무지하다고 해야 할 테구요. 더군다나 집에서 살림만 하는 아내란 자기 고유의 생각을 갖고 사는 독립된 주체로 인식되기도 어렵구요. 실제로 소설 속 남편이 반복적으로 내뱉는 말 중의 하나가 "나는 그녀가 ~라는 것을 몰랐다"입니다. 아내가 일기를 쓴다는 사실도, 아내가 자기 고유의 주체적 생각을 가진 사람이라는 것도, 외로워하고 있다는 것도, 남편은 몰랐지요. 아마도 평균적인 한국인 남편이라 할 수 있을 소설 속 남편은 그저 결혼과 가정이라는 제도의 틀 안에서 아내가 별 문제 없이 살아가고 있다고 믿고 있었을 것이고, 소설은 남편의 이 같은 무지를 드러내는 데 초점을 두고 있는 것으로 보입니다. 남성중심적인 가족 제도와 그 속에서의 여성의 위치에 대한 문제 제기라기보다 그것에 의해 초래된 소통 단절을 문제 삼고 있는 셈이지요.

질문 이 소설에서 아내의 일기 쓰기는 어떤 의미가 있는 걸까요? 고립의 시간을 견디는 방법만은 아닌 것 같은데요.

대답 아내에게 있어 일기쓰기란 물론 오롯이 혼자 감당해야 하는 일상적 삶의 틈바구니에서 그 고립과 소외를 견디기 위한 방법이었을 겁니다. 그런데 흥미로운 건 아내의 일기 내용이 현실과 다른 허구적 내용으로 채워져 있다는 것이지요. 결혼해서 아이도 있는 그녀는 일기에서 자신은 독신이고 가끔 애인을 만나기도 한다고 적고 있습니다. 남편을 의아하게 만든 것도 이 때문인데, 그렇다면 아내에게 일기쓰기란 단순히 소외의 시간을 견디는 방법으로써뿐 아니라 상상을 통해서 일상에서 벗어나는 시도라는 보다 적극적인 의미를 갖는다고 볼 수도 있겠지요. 그녀는 일기쓰기를 통해 자기의 생각, 느낌 등을 토로하고, 또 이를 통해 삶에 대한 보다 성숙한 이해에 이르기도 합니다.

그런데 이와 더불어 생각해보게 되는 것은 아내의 일기가 계속해서 남편의 눈에 띄게 되는 상황이 다소 비현실적이거나 작위적으로 다가온다는 점인데요. 어쩌면 아내가 의도적으로 자신이 쓴 일기를 남편으로 하여금 읽어보게 한 것은 아니었을까 하는 의심이 들기도 합니다. 그렇다면 그녀의 일기는 혼자만의 독백에 그치는 것이 아니라 남편과의 소통을 시도하는 적극적인 글쓰기가 되겠지요. 물론 정말 아내가 그것을 의도했는지는 분명히 알 수 없지만, 결과적으로 남편의 눈에 띔으로써 아내의 일기는 소통의 장으로 나오게 되었고 또 그것이 남편과 아내를 잇는 매개체가 되고 있는 것은 분명합니다.

질문 「빈처」는 현진건이 쓴 「빈처」와 제목이 같습니다. 두 작품을 비교해보는 것도 흥미로울 것 같습니다.

대답 말씀하신 대로 은희경의 「빈처」는 그 제목이 현진건의 「빈처」를 환기시킵니다. 그리고 이 점에서 그 둘이 어떻게 연결되는지, 어떻게 닮아 있고 혹은 어떻게 다른지를 비교해서 살펴보는 건 흥미로운 일일 겁니다.

두 작품 모두에서 아내는 초라하고 쓸쓸한 존재로 등장합니다. 그런데 그 '빈처'의 원인이나 내용은 조금 다른 것 같습니다. 1930년대에 쓰인 현진건의 「빈처」에서 아내는 경제적인 결핍에 시달리는 인물이지만, 은희경의 「빈처」에서 아내는 심리적인 결핍에 시달리는 인물이라고 할 수 있겠지요. 현진건의 경우 아내의 시점이라기보다 남편의 시점에서 사건이 서술되고 있고 그 '빈처'의 모습을 통해 1930년대의 궁핍한 서민들의 삶을 그리고자 했을 테지요. 반면에 은희경의 경우 표면적으로는 남편의 시점으로 되어 있지만 실제로 작가의 시점은 아내의 그것에 맞추어져 있고, 아내의 일기를 통해 남편이 아내와 삶에 대해 새로운 인식을 하게 되는 식으로 전개되고 있지요. 남편에 의해 혹은 결혼이라는 제도에 의해 쓸쓸하게 소외된 채 초라한 일상을 견디고 있는 존재가 은희경의 '빈처'이니까요. 현진건의 '빈처'가 1930년대 당시의 경제사회적 빈한함을 그대로 내면화하고 있는 아내라면, 은희경의 '빈처'는 남편과 사회로부터 소외된 채 척박한 내면으로 일상을 살아가는 지금 이 시대 아내들의 모습이라고 할 수 있는 것이지요. '아내'라는 동일한 대상을 이야기 하고 있는 듯 보여도 작가에 따라, 작가의 성별에 따라, 그리고 시점에 따라 초점이나 말하고자 하는 주제가 달라진다는 것을 확인할 수 있는 셈입니다.

질문 「누가 꽃피는 봄날 리기다소나무 숲에 덫을 놓았을까」의 주인공 '소라'는 유복한 환경에서 자란 소녀이면서도 전혀 소녀답지 않습니다. 그녀는 선과 악의 경계에 대한 뚜렷한 인식도 없이 위선과 위악을 반복하곤 하지요. 이런 행태의 원인을 유복한 성장과정 탓에 타인에 대한 사랑이나 배려가 결핍된 삶을 산 데서 찾을 수 있을까요?

대답 글쎄요. 우선, 주인공 소라가 타인에 대한 사랑이나 배려가 결핍된 인물인가 하는 점부터 생각해봐야 할 것 같네요. 저는 오히려 정반대로 생각이 되거든요. 소라는 분명히 소녀답지 않은 인물이고 뚜렷한 인식도 없이 위선과 위악을 반복하곤 합니다. 하지만 그것이 타인에 대한 사랑이나 배려의 결핍을 보여주는 건 아닌 것 같거든요. 오히려 그녀는 그녀의 삶에 그녀 자신이 한 번도 주체가 되지 못한 인물이라고 할 수 있지요. 그녀는 어릴 적부터 상황에 맞게 얌전하고 공손하고 정확하게 대응하도록 교육 받아온 인물입니다. 이때 그녀의 유복한 환경이란 경제적 풍요를 뜻하기보다 그녀의 삶을 규정지은 보다 강력한 틀이라는 의미로 기능했다고 봐야 할 것 같습니다.

가난한 집 아이들의 경우 상대적으로 부모들의 영향으로부터 벗어나 있었던 데 반해, 소라는 교양과 여유를 가진 부모로부터 끝없이 정숙하고 예의 바르고 교과서적인 태도를 교육받아 왔습니다. 자기 스스로의 생각과 가치로 세상과 맞서기 전에 부모들이 만들어놓은 혹은 어른들이 만들어놓은 규율과 질서를 그대로 주입받아온 것인데, 그 때문에 소라는 얌전하고 정숙하고 모범적인 학생이면서 동시에 전혀 소녀답지 않고 어른스러운 인물이 되지요. 그 때문에 일상의 삶에서 오히려 또래들로부터 계속해서 따돌림을 당해온 것이구요. 그녀가 교육 받아온 중요한 가치들인 배려·교양·성실 등에 관한 소라의 메모에서 그것들이 모두 '남'을 중심으로 한 행위로 이해되고 정의되고 있다는 점은 그녀가 철저하게 '남'의 시선에 종속되어서 혹은 '남'을 의식하면서 살아왔음을 시사합니다. 그녀는 한 번도 자신의 욕망을 이야기하지 못했던 것이지요. 부모나 어른이나 세상이 옳다고 하는 것들, 그리고 그들이 바라는 것을 따라 했을 뿐이니까요. 이 점에서 그녀는 타인의 시선과 욕망에 길들여진 여성의 끔찍한 초상이라고 할 수 있습니다. 그렇다면 소라가 전혀 소녀답지 않게 위선과 위악을 반복하는 것은 권위적인 부모/어른/타인의 교육에 의한 것이었다고 할 수 있고, 유복한 환경은 그녀가 이런 타인의 시선에 일찍 그리고 강하게 노출되게 만든 요인이었다고 말할 수는 있을 것 같습니다.

질문 제목에 있는 리기다소나무와 소설의 주제의식과 무슨 관련이 있는 걸까요? 사전에 보니 "목재는 질이 나쁘고 송진이 많이 나오며 옹이가 많아 쓰임새가 적지만 송충의 피해에 강하고 어디서나 잘 자라기 때문에 사방조림에 주로 사용"한다고 되어 있는데요.

대답 저도 이 소설 읽으면서 리기다소나무의 의미가 참 궁금했습니다. 소설 속에서 리기다소나무의 의미를 분명하게 찾기 어려웠거든요. 작가의 고백에 따르면 이 작품을 쓸 때 우연히 작업실 뒤쪽에서 리기다소나무 숲을 바라보게 되었는데, 우산살처럼 구부러진 리기다소나무가 외부의 힘으로 변형된 채 안간힘을 쓰면서 자라나는 듯 했다고 합니다. 이런 작가의 고백에서 외부의 압력에 의해 모양이며 방향이 변형된 채 그 상태에서도 안간힘 쓰듯 자라나고 있는 소나무의 모습은 소설 속 소라의 모습과 그대로 닮아 있지요. 어린 시절부터 타인의 힘과 시선에 이끌려 살아온 그녀의 삶은 외부의 압력에 의해 흉측하게 구부러진 리기다소나무의 모습, 바로 그것이었을 테니까요. 더군다나 사전에 나오는 것처럼 리기다소나무란 특별한 것도, 대단한 것도 없는, 쓰임새는 적으면서 환경적응 능력만 강한 나무라고 하니, 특별할 줄 알았던 소라의 별 볼일 없는 삶을 더 더욱 실감 있게 환기하고 있기도 하구요. 그런데 꽃 피는 봄날이어야 했을 소라의 유년 시절에 과연 누가 그녀의 리기다소나무 숲에 덫을 놓았을까요? 아마도 그것은 권위적이고 타율적으로 강조되었던 가정과 학교, 사회에서의 규범, 질서 등은 아니었을까요?

질문 소라의 성격 형성 기제와 그녀의 '성장할 수 없음'에는 어떤 힘이 작용하는 것일 텐데요. 그 힘의 정체가 궁금해요. 선천적이라고 하기엔 환경의 영향이 좀 큰 편이고요, 또 후천적이라고 하기에는 개선의 여지가 너무 적지요. 어떻게 봐야 할까요?

대답 소라뿐 아니라 은희경 소설의 인물들은 대개 '성장하지 않는' 인물로 보입니다. 『새의 선물』에서 어린 주인공은 "나는 더 이상 성숙할 것이 없었다"고 선언하기까지 하지요 이는 삶의 이면, 즉 겉으로 드러나는 것과는 다른 위선과 삶의 비밀들을 어린 나이에 이미 보아버렸다는 것인데, 결국 이런 인물들의 의식을 지배하는 것은 "삶은 달라지지 않는다", "너무 일찍 삶을 알아버린 사람은 삶에서 빨리 믿기 시작한다"는 식의 허무의식입니다. 이건 삶을 바라보는 작가 은희경의 태도이기도 하겠지요

소라의 경우에도 어떤 점에서 너무 일찍 삶을 보아버렸다고 할 수 있을 듯합니다. 그녀는 부모/세상이 요구하는 것들을 예민하게 포착하고 또 그 대응방식을 적절히 조절할 줄 아는 아주 영악한 아이입니다. 가령 어른들이 자신을 칭찬하는 얘기를 하면 아무것도 모르는 듯한 얼굴로 얌전히 탕수육을 먹었지만 그 얘기들을 한마디도 빼먹지 않고 듣고 있었지요 문제는 그것이 너무 인위적이고 부자연스러워서 다른 사람들과의 관계에서 벽으로 작용했다는 것이겠지요 아무튼 이렇게 형성된 그녀의 성격이나 삶의 양상은 나이가 들어가도 전혀 바뀌지 않습니다. '성장하지 않는' 아이인 셈이지요

작가는 소라의 이 '성장할 수 없음' 혹은 달라지지 않는 삶을 유년기의 억압적이고 권위적이던 훈육 때문으로 설정하고자 했던 것 같습니다. 타인의 욕망에 자신을 맞추어온 어리석은 인물이지만 그 어리석음마저도 실은 그녀의 탓이라기보다 그녀를 둘러싼 환경과 교육과 사회 분위기 등에 기인한 것이라고 얘기하려는 것이지요 하지만 작가의 의도가 이렇더라도 독자인 우리가 보기에 소라의 달라지지 않는 삶이 조금 답답해보이는 면이 있는 것도 사실입니다. 개선의 여지가 없어 보인다는 지적은 아마도 그런 점에서 나온 것이겠지요

질문 「짐작과는 다른 일들」에는 30대 초반의 여성이 등장합니다. 두

번 결혼했다가, 두 번 이혼했고 지금은 다단계판매를 하고 있는 여자이지요. 그녀의 삶을 바라보는 작가의 시선은 퍽 쓸쓸합니다. 이 소설을 통해 작가가 말하고 싶었던 바는 무엇이었을까요?

대답 먼저, 주인공 '그녀'에 대한 작가의 시선이 쓸쓸하다는 지적은 좀 생각해볼 문제인 것 같네요. 은희경 소설이 대개 그렇지만 여기에서도 소설 속 인물에 대한 화자의 시선은 오히려 가능한 자신의 감정을 드러내지 않고 그들을 일정 거리를 두고 바라보고 있는 듯한 사무적이고 냉정한 것으로 느껴지거든요. '그녀'는 물론이거니와 사실 다른 남성 인물들에 대해서도 그런 거리두기는 유지됩니다. 소설 속 인물들은 모두가 서로를 오해하고 그로 인해 어긋나는 관계에 놓이게 되지요. 이때 한 인물에 대한 타인의 오해는 독자의 그것이 되기도 합니다. 화자가 인물의 내면에 대해 친절하게 설명해주질 않으니까요. 그런데 '그'와 '그녀', '남자'로 서술의 초점이 이동해가면서 우리의 '짐작과는 다른' 인물들의 내면이나 상황이 드러나게 되고, 이에 따라 독자들은 그 오해를 수정하게 되는 것이구요.

'그녀'가 두 번 씩이나 결혼과 이혼을 하게 되는 상황이나 '남자'가 헤어지게 된 상황 등은 결국 우리의 삶이 얼마나 무수한 우연과 오해 속에서 출렁이며 진행되는 것인지를 보여줍니다. 사실 우연과 오해의 삶은 '그녀'에게만 적용되는 것이 아니지요. '그'에게 보석같이 청순한 여자로 여겨졌던 '그녀'는 결혼 후 악착스럽고 속물스러운 아줌마가 되었고, '그녀'는 '그'를 향한 문을 닫아건 적이 한 번도 없는데 '그'는 문을 열어주지 않는 '그녀'를 미워하며 죽어갔고, '그녀'는 '남자'의 생각과는 달리 그가 자기를 안은 것이 '그녀'로서가 아니라 그저 '여자'로서일 뿐이라고 생각했고, '남자'는 바쁘다보니 '그녀'에게 연락을 못했던 것이었고, '그녀'는 우연히 오페라를 함께 보게 된 인연으로 신차장과 결혼을 하게 되지요. 결국 이들 모두는 서로의 잘못된 '짐작'으로 인해 어긋난 관계와 삶을 살아가게 된 것인데, '그녀'는 물론 소설 속 인물들의 삶이 모두 결국에는 쓸쓸하게 느껴지는 건 이런 삶의 비애와 허무에 대한 깨달음에 기인하는 것일 겁니다. 아마도 작가가 이 작품을 통해 말하고자 했던 것도 오해와 우연 속에서 이루어지는 우리 삶의 이런 비애와 쓸쓸함일지 모르겠습니다. 진실은 항시 우리들의 '짐작과는 다른' 곳에 있고, 우리의 삶은 잘못된 짐작과 오해로 인해 쓸쓸하고 허무할 수밖에 없다는 걸, 소설을 통해 새삼 확인하게 되니까요.

질문 독일에 살고 있는 세계적인 한국인 작곡가인 윤이상 선생과 그의 오페라 「나비의 꿈」이 소설 곳곳에 나오는데요. 작품에 어떤 영향을 미치고 있습니까?

대답 윤이상 선생님은 독일에서 활동한 세계적으로 유명한 작곡가이시죠. 그런데 잘 아시다시피 1967년 이른바 '동백림사건'에 연루되어 간첩 혐의로 실형을 선고 받고 2년간 옥고를 치뤘던 분이기도 합니다. 세계음악계의 구명운동으로 풀려났지만 결국 1971년 독일로 건너갔고, 그 후 1995년에 돌아가실 때까지 우리나라에 돌아오지 못하셨지요. 어쩌면 그의 불행한 삶은 소설에서 얘기되는 오해의 삶을 그대로 보여주는 듯합니다. 그분의 삶의 진실은 자신의 삶의 고통을 초래했을 타인들의 무수한 '짐작'들과는 달랐을 테니까요.

「나비의 꿈」(1968)은 그가 옥중에서 작곡한 작품인데, 소설 속에서 이 「나비의 꿈」은 주인공 여자의 죄의식과 겹쳐집니다. 장자가 죽자 재가를 하기 위해 남편인 장자의 무덤의 흙이 빨리 마르도록 부채질을 했다는 장자의 아내는 바로 그녀 자신의 모습이었기 때문이지요. 물론 그것이 '그녀' 자신이 욕망했던 것은 아니지만 말이지요. 이런 상황은 결국 삶이란 그렇듯 오해와 우연으로 인해 어긋나는 것이라는 허무로 이어집니다. 꿈속에서 나비가 되었다가 깨어난 후 자신의 진정한 실체가 나

비인지 인간인지 혼란스러워 했던 장자는 오페라 끝에서 나비처럼 자유롭게 날아다니는 꿈을 드러내며 춤을 춥니다. 소설 속에 "우리는 모두 삶에 속는다. 그러나 굳이 속지 않으려고 애쓸 이유도 없다. 유한한 삶을 가지고 무한한 삶을 어떻게 알 것인가. 알려고 하면 더욱 위태로워질 뿐이다"라는 「장자」의 한 대목이 인용되고 있기도 하거니와, 이런 장자의 이야기를 통해 본질적으로 삶이란 허무한 것이라는 인식이 더욱 효과적으로 드러나고 있는 셈이지요.

전경린의 「안마당이 있는 가겟집 풍경」

질문 이제 마지막으로 전경린입니다. 작가에 대한 소개 부탁드립니다.

대답 전경린은 1995년 동아일보에 「사막의 달」이라는 작품이 당선되면서 등단한 작가이지요. 그녀의 소설은 대개가 가부장제의 억압적인 규율과 질서 속에 갇힌 여성들의 삶을 그리고 있는데, 특히 전통적인 여성의 이미지와는 전혀 다른 일탈적이고 파괴적인 기운이 느껴지는 여성들을 소설에 담아내곤 하였지요. 여성인물들의 이런 일탈과 자유의 꿈은 흔히 가출, 불륜과 같은 플롯으로 나타나곤 합니다. 사랑은 그녀의 소설에서 중요하게 사용되는 소재 중의 하나인데, 이때 사랑은 남녀 간의 낭만적인 감정이 아니라 가부장적 관습과 제도에 저항하는 불온한 정열로 이해됩니다. 여성다움의 미덕 아래 억눌리고 가려져온 여성의 본능을 부활시켜 희생과 인내를 강요하는 가부장적 가치관에 도전하는 것, 그리하여 본원적인 욕망과 생명력을 가진 주체적 자아로 태어나려는 시도, 이것이 그녀의 소설에 나타나는 사랑인 것이지요. 그녀의 사랑이 항시 파괴적이고 비극적으로 그려지는 것은 사랑에 담긴 이런 의미 때문입니다.

뿐만 아니라 전경린은 이런 일탈적이고 해방적인 내용을 그녀 특유의 강렬한 이미지와 언어로 담아내고 있어서 주목받았는데요, 그녀의 소설은 흔히 귀기가 번뜩이는 강렬함, 마녀적 상상력, 관습과 제도에 항거하는 불온한 정열 등으로 특징 지워지곤 합니다. 『염소를 모는 여자』, 『바닷가 마지막 집』, 『물의 정거장』 등의 작품집이 있고, 최근에는 억압적인 조선 사회에서 기생의 딸이라는 신분적 차별과 여성으로서의 억압적 삶의 조건을 뛰어 넘어 자유로운 삶을 살았던 황진이를 소재로 한 장편 『황진이』를 발표하기도 하였지요

질문 「안마당이 있는 가겟집 풍경」에서 촌스러운 엄마는 멋지고 지적인 아버지를 지키기 위해 자꾸 아이를 낳으려고 합니다. 그래서 거의 매일 배가 불러 있지요. 그런 어머니식의 사랑을 어떻게 보아야 할까요?

대답 소설 속 엄마의 모습은 전통적으로 보아온 우리 엄마들의 일반적 모습일 겁니다. 양복을 입고 선글라스를 끼고 오토바이를 몰고 다니는 멋진 아버지와 달리 촌스럽고 늘 양재기 밟는 소리를 내고 숙모나 할머니와 싸우기만 하는 엄마는 주인공 화자의 말처럼 아무 공통점이 없어 보이지요. 그러니 그런 엄마가 아버지에게 정겹고 매력적인 여성으로 자리할 리 없는 건 어쩌면 당연한 일일지도 모르고, 그래서 아버지는 집밖으로 떠돌기만 하고 엄마와 달리 세련되고 지적인 문 계장에게 끌리는 것이겠지요. 엄마는 자신에게 아버지를 붙잡을 수 있는 매력이 아무 것도 없다는 걸 잘 압니다. 남편으로서의 의무를 내세워 집에 들어오지 않는 아버지에게 역성을 내거나 하는 인물도 아니구요. 그런데 그런 아버지도 엄마가 아이를 낳으면 꼬박꼬박 집에 들어오고 아이들을 예뻐하며 즐거워했습니다. 결국 엄마에게 아이들은 잠시라도 아버

지를 집에 붙들어놓을 수 있는 끈이 됩니다.

이런 어머니식의 사랑—이걸 사랑이라고 해야 할지도 사실 모호합니다만—은 분명 쓸쓸하게 다가옵니다. 어머니의 그런 삶이 어리석게 다가오기도 하구요. 하지만 작가는 그런 어머니의 모습을 비판적인 시각이 아니라 남성중심적 가부장제 아래에서 우리 어머니들이 감당해야 했던 쓸쓸한 삶의 모습으로 그려내고 있습니다. 주인공 자신도 촌스럽고 우악스러운 엄마에게 정을 느끼지 못하고 심지어 문 계장 같은 사람이 엄마였으면 하는 생각까지 하지요. 하지만 계속해서 임신을 하는 엄마의 어리석은 모습이 실은 아버지를 붙들기 위한 안간힘이었다는 걸 깨달으며 처음으로 엄마에게 연민과 애정을 느끼게 됩니다. 날마다 배가 불러 있는 엄마나 날마다 매타작을 당하는 월림댁이나 모두 그런 가부장적 제도의 희생물이라 할 수 있는 것이지요. 아마도 작가는 엄마에 대한 주인공의 인식상이 변화를 독자에게도 기대했을지 모르지요. 어리석어 보이는 어머니식의 사랑을 도덕적으로 판단하고 평가하려는 것이 아니라 그런 삶의 배후에 있는 억압적인 가부장적 현실을 드러내고자 하는 의도로 말입니다.

질문 소설 속의 딸들은 어머니처럼 살지 않을 것이라고 결심합니다. "엄마처럼 산다면 살아볼 필요도 없으며 심지어 자라볼 필요조차 없을 것"이라고 하면서 말이지요. 심지어 딸들은 어머니처럼 되느니 차라리 마녀가 되겠다고 합니다. '마녀'가 되겠다는 건 무슨 의미를 가질까요?

대답 이 작품뿐만 아니라 전경린 소설 전체에서 '마녀'는 아주 중요한 의미를 갖는 단어입니다. 앞서 어머니의 삶을 살펴보면서도 얘기했지만, 전통적으로 여성에게는 인내와 희생이 중요한 덕목으로 강조되고 강요되어 왔습니다. 남편이 바람을 피우고 집에 안 들어와도, 날마다 매타작을 해대도, 여성은 그저 참고 이해하려는 자세를 가져야 한다는 것이지요. 잠시라도 아버지를 집에 붙들어 놓기 위해서 계속해서 임신을 하는 엄마나 남편에게 항상 매를 맞는 월림댁 같은 인물은 바로 그런 억압적 가부장제의 희생물인 셈이구요.

실제로 우리 삶에서 가부장적 가치관에 순응하는 희생적인 여성들은 '천사'의 이미지로 숭앙되는데 반해, 가부장적 가치관이 강요하는 규율이나 덕목에 순응하지 않는 여성들은 '마녀'라는 이름이 씌워져서 사회적으로 매장을 당하곤 합니다. '천사'와 '마녀'는 둘 다 남성중심적 관습과 질서가 만들어 놓은 여성의 왜곡된 이미지라고 할 수 있는 것이지요. 전경린의 여성인물들은 주로 억압적으로 강요되어온 '천사'의 이미지에서 벗어나 자유롭고 주체적인 인물로 태어나고자 하는 인물들인데, 이 과정에서 그들은 사회가 요구하는 '천사'가 되는 대신 차라리 '마녀'가 되기로 결심합니다. 이때 '마녀'는 사회적인 관습이나 질서로부터 벗어난 일탈적이고 해방적인 기운을 가진 존재를 상징합니다. 그런데 사실 이런 '마녀'는 모든 여성들의 내면에 자리하고 있는 것이라고 할 수 있지요. 가령 날마다 남편에게 매를 맞는 월림댁이 남편과 뒤엉켜 싸움을 벌일 때 이를 본 할머니는 "여편네가 뻑세게 굴면 얻어맞게 되는 법이다. 저리 머리를 뱀대가리처럼 곧추세우니, 사흘들이 매타작일밖에. 지집은 그저 연해야 되는 게야"라고 대꾸를 하는데, 이때 '뱀대가리'라는 비유는 바로 '마녀'로서의 여성 이미지인 셈이지요 "그저 연해야 되는" 여성에게 주어진 역할과 이미지와는 전혀 다른 파괴적이고 반항적이고 일탈적인 모습이 '뱀'이라는 이미지로 드러나고 있는데, 소설 속에서 이런 마녀의 이미지는 뱀대가리·실뱀떼·마귀할멈 등으로 변주되어 나타나고 있습니다.

주인공은 이 '마녀'의 길이 우리 인생 속에 자리한 수많은 길들 중 하나라는 걸, 그리고 길을 잃다 보면 그런 길로 나갈 수도 있다는 걸 어렴풋이 깨닫습니다. 비록 사회의 질타와 외면과 냉대를 감수해야 하는 것이지만, 그것이 어쩌면 주체적인 개인이 되기 위해서 필연적으로 거칠 수밖에 없는 과정이라는 것도 말입니다. 가정에 묶이어 있고, 관습적으로 강요되는 규범과 질서에 묶이어 있는 여성들은 스스로 '마녀'가 됨으로써 그 억압적 관습에 대항하기 시작하는 것이지요. 그러니, 엄마처럼 사느니 차라리 '마녀'가 되겠다고 하는 전경린 인물들의 말은 남성 중심적 현실에 순응하지 않고 자신의 욕망과 삶의 진정한 주인이 되겠다는 주체 선언이라고 할 수 있는 셈입니다.

지워진 여성, 반쪽의 문학사

근대문학연구에 나타난 '여성'의 부재

문학은 남성의 것?

　문학에 있어서 그리고 문학 연구에 있어서 여성이 소외되고 배제되어 왔다는 것 그래서 여성의 시각이 필요하다는 것은 이제 너무나 당연한, 따라서 별 울림이 없는 전언일지 모른다. 인간에 대한 이해를 혹은 자유로운 세상을 꿈꾸는 문학과 문학 연구자들은 언제나 구속과 억압의 반대편에서 그 해방을 모색해왔다고 믿고 있기 때문이다. 뿐만 아니라 문화의 전면에 여성이 떠오르고 심지어 넘쳐나고 있는 듯 보이는 근간의 사정을 생각해보면 여성의 소외나 억압을 이야기한다는 것이 어불성설처럼 여겨지기까지 한다. 그러나 언제나 그렇듯이 문제는 총론에 있는 것이 아니라 각론에 있으며, 전면에 드러나는 것이 아니라 뒤로 은밀하게 숨어 있는 법이다. 문학 연구에 있어서 여성의 '눈'의 필요성은 그것 자체에 대한 거부나 몰이해 앞에서가 아니라 그것이 갖는 현실성과 절박성에 대한 둔감함 혹은 무심함 앞에서 더욱 커진다. 아프면 병원에 가야 한다는 것을 모르는 이는 없다. 그러나 아픔을 인정하지 않거나 보지 못한다면 결국 병은 치유될 수 없다. 페미니즘 비평은 문학 안에 내재된 여성에 대한 편견과 배제의 시선을 인정하는 것에서부터 시작되어야 하는 것이다.

문학에 있어 여성은 억압되거나 소외되기 이전에 아예 부재하는 존재다. 예컨대 소설은 자신의 고유한 본질을 발견하러 떠나는 '성숙한 남성의 형식'이라는 루카치의 명제 속에, "시적인 영향력은 늘 부자간의 관계로 묘사되어 왔으며" "문학사의 핵심에 있는 투쟁 역시 언제나 강한 맞수끼리의 전투, 강력한 적수로서의 아버지와 아들의 대결, 또는 교차로에 있는 라이어스와 오에디푸스와의 대결이어왔다"는 해롤드 블룸의 설명 속에,1) 혹은 "예술사에서 유산은 아버지에서 그 아들로가 아니고 삼촌으로부터 조카에게로 이어진다"는 쉬클로프스키의 전언 속에 여성은 본질적으로 없다. 고유한 영혼도, 영혼을 증명하러 떠나는 여정도, 투쟁도, 가슴 벅찬 승리도, 비극적인 패배도, 모두 남성들만의 것이다. 여성은 처음부터 문학의 밖에 있다. 여성은 남성에 의해 억압당하거나 패배당하는 것이 아니라 아예 링 위에 올라가지도 못하는 것이며, 링 위에 올라설 수 있을 때는 라운드 회수를 알리기 위해 늘씬한 다리를 드러내며 걸어야 할 때뿐이다.

그러니 '펜은 은유적 남근이다'라는 명제는 과장된 것이거나 수사적인 것이 아니다. 신으로부터 인간의 의지를 되찾았을 때 여성은 그 '인간' 안에 없었고, 모든 인간은 법 앞에 평등하다고 할 때 그 '인간'에 여성은 빠져 있었으며, 문학이 인간에 대한 이해를 추구한다고 할 때 그 '인간' 속에 여성은 없었다. 문학은 본질적으로 남성의, 남성에 의한, 남

---

1) 해롤드 블룸, 윤호병 편역, 『시적 영향에 대한 불안』, 고려원, 1991, 11면. 그는 같은 책에서 시는 남성들에 의해 씌어지는 것(43면)이라고 단언하고 있기도 하다.

성을 위한 것이다. 민족문학, 계급문학, 분단문학, 실존문학, 노동자/농민 문학 등으로 설명되는 문학사 어디에도 여성의 자리는 없다. 여성에게 있어 문학은 언제나 '우리들의' 문학이 아닌, '그들만의' 문학이다. 그러니 과연 문학은 누구의 것이며, 또 문학의 성별은 무엇인가?[2]

그러나 어쩌면 원천적으로 문학에 여성의 자리가 없다는 사실보다 더 심각한 문제는 이처럼 문학에 있어 여성이 원천적으로 배제되어 있다는 것을 보는 '여성의 눈'이 없다는 사실일지 모른다. 여성들이 아직도 남성의 꿈을 통해 꿈을 꾸고 있다는 보봐르의 지적처럼 여성조차 여성으로 보고, 읽고, 쓰지 않는다. 보편적인 것으로 제시되는 남성의 시각을 따라 우리의 눈과 의식은 움직인다. '사람의 아들'이 신과 대결하고 있을 때, 혹은 '아담이 눈 뜰 때', 우리들은 그 아들과 아담들 속에 딸들과 이브들이 원천적으로 배제되어 있다는 것을, 아담이 눈을 뜨기 위해 이브가 죽고 혹은 버림받았다는 사실을 잊는다. 문학/사 연구에 있어서 페미니즘 비평은 바로 이 같은 왜곡된 시선의 교정, 혹은 편견에 대한 자각으로 시작된다. 그러나 어느 누구도 이 왜곡된 시선, 편견으로부터 자유롭지 못하다는 점을 생각할 때, 페미니즘 비평은 안팎으로 끝없는 싸움을 수반할 수밖에 없다. 그렇다면 여성 시각에서 볼 때 우리의 근대문학/사 연구에서 드러나는 문제점은 무엇인가?

---

2) 근대성의 성별은 무엇인가, 라는 질문을 던진 리타 펠스키는 근대성에 대한 마샬 버먼의 논의를 검토하면서 그가 제시한 근대적 인물들이 근대성만이 아니라 남성성의 상징이기도 함을 지적한 바 있다. 파우스트·마르크스·보들레르 등을 통해 설명되는 근대성 논의에는 근대적 개인을 가족적, 공동체적 유대로부터 벗어난 자율적 남성으로 가정하는 논리가 전제되어 있다는 것인데(김영찬·심진경 역, 『근대성과 페미니즘』, 거름, 1998, 23면), 근대성이 암암리에 남성성으로 규정되고 있다는 이 같은 지적은 문학의 경우에도 그대로 적용된다는 점에서 시사적이다. 문학 역시 공공연하게 남성들만의 잔치로 인식되고 있기 때문이다.

문학사 기술에 나타난 남성주의

가장 먼저 지적할 수 있는 것은 기존의 근대문학사 연구에서 여성작가는 거의 논의되고 있지 않거나 여류라는 이름으로 묶이어 별도로 논의되고 있을 뿐이라는 점이다. 여성 작가가 언급되고 있는 구체적인 사례를 보자. 조연현의 『한국현대문학사』(현대문학사, 1956)나 조윤제의 『한국문학사』(동국문화사, 1963)의 경우 여류작가로 나혜석·김명순·최정희·장덕조·강경애 등이 이름만 언급되는 정도로 소개되고 있고, 조연현의 증보판 『한국현대문학사』(현대문학사, 1961)에서는 나혜석·김명순·김일엽에 대한 평가가 이루어진다. "1920년대를 대표하는 여류시인이었으며 또한 작가였으나 모두 문제될만한 작품을 거의 남기지 못했다. 김명순은 『생명의 과실』이라는 시와 소설을 함께 모은 창작집이 있으나 유치한 작문을 넘어서지 못했었다"라는 것이 그것으로, 문학사에 있어 이들의 존재는 실질적으로 부정되고 만다. 이병기·백철의 『국문학전사』(신구문화사, 1982)에서는 "여류문학의 수준"이라는, 제목에서부터 부정적 시선이 드러나는 항목 아래 여성 작가들이 언급되고 있는데, 여성문학은 1938~1939년에 와서야 비로소 일수준에 들어서게 된다고 기술된다. 여성문학은 1930년 후반 이후에 와서야 본격적으로 문학사에 편입되고 있는 셈인데, 그 전대까지의 여성문학은 거의 그 의미를 인정받지 못하고 있었을 뿐 아니라 그 이후의 여성문학 논의도 작가와 작품이 언급되는 정도를 벗어나지 못하고 있다. 정한숙의 『현대한국문학사』(고대출판사, 1981)에서도 최정희, 박화성, 강경애가 몇 줄로 언급되고 있을 뿐이다. 장덕순의 『한국문학사』(동화문화사, 1975)의 경우에는 강경애가 긍정적으로 평가되고 있어 주목된다. 그녀가 시대적 현실에 대한 관찰력이 치밀하고 명확한 묘사를 하는 사실주의 작가이며, 당면한 현실적인 서민과 지식인의 인간문제를 정면에서 깊이 파들어 가는 끈기와 인내성을 가진 작가라는 것이 그것인데, 아쉽게도 여기에는 '여류 작가 답지 않게'라는 구절이 덧붙여져 있다. 강경애에 대한 보다 구체적이고 타당한 언급임에도 불구하고 그것이 '여류 작가'에 대한 부정적 평가를 전제로 해서 이루어지고 있다는 씁쓸함과 함께 여성작가의 경우 여성성의 소실을 담보로 할 때만 문학사에서 인정을 받을 수 있는 것인가 하는 의문을 제기하게 만드는 대목이기도 하다.

그나마 이런 논의들은 부정적이건 긍정적이건 혹은 극히 적은 분량에 불과할망정 여성작가가 언급되고 있는 행복한 경우라 할 수 있다. 조윤제의 『국문학사』(탐구당, 1963), 여증동의 『국문학사』(형설출판사, 1973), 조연현의 『한국현대문학사』(성문각, 1969), 전규태의 『한국현대문학사』(예문관, 1985) 등 대부분의 문학사 관련 저서에서 여성작가는 거의 논의되지 않는다. 근대문학의 기점을 영·정조대로 잡으면서 근대문학의 영역을 확장시키고 있는 김윤식·김현의 『한국문학사』(민음사, 1973)의 경우나, 신소설부터 1960년대의 소설, 시, 비평을 총 망라하고 있는 김윤식의 『한국현대문학사』(서울대 출판부, 1992, 650면 분량)에도 여성소설은 등장하지 않으며(전혜린만 언급되고 있다), 김윤식·정호웅의 『한국소설사』(예하, 1993)에서도 여성작가와 작품은 등장하지 않는다. 나병철의 『한국문학의 근대성과 탈근대성』(문예출판사, 1996)의 경우 한국문학의 흐름을 박지원의 소설─판소리계 소설─신소설─리얼리즘 계열의 소설─모더니즘 소설─포스트모더니즘 계열의 소설로 파악하면서 이를 구체적으로 『혈의누』─『무정』─『만세전』─『삼대』─모더니즘 소설─이청준─윤대녕·장정일의 계보로 설명하고 있다. 우리의 문학사는 그야말로 남성의, 남성에 의한, 남성을 위한 문학사라 할 만하다. 해방 이전의 여성작가만 해도 1917년 등단한 김명순부터 1940년 등단한 지하련까지 13명에 이르고(김명순·나혜석·김일엽·박화성·김말봉·백신애·강경애·최정희·장덕조·노천명·이선희·임옥인·지하련) 이들이 발표한 소설이 150여 편에 이름에도 불구하고,3) 우리의 근대문학사에서 이들은 완전히 공백으로 처리되어 있는 것이다.

그렇다면 여성 작가들에 대해 관심을 갖고 접근한 연구들의 경우는 어떠한가. 김윤식은 여성작가들의 작품을 시기적으로 도덕적 파멸, 모랄의 파멸, 패배의 비윤리성으로 정리함으로써 단편적으로 언급되던 여성 문인이나 작품들을 체계적으로 정리하고 있다.[4] 그러나 각 시기를 규정하는 제목에서도 드러나듯 여성문학에 접근하는 태도는 많은 부분 도덕과 윤리와 같은 문학외적 요인들에 기대고 있는 듯 보인다. 그리하여 그는 김명순·김원주·나혜석 등 1기 여성문인들이 김동인의 말처럼 '작품 없는 문인생활'[5]을 했고, 그것이 사회적 환경 때문만이 아니라 여성 작가 자신의 인격적 결함 때문이기도 함을 강조하고 있으며, 결국 이들에겐 논의될 작품이 별로 없다는 결론에 이르고, 박화성·강경애·최정희 등 2기의 문인들이 1기생과 달리 성공할 수 있었던 것은 "이들에겐 신사 문인이 있어, 탈선하려는 여성들을 보살피고 이끌어주고 굳게 바로 세워 주었던" 때문이라고 설명하고 있는데, 이는 여성 작가들에 대한 온당한 문학적 평가로서는 부족한 점이 많다. 여성 작가의 경우 여성으로서의 현실적 삶의 내용이 문학적 평가보다 앞서거나 혹은 평가에 큰 영향을 끼치고 있음을 알 수 있는 대목들이거니와, 그들이 '작품보다 활자화되는 이름'으로 혹은 '여류라는 희소가치'로 거론되었다는 지적은 어쩌면 여성 문인들보다 그들을 바라보는 당시의 그리고 지금까지도 여전한 왜곡된 시선에 대한 것이 되어야 하지 않을까?

그런가 하면 구인환은 여성 작가의 작품들에 대한 기법과 문체에 대한 보다 구체적인 논의를 시도함으로써 여성문학의 형식적 특성을 규명하였다. 그러나 그 역시 여성 작가들이 "질량에 있어 결코 한국 소설

---

3) 김미현, 『한국여성소설과 페미니즘』, 신구문화사, 1996, 42면.
4) 김윤식, 「인형의식의 파멸」, 『한국문학사논고』, 법문사, 1974.
5) 김명순을 소재로 쓴 「김연실전」에서 김동인은 당시 여류 문인들이 "작품 없는 문학 생활에 골몰"했다고 비난한 바 있다.

의 지표를 구축했다고는 시인키 곤란"하다고 하면서, 안이하게 서정의 감미에 젖어 있지 말고 "역사의식을 가지고, 좁디좁은 여류의 윤리에서 벗어나" 작품을 쓸 것을 권유하고 있다.6) '여성성=서정성=비역사성'이 라는 논리, 그리고 여성성 혹은 서정성은 역사성에 비해 그 가치가 덜 한 것이라는 논리가 암암리에 전제되어 있다고 할 수 있다.

이와 비슷한 논지는 오세영의 논의에서도 드러난다. 그는 여성성을 『춘향전』, 『심청전』, 황진이의 시조, 고려속요, 소월·만해 등에 계승되 어 흐르는 한국문학의 전통으로 인식하고, 특히 문학과 생활에서 여성 운동을 구체적이고도 현실적으로 실천한 근대 작가로 김일엽·나혜 석·김명순을 지적한다. 그러나 이들이 가정생활과 사회생활에서 참담 하게 패배했고 문학에 있어서도 문학사에 남을만한 단 한 편의 작품도 생산하지 못하였다고 지적하면서, 그들의 여성 해방 이념이 문학적으 로 혹은 현실적으로 성공하지 못한 이유로 역사의식의 결여, 편협한 성 적 평등의 주장, 여성해방문학을 창작하지 못함, 자의식 확립의 결여, 비전이 제시되지 못함 등을 들고 있다.7) 여성성을 우리 문학사의 주요 한 전통으로 지적하고 있으면서도 정작 여성 문학은 그 문학사에 전혀 기여하지 못했다고 평가하고 있는 것이다.

민중적 시각에서 문학사를 파악하고 있는 임종국은 구시대적 불합리 에 반역하면서 남성전제의 풍토에 도전한 1기 여성작가들을 높게 평가 하면서도 그들이 여성의 해방과 평등을 위해 현모양처의 윤리마저 거 부한 것을 성급한 반역으로 비판하고 그것을 그들의 비극적 삶의 원인 으로 본다.8) 그는 강경애의 「모자」를 모성과 아내된 자리로의 주체적 귀환이라는 점에서 고평하는데, 이 같은 논리는 민중적 시각에도 불구

<hr>

6) 구인환, 「한국 현대여류작가의 기법」, 『아세아여성연구』 9, 1970.12, 「한국 현대여류 소설의 문체」, 『아세아여성연구』 11, 1972.12.
7) 오세영, 「한국문학과 여성주의」, 『현대시와 실천비평』, 이우출판사, 1983.
8) 임종국, 『한국문학의 민중사』, 실천문학사, 1986.

하고 여성 혹은 여성문학을 바라보는 시각에서는 여전히 한계를 드러낸다. 여성은 어머니와 아내로서만 그 존재 의미를 평가받을 수 있다는 인식을 보여주고 있기 때문이다. 일련의 문학 작품이나 양상들을 그것이 산출된 역사적 상황과의 밀접한 연관 속에서 고찰하고 있는 『한국근대민족문학사』9)의 경우 근대 최초의 여성작가인 나혜석이나 1930년대 식민지 농민의 삶을 현실감 있게 묘사한 강경애가 작품에 대한 구체적인 논의와 함께 중요하게 평가되고 있지만, 방대한 저술 규모나 남성 작가들에 대한 논의에 견주어 볼 때 여성 작가에 대한 논의가 합당하게 이루어지고 있다고 보기는 어렵다. 뿐만 아니라 이 논의에서 강조되고 있는 역사적 관점은 그것이 여성의 시각을 어느 정도 수용할 수 있을 것인지, 역사적 현실과 여성의 현실이 어떻게 만나야 하는 것인지, 더 나아가 문학과 역사, 혹은 현실이 어떤 관계에 있어야 하는지 등에 대한 근원적인 질문을 제기하고 있기도 하다.

이처럼 여성작가를 바라보는 대부분의 논의들은 여성 작가들이 개인의 사소한 일상을 다루고 있어 그 문학세계가 좁고 역사의식이 결여되어 있다는 것으로 모아지며, 또한 그러한 점들을 여성다운 것 혹은 여류적인 것으로 규정한다. 여성적인 것과 역사적인 것, 사소한 일상과 거대한 역사, 섬세한 감정과 투철한 사상은 결코 조화롭게 조우하지 못한다. 여성적이라는 것은 역사의식이나 사상이 부재하다는 것을 의미하며, 섬세할지언정 사유가 깊거나 넓지 않다는 것을 의미한다. 그러므로 '여성적'인 작가는 사상 부재의 혐의를 감수해야 하고, '여성적이지 못한' 작가는 '여류답지 않다'라든지 혹은 '여성성의 거부'라는10) 혐의를 감수해야만 한다.

뿐만 아니라 여성작가들에 대한 평가는 문학작품에 대한 것이라기보

---

9) 김재용·이상경·오성호·하정일, 『한국근대민족문학사』, 한길사, 1993.
10) 김문집은 박화성을 가리켜 '여성성 소실 혹은 여성성 기피'의 작가라고 지적한 바 있다(『비평문학』, 청색지사, 1938, 359면).

다 개인적 삶에 대한 호기심에 근거한 경우가 많다. 특히 초기 여성 작가들의 경우 그들의 비극적 삶은 곧잘 문학적 패배의 한 근거로 제시되곤 한다. 그들의 삶은 "예술과 생활을 혼동한 순간의 비극적 현상"으로 설명되고,[11] 작가로서의 그들에 대한 평가는 흔히 여성으로서의 삶의 이력과 결부되어 이루어진다. 그야말로 여성 작가들은 "작가인 동시에 철두철미 여자여야"[12] 하는 것이며, 보다 엄밀히 말하면 작가이기 이전에 철두철미 여자여야만 하는 것이니, 작가의 가정적 불행이나 성격적 특성이 문학 평가에 부정적으로 작용하는 경우가 남성 작가의 경우에도 있었는지, 남성 작가들에게도 "작가인 동시에 철두철미 남자여야 한다"는 명제가 평가의 중요한 기준이 된 적이 있었는지 의문스럽다. 일찍이 1930년대 대거 등장한 여성작가들을 두고 일어났던 여류문사시비론[13]에서 드러나는 왜곡된 시각, 예컨대 여성 작가에게 고정된 여성상을 요구하는 것이나, 여성의 예술 활동에 내재된 복합적인 사회구조적인 억압의 문제를 간과하는 것,[14] 혹은 사생활에 대한 관심이 문학적 관심이나 평가를 대신하는 것 등의 문제는 아직도 넘어야 할 벽으로 자리 잡고 있다. 우리에게는 이 같은 왜곡된 시선과 편견을 교정하고 오해와 무관심 속에 묻혀버린 여성 작가와 작품을 발굴함으로써 새로운 문학사를 쓰는 일이 중요한 과제로 남아 있다.

---

11) 김윤식(1974), 239면.

12) 정창범, 「여류작가의 경우」, 『현대문학』, 1969.5.

13) 이에 대해서는 송지현, 「1930년대 한국 여성문학비평론」, 『페미니즘 비평과 한국소설』, 국학자료원, 1996을 참조할 것.

14) 김진섭은 "여성의 생활은 경제적으로 상시 전투하지 않으면 아니 되는 남자들보다도 훨씬 더 예술에 대한 수련을 가능케 하얏슬 터", 여성이 "예술에 있어서 남성의 영원한 충실한 학도 혹은 종속자"인 것이 놀랍다고 한 바 있거니와(「여류예술가소론」, 『신여성』, 1934.4), 여성의 문학 활동에 관련된 사회구조적인 문제들에 대한 몰이해는 지금에 와서도 크게 달라지지 않은 것으로 보인다. 이원조는 "여성문제가 우리 민족 운명의 전체 속에서 해결될 것"이라고(「여성과 문학」, 『여성문화』, 1945.12) 지적함으로써 여성의 문제를 처음으로 사회구조적인 문제와 연관 지어 설명한 바 있다.

여성주의 시각으로 읽는 근대문학

1) 정전 다시-읽기

앞서 살펴본 대로 위대한 아버지들과 위대한 아들들로 구성되는 남성만의 영웅적인 문학사, 그리고 남성비평가들이 구성하는 정전의 왕조 속에 어머니나 딸들은 존재하지 않는다. 고귀한 왕관은 오로지 남성들에게만 세습된다.[15] 페미니즘 비평의 일차적인 임무는 문학에 대한 인식이나 문학사 기술에서 드러나는 이 같은 남성중심적 시각의 교정(revision)이다. 이를 위해서는 작품 속에 그려진 여성들의 상투화된 혹은 대상화된 이미지에 대한 다시 보기(re-vision)가 요구되는데, 이것은 '저항하는 독자'로서의 자세를 전제로 한다. 쇼월터는 「캐스터브리지의 시장 The Mayor of Casterbridge」 첫 장면이 아내라는 시든 넝마를 버린다는 것, 그것도 살며시 포기함으로써 도망가는 것이 아니라 공공 매매함으로써 도망간다는, 남성의 음험한 환상을 충족시킨다는 어빙 하우의 찬사를 언급하면서 그가 소설을 하나의 남성 문서로 바꾸어 놓고 있음을 비판한 바 있다.[16] 이는 우리 안에 자리 잡고 있는 왜곡된 시선의 교정과 여성으로서의 읽기의 필요성을 강조하고 있는 한 예이거니와, 실제로 작품 속에서 여성은 남성 주인공의 자기발견 과정에서 극복해야 할 대상이거나 남성성을 강화하는 거울의 역할에 불과할 때가 많다.[17] 여성은 이야기의 중심에서 이야기를 이끌어가는 주체로서가 아니라 남성 주인공의 욕망의 대상이거나 영감을 주는 보조자로서, 다시 말해 스스로에 의해서가 아니라 남성 주인공을 통해 정체성이 규정되는 존재로 등장한다. 그녀는 스스로는

---

15) 팸 모리스, 강희원 역, 『문학과 페미니즘』, 문예출판사, 1997, 87면.
16) 조나단 컬러, 김옥순 역, 「여성으로서의 독해」, 『페미니즘과 문학』(김열규 외역), 문예출판사, 1988, 169면에서 재인용.
17) 조현순, 「여성의 주체적 욕망과 근대성」, 『여성과 사회』 10, 1999, 278면.

아무것도 아니다. 그녀는 추상적으로 신비화되거나 추악한 악녀로 매도된다. 순결한 마리아(EVA)의 길과 사악한 이브(EVE)의 길이 그녀 앞에 있을 뿐이며, 그 어느 경우에도 그녀는 살아 숨 쉬는 실체로서 존재할 수 없다. 삶의 포기만이 그녀를 주인공으로 만든다. 웅녀신화에서 여성되기의 전제가 욕망의 거세였던 것처럼, 여성 인물들은 자기를 죽임으로써만 존재할 수 있다. 그들은 '죽어야 사는 여자'들이다.

예컨대 근대소설의 면모를 갖춘 최초의 소설로 일컬어지는 『무정』의 경우 대개의 긍정적인 논의들은 이 형식에 초점을 맞추어 이루어진다. 그는 작가의 말대로 낡은 시대에서 새 시대로 옮아가는 조선의 청년 혹은 청년으로서의 조선의 상징적 인물이다. 그에게 있어 사랑도 종국에 민족애에 귀결된다. 그러나 여성 인물들에 눈을 돌리면 이렇듯 낙관적으로 제시되는 민족 해방이나 근대화는 여성의 욕망 제거를 전제로 하고 있음이 드러난다. 여성을 여성적인 것으로부터 거세시키면서 개화사상의 이념 구현의 대행자로서만 장치시키려 들며,[18] 결국 여성들의 육체와 목소리를 거세시켜 남성들의 단일한 계몽 담론으로 편입시킴으로써 여성해방의 문제는 전통의 단절과 신문명 예찬으로 종결되고 마는 것이니,[19] 근대가 타자의 부재, 여성의 능동적인 힘과 욕망의 말소에 입각해있다는[20] 진단을 다시금 확인하게 만드는 셈이다. 뿐만 아니라 순결한 여성(선형) / 여성성이 거세된 남자 같은 여성(병욱)의 대립적 여성상도 여성에 대한 극단의 형상화라는 점에서 문제를 드러낸다.

남성중심적인 왜곡된 시각의 문제는 여성을 주인공으로 삼고 있는 경우에도 드러난다. 김동인은 여성에 대한 왜곡된 시각의 소유자로서 흔히 비판받아온 작가이거니와, 춘원이 그린 여성들이 정신적 순결자─천

---

18) 이재선, 『한국현대소설사』, 홍성사, 1984, 209면.
19) 공임순, 「계약의 수사학과 거세된 여성─이광수 『무정』을 대상으로」, 『한국여성문학비평론』(안숙원 외), 개문사, 1995.
20) 리타 펠스키, 김영찬·심진경 역, 『근대성과 페미니즘』, 거름, 1998, 44면.

사에 가까운 것이라고 한다면 그의 여성 인물들은 흔히 육체적 본능에 사로잡힌 악녀로 그려진다. 김명순을 비롯하여 당시 신여성에 대한 악의적인 시선을 노골적으로 드러내며 허위적 선각자로서의 여성을 비판하고 있는 「김연실전」은 물론이거니와, 「약한 자의 슬픔」에서는 강 엘리자베트라는 신여성이 철저하게 수동적이고 나르시시즘에 함몰된 인물로 그려진다. K남작에게 겁탈을 당하는 것이 자신의 의지로는 어찌할 수 없는 상황이었음에도 불구하고 그 후 자신을 찾아오는 남작을 거부하기는커녕 오히려 그를 기다리고 그의 첩이 될 것을 꿈꾸는 그녀의 모습은 그녀를 피해자로서가 아니라 자신을 범한 자와 사랑에 빠진 어리석은 여성으로 바라보게 만들며, 또한 그녀가 남작을 상대로 재판을 거는 것 자체를 회화화한다. 가혹하게 말하자면 그녀는 허위적이고 감상적이며 어리석은, 그래서 스스로 제 무덤을 판 인물이라 할 수 있다.

그러나 문제는 소설 속의 여성이 이처럼 어리석고 우스꽝스럽다는 데에 있지 않다. 아마도 그것은 당시의 신여성에게서 쉽게 발견할 수 있는 모습이었을지도 모르기 때문이다. 문제는 그런 신여성의 모습을 소설 속에 끌어온 작가의 동기이며, 그 여성을 바라보는 작가의 관점이다. 비록 소설 속 여성 인물이 감상적이고 어리석은 인물이라 하더라도 작가는 그 어리석음을 꿰뚫어 볼 수 있어야 하며, 그녀의 불행이나 비극의 원인 그리고 그녀의 어리석음을 만들어낸 사회적 문맥을 냉철하게 인지해야 한다. 그러나 작가는 신여성을 허위적이고 방탕한 모습으로 그려내면서 그녀들로 하여금 자신의 허위적 삶을 반성하게 하고 다시금 건전한 인간으로 되돌아오게 만든다. 방탕한 삶을 살았던 자의 불행과 자기반성이라 할 만한 것인데, 이 과정에서 이들의 삶에 내재되어 있는 여성으로서의 문제들은 다시금 덮어지고 만다. 결국 종국에 우리가 만나게 되는 것은 어리석은 여성 인물을 지도하고 교화시키는 가부장적 담론이다. 실제로 이 작품은 전지적 서술자의 남성 중심적이고 계몽적인 목소리에 의해 진행된다.[21] 나약하고 어리석은 여성과 그녀를 지도하는 지혜롭고 권위 있는 남성, 이는 『무정』을 비롯 대부분의 문학 작품에서 쉽게 발견할 수 있는 인물 구도이다. 「감자」의 경우 흔히 복녀의 죽음은 사회구조의 모순보다 본능 과잉의 원시적 상황과 현실의 냉혹성에 결부되어 있는 것으로[22] 해석되어 왔는데, 이에 대해서도 남성중심의 완고한 세계의 세력에 의한 비극으로[23] 새로운 독해가 가능할 수 있을 것이다.

채만식의 「탁류」는 어떠한가? 이 작품은 역사의 탁류 속에서 생활하는 당대 도시 하층민의 비극적 생활상을 묘사한 작품으로,[24] 혹은 식민지 교육의 모순, 고리대금업과 도박 따위의 비정상적인 자본 축적과 이동을 비판한 작품으로[25] 평가되어 왔다. 그러나 주인공인 초봉이는 역사의 탁류에 휩쓸려 비극적 삶을 살게 되는 도시 하층민으로 부각시키기에는 무리가 있는 인물이다. 그녀는 청순가련형의 외모에 행동에서도 의존성, 비주체성, 수동성, 불합리성, 무지, 온순, 복종 등 부권제 사회에서 고정화된 여성성을 갖춘 인물로 그려진다. 그녀의 불행은 역사의 탁류에 탓을 돌리기 전에 부권적 이데올로기에 의해 침윤된 그녀의 기질적 속성과 가치관에 기인하고 있는 셈이다.[26] 그러나 이 작품에서 초봉이는 전적으로 억울한 피해자일 뿐, 모든 책임은 궁핍한 식민지 현실이나 포악한 지배 계층에게로 돌아간다. 이와 비슷한 문제는 계급의식이

---

21) 이에 대해서는 송지현, 「남성작가의 서술과 추락하는 여성인물—여권론의 입장에서 본 김동인의 세 소설」(『페미니즘 비평과 한국소설』, 국학자료원, 1996)과 김양선, 「신여성 드러내기의 두 가지 방식—김동인과 염상섭의 초기 단편을 중심으로」(안숙원 외, 『한국여성문학비평론』, 개문사, 1995)를 참조할 수 있다.

22) 이재선, 『한국단편소설연구』, 일조각, 1981, 208~209면.

23) 이에 대해서는 송지현의 앞의 글과, 송명희의 「여성의 삶과 사회구조」(『세계의 문학』, 1982년 여름)를 참조할 수 있다.

24) 김치수, 「역사적 탁류의 인식」, 『한국문학의 이론』, 민음사, 1977.

25) 김윤식 · 김현, 『한국문학사』, 민음사, 1973.

26) 이와 같은 입장에서의 논의로는 정순진, 「객체화된 삶과 주체적 삶의 거리—「탁류」를 중심으로」, 『한국문학과 여성주의 비평』, 국학자료원, 1992; 송지현, 「전통적 여인의 체험과 좌절—「탁류」」, 『페미니즘 비평과 한국소설』, 국학자료원, 1996 등이 있다.

나 민족 현실에 대한 보다 투철한 인식에서 출발하는 프로소설의 경우에서도 드러나는데, 노동자 농민 등 민중의 고난과 해방이라는 주제를 담아내고 있으면서도 여성의 가부장적 현실에는 여전히 침묵하거나 왜곡된 여성상을 그려냄으로써 민중적 시각과 여성적 시각 사이에 내재된 거리를 드러내고 있기 때문이다.

이처럼 정전 속에 드러나는 왜곡된 여성 인식을 문제 삼는 것은 사실 작품 속의 한 여성 인물의 형상화에 국한된 문제만은 아니다. 그것은 정전이라는 것에 묵시적으로 내재되어 있는 남성중심적인 가치, 여성에 대한 편견을 문제 삼는 것이며, 이는 결국 정전에 대한 새로운 기준을 세우는 작업으로 이어진다. 춘원이나 동인, 상섭, 최서해, 이기영 등으로 이어지는 우리의 문학이 여성에 대한 몰이해와 편견을 암암리에 묵인하고 조장하고 있다면, 이제는 그것을 심각하게 문제 삼아야 할 때이다.

2) 여성 작가 / 작품의 문학사적 복원

문학사 차원에서 드러나는 또 하나의 문제는 기존의 문학사에서 여성 문학은 거의 공백으로 처리되어 있다는 사실이다. 기존의 논의를 검토하면서 드러났듯이 여성 문학은 1930년대 후반에 와서야 본격화된 것으로 기술되고 있고 그것도 작가나 작품이 언급되는 정도에 그치고 있다. 이처럼 공백으로 처리된 여성 작가 및 작품을 복원하고 그 전통을 확인하는 작업은 우리에게 남겨진 또 하나의 중요한 과제다. 이런 점에서 여성문학의 역사적 전개를 개괄적으로 검토하고 있는 김윤식 (1974) · 김영덕[27] · 고정희[28]의 논의는 단편적으로 언급되는 데 그치던 기왕의 여성 문학을 적극적으로 발굴하고 체계적으로 정리하였다는 점

---

27) 김영덕, 「한국근대의 여성과 문학」, 『한국여성사』 II, 이화여대 출판부, 1972.
28) 고정희, 「한국여성문학의 흐름」, 『또 하나의 문화』 2, 평민사, 1986.

에서 그 의의가 크다 할 수 있다. 그러나 이들 논의에서 이루어진 여성 문학의 계보가 문학사에 합당하게 편입되고 있는 것 같지는 않다. 여성 문학은 여전히 기존의 문학사와는 별도의 차원에서 하나의 방계의 영역으로 인식되는 경향이 있다. 뿐만 아니라 대개의 문학사 논의에서 여성문학은 1930년 후반에 와서야 비로소 본격화된 것으로 인식되고 있고 거론되고 있는 작가나 작품도 몇몇에 불과한 실정임을 상기한다면, 이는 여성 문학에 대한 집단적 따돌림이라 할 만하다.

　문학사적 차원에서 우선 주목되는 것은 최초의 여성 정론지인 『여자계』이다. 1915년 4월 동경 여자유학생 친목회가 결성된 후 1917년 봄에 등사판으로 처음 발간된 이 잡지는 1920년 6월까지 5호를 낸 것으로 알려져 있는데, 김명순·나혜석 등이 핵심 멤버로 활동하고 있었으며, 실제로 1910년대 문학의 중요한 자료인 나혜석의 「경희」가 이 잡지 2호(1918.3)에 수록되어 있다. 기존의 문학사에서 여성문학은 1930년대 후반에 가서야 본격화되는 것으로 기술되고 있는 것을 상기할 때, 이 잡지의 존재는 여성 문인들의 의식적인 문학 활동을 반증하는 자료라 할 수 있다. 뿐만 아니라 『여자계』 1호를 기증받고 쓴 축사(육당으로 추정, 『청춘』 10, 1917.9)에서 그 잡지에 여성 소설이 실려 있는 것이 언급되고 있어 그 작품이 발굴되면 여성 최초의 작품은[29] 그 시기가 더 앞당겨지게 된다.[30] 어쨌든 1917년은 근대 한국 여성문학의 출발점이었던 해로 「무정」이 발표된 해이기도 하였으니, 이는 여성 작가들이 남성 작가들과 거의 같은 시기에 활동하고 있었음을 시사한다. 김명순·나혜석·김일엽(『신여자』 발간, 1920년 초) 등이 이 시기에 활동한 여성 작가들인데, 이들은 여성 문학사에서 뿐 아니라 근대문학사에 있어서도 선구적인 자리에 있

---

29) 현재는 1917년 11월 발간된 『청춘』에 수록된 김명순의 「의심의 소녀」가 최초의 작품으로 알려져 있다.

30) 이상경, 「여성의 근대적 자기표현의 역사와 의의」, 『민족문학사연구』 9, 민족문학사연구소, 1996년 상반기.

는 것이다.

그러나 이들 여성 문인들은 김동인이 「김연실전」에서 "작품 없는 문학 생활에 골몰"한 것으로 폄하한 이후 줄곧 비난과 풍자의 대상이 되어왔다. 김명순이 변변한 작품 한 편을 남기지 못하였다는 진술이나,[31] 그녀의 「의심의 소녀」가 「의문의 소녀」로, 22세에 발표된 것이 18세 소녀의 것으로 언급되고 있는 것[32] 등은 이들 여성 작가들에 대한 무관심과 무시를 엿볼 수 있는 대목이다. 특히 최초의 여성소설이라 할 수 있는 김명순의 「의심의 소녀」는 동시대의 남성작가들의 작품과 견주어 봤을 때도 전혀 손색이 없는 작품으로, 오히려 사건 중심과 흥미본위와 권선징악의 신소설과 비교하거나 또는 현실을 무시하고 이상만을 추구하던 이광수의 초기소설과 비교한다면 이 양자의 소설보다 김명순의 이 소설은 근대적인 면모를 갖춘 한국 근대소설의 선구적 소설이자 한국 리얼리즘 소설의 선구소설이라 할 수 있다.[33] 특히 이 작품은 그 내용에 있어서 불합리한 가족제도의 모순을 파헤쳐 새로운 여성의식을 일깨우고 있을 뿐 아니라 인물의 심리 묘사나 수사 기법상의 우수성, 그리고 교훈성의 배제라는 점에서 그 문학적 가치를 높이 인정받을 수 있는 작품이다.

초기 여성 작가의 작품으로 주목해야 할 또 다른 작품으로 나혜석의 「경희」를 들 수 있다. 『여자계』 2호(1918.3)에 발표되었던 이 작품은 서정

---

31) 전영택, 「내가 아는 김명순」, 『현대문학』, 1963.2, 251면.
32) 이병기·백철, 『국문학전사』, 신구문화사, 1961, 430면.
33) 김영덕, 앞의 글, 364~367면. 이 글에서 그는 이 작품이 갖는 의의를 ① 구상성을 띤 언문일치의 산문형식 문장 ② 테마를 살리기 위해 관련 없는 것은 배제, 단순한 줄거리로 전개 ③ 교훈성 배제, 있는 그대로의 현실 묘사에 충실한 리얼리즘 태도 ④ 순 객관적인 표현 구사로 요약하고 있다. 이 작품은 발표 당시 이광수로부터 ①시 문체에 의한 언문일치 ② 문학에 대한 비유희적인 엄숙한 태도 ③ 권선징악을 초월한 현실묘사 ④ 비현실적, 관념적 사고를 배제한 현실의 재현 ⑤ 근대사상의 반영, 특히 교훈적 냄새가 나지 않으면서도 고상한 재미를 주는 작품으로 평가받은 바 있는데(「현상소설고선여언」, 『청춘』 12, 1918.3, 99면), 뚜렷한 증거 없이 표절이 거론되고 있기도 하다(이광수의 윗글과 김윤식의 「인형의식의 파멸」). 이 작품에 대한 구체적인 논의로는 김정자, 「김명순, 그 사랑과 어둠의 사변가」(『한국여성소설연구』, 민지사, 1991); 김복순, 「'지배와 해방'의 문학」(『페미니즘과 소설비평─근대편』, 한길사, 1995) 등이 있다.

자에 의해 처음 발굴되었는데, 여성을 짓누르는 봉건적인 것의 실체를 정확한 세부 묘사에 기초한 일상성 위에서 그려냄으로써 여성의 근대적 자각을 드러낸 최초의 작품이며, 양건식의 「슬픈 모순」이나 현상윤의 「핍박」 그리고 1910년대 이광수의 단편과 비교할 때에도 더 사실주의적 성취를 이룬 작품으로 평가 된다.34) 주위 사람들을 깨우치려는 노력과 봉건적이고 인습적인 생활이 보장해줄 안정감에 대한 유혹에서 완전히 벗어나지 못해 괴로워하는 양면성을 설득력 있게 묘사하고 있을 뿐 아니라, 이 시기 현상윤이나 양건식 같은 남성 작가가 느낀 자의식과 자기 분열의 번민이 주관적 심리의 표백으로 토로되었던 것에 비해 주인공의 내면이 일상생활을 배경으로 다른 사람들과의 관계 속에서 구체적으로 묘사되고 있으며, 이는 이광수 소설에서 주장되는 반봉건의식의 추상성과도 비교되는 바, 신여성의 일상생활의 한 단면을 포착, 봉건주의가 신여성에게 가하는 다양한 편견과 압력, 그에 맞서는 여성의 자의식의 추이를 섬세하게 그려내었다는 점에서 훨씬 더 진지하고 현실적인 근대소설의 면모를 갖추고 있다는 것이다.35) 뿐만 아니라 이 작품은 그 서술 방식에 있어서도 주목을 요하는데, 대화, 극적 독백, 내적 독백, 심리서술 등과 같은 기법이 사용되고 있고,36) 네 개의 병렬적인 장들이 대립적인 구시대적 가치와 새로운 가치 사이에서의 대화 구조를 만들고 있기도 하다.37)

1930년대 작가로서 그나마 주목을 받아온 이는 박화성과 강경애이다. 박화성은 선이 굵고 주제의식이 뚜렷하며 사회문제에 눈을 돌렸다는

---

34) 이상경, 「가부장제에 맞선 외로운 투쟁」, 『역사비평』, 1995년 겨울.
35) 김재용・이상경・오성호・하정일, 앞의 책, 219~220면.
36) 정순진, 「정월 나혜석의 초기 단편소설고―동시기 춘원 단편과 비교 대조를 중심으로」, 『한국문학과 여성주의 비평』, 국학자료원, 1992.
37) 이호숙, 「위악적 자기 방어기제로서의 에로티즘」, 『페미니즘과 소설비평』, 한길사, 1995, 96~97면. 1, 2, 3장은 신여성 가치와 주변 인물들의 구시대적 가치관이 부딪쳐 갈등하고 토론하는 대화적 형식으로 되어 있으며, 4장은 경희의 내면에 잠재된 구시대적 가치지향성과 의식적인 새로운 선택 사이의 갈등을 드러내는 서술 방식을 취하고 있다.

점에서 고평되는 작가인데, 동시에 그것이 여성성의 소실이라는 점에서 부정적으로 평가되기도 한다. 김문집은 박화성이 가장 "유명한 조선의 여류 푸로레타리아 소설가"이며 그의 문장에는 견고한 뼈와 소설구성에 믿음직한 성격이 있으나, 보드라운 살과 기름기가 없는 '여성성 소실', 혹은 '여성성 기피'의 작가라고 평하면서 여성작가는 여성 '홀몬'의 개성적 발로를 무시해서는 안 된다고 조언한 바 있다.38) 안회남은 심지어 그녀를 "남성적이기를 열망하는 여성모멸의 작가"라고 언급한 바 있다.39) 그녀의 문학에 대한 가장 보편적인 평가는 그녀가 빈궁을 소재로 한 강렬한 이데올로기를 제시하여 심도 깊은 사상성을 제시하였다는 김윤식의 논의에서 찾을 수 있다.40) 그러나 이때에도 '여류로서는 드물게 보는'이라는 관형구가 붙어 있으니, 여성성과 사상성은 다시 한 번 공존할 수 없는 항목으로 간주된다.

강경애는 다른 여성 작가들에 비해 가장 활발한 논의가 이루어진 행복한 작가라 할 수 있다. 그녀의 소설에 대한 평가는 대개 정감성이나 여성원리에 근거하는 작가이기보다 외향적이고 비판적 이념을 중시하는 리얼리스트라는41) 점으로 모아진다. 실제로 그녀의 소설이 평가받는 이유는 이른바 남성적이라는 사실에 근거를 두고 있을 때가 많다. 예컨대 "여류작가이기보다는 명확한 자기 세계를 갖고 있는 한 사람의 작가"42)라는 진술이나, 여성으로서의 역할 기대와 작가로서의 사명감이 조화보다 불균형 현상을 빚었던 당시 여류들의 한계를 잘 뛰어 넘은 경우로, 문자 그대로 생활에도 충실했고 문학에도 충실했다는43) 진술은

---

38) 『비평문학』, 청색지사, 1938.
39) 안회남, 「소설가 박화성론」, 『여성』, 1938.2. 안회남은 박화성뿐 아니라 여성 작가 전반에 대해 편견과 멸시로 가득 차 있던 것으로 보인다. 그는 여성작가의 글은 잘 읽지 않으며, 또 별로 좋아하지 않는다고 말하면서, 여성은 남성의 연애의 대상으로서만 의미 있는 존재라고 서슴없이 결론짓는다(「여성과 문학」, 『문장』 9, 1939.10).
40) 김윤식, 『한국문학사논고』, 법문사, 1972, 241면.
41) 이재선, 『한국현대소설사』, 홍성사, 1979, 437면.
42) 김윤식, 「강경애론」, 『속한국근대작가연구』, 일지사, 1981, 238면.

그녀의 작품에 대한 평가가 여전히 여성으로서의 삶에 대한 평가로부터 자유롭지 못한 상태에서 이루어지고 있음을 보여준다. 그녀에 대한 최근의 논의는 1930년대를 대표하는 탁월한 리얼리즘 작가라는 관점과,[44] 빈궁한 사회현실 속에서 이중고를 겪어야 했던 여성의 삶과 의식을 다루고 있는 작가라는 페미니즘적 관점에서의 논의로[45] 대별된다. 이 두 관점은 때로 작품에 대해 상충하는 평가를 내리게 되기도 하는데, 예컨대 「인간문제」는 식민지 사회현실에 대한 총체적인 인식작업을 소설로 형상화한 작품으로 프로문학 운동이 소설 상에서 지향했던 목표에 가장 가까이 가 있는 작품으로 평가되는가 하면,[46] 여성문제를 보편적인 인간문제로 파악하여 계급간의 갈등만을 강조함으로써 남성적 담론에 기대어 여성문제를 다룬 한계가 지적되기도 한다.[47] 선비라는 여성 인물의 비극적 삶이 이야기의 중심에 놓여 있고 그녀의 불행이 단순히 가난한 삶에 기인하는 것이 아니라 여성이라는 조건과도 밀접하게 연관되어 있음에도 불구하고 작가는 그녀의 불행을 인간문제로 성급하게 비약시킴으로써 결과적으로 여성 현실의 문제를 덮어버린다. 하층 계급에 있는 여성 인물을 내세움으로써 그들의 삶에 작용하는 계급적, 성적 억압의 문제를 제기하고 있으면서도 종국에는 성적 억압의 문제에는 눈감아 버린 채 낙관적 희망을 노래하는 것이다. 그러므로 작품 끝에서 첫째가 선비의 시체를 앞에 두고 인간문제 해결의 의지를 보이고 있을 때에도, 그것이 선비의 비극적 삶에 내재되어 있던 문제들을 해결할 만족할 만한 결론으로 보이지 않는다. 뿐만 아니라 실제로 작중 인물의 대사를 통해 드러나는 작가의 여성 인식은 남성작가들의 그것과 크게 다르지 않

43) 조남현, 「강경애 연구」, 『한국현대소설연구』, 민음사, 1987, 117면.
44) 이상경의 논의가 여기에 속한다.
45) 정영자·서정자·송지현 등의 논의가 여기에 속한다.
46) 이상경, 「만주항일혁명운동의 문학적 수용」, 『한국문학의 리얼리즘과 모더니즘』(김윤식 편), 문학과지성사, 1989, 159~160면.
47) 안숙원, 「유사남성적 언술과 '젠더' 의식의 착종-강경애의 『인간문제』」, 『한국여성문학비평론』, 개문사, 1995.

다. 그러므로 선비가 "낙관적 전망을 역사적 필연성으로 구현하는 긍정적 인물에까지 미치지는 못한다"[48]고 할 때, 문제는 선비가 첫째만큼 긍정적인 민중적 주인공으로 그려지지 못하고 있다는 점에 있는 것이 아니라 그녀의 성격이나 행동이 갖는 문제점이나 사회적 맥락의 의미를 작가조차 정확하게 인지하지 못하고 있다는 점에 있다.

강경애 문학에서 여성의 문제는 종종 '인간 문제' 혹은 노동자·농민의 문제 앞에서 그야말로 명함을 내밀 수 없는 하찮은 문제로 취급된다. 원고료로 자신과 남편의 옷이나 구두 따위를 사려는 꿈을 꾸다 "윙 소리가 나도록" 뺨을 얻어맞고 "너 따위는 백번 죽어도 싸다"는 말을 듣게 되는 「원고료 이백원」의 주인공 신세가 되지 않으려면 여성의 현실이니, 소박한 꿈이니, 본능이니 하는 것들에 대해서는 침묵해야만 하는 것이다. 하층민의 고통스런 삶의 인지를 통한 지식인 여성의 각성을 다루고 있는 이 작품이 하층민을 향한 애정이라는 이름 아래 여성 인물의 소박한 욕망을 절대 부정해야 할 악처럼 다루고 있다든지 남편의 폭력을 정당화하고 있는 것 등은 어쩌면 강경애 문학 전반에서 드러나는 문제점으로 보이기도 한다. 빈/부, 상층/하층, 노동자/지식인 등에 대한 단선적인 가치 판단과 신념의 절대화는 그것 자체로도 문제이거니와 여성 현실의 문제를 아예 거론할 수조차 없게 만들기도 한다는 점에서도 위험하다. "너도 요새 소위 모던걸이라는 두리해눙년이 되고 싶은 게구나. 아, 일류문인으로서 그리해야 하는 게지. 허허 난 그런 일류 문인의 사내 될 자격은 못 가졌다"라는 작중 남편의 말에서 드러나는 신여성에 대한 편견과 냉소, 그것은 이미 동인이나 상섭에게서 보아 왔던 바로 그것이지 않은가.

기존의 문학사에서 가장 긍정적으로 그리고 비중 있게 다뤄지고 있는 여성 작가의 작품이 여성 시각에서 바라볼 때 오히려 문제점을 드러

---

48) 김재용·이상경·오성호·하정일, 앞의 책, 500면.

내고 있는 이런 아이러니는 전통적인 정전 속에 명목상 한두 명의 여성을 더 포함시키는 것은 오히려 남성들의 미학을 그대로 인정하는 것에 지나지 않는다는 팸 모리스의 지적을[49] 상기시킨다. 그 작품들은 어떤 점에서 기존의 남성 작가들의 작품처럼 여성을 희생시키면서 문학사에 편입되고 있기 때문이다. 그러므로 다시 확인하건대, 문학사 기술에 있어 중요한 것은 여성작가의 수용 여부가 아니라 여성적 시각의 확보다. 여성 문학이 해방 이후 질적, 양적으로 눈부신 발전이 이루어졌음에도 불구하고 여전히 문단의 주도적 흐름으로부터 고립되어 왔고, 여성 작가들이 문단을 주도해가고 있는 듯 보이는 오늘날에 이르러서도 여성 문학에 대해서는 여전히 부정적이고 회의적인 시선이 많은 것도 본질적으로 이런 시각의 교정이 이루어지지 않았기 때문일 것이다.

남는 문제들

우리가 근대문학/사 연구에서 문제 삼는 '여성'의 부재는 단순히 여성 작가나 작품이 홀대받고 있다는 차원의 그것이 아니다. 문제는 근대문학/사를 바라보는 '여성 시각'의 부재이다. 여성에 대한 혹은 여성 인물에 대한 오해와 편견이 왜곡된 여성 인물을 만들어 놓거나 문학사에서 여성 작가와 작품을 지워놓는다. 문학 작품을 바라보는 잣대나 기준이 암암리에 남성적 시각에서 만들어진 것은 아닌가? 여성들 고유의 경험이나 삶의 양상이 그 낯섬 때문에 홀대되거나 잘못 인식되고 있지는 않은가? 우리는 이런 질문을 다시 심각하게 되물어야 하며, 그럼으

---

49) 팸 모리스, 강희원 역, 『문학과 페미니즘』, 문예출판사, 1997, 96면.

로써 반쪽의 문학사를 바로 세울 수 있을 것이다. 그러나 이런 원론적인 인식에 이르렀다 하더라도 실제 문학 연구에 있어서는 훨씬 복잡하고 미묘한 문제들이 남겨진다. 페미니즘 문학 혹은 페미니즘 문학비평이 그 안에 무수한 입장과 갈래를 가진 광범위한 문학 행위를 지칭하고 있고 때로는 서로의 입장이 상충하기도 함에 따라, 작품에 대한 이해나 평가에 있어 큰 차이를 보이고 있기 때문이다.

우선 문학성과 이념성 혹은 운동성 사이에서 야기되는 문제를 들 수 있다. 여성해방이라는 차원에서 갖는 가치와 문학작품으로서의 의미나 가치가 반드시 일치하는 것은 아니며, 페미니즘을 앞세운 작품의 경우 여성해방에의 선언적이고 당위적인 확인에 그칠 위험도 다분하다. 더욱이 여성의 현실을 다루거나 여성해방을 주제로 삼고 있는 작품만을 페미니즘 문학으로 간주하고자 한다면 여성문학은 오히려 좁은 범주에 갇혀버리게 될 소지가 크다. 모든 것을 여성해방의 차원에서 인식하고 이를 가치 판단의 유일한 잣대로 사용할 경우, 문학 작품에 대한 정당한 이해와 평가는 오히려 어려워질 수 있으며 여성문학에 나타나는 다양한 문학양상이나 세계를 어떻게 수용, 평가할 것인가 하는 또 다른 문제가 제기될 수 있기 때문이다.

여성적 세계 / 남성적 세계, 일상성 / 역사성, 내면세계 / 현실세계 사이에서의 가치평가에 대한 문제 역시 여성문학 연구에 있어서 심각하게 고민해야 할 과제이다. 가령 '여성성' 혹은 '남성성'을 그 개념 자체가 모호한 상태로 암암리에 평가 기준으로 사용하거나, 다루고 있는 소재에 의해 예컨대 일상적 삶이나 내면세계를 다루고 있는가 혹은 사회적, 역사적 현실의 문제를 다루고 있는가에 의해 작품의 깊이나 가치를 평가하는 것, 혹은 유약함이나 섬세함, 포용성을 여성적인 자질로 간주하거나 강조함으로써 가부장적 담론으로 귀환하거나 모성성의 신화를 반복할 위험이 있는 것 등의 문제가 제기될 수 있을 것이다.

세 번째로 내용이나 주제 연구로의 편향성의 문제를 들 수 있다. 여성해방의 주제에 논의의 초점이 모아짐에 따라 형식에 대한 논의는 소홀해지기 쉬우며, 더욱이 이념성과 정치성을 성급하게 강조하느라 형식에 대한 논의 자체를 반이념적·비정치적인 것으로 간주하기도 한다. 그러나 현상으로서의 혹은 전략으로서의 여성 고유의 언술방식이나 형식상의 특성을 검토하는 것은 기존의 담론 방식이나 가치 기준으로는 이해되거나 평가될 수 없는 부분을 수용하고 적극적으로 평가할 수 있는 중요한 작업이다. 이른바 여성 고유의 경험이나 이를 기술하는 고유의 글쓰기 방식에 대한 보다 다각적인 논의가 이루어질 때 남성중심적 질서의 억압과 그 극복 양상이 문학 안에서 어떻게 일어나고 있는지를 보다 구체적으로 검토할 수 있을 것이다. 더욱이 구체성이나 실천성이라는 것도 결국 문학 안에서, 문학을 통해서 이루어져야 하는 것임을 상기한다면 이는 앞으로 더욱 관심을 갖고 검토해야 할 과제임이 분명하다.

여성 시각을 복원하고 우리의 문학을 들여다보고자 할 때 우리는 문학과 현실의 관계, 투쟁과 포용의 문제, 투쟁의 방법이나 대상의 문제 등 무수한 문제들에 직면하게 된다. 이는 결국 문학관이나 세계관과 연결된 복합적이고 본원적인 문제들로 이어지게 되며, 따라서 안팎의 혼돈과 저항에도 불구하고 페미니즘은 앞으로 더욱 다양하고 풍요로운 논의를 요구한다고 할 수 있다. 문학이란 근원적으로 인간해방을 위한 것이며 그 목적을 위해 다가가는 길은 수없이 많고 다양하다고 할 때, 여성문학 역시 그 다양한 꿈과 세계를 다양한 방식으로 담아내고 있는 것이며, 그렇다면 우리에게는 왜곡된 눈의 교정만큼이나 열린 눈이 요구되고 있는 셈이다.